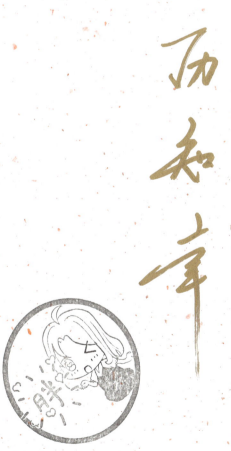

历知幸

-著-

了不起的
女朋友们

北京燕山出版社
BEIJING YANSHAN PRESS
YSP

Contents

目　录

1

Chapter

八卦一下我那傻白甜

闺密的极品前男友

姓名：关享

性别：女

年龄：26 周岁

身高：172 厘米

体重：54 公斤

职业：一线城市某股份制商业银行客户经理

爱好：1. 买 2. 买 3. 买

状态：热恋中

这是一份简单到不能再简单的个人简介，但是它却可以向所有人传达出一个信息：关经理是一位风华正茂且十分懂得享受生活的年轻姑娘。事实上，关经理自己也是这么认为的。

好年龄、好工作、好相貌，按理说，关经理应该每天都过得开开心心、舒舒服服。可是，她最近不开心，也不舒服。

首先，工作方面的不顺让关经理很不舒服。短短一个月，关经理负责的贷款客户中，有三个因为民间借贷跑路，走之前连招呼都没和她打一声；有四个因为经营不善还不上贷款。这四位大爷倒是和她打招呼了，只是电话时间分别选在深夜和凌晨，声情并茂、痛哭流涕，并且一哭就是三个小时起步，哭得关经理脑瓜儿疼。

其次，本月上下班途中，关经理经历了五次交通事故，新车被蹭了六个地方。保险公司明确表示关经理负全责，明年的保费绝对能让她体验一把什么叫作"眼前一黑"。

最后，由于五次交通事故以及其他事情，关经理迟到七次。虽然关经理认为这种客观原因造成的错误是值得被原谅的，但是，行长却不这么认为，他把关经理叫到办公室八回，合计骂了九个钟头。

综上所述，关经理最近一个月的人生是如此悲惨，简直是闻者伤心、听者落泪。不过，作为乐观开朗、积极向上的姑娘，关经理并没因为命苦而怨恨社会，通过一个星期对星象学的研究，她把这一切都归结于万恶的水逆，只要熬过今晚十二点，水逆结束，美好的人生依然属于她。

所以，在这个应该和男朋友一起度过，充满了浪漫幸福味道的周末，即使男朋友在约会前半个小时才通知关享临时有事，她也没有生气。顶着一脸精致的妆容，对着镜子默念完一百遍"心平气和"后，关享移步到卫生间去卸妆、洗漱。

关享选择在美容觉中度过最后的水逆。也许是为了弥补现实中她喝凉水都塞牙的窘境，老天爷赐给了她一个美梦。梦中，关享站在爱马仕专柜最中心的位置，销售列成两队一字排开，表情恭敬、笑容甜蜜。她下巴微抬，手指虚点，依次滑过那一排排金光闪闪的首饰和包包，从容中透着淡定，淡定中透着骄傲："这个！这个！还有这个不要！其他的全给我包起来！"

正当关享兴高采烈地看着销售四下奔走时，手机响了。周杰伦用《双截棍》提醒她：姐们儿，别做梦了！

醒来的关享瞪着天花板：梦里，离她最近的销售正在打包一双鞋。那双鞋，她去专柜看过八次！虽然极为喜欢，但是因为价高，她连试都没敢试，好不容易能在梦里过把瘾，还被吵醒了！这种强烈的失落感导致她十分想问候一下来电人全家。但是，考虑到水逆期间骂人会反弹，她只好盘腿坐在床上深呼吸，默念完十遍"心平气和"后，赤脚走到梳妆台前查看正在充电的手机。

看着手机屏幕上的陌生号码，关享顿时心跳加速，推销电话不会选择这个时候打来，莫非又是哪位大爷还不上贷款，专挑这种人类情感最脆弱的时刻真情告白？

似乎是为了衬托关享悲凉的心境，临睡前还是淅淅沥沥的小雨，不知何时变成了倾盆大雨。

大雨声中，关享酝酿好情绪，一手捂着胸口，一手滑过应答键，随时准备抹点眼泪和客户比惨。只是她一声"您好"说完半天，电话那头却只有雨声，没有人声。她提起的心放回了胸腔，刚想对着电话大骂一顿，电话那头陡然的一声哀号震得她一阵耳鸣，她那颗刚刚放下的心一下子就冲到嗓子眼。

"言晓晓！"关享对着电话咆哮，"你怎么了？"

言晓晓没怎么，言晓晓只是被男人甩了。

姓名：言晓晓

性别：女

年龄：26 周岁

身高：160 厘米

体重：60 公斤

职业：一线城市某股份制商业银行柜员

爱好：1. 三从四德 2. 三从四德 3. 三从四德

目前状态：失恋中

几小时前，和言晓晓处了八年对象的张博，不顾倾盆大雨，把她从奥迪 A4 副驾驶位置上拖下来扔在路边，以此体现和她分手的决心。

失去爱情的言晓晓，仿佛失去了灵魂，顶着瓢泼大雨，行尸走肉般地走到了马路的中间，先后被四位车主大骂，最后，在第五辆车的急刹车声中，"扑通"一声倒在了地上。

关享以火烧屁股般的速度冲到医院，只见急诊室外，言晓晓躺在走廊加床上，对着天花板抹眼泪。

关享三步并作两步冲上前，没敢动手，一阵猛瞅："你伤哪儿了？你别光顾着哭啊？你倒是说句话啊？"

可怜言晓晓就是传说中的恋爱脑，恋爱没了，脑子自然随风而逝，关享的话，她一句都没听进去，继续对着天花板抹眼泪。

眼看和言晓晓沟通纯属浪费时间，关享决定去找医生，一个急转身，差点儿和身后的人撞上，只见一男一女，看模样像是一对小情侣，不知什么时候站到了她身后。

"你是她朋友吧？这是她的检查结果。"女孩递过一堆单据，"医生说她没事。"

关享接过，正要细看，忽然觉得女孩的声音很熟悉："刚刚给我打电话的是你吧？"

女孩点了点头。关享顿时面色不善，上下打量了对方几眼："你们把人撞了，还说没事？"

女孩被关享凶悍的眼神吓到了，下意识地缩到男朋友身后，她男朋友面对气势汹汹的关享也有点儿胆怯，小声和关享解释："不是我们撞的。"

有道是伸手不打笑脸人，可惜关享从来不吃这一套，两手抱在胸前，语气更加不善："她这么大个人，还能是自己摔的？"

　　眼看小情侣一副浑身长嘴都说不清的委屈模样，从进医院起就一直泪眼蒙眬的言晓晓突然恢复神志，拉了拉关享的衣角："他们没有撞我……"

　　伴着哽咽声，言晓晓说出了事情的真相："是我自己摔的……"

　　关享这个人有个最大的优点：说好听点是知错能改，说难听点是脸皮够厚。前一分钟还在横眉冷对小情侣，指责他们撞了人不承认；后一分钟就能千恩万谢小情侣冒雨把言晓晓送进医院，两部分表演衔接流畅，毫无拼接的痕迹。至于尴尬这种情绪，似乎从来不会出现在她身上。

　　接受关享的歉意后，小情侣告辞。关享把他们送到医院门口，回过头，发现言晓晓又恢复了刚才的状态，一脸生无可恋。她翻了翻检查报告，果然如小情侣所说，一切正常，便对言晓晓说道："你说句话成不？"

　　言晓晓微微摇头，关享挨着床边坐下："我去给你办住院手续，你今晚就住这儿，好好观察几天，看看有没有什么后遗症。"

　　"我没事……"言晓晓带着哭腔，"我不要住在医院里……"

　　"你这样能走吗？"

　　"我要回家……"

　　"医生让你观察一晚上！"

　　"我要回家……"

　　"你烦死了！"

　　"我要回家……"

　　"行！行！行！回家！回家！回家！"

　　在耐心消失之前，关享把落汤鸡一样的言晓晓弄到了自己车上。

　　只是言晓晓的眼泪并没有因为离开医院而止住，一副要哭倒长城的架势。

关享的头开始疼："说话！"

言晓晓两眼直勾勾地看着关享，一肚子的委屈就快要顶到喉咙口，可惜天生闷葫芦的性格，让她除了哭得行云流水，半句完整的话都说不出来。

以关享对言晓晓的了解，用脚后跟想都能知道，这事百分之一百和张博脱不了干系。

说起张博这个人，关享从第一次跟他见面到现在，印象从未改变，是癞蛤蟆爬到脚背上，不咬人但是恶心人的感觉。她实在是想不明白，一个二十六岁的男人，从大学毕业到现在，五年坚持不工作，每天在家上网、聊天、打游戏，偏偏还自称文学青年，声称为了理想而创作，他这种人怎么会有女朋友？而且女朋友爱他爱得死去活来？正确的做法难道不是一巴掌打他脸上，让他思想有多远人就滚多远？

可言晓晓偏偏就吃这一套，恨不能搭个台子把张博供起来，每日早晚三炷香。而张博似乎是吃定言晓晓爱他的"才华"，对言晓晓招之即来，挥之即去，用着言晓晓的钱，还没给个好脸色。前年莫言获得诺贝尔文学奖，张博骂了言晓晓一个星期，理由是莫言抢走了他的中国诺贝尔得主第一人的荣誉，他有怨气需要发泄。

每次听言晓晓说完张博的极品事迹，关享都十分想去天涯开个帖子，名字就叫"八卦一下我家闺密那神奇的男朋友"！但是，看着言晓晓发自内心的甜蜜笑容，她都只能按捺住八卦的冲动，心中默念一百遍：你开心就好。

可惜这一次，言晓晓实在开心不起来。她一路哭到家，进门后，连湿衣服都没换，直接冲进卧室，扑倒在床上，掀起被子蒙住头，哭声震天。

"为什么要和我分手……"被子里的言晓晓哽咽着憋出今晚第一

句完整的话。

虽然猜对了今晚故事的男主角，关享却没有一点成就感。她掀开被子一角，想让言晓晓起来换件干净衣服。没想到言晓晓翻了个身，直接用被子把自己裹成了个蚕宝宝，哭得一抽一抽的。

关享的手僵在半空中，恨得牙痒，她一边努力地深呼吸，一边提醒自己要心平气和。此刻离水逆结束还有一小时，至少在这一小时内，她要做一个人淡如菊的女子。

言晓晓却不给关享装小菊花的机会，她在被子下面一遍又一遍地问自己："为什么不要我……"

在言晓晓的不断絮叨中，关享负责理智的那根弦终于断了，水逆什么的被彻底抛到脑后，她扯下言晓晓身上的被子，用暴力让言晓晓和她面对面坐在床上。

和关享那张由高鼻梁、大眼睛、尖下巴组成的标准网红脸不同，言晓晓脸部线条极为圆润，五官平淡，加上哭了半夜，肤色蜡黄，眼睛红肿，整个人看上去惨不忍睹。

对此，关享毫无怜悯之心，几乎是咆哮道："大姐，难得有一天，我能九点之前爬上床，你最好给我个解释。"

言晓晓咬着嘴唇，在新一轮眼泪即将掉下来之前，关享抽出几张纸巾，拍在她脸上。

"你爹没死，你娘还在，你给谁哭丧呢？"

言晓晓下意识地缩了缩脖子："张博要和我分手……"

"好事啊！"关享一拍巴掌，"一个大男人，没房、没车、没存款，吃你的、喝你的、用你的，能分手，是老天爷开眼！"

"我们在一起八年了……"言晓晓无限委屈，"我爱他……"

关享正在喝水，"噗"一下喷了言晓晓一脸，看着言晓晓的眼神像是在看哥斯拉："爱他？爱他什么？要钱？没有！要权？没有！身高、长相、性格，通通没有！人家劝女生长脑子，图什么都别图他对你好！张博连对你好都没有，请问你图什么啊？"

"他有才华……"

"就凭他写的那些狗屁不通的破小说？投稿一百次，被编辑拒绝一百零一次。"关享哂笑，"大姐，你以为你在演偶像剧啊？他是怀才不遇，你是红袖添香？麻烦你拿镜子照照好吗？就你们俩这外形，真不适合演偶像剧。"

关享的刀子嘴，十八个言晓晓加起来都不够对付。言晓晓抬眼看了一下关享，默默地把下半句话咽回肚子，用哀怨的眼神诉说着她的绝望。

"老言同志，你也甭和我东拉西扯了。这么大雨，我放着美容觉不睡，淋得跟个落汤鸡一样去接你，不是为了坐在这儿，听你那滴滴香浓的真爱故事。"关享把擦到半湿的毛巾甩到言晓晓身上，"我最后问你一遍，到底怎么回事？"

在关享的逼问之下，言晓晓一副低头认罪的模样，磕磕巴巴往外倒：

"今天中午，张博给我打电话，说晚上接我下班……"

可怜言晓晓一句话还没说完，关享再次爆发："开车来接你是吧？开新买的奥迪A4来是吧？你花钱买车，名字写张博！"关享一下子站起来，拉开衣橱的门，想找件衣服换下身上的湿衣服，但翻遍衣橱也没找出一件能上身的。衣橱里仅有的几件衣服，论花色质地关享她妈都嫌弃。"言晓晓，你自己看看，这是女生的衣橱吗？你自己把自己委屈成这样，省出的每一分钱都花在张博身上，是不是觉得自己特像贤妻良母，特具有传统美德？"

"我……"

"你什么你？人家说嫁汉嫁汉，穿衣吃饭。你倒好，房子你出首付，贷款你还，车子你买人家开。你五行缺贱，八字缺男人，要这么上赶着倒贴？"

"关享……"

眼见言晓晓又要开始号啕，关享摆了摆手："我不说了，你继续说！"

"我上车没多久，张博突然发火，骂编辑全是垃圾。我想是不是他写了半年的小说又被编辑退稿了，我就劝他听听编辑的意见，他骂我和编辑一样蠢，不理解他的内心世界，让我滚……"言晓晓用力吸了一下鼻涕，"我真不是那个意思，可他不听我解释，还真把我拖下车……"

"你有病！"对着言晓晓痴痴呆呆的脸，关享得出结论，"你没救了！"

言晓晓没听出关享的嘲讽，反而向关享求助："我不想和张博分手，我该怎么办啊？"

关享觉得言晓晓摇摇头肯定能听见大海的声音，毕竟脑子里全是水，她觉得多和言晓晓说一句话，都是在侮辱自己的智商。

言晓晓把关享的沉默误解为思考，小心翼翼地问："关享，你想出……"

"想出什么？"关享抬腿把脚上的拖鞋踢出老远，"言晓晓，你自己拿镜子照照你的脸，就你那黑头大过毛孔，鼻毛长过腋毛的样子，我要是男人，我也绝对不要你！"

不给言晓晓辩解的机会，关享继续批判："你看看你那头发，和鸡窝有区别吗？外衣我就不说了，内衣是三年前的，边上都洗毛了；内裤是两年前的，三角都洗成平角了。你觉得哪个男人对你有兴趣？我坦白告诉你，张博不要你，和你那破心灵没有半毛钱关系，就是单纯嫌你蠢，嫌你丑，嫌你没有利用价值了！"

言晓晓嘴巴半张，表情呆滞，让关享看得更加心烦："听懂了吗？你以为牺牲自己，一心奉献，男人就会感动，就会爱上你？才不是！男人就是视觉动物，十八岁的时候喜欢美女，八十岁的时候依然喜欢美女。什么灵魂、思想，通通是瞎扯！我实话告诉你，张博甩你，绝对不是因为你和编辑穿一条裤子，百分之一百是他找着新人了。新人不是脸够美，就是胸够大，总之他就是嫌你碍事，找个理由，请你立刻滚蛋！"

忠言逆耳，关享话音刚落，言晓晓又扑倒在床上，脸埋在枕头里爆发出杀猪一般的号啕。关享看了一下手表，对着天花板翻白眼，水逆最后一小时反扑，简直比之前一个月的总和都精彩。

至于床上的言晓晓，越哭越来劲，无论关享后面说什么，都捂着耳朵，大有一副哭死拉倒的架势。如果不是苏航恰好在这时候敲门，关享能动手揍人。

姓名：苏航

性别：女

年龄：26 周岁

身高：164 厘米

体重：48 公斤

职业：一线城市某股份制商业银行客户经理

爱好：1. 工作 2. 工作 3. 工作

目前状态：单身中

作为关享和言晓晓的闺密，不同于关享的一点就炸，以及言晓晓像包子一般的软弱，苏航的性格，至少表面上符合于她的长相，温柔似水、春风化雨。

　　在关享放鞭炮一样痛骂完张博的所作所为后，苏航心平气和地去厨房烧了热水，摸着言晓晓的脑袋，让她起来喝水、吃药。

　　听见苏航的声音，言晓晓抬起头，只见她两只眼睛肿得还剩一条线，喉咙更是哑得发不出声音。

　　苏航哄着言晓晓把湿透的衣服换下，虽然眼泪还是止不住，但是在感冒药的副作用下，言晓晓终于还是哭着哭着睡着了。

　　苏航帮言晓晓盖好被子，轻手轻脚地离开卧室。此刻已经过了零点，水逆已经结束，但是关经理的心情丝毫没有好转，漂亮脸蛋上能看出"怒发冲冠"四个字。

　　关享看见苏航出来，本想继续抨击言晓晓的智力残障，但瞅着苏航脸上精致妆容都没能盖住的疲态，话到嘴边不由自主地切换了主题："早知道就不给你发微信了，你说你出差一个星期，半夜才回来，不回家跑这儿来干吗？都说了这边有我呢！"

　　"干吗？"苏航扫了关享一眼，声音懒洋洋的，"收拾烂摊子呗。"

　　关享一愣，大大咧咧地道："这话说得，别人的事我搞不定，老言那点小破事我还搞不定？"

　　苏航瞅着关享，似笑非笑："你和她回来也有一两个小时了吧？"她端了杯热茶递给关享，"她身上的湿衣服你都没让她换下来，这叫搞定？"

　　关享推开苏航递来的茶杯："老言家的茶我可不敢喝，天知道是过期多久还没舍得扔的玩意儿。"

　　"这是我带过来的花果茶。"

　　"你出差还带这些？老苏，你活得可真细致。"关享由衷地感慨，温热茶水下肚，心情似乎也愉悦了那么一点点，"言晓晓光顾着哭，是油盐不进、好赖不听，我有什么办法？"

　　苏航摇了摇头，在沙发上坐下，轻轻按着太阳穴："我能不来吗？说说吧，关老板，什么情况？"苏航拿起杯子啜了口茶。

"刚才不都和你说了，张博……"

"我不是说言晓晓，"苏航打断关享的话，"我是说你，刚刚发那么大火，不光是因为言晓晓吧？"

关享表情明显一僵，苏经理真不愧是整个分行二百多名客户经理中排行前三的金牌客户经理，什么事都瞒不过她那双眼睛。

可是，关享不想说，嘴巴闭得紧紧的。

关享不开口，苏航也不问，她在沙发上找了一个舒服的姿势坐下，脸上笑容温柔婉约，眼睛却像是把刀子，在关享身上剐来剐去，一直剐到关享开口。

"上大学的时候，父母让你好好学习天天向上，不要搞对象影响学习。刚参加工作的时候，父母让你好好工作，不要搞对象影响工作。"关享从鼻子里往外哼，"等你到了二十六七岁，父母倒是不介意你搞对象了，他们希望你明天就能结婚，后天就能生孩子！"

苏航似乎明白了症结所在："你父母又催婚了？！"

"我妈说我再不结婚，生孩子时就是大龄产妇。我爸说我再不结婚，就是反社会反人类。问题是我今年才二十六岁，我觉得我自己还是个孩子，怎么就能肩负起养育另外一个孩子的责任？"

关享的问题，几乎是大部分同龄女性都会遇到的问题，这是一个无解的问题。苏航不打算浪费一滴口水："那你男朋友的意思呢？"

关享愣了愣："你说李林啊？"

苏航微笑："你还有别的男朋友？"

关享"扑通"一声摔在沙发里，四仰八叉，整个人摆成一个大字形："他和我谈过了，希望今年年底结婚。"

"你相亲相了八十八次，一门心思要找富二代，现在也算求仁得仁了。"

"仁什么仁？！"关享瞪着天花板爆粗口，"他让我一结婚就辞职，当全职太太。"

"你每天喊八遍想辞职，这不正合你心意？"苏航火上浇油。

"我就是嘴上说说，真要辞职了……"关享对着苏航伸出一只手，"女的没有经济能力，手心向上跟人要钱，十有八九日子不好过。我这脾气你也说了，属爆竹的，估计不到三个月就得离婚。"

苏航没有接话，笑了笑，拍了拍关享的手："我记得你上星期就开始念叨，明天晚上要和李林去见家长，赶紧去睡，不然黑眼圈遮都遮不住。"

"言晓晓有的闹呢，我回去了，你一个人在这儿，我不放心。"

"言晓晓闹不出事来，我担心的是别的事。"苏航指着次卧，"我也没打算让你回家，你就在这儿睡。"

关享抬腿走了两步，回身看着苏航，问："那你呢？你看你那眼睛，全是血丝。"

"有的事我得想想，听话，快去睡。"苏航对关享挑了挑眉，"我闭着眼睛想。"

虽然年纪一样大，可自从认识以来，工作也好，生活也好，无论大小事，三人团伙中，基本上拿主意的永远是苏航。关享听苏航的话，老老实实去了次卧，留苏航一个人在客厅思考。

几个小时后，睡梦中的关享被人摇醒，足足花了一分钟，才意识到不在自家床上。至于想起来为什么会在言晓晓家，那已经是两分钟之后的事情了。

苏航凌晨三点睡下，不到六点起来，伺候完言晓晓喝水、吃药，此时站在关享床前，已经是衣着得体、妆容精致的状态了。

关享看了下时间，还不到八点，她不明白苏航为什么要在这个点拖她起床。

"我们去找张博。"苏航轻声细语地跟关享解释。

要不是昨天时间太晚，加上不放心言晓晓一个人在家，关享早就想杀到张博家给他点颜色看看。如今苏航和她意见一致，那真是好极了。

关享跳下床，光着脚冲进洗手间，一边刷牙一边对苏航叫："我叫上几个人，揍死张博那个不要脸的。"

苏航靠在门框上，看着关享像只螃蟹一样不停地吐泡泡："暴力不能解决问题，我们要以德服人。"

"暴力不能解决问题，但是暴力能够解决制造问题的人！你还想和张博讲道理？"关享挥着牙刷叫道，"我告诉你，对付他那种人，只有一种方法，那就是给他点颜色看看！"

"你啊，"苏航眉头微蹙，"偶尔也动动脑子吧。"

关享的大眼睛又瞪得溜圆，苏航的语气却还像是在闲聊，音调似乎都没有起伏："言晓晓买的这套房子，贷款是你帮她办的。你应该记得房产证上都有谁的名字。你觉得，以张博的人品，会同意去掉他的名字？"

"笨蛋！"关享连牙膏沫都没来得及吐，就从牙缝里蹦出两个字。之后吃饭、开车等一系列动作中都没能让她停止以每分钟三次的频率吐出这两个字，用以攻击言晓晓以及言晓晓的智商。

作为关享唯一的听众，苏航没有发表任何意见，从上车起，所有的注意力都集中在手机上，只听各种提示声响个不停，业务十分繁忙。

张博父母是国企双职工，张博和父母一起住在本市主城区的国企家属大院。这家国企，曾经辉煌过，现在效益一般，作为国企的普通职工，张博父母收入在本市明显属于中等偏下的水平。

关享把车开进小区，直接停在张博家楼下，还没下车，就看见了差点儿让言晓晓割肾买的那辆奥迪A4。

似乎是为了彰显自己的与众不同，奥迪A4没有停在自己的车位上，而是停在了两个车位中间。这种损人不利己的行事风格，倒也十分符合张博全家的做派。

苏航连眼皮都没有撩一下，直接路过。

关享却是一肚子气，来的路上，她和苏航讨论过，房子还有谈的余地，车子因为直接落在了张博名下，要回来的可能性微乎其微。

一想到车子要归张博，关享抬脚踹在车门上，一手伸进包里翻钥匙，想给张博点惊喜。苏航一把就扯住她，拽着她的胳膊往楼上走："别闹。"

"你放开我！"关享手刨脚蹬，"我给他点颜色看看！"

"做事想想后果，赌这个气值不值？"苏航扫了关享一眼。

"有什么不值的！他不是喜欢豪车吗？我给他加个奔驰标志！"

"我不认为你把车划了，对我们要房子有什么帮助。"

关享被苏航拖着倒退，最终没有摸到奥迪的边，虚空对着车门方向踢了好几脚。一路前行到张博家门前，苏航才松开手，关享立刻如同脱缰野马一般，对着黑漆漆的防盗门，踢得哐哐响："张博，死出来！"

张博一家三口同样为了房子问题，讨论到凌晨才睡下，此时被关享从睡梦中惊醒，气不打一处来。

张博的妈妈，言晓晓口中的刘阿姨，二十年前就吵遍小区无敌手，号称本小区一霸。怎么能容忍关享这种太岁头上动土的行为，穿着睡衣冲出卧室，想开门与关享一战。

还好张博反应快，一声怒吼："不许开门！"

虽然是文艺男青年，张博可比言晓晓这个金融女有经济头脑，昨晚他就料到会有今天这一幕。

言晓晓是翻不起什么风浪，可她那两个朋友，绝对不好对付。不过张博也想好了，再怎么样，也就是两个女人，除了吵吵闹闹还能怎么样？只要不开门，吵翻天，也动不了他张家一根汗毛！

张博的爸爸高度赞扬了儿子的聪明才智："随她们闹！房子、车子都是言晓晓自愿给的，凭什么要回去？没找言晓晓要青春损失费，已是我们张博仁义。她们懂个屁，一群法盲！"

刘阿姨觉得儿子和老公说得对，但是不回嘴的话，她这小区第一吵架王以后怎么面对家乡父老？刘阿姨忍不住隔着防盗门反击："滚！不滚我打110啦！"

关享气得满脸通红："老苏，你听听！她还有脸报警？！"

苏航从包里拿出粉饼，对着镜子补妆，通过调整镜子角度，苏航毫不意外地发现，已经有不少群众被关享吸引，纷纷打开家门，探头探脑。苏航合上粉饼："她要报警说我们扰民，人证物证倒是齐全。"

关享十分不满苏航这种长他人志气灭自己威风的行为，眉毛一挑："报就报！我们也报警，张博骗房骗车！"

"证据呢？言晓晓是自愿赠予，如今分手了，人家还你是情分，不还你是本分。合理合法的事，你报警有用？"

关享被苏航堵得一口气憋在胸口，脸涨得更红，苏航抬手看了一下手表："你少安毋躁，最多还有十分钟。"

关享摸不清楚苏航葫芦里卖的什么药，想打听几句，苏航却就此别过这个话题，和关享聊起小区的房价。比关享更摸不着头脑的是围观群众，眼见着是上演全武行的节奏，怎么突然变成了每日财经？到底是回家睡觉还是继续看戏？这是一个问题。

就在群众纷纷准备弃剧的时候，一个二十多岁的小伙子急匆匆地爬上二楼，把一个信封交到苏航手中，连声和苏航道歉："不好意思，路上有点堵，耽误您时间了。"

苏航笑了笑："麻烦您了，大周末的跑一趟。"

小伙子拿纸巾擦去脑门子上的汗，笑容灿烂："您千万别和我见外，赵总说了，这两天您就是我领导，您要的人我都带来了，您这儿要没什么变化，我就按您之前说的，先下去安排了。"

小伙子又一阵风似的下了楼，关享看着小伙子离去的方向，满脑袋问号。苏航没有答疑解惑的兴趣，打开信封，抽出一张照片，从门缝里塞进张博家。

关享忍不住开口，刚叫了句"老苏"，就看苏航对她眨眨眼睛，食指压在嘴唇上，轻声数到三，门内突然传出震耳的咆哮声，以及中年男人被打时所发出的悲鸣。

苏航似乎对这个结果十分满意，把手里的信封交给关享。关享一脸疑惑地抽出信封里的照片，只见照片中，一个瘦得像竹竿一样的中年秃顶男子搂着一个衣着暴露，明显是失足妇女模样的姑娘，正要走进一家七天连锁酒店。

关享举着照片，看着苏航，惊讶得说不出话。苏航笑着和关享解释："张叔叔去嫖娼，让言晓晓付钱，我陪言晓晓去的。我当时想场面如此难得，怎么着也得拍照留念。没想到竟然还有用得到的一天。"苏航两指轻捏，从一沓照片中又抽出一张，上面是一位胖成球状的中年妇女和一位体型与她相当的中年男子，在公园内如胶似漆吻成了连体婴。关享看着照片，眼睛瞬间瞪成了铜铃。

苏航耐心十足地解释道："刘阿姨搞婚外情，让言晓晓打车送她，我恰好去给言晓晓送钱，也进了公园……"

在关享一连串的骂声中，苏航把这张照片也塞进门缝。很快，房内的争吵声升级，并且似乎由单方面挨打变成了男女双方斗殴，其间还夹杂着一个青年男子的声音："别打了！你们上当了！"

在苏航指挥下，关享再次用脚踹门，果然，房内瞬间安静下来。

苏航和和气气地和门内一家三口商量："刘阿姨，您看您是现在开门，我们面谈，还是我找个认识您的中间人，把照片给她，让她介绍我们认识一下？"

有道是好汉不吃眼前亏，刘阿姨迅速从地上爬起，把斗殴中揪散的头发理到耳后，撕烂的睡衣裹紧在身上。张叔叔更是毫不在意脸上的抓痕，眯着肿成一条线的左眼，努力瞪大右眼，鼓励刘阿姨开门："儿子咨询过律师了，恋爱期间赠予不用还，咱们不怕！"

门缝里的刘阿姨一脸戒备，苏航更加客气："刘阿姨，真不好意思，周末打扰您了。"

刘阿姨强装镇定："你们想干什么？"

苏航的笑容温煦如春风："您要是想在这儿谈，我是不介意……"苏航回头看了一眼又开始探头探脑的邻居们，"我怕您会介意。"

不等刘阿姨答复，关享一脚把门踹开，撞得门后的刘阿姨差点儿贴到墙上，至于张叔叔，则被强行突破的关享，吓得连连后退，一屁股坐在沙发上。

而此次行动的目标人物张博，虽然遗传了他妈妈的容貌，却没有遗传他妈妈的体格，整个人比他爸还要瘦，面对气势汹汹的关享，第一时间蹿回卧室，反锁房门，把烂摊子留给父母处理。

苏航站在客厅中央环顾四周，只见不大的客厅被东西挤得满满当当的。最新款的柜式空调和超大容量冰箱是言晓晓今年一季度的季度奖，真皮沙发和羊毛地毯则是言晓晓去年的年终奖。

"你们到底想干什么？"关享的行为让张叔叔深刻地意识到，真要动手他这副小身板完全不够看，只能用声色俱厉来掩饰内心的恐惧，"我会报警的！"

关享冷笑，扬了扬手里的照片，张叔叔立刻消音。苏航走到窗边，推开窗户，示意两位长辈过来瞧瞧。

刘阿姨知道苏航绝对没安好心，却又不能拒绝，不情不愿地走过去，往楼下扫了一眼，只是这一眼，当场就吓得她连退三步，差点儿坐在地上。

楼下不知何时来了四五十位精神抖擞的中年阿姨，统一着大红色运动服，排成两排，恶狠狠地盯着张博家的方向。刘阿姨刚才那一望，想必刚好被楼下众阿姨的眼刀戳了个晶晶亮透心凉。

苏航十分诚恳地和刘阿姨商量："我们今天来是想解决问题，您要是愿意谈，我们就好好谈。您要是不愿意谈……"苏航接过关享手里的照片，像整理扑克牌一样，洗了一遍，"照片我冲了一千张，都在楼下阿姨手里，您也不想您和张叔叔的事传遍整个小区吧……"

"你这是侵犯我们的名誉权，我们会告你的！"张叔叔牵着刘阿姨的手，刘阿姨挽着张叔叔的胳膊，相互牵制，不给对方逃跑的机会。

苏航徐徐道："张叔叔，侵犯名誉一般是指侮辱诽谤或者报道夸大失实。您看这照片，犯上面哪条了？当然，法律方面的事，我不专业，得问律师。"

苏航白脸唱得差不多了，轮到关享红脸上场，一掌下去，钢化玻璃的茶几差点儿拍碎："别给脸不要脸，真以为我不敢动手是吧？"

"关享，和长辈说话怎么能用这种态度呢？"苏航对着张博的父母报以歉意的微笑，"叔叔阿姨，事情已经到了这个地步，我就直接挑明了。"苏航指了指四周陈设，"所有东西，归你们，楼下那辆奥迪 A4 也归你们。我们只要一样，言晓晓买的房子，把张博的名字去掉。"

"没门!"

"做梦!"

刘家二老异口同声。苏航微微一笑,松开压在关享肩上的那只手,只见关享从沙发上蹦起,一脚踹翻茶几,女高音更是瞬间响彻整层楼:"想闹是吧?我告诉你们,别说这个小区,我保证明天这个时候,全市连条狗都知道你们全家那点醒龊事!"

刘家二老正犹豫怎么回嘴,不远处的卧室内,隔着房门,张博的小算盘已经打了十几遍。张博文学虽然不行,数学倒是极好的,前方吵成一团,他在后方已经想了个门儿清,苏航还好对付,像关享这种脸皮厚的,没准真能干出点什么事来。钱虽然重要,但是像他这种有惊世之才的作家,在出名之前可不能给自己留黑历史。几番权衡之下,他打开卧室门,门缝里露出一只眼睛,跟做贼一样叫他父母过去商量。

关享想冲过去找张博,被苏航拦住,由着一家三口脑袋扎在一块儿异想天开。叽叽咕咕了十几分钟,张博拍板,同意苏航的提议,交换条件则是苏航把照片全交出来,并且先把楼下人全领走。

苏航侧身坐在沙发上,仪态好得能上单位的形象宣传片,态度依然是那么温柔,话却更加难听:"张先生,麻烦您搞清楚一件事,您恐怕没有资格和我谈条件。您现在只有一个选择,按我的要求来,否则……"

苏航还没有说完,关享已一个箭步冲到卧室门口,推开张博父母,单手就把张博从房间里拖了出来,拎到苏航面前。

"小子,听说你还有文学梦是吧?一直想红没红起来是吧?我明天就给你找个公关公司,弄上几千水军,什么天涯晋江、微博微信,给你刷人气!开个帖子,名字我都想好了,就叫'八卦一下我那软饭硬吃的极品前男友'！配上你爸妈那嫖娼偷情的照片，保证你全家红透半边天！"

"你们这么做是犯法的！"张博跳脚，蹦起来还没穿着高跟鞋的关享高。

苏航笑了："您可以报案，但是……"苏航轻轻叹了口气，"我手上可有您父亲多次嫖娼的证据，您确定想让警察知道？"

"行行行，口说无凭，我按你说的，给你立个字据总行了吧！"张博吆喝着父母拿来纸和笔，不愧是文学男青年，五分钟之内，洋洋洒洒地写满了一张纸交到苏航手中。苏航看都没看，撕成了碎片。

张博脸色一变："你这是什么意思？"

苏航收去笑容，冷冷一笑："你们一家子都是无赖，你们说的也好，写的也好，我都不信。"

关享毫不客气地笑出声来，张博脑门上的青筋跳动："那你想怎么样？"

苏航不想怎么样，苏航不过是请来了律师和公证员，在律师的见证以及公证员公证下，张博铁青着脸写下了承诺书，直到这时候，苏航的脸上才勉强有了点满意的表情。

"张博先生，您承诺在完全合法合规的情况下，将房产赠与言晓晓并且配合言晓晓办理房产过户手续。如果您不认账，或者不配合，我保证咱们下次见面的地方就是法庭。并且，在那之前……"

苏航故意停顿，把时间留给关享，关享不负所托，扯着嗓子给张博上课："我保证每个网站都流传着你爸嫖娼、你妈偷情、你吃软饭的故事！你们单位每个人手上都有你爸你妈搞情况的照片！你投稿的每家杂志、出版社编辑手上都有你不要脸的证据！"

目的达到，苏航和关享撤退，不知是有心还是无意，临出门前，关享把桌上一套茶具摔了个满地开花。

楼下，苏航拿过钥匙，打开车门，坐在驾驶位上。关享目送刚才那位送照片的小哥领着阿姨们离去，看着苏航，一脸崇拜："老苏，你从哪儿找来的？"

　　"赵大财记得吧？"

　　关享点头，那是苏航的老客户，本省家装业老大，据说巅峰时期手下有过千儿郎。

　　"我把他家食堂所有烧饭阿姨都借来了。"

　　关享这时才领悟到，来的路上，苏航手机为什么响个不停。此时，她看着苏航的眼神更加崇敬。

　　苏航却没有一丝得意，发动车子后，把手机扔给关享："我手机银行密码你知道，帮我把所有理财和基金全部赎回。"

　　关享一脸疑惑，苏航和她对视，叹了口气："你四年客户经理怎么当的？有房贷的房子怎么去名字？首先得把贷款结清！钱到账以后，我转给言晓晓，你赶紧帮她把贷款还掉。"

　　关享一边操作一边嘀咕："我当然知道，我就是一时没反应过来，老苏，你这钱还不够一半呢！"

　　"剩下一半你出。"苏航语气淡然，好像在谈论天气，关享刚要张嘴，被苏航打断，"别和我哭穷，我知道你身上有多少钱。"

　　"你这话什么意思？"要不是在车上，关享能跳脚，"说得好像我不想掏一样，我关享是那种人吗？我关享向来为朋友两肋插刀！"

　　"然后为男人插朋友两刀。"

　　"老苏，讲话要凭良心！之前人家给咱们介绍相亲对象，哪次不是让你先挑？就连李林，也是你看不上，我才追的！"

　　关享一边和苏航斗嘴，一边处理她和苏航的理财基金，好不容易忙完，头一抬，发现车竟然停在了她家楼下的停车场。

　　苏航挑眉："还不下车？"

　　看关享坐着不动，苏航下车把她揪下来："马上就中午了，你晚上要见家长，你不会是想保持现在这个造型见人吧？"

　　"可是言晓晓那边……"关享扒着车窗嘟着嘴，苏航用力关门，吓得关享连忙跳开。"有我在，你有什么不放心的？"苏航挥挥手，"走了，明天等你好消息！"

2

论如何和妈宝男的

妈和平共处

关享蹑手蹑脚地拿钥匙捅开家门，刚一探头就听到她妈一声怒吼："你还知道回来？！"

既然被发现了，那就不用再装了，关享踢掉高跟鞋，换上拖鞋，踢踢踏踏地进了客厅，她爸和她妈肩并肩堵在她卧室门口，怒目而视。

关享的父母都是国企职工，这辈子圈子就单位那么大，文化水平不高，但是对关享的教育十分严格，二十六岁的大姑娘一夜未归，绝对是了不得的大事。

"你昨晚去哪儿了？"

"现在几点了？"

"你知不知道今天晚上要去见家长？"

关享被吵得一个头两个大："你们能不能让我安静一会儿？"

"我是你妈，你的事，我就得问！"关享妈紧跟在关享后面，"你还嫌烦？"

关享不顾她爸阻拦，自顾自地蹿回到卧室，关门前威胁道："我一夜没睡，现在去补觉，请你们不要打扰我。不然，晚上见家长，我就表现不好了！"

关享父母气得半死，却拿关享一点儿办法都没有，由着关享一觉睡到下午四点。最后，还是关享妈耐不住性子，把关享从床上拖

起来沐浴更衣，同时反复叮嘱关享今天晚上一定要少吃东西少说话，保证给李林的父母留下一个好印象。

傍晚六点，关享的男朋友李林准时来到她家楼下。

这是一位无论身材还是长相都有些抱歉的男人，但是在一身奢侈品以及豪车的加持下，关享看着他的眼神，饱含爱意。

李林拦住准备上车的关享，似乎有些犹豫，却还是给她下达了命令："你去换件衣服。"

关享低头打量身上的裙子，这是她专门为了见家长，选了一个月，咬了三次牙，花了一万一千八百元忍痛拿下的！

颜色是正红，一看就讨喜；

长度到膝盖，她妈都说端正得体；

款式为方领短袖，苏航的评价是保守中带着一丝俏皮。

这是一条多么漂亮的裙子，又是一条多么适合见家长的裙子。

关享指着裙子："不好看？"

"很漂亮！"李林点头，有些迟疑地说出理由，"可我妈不喜欢……"

"这条裙子花了我一万一千八百元，绝对不会丢你家的人。"

"我不是说这个，我是说……"李林的目光在关享胸前来回扫荡。关享似乎有些明白，她指着胸口："这领子再高点都要顶到下巴了，你妈还不满意？"

李林表情尴尬，但是坚定地点头。

从和李林确定关系那天起，关享就知道他是个妈宝，"我妈说"这三个字，他就没离过口。"我妈说这个好""我妈说那个不好"是李林决定约会时间、地点、挑选餐厅、电影的重要标准之一。

有时候关享很想问问李林，我是和你交往还是和你妈交往？为什么什么事都是你妈说？现在连穿条裙子都要根据你妈说？

但是，这些问题关享不会问，过去不会，现在不会，将来更不会。因为就算李林是妈宝，那也是她相亲相了八十八次相来的富二代妈宝！是她从一群虎视眈眈的女人手中虎口夺食抢来的富二代妈宝！李林想找和她一样条件的女生不难，而她想找和李林一样条件的男生却不容易。看在钱的分儿上，她有什么不能忍的？

关享保持微笑，转过身立刻翻白眼骂娘，根据李林的要求，她马上回家换裤子。

然而，关享还没走出两步，又被叫住，李林指着自己的脸蛋："我妈不喜欢女生化妆。"

关享点头："那你喜欢吗？"

李林的反应实在是让关享无奈，一个二十八岁的成年男性，此刻不但没有安抚女朋友的情绪，反而比女朋友更有情绪。

"我也没有办法呀，"李林双手一摊，"我喜欢没用啊，我妈喜欢才有用啊！"

关享完败，一声不吭地上楼。关享的父母见关享回来了，急得一头热汗："关享，你怎么回来了？"

"关享，你和李林吵架了？"

"关享，有什么事情好好和李林说，你千万不要和人家赌气啊！"

关享面无表情，走回卧室，"砰"的一声关上房门，留下父母在门口急得如同热锅上的蚂蚁。

关享对着天花板深呼吸，勉强控制住情绪后，小心翼翼地脱下一万一千八百元的裙子，套上条牛仔裤搭配纯白T恤，至于中分大波浪的长发，则是绾成了个丸子头。

关享对着镜子勉强挤出一丝笑容，有道是忍一时心平气和，退一步海阔天空，她可是愿意为了钱出卖灵魂的人，这点委屈算什么？不过素颜见人终归不方便，关享还是在脸上薄薄地扑了一层粉，用来遮挡因睡眠不足而有些发暗的脸色。

关享对自己这种村姑造型十分不满，她父母却是眼前一亮。她妈妈简直是乐开了花："原来是换衣服啊，这才像个样子嘛！清清爽爽的！早听我的就不用来回折腾了！你原来那个样子哪里好看了？"

李林同样满意得不得了，殷勤地给关享拉开车门，一路上都在肯定一件事——这样的关享一定能够获得他妈的喜爱。

关享全程保持微笑，眼睛看着李林，脑子里全是苏航的话："别以为你搞定李林，你这婚就能结成。结婚永远不是两个人的事，而是两个家庭的事。"

关享眨了眨眼，视线从李林的脸上滑到方向盘上，宾利的标志闪得她眼花，此刻她心想只要能熬过这一关，不久的将来，一百八十万元的车她也可以拥有。

关享握紧放在腿上的双手，看着李林的眼睛越发柔情似水，这是她未来的长期饭票、衣食父母。别说看他妈点脸色，必要的时候，她愿意看他们全家的脸色。

见面的地点选在五星级酒店的广东餐厅，李林一家加上关享，一共四个人，却订了个能容纳四十个人的包间。李林爸出发前，突然接到电话，说是公司临时有事他要去处理一下，把考察未来儿媳妇的重任交给了李林妈。

李林妈当时就坐在老公身边，电话里传来的明明是年轻女性的娇嗔，但她还是平静地接受了老公的借口。在她这个年纪，老公有多少女人完全不重要，重要的是儿子，那是完全属于她一个人的。

关享跟着李林走进包间，李林妈已经等了半个小时。关享一进包间就看见一位冷若冰霜的中年妇女，穿着一件暗绿色印花旗袍，领口别着宝石胸针，板板正正地坐在直径有五六米的圆桌主位，如果不是李林连声叫妈，关享以为自己走错了地方。

李林爸虽然是白手起家，但发迹极早，李林妈从结婚那天起，就是全职太太，没吃过苦。这辈子只有两件事可以拿出来说道：一是培养李林，养得李林只听她的话；二是斗小三，斗了半辈子，保住了自己和儿子的位置。

看第一眼，李林妈就不喜欢关享。一番仔细观察，李林妈终于知道为啥发自内心地厌恶。虽然关享打扮得像个良家妇女，可看到她那脸蛋，李林妈一声音冷笑，那高鼻梁、大眼睛、尖下巴，这几年来李林爸找的小情人哪个不是这长相？真不愧是父子，口味都一样！

李林妈狠狠瞪了儿子一眼，李林不明所以，刚想挨着关享坐下，就被他妈叫到身边，一时间，场面有些尴尬。

关享坐在上菜位置，隔着桌子，看着一对母子窃窃私语，眼下这情况好像不太妙。她别说干啥了，连话都没说过一句，怎么对方就一副对待阶级敌人的架势？

"你叫什么名字？"李林妈的眼睛毫不掩饰地在关享脸上来回打转，语气更是和她的脸色一样，能刮下二两霜来。

关享心中一跳，她来见家长，李林妈能不知道名字？这下马威给得好，但为了一百八十万元的车、一千八百八十万元的房，别说下马威，破口大骂她也得忍着。关享笑容乖巧，一副听话懂事的模样："周阿姨，您好，我叫关享，关心的关，享受的享。"

"我希望你称我为周女士。"周女士低头抚摸手腕上的翡翠手镯，连正脸都不愿意给关享，"我和你还没有熟到你能称我为阿姨的地步。"

李林终于意识到饭局缺了个人："我爸呢？"

"开会！"周女士言简意赅。

从母亲的态度，李林大约知道父亲的去向，只能隔着老远给关享递眼色，希望她多担待一点。

关享向来自诩可以为了钱出卖灵魂，这点挫折算什么，当下含笑接受周女士的拷问。

"你干什么的？"

"我在银行工作。"

"坐柜台数钱的？"周女士的声音忍不住拔高，带着明显的鄙夷。

"我是客户经理，主要负责给小微企业放贷款。"

客户经理四个字，瞬间让周女士心中的怒火熊熊燃烧。别的事情，她会忘，老公找的每一任小情人她可忘不了。上上任，就是银行客户经理，借着办业务的名义接近她老公，为了钱也就算了，更可恨的是，竟然还想挤掉她上位！幸亏她发现得及时，带着一帮子人冲到银行，就在大堂里，把那个狐狸精打了一顿，这才让老公迷途知返。

关享看着周女士那张精心保养的脸由青到红、由红到黑，满满的怒气，心中更加不解，她仔细回想自己刚才说的每一句话，确定没有一个字能令人不快，就算周女士今天心情不佳，也没有理由迁怒到她身上。关享求助地看向李林，李林的心思却全在他妈身上，哪还顾得上她。

"你父母是干什么的？"

"我父母在国企工作。"

"什么职位的领导？"

"不是领导，就是普通员工。"

"那就是工人了？"

周女士的声音又高了八度，李林急得使劲给关享递眼色。他就提醒过关享，让她说是领导，她怎么就记不住。

关享一五一十地向周女士汇报："是技术员，当然，您说是工人也对。"

周女士气得眉头紧锁："林林，我怎么和你说的，找对象一定要门当户对！你都忘了？"

周女士这话说得实在刻薄，李林再妈宝也忍不住笑着打岔："妈，关享很优秀的。"

周女士不耐烦地打断儿子："你啊，就是太单纯，容易被不三不四的女人骗！"

关享假装没听见，对着桌子上光可鉴人的茶壶盈盈一笑，好一副明眸皓齿。用脚后跟想，都知道对面那位贵妇，明显是在拿她撒气。

周女士看李林急得抓耳挠腮，脸色更加难看，冷笑一声："关小姐，你想嫁给李林，说好听点是高攀，说难听点是痴心妄想！"

周女士这话已经不是刻薄，而是挑衅，就算是看在钱的面子上，关享也险些按捺不住。

"但是李林喜欢，我也没办法。"周女士长叹一声，眼神如刀，直逼关享，"虽然我们是上等人家，但还算开明，我会尊重李林的意见。但是丑话说前面，我对你有几个要求。"周女士语调终于有所缓和，眼底却带着一丝恨意，"第一，结婚后立刻辞职，那种抛头露面伺候人的工作不允许你做，你唯一的工作就是照顾好李林。"

关享不置可否，低头听周女士教训。

"第二，我不管你玩心有多重，婚后就得要孩子，而且得要儿子。"

面对这种人力完全不可控的问题，关享不得不抬起头，小心翼翼地提出疑问："如果是女孩怎么办？"

"那就继续生，直到生出儿子为止。"周女士耻笑，"我们李家这么大的家业，能让香火断了？你放心，我们家有钱，生多少都养得起，国内不方便生，你去美国生，一直到你生出儿子为止。"

关享"噢"了一声，又低下头，周女士瞅着她那副装可怜的模样越发厌烦："结婚后，我希望你尽量不要和你家有任何来往。虽然说谁家没有几门穷亲戚，但是你家不光是穷的问题，是实在太低端，我希望你尽可能脱离你的原生家庭，或者说社会底层。"

周女士一番话可谓字字诛心，根本不容关享辩驳。李林招呼服务员上菜，想借此缓和一下气氛，又被周女士呵斥，要求儿子马上送她回家。

李林也没想到见家长会见成这样，明知他妈过分，依然不敢反抗，只好委屈关享。他贴心地扶着老佛爷移驾回宫，留下关享对着满满一桌子菜干瞪眼。

在言晓晓家，苏航煮了粥，伺候言晓晓吃完，正准备自己来碗泡面对付下，门铃响起，开门一看竟然是关享。

"你怎么来了？"

关享摇了摇手里两大包从酒店拎来的东西："给你送吃的。"

苏航接过关享手里东西，一边往桌上摆一边问关享："不是正式见家长吗？这么快就结束了？"

关享坐在餐桌旁，拿筷子指着言晓晓卧室的方向："怎么样了？"

苏航抬手把关享手里的筷子压到碗边："知道什么叫餐桌礼仪吗？"

苏航把热好的佛跳墙从微波炉里取出来，放在关享面前："先说说你那边，怎么样？顺利吗？"

关享对着美食食欲全无，跟讲故事一样把见家长的经过讲了一遍："我穿成这样，全程微笑，一句多余的话没说，她妈依然不喜欢我。"

对于周女士不喜欢关享这点，苏航并不意外。早在关享和李林确定恋爱关系时，苏航就托人打听过李林的情况。过去五年，李林至少被他妈拆散过十三次，其中甚至包括李林他妈自己相中的姑娘。熟悉周女士的人，基本达成共识：在周女士眼中，天下女人没有一个好东西，都是带着企图和她儿子搞对象。

关享从来就没否认过看上李林主要是因为钱，所以周女士的冷嘲热讽她并没有放在心上。她关注的是周女士能不能给她花钱的机会："你知道她是怎么要求我的吗？第一，辞职当保姆；第二，给李家生儿子；第三，和我父母断绝关系。"

第一点和第二点，苏航早就猜到，第三点倒是有些出乎意料。苏航夹起一筷白灼芥蓝送入口中，笑容轻柔恬静："你是怎么想的？"

"我能怎么想？"关享的回答斩钉截铁，没有半分退让，"第一，金丝雀肯定不能当，你是没看到她那个样子，我敢打赌，肯定是被哪个小三气着了，找我撒气呢！第二，我要能决定生男生女，我早去争取诺贝尔奖了，我还在这儿当什么客户经理？"

苏航微微一笑，又将一筷芥蓝送入口中。关享哼了一声："和父母断绝关系那就更不可能了。我父母的确没文化、没本事，可好歹也把我养这么大，怎么就入不得他李家法眼？他李家又是什么东西？往上别说三代，到李林爷爷那一辈就是贫农，也就他爸做生意发达了，一个暴发户有什么资格看不起我家？"

"你说的都对，但是你舍不得他家的钱。"苏航指出问题的症结。

关享泄气地瘫在椅子上，愁容满面，正要哀叹，只听卧室方向传来悲泣，关享与苏航对视一眼，双双冲了过去。

此时的言晓晓智商勉强上线，多少明白一件事，那就是她和张博真的完蛋了，回忆起过去的点点滴滴，汹涌的眼泪再次夺眶而出。

关享理解不了这种少女情怀总是诗的痛苦，她想到言晓晓花在张博身上的钱，想到奥迪A4，心中怒火就熊熊燃烧。

关享甩了拖鞋跳上床，掐着言晓晓的肩膀使劲摇晃："你有完没完？"

苏航担心言晓晓刚吃的药被摇得吐出来，拉开关享。关享隔着苏航，一指头戳在言晓晓额头上："你看你这点出息，不就是一个男人吗？没钱也就算了，还不是东西！你说你至于吗？"

苏航承认关享说的都对，但是这种时候，怎么着也得考虑当事人的心情。苏航让关享少说两句，她轻声细语地劝言晓晓想开点："就张博这种人，死后送到火葬场烧，一炉子下去，没有骨灰，全是人渣。"

关享哈哈大笑，苏航不动声色地扫了一眼，关享立刻消音。

言晓晓极力忍住眼泪，更显得一脸悲苦："我怎么和我爸妈交代啊？他们上个月才和张博爸妈见过，商量好下个月我和……我和……去领证……"

苏航目光沉静，安抚言晓晓："车到山前必有路，总会有解决的方法，再说了，凡事还有我和关享。"

苏航的声音并不高，却有着安定人心的力量，言晓晓用力点点头。

"父母的问题，后面有的是办法解决，现在有更重要的事情要做。"苏航环顾下四周，轻轻叹了口气，"比如说房子的问题。"

言晓晓随着苏航的动作，也抬头看了一圈，满是泪痕和鼻涕的脸上，依然全是迷茫。

苏航的目光失去了原有的温和，冷硬中带着尖锐："当初你买房子的时候，关于婚前财产的问题，我和你谈过，可你还是坚持要在房产证上写上张博的名字。现在，你和张博分手了，房产证上的名字，你打算怎么解决呢？"

不出关享所料，言晓晓又开始用哭泣表示自己的无能为力。

这次苏航没有阻止关享，由着关享揪着言晓晓的耳朵，把言晓晓的脑袋摇成了拨浪鼓。

"你除了搞对象，你还知道什么？现在你开心了，分手了还送人半套房子！你妈生你出来，就是来扶贫的？"

不知道是因为耳朵痛，还是因为被关享的话扎到心，言晓晓哭得更加厉害。

关享懒得考虑言晓晓此刻的心情，中气十足："我告诉你，哭死都没用！我要是你，我立马去脑科医院检查，让医生给我出一证明，证明我智力残障！"

说到激动处，关享双掌一击："然后，我拿着证明去找人家，不好意思啊，因为我是智障，所以我才把房子送给你，麻烦你把房子还给我，不然精神病人杀人可不犯法哦！"

苏航由着关享折腾言晓晓，觉得差不多了才轻咳一声："今天上午，我和关享去找张博……"

言晓晓哭声立刻停了，一脸期盼地看着苏航。

关享一眼就看穿她的心思，指着她的鼻子说道："你要敢问你和张博还有没有可能，信不信我现在打死你？"

言晓晓最想知道的问题，被关享堵了回去，怯生生地看了关享一眼，小声抽泣。

苏航之前已经尽到了安慰义务，现在必须谈谈现实的问题："张博已经同意配合你，把房产证上的名字去掉。"

言晓晓止住哭声，瞅着苏航，有些犹豫："可是……可是……可是有贷款的房子没有办法去名字，我还有一百多万元的房贷……"

"那就把贷款还掉。"苏航含笑，目光温和。

言晓晓傻了，苏航说得简单，那可那是一百多万元啊！

苏航接过关享递来的梳子，帮言晓晓把杂草一样的头发慢慢地梳理整齐。

"我和关享把手里的基金和理财都赎回了，最快周一能到账，一到账我们就转到你卡上，你自己再凑一点，差不多够还贷款了。"

关享冷笑："言晓晓，为了你，我身家性命都交出来了。你要是还对张博那个人渣念念不忘，这辈子，咱俩就彻底没关系了！"

苏航又从关享手里接过湿巾，仔细地擦掉言晓晓脸上的污渍："过去的错误，我们已经没有办法弥补了，我们能做到的，只有让自己将来不再犯同样的错误。"

"这钱太多了……"言晓晓缩着肩膀，脑袋低得快从脖子上掉下来，"我不能拿你们的钱……"

"拿？"关享忍不住捏着言晓晓的下巴，让她抬起头，"这钱不是送给你的！是借给你的！你不光要还本金，还要付我们利息！"

关享说得凶神恶煞，但她的那番心意，言晓晓再蠢也能明白。只是她天生笨嘴拙舌，只能通过拼命点头来表达自己的感谢。

苏航拍了拍枕头，让言晓晓乖乖躺好："事情谈完了，现在我想拜托你一件事。"

苏航帮言晓晓把被子盖好："我和关享现在很累，你好好睡觉，这样我和关享也能休息，你看好不好？"

言晓晓乖乖把眼睛闭上，苏航先把关享撵了出去，一直守到言晓晓睡安稳了，才从卧室出来。

客厅，关享正窝在沙发上摆弄手机。

苏航给自己倒了杯水，揉了揉太阳穴，说："你还不回家？"

"回家？"关享随手把手机扔在茶几上，"就刚一会儿，我妈给我发了三十多条信息，问我见家长见得怎么样。你觉得我应该怎么告诉她，李林妈看见我跟看见阶级敌人一样？"

以苏航对关享妈的了解，如果关享说出真相，她妈绝对只会认为问题出在关享身上，进而要求关享改正。至于改正什么、怎么改正，她妈丝毫不会关心，她只会关心如何能让关享以最快的速度嫁人、生孩子。

"我现在回去，估计能盘问我一夜。大到李林他妈说的每一句话，小到我吃饭的时候手有没有扶碗。"关享盘腿坐在沙发上，"所以，我告诉我妈，我同事生病了，我在照顾她，今晚不回家！"

"你妈会给你打电话的。"

"我关机了！"关享比了个胜利的手势，蹦蹦跳跳去洗漱了。

看着关享进了洗手间，苏航也放下了杯子，几个房间来回打量。关享好奇地从洗手间探出脑袋："你干什么呢？"

"你帮我参谋下……"

"哟，老苏，还有你拿不定主意的时候啊？"关享顿时来了精神，手持牙刷比画，"你说，参谋啥？"

"这两间卧室，我住哪间比较好？"

关享差点儿把牙膏给吞下去："怎么，你还想长住？你就这么不放心老言？"

苏航摇了摇头："我租的房子快到期了。"

苏航在次卧和婴儿房之间摇摆不定："现在钱全给了言晓晓……"最后她指着朝南的次卧，"就这间吧，下个星期你帮我搬家。"

关享瞅着苏航，虽然对方颐指气使，但声调软绵，语气柔和，一头乌黑长发，配一张巴掌大小的瓜子脸，整个人温婉得像幅画。可谁又能想到，就是这样一个看着叫人打心眼里舒服的姑娘却被本行同事尊称为"苏一刀"？

苏一刀，杀人不见血，封喉只一刀。关享忍不住在脑海中勾画言晓晓和苏航的未来同居生活，心中默默地为言晓晓点上一根蜡烛。

苏航看到关享脸上表情变来变去的，徐徐道："不想干？"

"不敢！不敢！"关享立刻表明心迹。

苏航笑了笑，上上下下打量着关享，关享心里顿时有些发毛。

苏航问："你要不要搬来一起？"

"我一本地人，在家里住得好好的，搬来干什么？"

"住得好好的？"苏航笑容越发温柔，关享后背却一阵发凉，"关老板，不是我说啊，李林妈这事你要是解决不了，你妈绝对不会让你住得好好的。"

关享脑补了一下苏航描述的画面，又是一个寒战。至于苏航的未来同居人言晓晓，则在半梦半醒中打了个喷嚏，揉了揉鼻子，接着又昏沉沉地睡去。她还不知道，她的生活已经在未经她许可的情况下，走上了另外一条道路。

言晓晓当年买房是用于结婚，装修是装修好了，但是因为钱不够，除了主卧以外，其他房间基本没有什么家具。

次卧虽然有父母过来探亲居住过，可也只有一张床而已。关享和苏航洗漱完毕，躺到了一起。上次两人睡在一起，还是五年前的新员工培训。

估计是白天累过头了，关享此刻反而没有了睡意，碰了碰身边闭目养神的苏航："老苏，你睡着没？"

苏航神情淡然，连呼吸声都几乎轻不可闻，却接下了关享的话茬："说。"

"我们认识五年了？"

"准确地说，是四年十个月零七天。"

"你这个人啊，就是这点不可爱，什么事都这么较真。我这想和你情怀一下，你搞得跟谈工作一样。"关享嘟囔，"干啥都这样，说好听点，叫客观冷静，说难听点叫冷漠。刚认识那会儿，我可烦你这样了。"

"不喜欢我的人多了去了，你算老儿？"苏航睁开眼，歪头看着关享，"要说不招人待见，我可比不过你。新员工培训那会儿，至少一半女生对你有看法。"

"不就是因为我长了一张狐媚的脸吗……"关享故意把声音拖长,"我和男同学说句话,就是我有企图,我发个微信朋友圈感谢男同学照顾,就说我是心机女。我干什么不重要,重要的是我长相不正经,就是原罪。"

关享回想当年,心情十分不愉快,那会儿培训没多久,因为食堂排队的问题,她和几个女生吵了起来。当时的她真是四面楚歌,明明是别人插队,却都在指责她不守规矩。

"老苏,别看我嘴凶,当时我可委屈,要不是你,我估计当场就能哭出来。"

就在关享被群起而攻之的时候,排在前面的苏航,站出来给她做证说,关享没有插队,反而是指责关享的几个人在插队。然后,苏航拉着关享,让关享去她的位置排队打饭,她则站在关享的位置,一脸冷漠地和插队的几个人对视。

苏航似乎对那件事没什么印象,又闭上眼睛:"我是嫌吵,并不是特意想帮你。"

关享早就习惯了苏航的调调,也不和她争辩:"当时我觉得你超帅,我一定要和你做朋友。"

"所以,你就黏着我不放?"

"我也是为你好,就你那性格,一般人谁受得了?"

对于这种指控,苏航不得不再次睁开眼:"我和言晓晓相处得很好。"

不同于关享的主动黏过来,苏航和言晓晓的友谊,主动一方却是苏航,在众人眼中,苏航很奇怪地照顾着各方面都不出色的言晓晓。关享对此虽然摸不着头脑,但是出于义气,朋友的朋友当然也是朋友,和苏航一起对言晓晓照顾有加。

"话说你是怎么和言晓晓玩一块儿去的?"

"想知道啊？"苏航翻了个身，把后脑勺留给关享，"我就不告诉你。"

关享一点儿都没有感到气馁，继续发挥她最大的优点——没脸没皮，对着苏航的后脑勺，唠叨个没完，话题一路从当年新员工培训，到最近娱乐圈哪个小鲜肉最红，最后唠叨到睡着。

这一觉睡得又香又沉，苏航和关享被楼下的装修声吵醒，距离每周一的晨会只有一个小时。

周一晨会，即使强悍如关享，冷静如苏航，那也是绝对不敢迟到的！

关享一声惨叫，手忙脚乱地从床上跳起来，冲进卫生间洗漱。苏航虽然号称"泰山崩于前而不变色"，但想到罗行长的脸，脖子后面也有些发凉，跟在关享后面冲进卫生间，开始洗漱。

两人收拾好走出卧室，吃惊地看着言晓晓顶着一张水肿的脸坐在餐桌旁，面前放着四五样早餐，热气腾腾，香味扑鼻。

关享狐疑地看了看桌子上精致的早餐，又看了看如木头般呆滞的言晓晓："你做的？"

关享的声音让言晓晓从呆滞状态中惊醒，连声让苏航和关享赶紧吃饭。苏航看了看手表："来不及了！"

关享一边手忙脚乱地打包东西，一边问言晓晓："不是说好了，你在家休息一天，老苏帮你和老罗请假。"

言晓晓摇了摇头，眼睛看着皮蛋粥，语气难得地坚定："我不休息，我要上班，我要还你们钱。"

当年新员工培训结束，关享、苏航、言晓晓被分配进同一家支银行。

关享的第一个岗位是大堂经理，工作第一年，被客户投诉一百二十次，平均每个月十次。

顶头上司罗行长虽然爱极了关享文能摆平大爷大妈、武能对战泼妇无赖的专业素养，但是，每个月处理十次投诉实在是吃不消。更何况，当事人丝毫没有尽力做到不被投诉的自觉。每当罗行长想和关经理谈谈服务态度，不超过三句话，关经理的脑袋便要仰成视死如归状，眼神更是悲壮，仿佛即将走上刑场："我没错！我是坚决不会向恶势力低头的！钱随便扣，全行通报批评也无所谓，想让我道歉，没门！"

出于对员工的爱护，更是对自己脆弱心脏的关怀，罗行长主动帮助关经理完成了职业生涯的第一个华丽转身——由大堂经理转岗成为客户经理。

对此，关经理并无异议，只要有钱赚，她从来不挑剔。而罗行长则惊喜地发现，关经理的投诉工单终于由每月十次下降到每月两次，实在是可喜可贺！

苏航的第一个岗位是理财经理，不但业绩优良，积累了一批死忠客户，同时还保持着零投诉的骄人战绩。如果说关享让罗行长又爱又恨，那么苏航则让罗行长感觉到无比骄傲。正当罗行长想把苏航培养成全分行理财经理第一块牌子时，苏航提出了转岗——她想当客户经理。

为了打消苏航的念头，罗行长把苏航叫到办公室，准备了五千字的腹稿给苏航洗脑，然而，面对慷慨激昂的罗行长，苏航只用了一句话，就使罗行长的长篇大论胎死腹中。

苏航说："如果支行不方便转岗，我会考虑到其他支行转岗。"

诚恳地说，罗行长十分讨厌这种威胁领导的行为，但是，罗行长更讨厌自己心中的第一名带着本行资源跑到其他支行！

思考三分钟后，十分憋屈的罗行长勉强地表示了同意。

苏航礼貌地对领导的支持表达了感谢，字字诚恳，仿佛发自内

心，如果不去看她的眼睛的话。

被转岗的关享在得知这一消息后，也十分不解，她对苏航进行了采访。

"你为什么要放弃理财经理这个很有前途的岗位，投身到客户经理这个火坑？"关享举着一个棒棒糖充当麦克风凑到苏航嘴边。

苏航把鬓边的碎发轻轻理到耳后，配合一个十分文艺的笑容："世界这么大，我想去看看。"

关享一脸嫌弃地吐出三个字："说人话！"

苏航眼神一亮，言简意赅："经过研究，我发现客户经理收入高、升职快。"

自入行起，唯一岗位没有变化的是言晓晓。五年前是柜员，五年后依然是柜员。在"相夫教子是女人唯一追求"这一"传统美德"的指引下，这五年中，工作方面毫无建树，直接导致她在罗行长眼中近乎透明，属于完全可以忽略的对象。偶尔能让罗行长想起言晓晓来，也是因为她和苏航、关享的那种亲密关系。

罗行长始终没有办法理解：关享、苏航为什么会和言晓晓走得近？或者说，言晓晓怎么会和关享、苏航关系好？

可惜罗行长不会明白，女生间的友谊，有时候类似于爱情，从来没有逻辑可言。就像《白马啸西风》里李文秀的话："那些都是很好很好的，可是我不喜欢。同理，我喜欢的，管他好不好。"

关享、苏航、言晓晓一行三人夺路狂奔，总算没有迟到。

早上七点五十分，支行营业大厅。

所有客户经理、理财经理、会计柜员身着行服，面对面站成两排，支行最高长官罗行长背着双手昂胸挺肚地站在队伍最前端，视线从每一个员工脸上审视而过。

这是罗行长一周当中最有派头的时刻，也是隔三岔五被客户经理气得跳脚的罗行长，觉得自己还是个行长的时刻。

很快，他的目光停留在言晓晓身上，今天的言晓晓比过去任何一天的言晓晓都要难看，脸蛋蜡黄，嘴唇惨白，一头乱糟糟的头发和枯草没什么区别，还不如菜市场大妈清爽。

"某些员工，尤其是一线柜面员工，请好好注意一下自己的仪容仪表！请大家记住，我们不但是金融业，我们还肩负着服务业的重任，你一副乱七八糟的样子，客户看了能心情愉快？"

虽然是不点名批评，但言晓晓自发认领，一副低头认罪的造型。有同事忍不住笑出声，关享立刻给了一个眼色过去，扫得人自觉闭嘴。

关享自以为隐蔽的小动作，当然逃不过罗行长的眼睛。对于关享这种嚣张跋扈的态度，罗行长十分不满，言晓晓是太不注意仪容仪表，而她是太注意仪容仪表。

罗行长咳嗽一声，语重心长："当然，注意仪容仪表不是让你上班化浓妆！我知道你长得漂亮，但我们是银行，我们是靠专业吃饭！不是靠脸蛋吃饭！"

关享生平最烦领导这种指着和尚骂秃子的开会方式，正准备举手发言和罗行长讨论一下到底谁是靠脸蛋吃饭，旁边苏航立刻按住了她那只跃跃欲试的手。此时，罗行长的视线停留在苏航身上，终于露出了今天第一个发自内心的笑容。

"大家都看看苏航，这才是得体的打扮，你们没事多向她学学！有些人啊，天天和榜样待在一起，是半点好地方没学到！"

伴着关享翻到天上去的白眼，在众人附和声中，罗行长点明了本次会议的主题："目前支行正在向分行申报优秀服务网点，请大家务必提高服务质量，避免一切投诉。"会议的最后，罗行长再次重点关注关享，"尤其是你，小关，最近一个月，必须零投诉！不然，本季度奖金你就别想要了！"

关享不服，无奈罗行长斗争经验十分丰富，说完立刻宣布散会，完全不给关享开口的机会。关享正想追到行长办公室理论一番，却被苏航拖回客户经理办公室。

关享争强好胜惯了，哪受得了这委屈，刚要开口抱怨，嘴里被苏航硬塞进一个包子，噎得直翻白眼。

苏航递过去一盒牛奶："我们来玩一个十分钟不说话的游戏，谁输谁请午饭。"

关享勉强吞下嘴里的包子，越发为自己抱不平："玩个屁！别以为我不知道，你和老罗穿一条裤子！"

苏航轻笑一声，也不看她，优雅地将一勺皮蛋瘦肉粥送入口中。

关享卷起袖子，围着苏航绕了一圈，愤愤道："你脸上抹得少了？我不就唇膏颜色深了点？怎么我就浓妆艳抹，你就清水芙蓉？"

苏航笑意微微一敛，抽出一张纸巾，小心地按掉嘴角的油渍，仿佛不经意道："因为我长得美。"

"就你那小鼻子小眼睛的？"关享见苏航得意，不屑地撇了撇嘴，"苏经理，你那种长相早就不流行了，现在流行的是我这种标准化、格式化的美！"

"传说中的网红脸，美则美矣，毫无灵魂。"苏航拿起一包卸妆湿巾扔到关享脸上，"赶紧把唇膏擦了。"

免得关享废话，苏航指着罗行长办公室方向："第一，姨妈色现在已经不流行了，现在流行的是吃土色；第二，领导喜欢少女色，你就得擦少女色，除非你想放弃你的一季度奖金。"

关享虽然爱极了嘴上这抹完像喝过血的唇膏，但是，不能为了爱和钱过不去，气呼呼地抽出一张湿巾，对着镜子擦嘴。苏航坐在旁边，微垂着头研究才做的美甲。

　　"老罗今年四十五岁了，这次申报优秀支行如果能成功，就是老罗将来去分行养老的资本。对他来说，非常重要，你上点心，至少这个月，乖一点。"

　　"乖个屁！"关享低声嘟囔，眼角余光瞟到苏航的脸色，立刻改口，"知道啦！烦死了！"

　　苏航替关享把领口丝巾理正，方才的严厉仿佛只是幻觉："李林到现在都没动静？"

　　关享一口气喝光一盒牛奶，把空盒重重砸进废纸篓："他'坟头'信号不好！等我有空了，给他烧纸！"

　　"这才第一关，"苏航笑着打开电脑，"前途未必光明，道路一定坎坷。今天下班陪你买双好点的鞋……"

　　关享疑惑地看着苏航，正好奇苏航何时如此温柔体贴，就听苏航爽朗地笑道："别刚出发就摔死了。"

　　关享气得说不出话来，苏航将快乐建立在关享的痛苦之上，心情十分愉悦。

　　不过关享的愤怒并没有持续多久，上午十点，李林的"坟头"恢复信号。比电话更早到的，是野兽派的鲜花以及关享梦寐以求的那双鞋。至少在打开鞋盒的一瞬间，关享觉得昨天的委屈是有意义的。

　　李林在电话里约关享吃午饭，听声音颇有些忐忑，对于这种态度，关享十分满意，事实证明，李林还是在乎她的，她嫁有钱人的目标还是有实现的可能。

　　午休时间，关享对着镜子打扮好了，施施然去赴约。临行前，苏航从电脑后抬起头，提醒得意扬扬的关享："在妈宝面前批评他妈，纯属作死。"

　　关享盯着新鞋，轻轻吹了声口哨："你放心，我这个人，最大的优点就是能忍！"旋即一笑，妩媚动人，"只要钱给够！"

从昨晚到现在，李林日子不比关享好过，他妈那张嘴除了睡觉就没有停过，回顾过去，展望未来，各种明示和暗示：关享不是个好女孩。

　　李林虽然视母亲为人生路上的指路明灯，但是由于这盏灯照死过他十三段恋情。所以，在恋爱对象上，当然，也仅仅在恋爱对象上，李林勉强学会何谓选择性接受信息。

　　西班牙餐厅内，李林和关享相对而坐。

　　关享一手托腮，淡淡含笑，其实就算苏航不提醒，冲着脚上的鞋，她也不打算再去纠结昨天的事。

　　李林细心地用刀叉为关享料理盘中的大明虾，关享的手轻轻划过李林的手背，眼波如丝萦绕在李林身上，主动化解昨晚的尴尬："你妈挺不容易的。"

　　如关享所料，这句话直击李林命门。

　　一直以来，李林都认为关享有些小家子气，没想到在这种大是大非的问题上，她竟然如此识大体。李林忍不住为自己的狭隘忏悔："关享，我现在更加确定了，你是真的爱我！"

　　关享很想再说几句漂亮话，只是一想到李林妈的所作所为，搜肠刮肚也编不出来，只好假装羞涩一笑，低头吃东西。

　　"我妈把我养这么大不容易！"

　　关享放下刀叉，女人的第六感告诉她，恐怕没什么好事。

　　果然，李林端起白葡萄酒抿了一口，长长地出了一口气："从小我就发誓，长大以后，一定要好好照顾我妈！"他爱怜地看着关享，"关享，你辞职吧，咱们结婚，其他的事情你都不用管，你只要照顾好我妈，让她有个舒适的晚年生活就行。"

　　仿佛一道闪电从天边掠过，一声惊雷"咔嚓"一下劈在关享脑门上。她僵硬地看着盘中的大明虾，竭力不让表情出卖自己的内心世界："你家不是有一个管家、两个园丁、三个司机、四个保姆吗？"

"外人哪有自己家人照顾得好？"李林完全没有注意到关享的情绪波动，尽管他的视线一直停留在关享娇艳如花的脸蛋上。

李林拉过关享的手贴在自己脸上，盯着她的眼睛，每一个字都带着柔情："我都想好了，从今往后，你每天的生活，就是陪着我妈买衣服，去美容院！"

李林期待关享的欢呼雀跃，而关享嘴角的笑意就快掩藏不住神情里的勉强。

眼见场面就要不可收拾，手机恰好响起，关享借机用力抽回手，从包里翻出手机，原来是苏航，不等苏航开口，她就连珠炮似的吐出一串话："什么？客户已经到了？好的！我马上回来！"

"不好意思，行长客户提前来了，我先回去处理一下，有事咱们晚上打电话！"关享在李林脸上留下一个敷衍的吻，拎起包就跑，留下李林一个人在餐厅思考，关享刚才的反应是兴奋过度导致的得意忘形？

苏航致电关享，是想告诉她，她的活她全包了，让她安心和饭票谈人生。没想到一会儿工夫，关享已风风火火地冲回办公室。

"他妈不容易是我造成的？"关享不顾脚上那双鞋价值一万八百元，飞起一脚把门踹上，"他发誓要好好照顾他妈下半辈子，结果就要我辞职当保姆？"

苏航微微摇头，除了露出一个充满讽刺的笑容外，话都懒得说。

"他妈年轻的时候不容易，是因为他爸满世界找小三。他妈现在不容易，是因为他爸不光找小三，她儿子还是个蠢货。问题是，这是我造成的吗？为什么要我牺牲，去给他妈当保姆？"

"因为你看上她儿子了，要嫁给他。"苏航晃晃悠悠地站起来，给关享冲了杯菊花茶去去火气。

"他妈不容易，我妈就容易了？"关享踢开脚上的鞋，光脚站在地上，"他妈还是阔太太呢，我妈只是个国企一线工人，开了几十年机床，年轻的时候，整月整月地上大夜班。我是不是应该让李林辞职照顾我妈？"

关享拍着桌子下结论："冤有头债有主，谁妈不易谁弥补！别想着打我的主意！"

"关享，很早以前，我就说过……"

关享气呼呼一哼："很早以前，你就说过，婚姻不是两个人的事，是两个家庭的事。现在的问题是李林他妈根本没把我当人！我在她眼里就是个负责生孩子的机器，或者说照顾他儿子的保姆！到哪儿谈家庭去？"

关享又是一巴掌拍在桌子上，那力度看得苏航都替她手疼。

"李林这个没脑子的，是无条件地服从他妈，想让他像个男人一样独立思考，基本没可能。老苏，你也不用劝我，我算是看出来了，我就是他们母子增进感情的工具。他们互相觉得对方不容易，希望我能代替他们，照顾对方一生一世。"

苏航神色恬然，语气却是微冷："关享，关于婚姻的基础是什么，我们讨论过，我认为除了物质以外，最重要的是信任以及理解，甚至这两点还排在物质之前。当时你说，有钱就够了。"

苏航看都不看关享一眼："你和李林之间，表面上看，是已经到了谈婚论嫁。实际上，你们这段关系中，至少在你这边，我没有看到爱。我看到的是算计。关享，作为你的姐妹，我必须提醒你，没感情的婚姻就是一场无比漫长复杂的商业合作，如果一开始谈不拢，后续合作问题会更多。"

"谁说结婚一定要有感情？有人结婚是因为一个人待着难受，有人结婚是因为想找个人照顾自己，有人结婚是希望通过婚姻改变社会阶层，至于我结婚……"

关享拎起地上的一只鞋，在苏航面前晃了两下："就是为了钱！试问我舍得花一万八千元给自己买双鞋吗？"

关享"啪"的一声把鞋子扔到一旁，眼神中带着不甘，恨恨道："我为钱结婚有错吗？一没违法，二没犯罪，三是双方自愿。老苏，你有什么理由觉得我的婚姻会有问题？"

"你觉得没有问题吗？"苏航不假思索。

关享一阵疲惫，扶着额头瘫坐在椅子上。苏航心疼她，却不打算就此结束这个话题。

"我尊重你对婚姻的选择，"苏航垂下眼睛，浓密的睫毛如羽翼般掩去锐利的眼神，"今后我不会用我的个人观念来评价你的情感生活。但是，你还是忽略了一个核心问题：李林家的钱，你一分都拿不到。"

苏航的声音低柔而犀利："以李林妈的性格，十有八九要和你签婚前协议。基本上，李林名下的所有动产、不动产都会被划到婚前财产里，和你没什么关系。至于婚后……"苏航从桌上的文件夹里抽出一本《婚姻法》，翻到第十七条，"婚后，除了李林的工资、奖金和你有点关系，其他的也和你没什么关系。"

关享手忙脚乱地接过苏航手里的法律文本，指着下面一条："不是还有生产、经营收益吗？李林是他爸公司的股东，每年有几百万元分红！"

苏航的声音没有一丝温度："相信我，在你们领结婚证之前，李林妈一定会处理好这个问题。"

李林妈的心理，并不难理解，斗了几十年小三的女人，斗起儿媳妇自然没有最狠，只有更狠。

苏航脸上闪过一丝凌厉："豪车也好，豪宅也好，你通通只有使用权，没有拥有权。你唯一有权的，就是李林每个月几万元的工资。假设你们能够白头到老还好，万一……"

"万一我和他过不下去，我就只能净身出户了！"关享"砰"的一声把书拍在桌子上。

苏航神色淡然："这还不是最坏的结果，我查过李林爸的公司，名下有不少贷款，都追加了李林作为担保人。假设你和李林结婚，我相信每一笔贷款的客户经理，都会很愿意增加一个同行作为担保人，在你没有辞职之前。"

"我可以不答应！"

"到那时候，签不签恐怕由不得你，"苏航沉声道，"你不签就是不爱我，你不签就是不相信我，李林两句话就能把你给逼到墙根。说真的，关享，你的脸皮没有你自己想的那么厚，你的心肠也没有你想的那么硬。你说结局会怎么样？"

"除了净身出户外，还有可能背一屁股债。"关享冷笑，"李家这不是找媳妇啊，这是打定主意要找一个无薪保姆。"

"这保姆还得会生儿子，"苏航把《婚姻法》扔在关享怀里，"阅读并且理解清楚后，如果你还想嫁给他，我绝对不拦你。"

"我是真爱李林的钱，但是，如果这钱我花不到……"办公室里没外人，关享索性盘腿坐在椅子上，"老苏，我对李林，其实还是有点感情的，就是那个喜欢的程度吧，和我喜欢包、喜欢鞋子差不多。你说要上升到爱，那是夸张了，谁会真爱一个包啊？"

关享停顿了片刻，似乎是下定了决心："现在看来，嫁给李林，投入太多，产出太少，这买卖不划算！"

"从功利的角度来看，婚姻双方，必然是一方获利，一方吃亏；从情感角度来说，必然是一方满足，一方求不得。单纯地用盈利亏损来定义一段婚姻的好坏，关享，你这样不够成熟。"

"我不要成熟，我要钱！"关享任性道，"没钱？我就不干！"

见家长的第二天，为了能够掌握主动权，关享决定先冷一冷李林，苏航提醒她，作要适度，别把人给作跑了。关享表示她向来想得开，从现在起，她就开始留意新的结婚对象，万一李林搞不定，随时有人顶替。

虽然关享的行为有那么一点违背公序良俗，不过作为她的朋友，苏航也不方便进行批判，只能祝福她开心就好。唯一让苏航感慨的是，如果言晓晓能有关享十分之一的洒脱，就绝对不会培养出张博这个白眼狼。

解决完关享的婚姻大事，话题自然而然转移到言晓晓的房子上。赴宴之前关享就帮言晓晓办完了所有的还款手续，明天给言晓晓出他项权证，拿去房产局解押。中午吃饭的时候，苏航拖着言晓晓和罗行长请假，准备下周一陪言晓晓去房产局办手续。

关享有点担心："张博不会反悔吧？别到时候装死，就是不去房产局。"

"你回来之前，我给他打过电话，他要不配合，自然有人去找他全家谈心，另外……"苏航勾了勾手指，让关享靠近，"你猜对了，我找人打听过，张博经他父母介绍，和他父母单位一个刚入职的大学生看对眼了，女方已经对外宣称，十月结婚。"

关享气得从椅子上蹦起来，又被苏航一把拉回："你想干什么？你现在别说是去吵去闹，就算是去打他一顿又有什么用？言晓晓浪费的时间和感情能回来？经济上的损失能弥补？"

"至少能出气！"

"君子报仇，十年不晚。他张博只要还有一口气在，你急什么！"

苏航和关享正聊着，厅堂方向突然传来高分贝的吵闹声。

由于本支行地处四个大型小区交会处，每天人流量巨大，且大部分客户都是退休老人，所以排队时间长，发生吵闹事件实在是太正常不过。只是，今天早晨罗行长才发表过高见，要把客户当上帝。这是哪位不开眼的同志顶风作案？

苏航和关享对这位难友深表同情，只是静下心一听，似乎……

关享瞪着眼睛看苏航："老苏，听声音好像是晓晓……"

一个柜员，哭声能从大厅传到后堂，真相只有一个。关享和苏航几乎同时从椅子上跳起来。慌乱之中，关享也顾不上去搭配她那双美美的新鞋，直接踩着双布鞋冲出办公室。

大堂里，人声鼎沸如菜市场。关享和苏航硬生生从老先生老太太组成的包围圈中挤出一条路来，杀到案发现场核心区域。

只见，言晓晓保持低头认罪造型，哭声震天。

言晓晓面前是一白发老人，看模样没八十岁也有七十九岁了，正指着言晓晓的鼻子破口大骂，声音高亢激昂："还钱！"

眼见老人想对言晓晓动手，关享忙挡在言晓晓身前。

"这位大爷，天怪热的，您先消消气，您说您这么大年纪了，干吗和一个小姑娘过不去啊？她做得不好，您和她好好说呀，打人可不对啊！"

急得一头热汗的保安这时也反应过来了，和关享一起护着言晓晓，接受老人暴风骤雨般的咒骂。

营业经理也到了现场，苏航站在一边，听大堂经理结结巴巴地说事情经过。

眼前这位愤怒的老爷子，接到一个诈骗电话，骗子告诉他中了近千万元的大奖，但是要拿到这个奖，必须交三万元的手续费。老爷子激动地想给骗子汇款，无奈不会使用 ATM 机，只好去柜面办理。

结果当然是老爷子连续被七家银行的大堂经理和柜员拒绝，本行是第八家。

可想而知，被拒绝七次后，面临千万元大奖的损失，老爷子是如何心急如焚，同样心急如焚的还有前面几家银行的大堂经理和保安。

二十分钟前老爷子怒气冲冲地走进大堂，后面跟着七八个其他银行的工作人员，心急火燎地和本行大堂经理介绍了事情经过后，他行加本行，十几个人围着老爷子劝他不要给骗子汇款。

老爷子坚决不信，老爷子认为所有人都在阻止他发财，强行突破包围圈。众人面面相觑，可是冲老爷子这年龄，没人敢动手拦，只好眼睁睁看着老爷子冲到柜台前，把钱塞进了言晓晓所在的那个窗口。

几个人跟在老爷子身后，拼命给言晓晓打手势。说来奇怪，平时动作磨磨叽叽的言晓晓这次动作快得不得了，收下老爷子的钱和身份证，又问老爷子要来骗子的账户。老爷子十分得意，向言晓晓保证，他拿到钱后，会考虑存在本行。

只是老爷子的得意没超过三秒。言晓晓根本就没有打算给老爷子办业务，扣下钱、身份证和账号就是为了防止老爷子再去第九家银行。

发现情况不对的老爷子拍着玻璃大骂言晓晓，担心老爷子情绪激动，言晓晓关上电脑，锁好柜子，出了柜台，脑袋一低由着老爷子骂。从头到尾，言晓晓就一句话："我们已经打110了，警察会联系您家人，等您家人来了，我们就把钱和身份证还给您。"

这句话给了老爷子足够的理由，他哭着喊道："银行骗钱啊！"

新来几个围观群众，不了解事情真相，纷纷指责言晓晓。很快，罗行长也被惊动了，来到大堂，和营业经理一起，把老爷子劝进贵宾室，先行安抚。

关享和苏航把言晓晓领进客户经理办公室，一个递纸巾，一个递热水。

言晓晓的眼泪一滴一滴掉在杯子里："对不起，我又做错事情了。"

关享听得张口结舌，苏航倒是有些明白言晓晓的逻辑："你是怕老爷子被骗，所以才把东西扣下来的。虽然程序不合规，但是目的是好的。"

"我每次都想把事情做好，但是每次只会把事情弄糟，"回想刚才厅堂里的兵荒马乱，言晓晓眼圈又红了，"我又给大家惹麻烦了。"

有些人，做错事，时刻往外推；有些人，恰好相反，明明做了一件好事，却总担心给别人惹麻烦。苏航看着言晓晓，也不劝了，让言晓晓先冷静下。

正在这时候，办公室门被用力推开，言晓晓的顶头上司——营业经理风风火火地跑进来："找你半天了，赶紧和我去贵宾室！"

关享腾的一下站了起来："怎么着？还没完了啊？"

苏航皱了皱眉："什么情况？"

"老爷子的儿子来了，"营业经理示意言晓晓赶紧和她走，"要见言晓晓。"

关享把站起来的言晓晓又按下去，她先凑到营业经理身边："言晓晓做的可是好事，虽然程序上不合规，可保护了人民财产安全，客户可以不领情，行里可得护着员工！"

关享的身高给对方带来不小的压力，营业经理心里有些打鼓，嘴上却不好服软："违规就是违规，哪有那么多理由？"

关享大怒，营业经理拉着言晓晓扭头就走。关享想跟过去，被苏航牢牢拉住："老实待着，别过去添乱。"

关享争辩："就言晓晓那性格，你不过去你能放心？"

苏航心里焦灼，表情却是淡然："她说的也没错，违规就是违规。我们去不去，结果都一样，在这儿等吧。"

言晓晓跟着营业经理走进贵宾室，尽管已经做好了被骂到狗血淋头的准备，心里还是怕得要死，一副畏畏缩缩、战战兢兢的小模样。然而，迎接她的，却是来自老爷子家人的千恩万谢以及来自警察的高度赞扬。

按道理，这时候言晓晓应该谦虚地接受表扬，同时表示自己有这样的思想觉悟是来自营业经理和行长的培养教育。但是，言晓晓之所以是言晓晓，就注定了即使是在这个时刻，她除了呆呆地看着眼前的一切，再无其他想法和动作。

周二，分行高度肯定了言晓晓的警惕性，对她的见义勇为进行了全行通报表扬。

周三，老大爷的儿子送来锦旗。

周四，辖区里派出所送来证书和奖金，表彰言晓晓在打击电信犯罪中做出的贡献。

直到这时，言晓晓才敢相信她真的做了一件好事。不但没做错，还做对了。工作这么多年，这可是头一次，她没听别人的指导，就把事情做对了。

看着放在客户经理办公室的鲜花和锦旗，苏航若有所思，上个月分行给了支行一个转岗名额，同意支行从会计柜员、大堂经理、理财经理中挑选一个人转到客户经理团队。借着这个契机，苏航觉得有必要和罗行长谈一谈，推荐一下合适的人选。

行长室内，罗行长听到苏航的建议，第一反应是站起来，两手撑在桌子上，眼睛瞪得像铜铃："你说谁？你再说一遍？你想要谁？"

苏航坐在罗行长对面，背挺得笔直，用一贯的淡然向罗行长宣布，他没有听错。

"言晓晓当客户经理？你开什么国际玩笑？"罗行长从鼻子里哼

出一声，"她坐在柜台里连话都说不清楚，你还指望她出去谈客户？"

"我觉得她可以。"苏航点头，"我相信她有这个能力。"

罗行长作为苏航的老领导，十分了解苏航的个性，这位下属，说好听点，是外柔内刚，说难听点，属驴子的，标准的撞死在南墙也不回头。苏航今天能来找他开这个口，必然是不达目的不罢休，只是这次的提议实在是异想天开！

罗行长试图换个角度打消苏航的念头："小苏，你的理想是好的，但你也得考虑实际问题，就算我同意言晓晓转岗，她也撑不过考核期。存款指标、贷款任务，你觉得三个月内她能完成多少？别说给支行创收，她都没法养活自己！"

罗行长侃侃而谈，苏航波澜不惊："我和关享商量过了，我们一人先分百分之三十的业绩给她，确保她能暂时养活自己。"

苏航笑容谦和，言语中却是不容辩驳的坚决："罗行，言晓晓确实不优秀，但是我和关享都相信，她不比别人差。罗行，请您给她个机会吧。"

苏航回到客户经理办公室时，关享正四处找地方挂锦旗，言晓晓绞着手指看关享忙活，脸上带着羞涩的红晕。

苏航拿起桌上的咖啡喝了一口，开门见山："你差不多收拾一下，分行的调令下周一就到。"

言晓晓以为说的是关享，大惊失色："关享要走？"

苏航摇头："是你，晓晓。你准备一下，下周一起，你从柜员转岗到客户经理。"

言晓晓花了一分钟才明白苏航的意思，脸上的红晕迅速退去，变成受惊吓后的惨白。她连连往后退去，一直退到退无可退，后背紧紧贴在墙上。

关享受的惊吓不比言晓晓少，她拿着锦旗从椅子上跳下来，连珠炮似的向苏航发问："你说什么？"

"言晓晓不是一直想当客户经理吗？"苏航把玩着手中的咖啡杯，轻描淡写地道，"刚好行里有一个名额，我就向老罗推荐晓晓，老罗同意了。"

关享扔下锦旗，拥过苏航肩头，一脸喜色："干得漂亮！"

言晓晓却急得快哭出来："我是想当客户经理……可是……可是……我不行的……我几斤几两你们知道的……我真的不行……"

"你行也得上，不行也得上，这事由不得你。"苏航目光温和，言语中却没有一丝温情，"就凭你那点工资，猴年马月才能还清我和关享的钱？你只有当客户经理努力赚钱这一条路可走。"

言晓晓还想挣扎，然而午休时间结束，她只能涨红着一张脸回到柜面。

关享对着苏航挤眉弄眼："你怎么让老罗同意的？老罗心里可早有人选了。"

"我是客户经理团队负责人，这事当然得参考我的意见。不过……"苏航的脸上浮出一丝歉意，"为了说服老罗，没经你同意，我让你分百分之三十的业绩给言晓晓，帮她熬过考核期。"

"我和你，谁跟谁啊，有啥不好意思的？"关享挥挥手，"只要能帮言晓晓重新做人，别说百分之三十，百分之六十都行！我看见她这副窝囊样就来气！"

苏航和关享一边商量言晓晓的工作安排，一边处理手头工作。转眼到了下班时间，苏航没什么安排，关享冷处理李林，自然也没有活动，两人商量了一下，提议在言晓晓家里聚餐，庆祝言晓晓转岗。

言晓晓工作不行，厨艺却是一绝，姐妹帮了自己那么大忙，想吃自己做的饭，还不是一句话的事情？一下班，三人就来到单位附近的超市采购食材。

超市内，关享踩着一万八千元的鞋子蹦蹦跳跳地走在最前面，苏航一脸悠闲，偶尔对关享抱过来的一堆东西挑挑拣拣，或者指挥关享取她看上的东西。言晓晓跟在两人身后，耷拉着脑袋，像是刚刚被人放在火上烤过。

"好好的周末，你能不能不要哭丧个脸？"关享鄙夷地撇撇嘴。言晓晓飞快地瞅了关享一眼，立刻又低下头，喃喃地说："我真不行……我什么都不会……"

"你怎么还在磨叽这事儿？"关享恨恨地啐了一口，"言晓晓，我告诉你，这事儿没得商量！"

"不会可以学。"苏航站在冰柜前，考虑要不要带一盒冰淇淋回去。

"我学不会……"言晓晓声音带着哭腔。

苏航拿起一盒冰淇淋放到关享推着的购物车里。言晓晓虽然全部心思都在想着如何说服苏航放弃，可还是下意识地换了一盒。根据她的心算，同样牌子同样口味的冰淇淋，她换的这种包装更划算。

"那就学会为止，"苏航看着言晓晓的一番动作，嘴角含笑，"我看你能行。"

"我不行的……我超级笨……"

"你笨？你笨在哪儿？"关享拿起一盒酸奶扔进购物车，"支行就有你同学，你什么情况大家不知道？你大学四年，门门功课全优，本来可以保研的，非为了张博出来工作。你是活生生为了谈恋爱把自己谈成了个猪脑子！"

言晓晓低着头，使劲吸了一下鼻子，顺手把关享拿的酸奶放回冰柜，这种口味的酸奶，另外一个牌子在打折，价格能便宜一半。

关享大约也觉得自己说得狠了，语气和缓了一些："现在没恋爱让你谈了，麻烦你智商上一下线。客户经理又不是什么高难度的工作，需要多少脑子？我还不信了，凭你的智商，还当不了一个客户经理？"

苏航点头附和："你看关享，她都能当。"

关享连声称是，几句话后反应过来，一个箭步冲到苏航面前，鼻子差点儿气歪掉："老苏，你这话什么意思？"

苏航指了指水产区的海鲜，打发关享过去挑选，过了好一会儿，才貌似漫不经心地道："今儿下午，有其他支行的客户经理给我打电话，说你在咨询消费贷款的事情。她问我，为什么你不在本行做，要跑到其他支行做。"

言晓晓一愣，没想到这件事情这么快就传到苏航耳中，一阵面红耳赤。

苏航知道言晓晓的性格，表情越发温柔："她说你要装修，想拿房子抵押，贷一百万元。我看你不是想装修，你是想贷一百万元还我和关享的钱，对吧？"

苏航握着言晓晓的手："晓晓，有一笔账我不知道你有没有算清楚，你现在一年收入到手十万块，一百万块贷款，利息是六万块，剩下的四万块，你还要还被张博刷爆的信用卡，你是准备靠光合作用活下去吗？"

言晓晓低头不语，苏航缓缓道："好吧，就算你能不吃不喝，你贷款本金是要还的。你打算拿什么还呢？还像当年买房一样，让你父母卖套房子？晓晓，你家当初就两套房，再卖只能卖你父母住的那套了。"

"我……"言晓晓不知该如何应答，抬起已经蓄满泪的眼看着苏航，"我不想欠你们那么多钱……"

"那你就努力赚钱。"苏航神情一凛，眼中有锋芒聚起，"你自愿也好，算我逼你也好，下周一上午八点半，请你准时来客户经理办公室报到。"

3

Chapter

胆大！心细！

脸皮厚！

到家后，言晓晓一个人拎着两大包食材进了厨房。关享和苏航想跟过去帮忙，她不让，怕弄花了她俩几百元做的美甲。

关享也不勉强，脚一蹬甩掉拖鞋，光着脚丫子倒在沙发上玩游戏。

苏航同样拿起手机，不过却是在看财经新闻，偶尔和关享说两句最新政策动向。

一个半小时后，海鲜大餐上桌。关享跳下沙发，光脚跑到餐桌边，伸手抓了只最大的海蟹，扭下一只腿，放在嘴里吮吸。

苏航慢悠悠地走过来，看着桌上的盘盘碟碟，不由得感慨，就冲言晓晓这手艺，也得挽救她于水火。

关享吃人嘴短，态度和方才在超市时来了个一百八十度大转弯，说道："不愧是言大厨，这清蒸海蟹蒸得比外面都强！"

苏航尝了一口西芹炒响螺，随声附和："专业级水准。"

言晓晓给张家做了几年饭，张家不是嫌菜太咸，就是说汤太淡，从来没有正面肯定过。这次被朋友一夸，也不知道是自己做得真好，还是苏航和关享客气，便说道："也……也没有什么……挺简单的……"

"晓晓，过分的谦虚可就是骄傲！"关享转着个脖子四处张望，

"酒呢？我记得买了酒的！"

苏航按住想要起身的言晓晓，去厨房取来一瓶干白和三个杯子，依次倒了半杯。

关享笑嘻嘻地举杯和苏航、言晓晓碰杯，仰脖一口喝完。然后，催促另外两人："快喝！快喝！"

言晓晓抿了一口，眉头紧皱，显然是对酒的味道不敢恭维，苏航也是浅尝辄止，关享倒是兴致高昂，眨眼间，第二杯已下肚。

苏航一边剥虾，一边和关享、言晓晓商量周末搬家的事。言晓晓想把主卧让出来给苏航，她去住次卧。

苏航含笑摇头："哪有让房东住次卧的道理？"

言晓晓欲言又止，关享怕她又絮叨出什么狗屁不通的道理，拨了半盘虾放到言晓晓碗中，好堵她的嘴。

言晓晓见关享脸色晴转多云，立刻把注意力集中到虾上，把剥好的虾肉分到关享和苏航的碗里。

按苏航和关享的计划，周六去宜家添置家具用品，周日请搬家公司搬运行李，三个人两天差不多能搞定。

涉及花钱的问题，言晓晓忍不住开口："其实不用请搬家公司……"

苏航淡淡一笑，不置可否。

言晓晓拿抹布擦了擦手："我去借一辆三轮车，帮你把东西运过来。"

关享冷笑："三轮车？三轮车能装多少东西？"

"那我多运几次。"言晓晓声音不知不觉低下去，"之前我搬家，连家具在内，来回也就运了七八次。"

关享先是嗤之以鼻，随即意识到哪里不对，手里的筷子直指言晓晓鼻尖方向："言晓晓，你再说一遍？你之前搬家是怎么搬的？"

当初言晓晓新房交付，为了省钱，舍不得用搬家公司。关享嘴

上骂言晓晓是葛朗台，破烂东西舍不得扔，心里万万舍不得她顶着
八月的大太阳，骑个三轮车在出租屋和新房之间来回奔波，自己掏
钱雇了搬家公司给言晓晓搬家。

"你来回运了七八次？我给你找的搬家公司呢？"

言晓晓说漏嘴，吓得不敢吱声，关享更是气不打一处来："今天
你不给我说清楚，这事没完。"

言晓晓可怜巴巴地看着苏航，苏航却没有打算帮她解围，她知
道逃不过，哭丧着脸交代："刘阿姨说，没什么东西，就不要用搬家
公司了，浪费钱……"

听见她依然尊称张博妈为阿姨，关享恨得牙痒："你搬家，关她
什么事！"

言晓晓咬着嘴唇，讷讷道："她说……她说女人要会过日子……
我的钱也是张家的钱……"

"那不是你的钱，那是我的钱！"关享气得浑身乱颤。

倒是苏航听出了问题："既然搬家公司没用，那钱呢？"

"钱……"言晓晓面红耳赤，又窘又羞，"钱被张……张博他妈
拿走了……"

苏航眼疾手快按住想动手的关享："那你搬家的时候，张家的人
来帮你了吗？"

苏航的问题言晓晓实在答不上来，眼泪无声无息地落下。

"言晓晓，你有病！"关享右手被苏航按住，她用左手拿起桌上
的餐巾纸，砸在言晓晓脑门上。

"三十八九摄氏度的天，你顶着大太阳，骑着三轮车来回七八
趟，他们一家三口在家里吹空调，你说你图什么？"

"算了，都是过去的事了，大家就不要再提。"苏航掐了一下
关享的大腿，提醒她注意言晓晓的情绪，随即又指着一盘清蒸鲍鱼，

"谁年轻时候没遇到过几个人渣？咱们得向前看，赶紧吃东西了，凉了就腥了。"

关享嘴硬心软，看言晓晓那副惨样，又气又心疼，只能憋着火，化悲愤为食欲，一口气吃掉了八只小鲍鱼。

饭后，言晓晓去厨房洗碗，关享坐在沙发上，气呼呼地捧着碗和榴梿较劲。苏航劝她："罗马不是一天建成的，她的性格，也不是你骂一次就能骂醒的，慢慢来吧。"

关享气呼呼地哼了一声，铲起一大块榴梿塞进嘴里，差点儿没呛到。

等言晓晓收拾好从厨房出来，关享已经走了。

"关享还在生气吗？"言晓晓低着头，绞着衣角，"我知道她是为我好。"

怕言晓晓多想，苏航让她先去洗澡，她让苏航先洗，洗完把脏衣服给她。

过于乖巧的言晓晓让苏航有些心疼，她揽着言晓晓的肩，把她往卫生间推，当初为了节省，只有主卧的卫生间有热水器。

"晓晓，你欠我钱，我租你房子，这是两件事，咱们一码归一码。现在，你是我的同居人，不是我的保姆，你没有义务帮我洗衣服。"苏航握了握她的手，"听话，快去！"

一句话又招落了言晓晓的眼泪："对不起，又给你们添麻烦了。"

苏航用手替言晓晓拭去泪痕："咱们不是说好了，一切重新开始，你也答应我了，过去的全部放下。"

苏航搂过言晓晓，轻声哄着，笑容温柔极了："我知道不容易，你和张博大学期间就认识，这么多年，别说是人，就连用个家具都能用出感情来，怎么可能说忘就忘。但为了你的未来，咱们总得试试，对吧？"

言晓晓趴在苏航的肩头，无声地抽泣，苏航静静地拍着她的背，轻声安慰道："你不能再浑浑噩噩了，得好好工作，我和关享会帮你，我们相信你能行，不要让我们失望，好不好？"

言晓晓愣愣地抬起头，虽然哽咽，但还是用力吐出两个字："好的。"

苏航的神情渐渐冷下来，眼神里透着一丝清明："晓晓，你记住，你最应该依靠的人，永远是你自己。"

按照昨晚的约定，关享应该今天早上九点到达言晓晓家，事实上，九点的关享还在和周公约会。

十一点半，心急火燎的关享冲到楼下停车场，催促苏航和言晓晓赶紧下楼。

十二点半，一行三人来到宜家，开始大采购。

看着苏航和关享把第十七样东西往购物单上填，频频侧目的言晓晓怯生生地开口："是不是买太多了……"

言晓晓指着单子上的东西："电脑桌不用买新的，旧的还能用……"

苏航想起书房那张快散架的桌子，也不气恼，只是微笑。

言晓晓又从购物车里拿起一个花瓶："居家过日子，用不着这个……"

"我每个星期都会买三次花。"

"花又不能吃，又不能用，还贵……"

"可是看了心情会好。"

"那用饮料瓶插行不行？我回去给你剪！"言晓晓指着标签上的价格，"别买了，太贵了。"

幸亏关享一个人溜达远了，不然就言晓晓这理论，能打起来。苏航揽过她的肩膀，轻轻一叹："姑娘，你之前的日子，是在活着；从现在起，咱们尝试一下什么叫生活。"

言晓晓不懂什么是生活，但是她懂什么是活着不易。结账的时候，看着近两万元的购物小票，言晓晓差点儿没昏过去，光柜子就买了三个，有这么多东西要放吗？

　　事实证明，有。

　　比周六账单更让言晓晓感到惊吓的是周日搬家，苏航带来的衣服、鞋子和包包，其数量让言晓晓瞠目结舌，光大衣就有三十件。言晓晓看着塞得满满当当的次卧，想不明白，为什么会有这么多衣服？她一个冬天只有一件羽绒服不也过来了？

　　关享刚好借着这个机会给言晓晓上课，指着还没来得及收拾的衣橱说："这才是正常女生过的正常生活！"

　　随即关享又拖着言晓晓来到主卧，打开她的衣橱："你这样是不正常的，懂吗？"

　　当晚，关享留宿在言晓晓家，三个人在苏航房间开卧谈会，关享挥舞着两条内裤给言晓晓正三观："这条两百块，这条十块，你看出它们的区别了吗？像我们这种搞金融的，一定要从内到外追求生活品质！"

　　言晓晓拿着两条内裤来回比较，怎么也没看出来，为什么一条能比另一条强二十倍。

　　苏航不同意关享的说法："搞金融？就我们？"

　　苏航眉眼轻挑："金融说了，你们也配搞我？"

　　苏航的大实话，听得关享一阵心酸，她捂着胸口："那就是金融搞我们？"

　　"就我们这样的，说好听点，是金融从业者，说难听点……"苏航长叹一声，"金融狗……"

　　配合苏航的唏嘘，关享开口叫道："汪汪！汪汪汪汪！"

　　笑闹声中，三人挤在一张床上，关灯睡觉。

又是一个周一，晨会结束，言晓晓下意识地往柜台钻，被关享揪着耳朵拎进客户经理办公室。按原定计划，应由苏航给言晓晓培训，可惜计划赶不上变化，苏航欢迎辞还没有说完，就被罗行长叫到办公室。苏航出来后，把培训言晓晓的重任交了关享——根据罗行长的指示，她必须马上奔赴异地，那里有罗行长的一个大客户在等她。

苏航深知关享最大的优点是聪明，最大的缺点是没耐心。所以，她在临走前再三叮嘱关享，教言晓晓的时候，态度一定要春风化雨，如今言晓晓好不容易从乌龟壳子里露出脑袋，一打击没准又缩回去了。

关享对着人民币发誓，保证成为言晓晓的良师益友，苏航这才放心而去。

关享打开电脑，点开系统，从录入客户资料开始教起。只是本行客户系统设计向来被诟病反人类，刚开始关享还能耐心教导言晓晓每个步骤；十五分钟后，局面变成关享一边自顾自录系统，一边问候系统设计师全家男性亲属，教导言晓晓的重任被她扔到爪哇国了。

直到客户资料录入完毕，关享这才幡然醒悟，立刻向言晓晓表示，重新给她讲一遍。言晓晓以为关享嫌自己太笨，一遍听不懂要讲两遍，吓得连连点头，说自己已经听懂了。

关享就瞧不上言晓晓这种总怕麻烦人的态度，明明是她没讲好，就该她再讲一遍。为了治她这个毛病，关享让她坐到电脑前："既然你听懂了，那你录一遍我看看！"

言晓晓胆怯地看了她一眼，关享横了她一眼，吓得她放在键盘上的手直哆嗦："我……我……我……"

"我什么我？你不是都听懂了吗？你看我干什么，赶紧动手啊！"

"那……那……那我试试……要是不对……"

不用言晓晓提醒，关享早就做好准备，如何教育她，想要当好一名客户经理，第一件事情就是脸皮够厚，不懂就问，现在这种怕麻烦人的性格一定要改！只是，万万没想到，关享一肚子的职场进阶教程硬是没机会说出来。虽然言晓晓每录一条内容，都要看她一眼，但是从头到尾，别说错误，连个错别字都没有。要知道，当初自诩聪明过人的关享学这套系统，可是专门学了一天还没学会。

"晓晓，你以前学过客户经理信贷系统？"

言晓晓摇头。

"那你以前看人录过？"

言晓晓还是摇头。

"这是你第一次看到这个系统？"

言晓晓猛点头。

关享突然想起来，当初好像听谁说过，言晓晓有个特长，手机号码只要听一遍，就能牢牢记在脑子里，简直是活的电话号码本。因为言晓晓太没有存在感，这件事情不光关享，所有人听完就忘，今天这么露一手，可算让她开眼了："晓晓……"

"我录错了？对不起啊！"言晓晓急得眼圈发红，"刚才我光注意看你录，没注意听你说，我不是故意的，要不你再教我一遍，我保证认真听……"

"你没错，你全录对了。"关享表情郑重，"晓晓，恕我直言，你简直太聪明、太厉害、太棒了，完全超乎我的想象。"

言晓晓的眼泪在眼睛里打转："我就说我不行，你们非说我行，关享，我知道我笨，你别笑话我了，你还是骂我吧！"

关享被言晓晓的眼泪吓到，手忙脚乱地抽出一张纸巾塞到她手里："好了好了，我不和你开玩笑了，我是认真的，你真的全录对了。我从来没有见过一个人能学这么快，你是第一个只看一遍就把系统录对的！别的不说，光录系统，你就特别适合当客户经理！"

关享搜肠刮肚，想再说几句好听话让言晓晓放宽心，这时，短信提示音响起，她翘首以盼的季度奖终于下发，只是金额让她不解：零元。

虽然关享早有心理准备，因为客户跑路，她的各项绩效会有影响，但是这个影响未免也太离谱了。

关享立刻放下言晓晓，拨通苏航的电话说："你季度奖发了多少？"

苏航昨晚被关享吵得没睡好，正在高铁上补觉，听她的口气，就知道没好事，便说道："本行员工守则规定，个人薪资必须保密。"

关享气得跳脚，骂道："去你大爷！"

苏航打了个哈欠说道："我大爷过世好几年了，我给你招个魂？"

"你还是不是姐妹？"

见关享真急了，苏航也没心思再开玩笑，给她报了个数字。关享听在耳中，一口气堵在胸口转不过来，气呼呼地说："就算我业绩比你差，就算我有几笔不良贷款，也不至于这么恶心我吧？我知道了，肯定是老罗搞的鬼，我去找他算账！"

关享扔了手机，冲出办公室。苏航叫了两声没有回应，只好先挂上电话，想着要不要给言晓晓打个电话，让她劝劝关享。

正踟蹰间，高铁靠站，大批乘客拥上车厢，过道隔壁一直空着的位置终于有了乘客。苏航对男性的长相向来无感，可还是忍不住多看了两眼。只见一个二十七八岁的青年男子，穿着阿玛尼正装搭配宝缇嘉公文包，右手一个LV行李箱，脸上一副爱马仕镜架，面容白净，斯斯文文，简直像是奢侈品平面广告上走下来的男模。

青年男人见苏航看他，微微一笑致意。苏航向来大方，也是一笑，点头致意。

眼看青年男人正要和苏航搭话，一个过于尖锐的男性声音在苏航耳边炸响："起来！"

一年近四十的干瘦男人正居高临下地看着苏航，见苏航不动，语气更加粗鲁："说你呢，听到没有！"

苏航一愣，男人气焰越发嚣张，指着苏航头顶骂道："你瞎啊！不识数啊？！随便坐别人位置？！"

苏航赶紧拿出车票，仔细核对票面信息后，依然保持礼貌和干瘦男人沟通："您好，我没有……"

"你没有什么？你是不是没买票，所以抢别人位置？你有没有素质啊？没看见我带着孩子呢？你和孩子抢位置？"

干瘦男人根本不听苏航解释，各种不文明用语像机关枪一样向苏航扫来。与此同时，干瘦男人的配偶，同样干瘦如同纸片人的妇女正在用同样的言语指责青年男人："你眼瞎啊，穿得倒是人模狗样的，怎么连个车票都不会看？"

青年男子看完女人车票后，连连点头承认，立刻拎包走人。苏航想要解释，没想到被他一起拖上："小张啊，我们坐错位置了，赶紧走。"

面对苏航疑惑的眼神，青年男人眨了眨眼。秒懂的苏航同样惊慌地拿起手提包，连声道歉后，跟着男人来到车厢连接处。

车厢连接处。

苏航笑容温婉："这样不太好吧……"

青年男人精英范十足的脸上露出一个孩子气的笑容，一瞬间，苏航心跳竟然快了半拍，男人说道："她骂我，她老公骂你。"

苏航点头："说得对，做人都不会，凭什么让着他们。"

苏航往车厢里望了望："你说他们什么时候会发现？"

随着高铁启动，青年男人托着下巴想了想："看乘务员什么时候核对车票啦！"

"那我们岂不是要站至少一站路？"

青年男人皱眉："也对哦，你在这儿等等。"

十几分钟后，乘务员来到车厢核对各位乘客的车票信息，青年男人狡猾地笑道："我和她说，有人逃票。"

这次换苏航沉思："他们应该不算逃票吧？"

青年男人没有回答，随着乘务员检查到干瘦男人，以及之后干瘦男人爆发出的一声号叫，青年男人如同乐队指挥般挥舞双手，嘴里更是哼着命运交响曲的配音。

"停车，你们给我停车，我坐错车了。"

"先生，高铁不到站不能停。"

"我不管，你们不是有紧急停车按钮吗？立刻按一下，让我们全家下车。"

"先生，那个不能随便按，你要再这样，我们就报警啦！"

"你敢拦着我，我就投诉！老婆、儿子，你们俩赶紧找那个紧急按钮，让车停下来。"

为了自身安全，几个男乘客挺身而出，试图控制男子全家。青年男人停下动作，诚恳地看着苏航："有句话怎么说来着，不作就不会死啊！"

五分钟后，一家三口被乘警带走，苏航和青年男人回到座位。

青年男人伸出手，刚要自我介绍，被一个电话打断，似乎是公司有重要安排。这一个电话打了足足三十分钟，刚好高铁到站停靠，青年男人急忙下车，连和苏航话别的时间都没有，透过车窗和苏航挥了挥手。

如此一个妙人，竟然没有机会认识，苏航未免有些遗憾，只是这点遗憾很快被她抛到脑后，眼下更让她挂念的是关享。

言晓晓在电话里实时播报："她去找罗行长了，刚才在吵，现在好像不吵了。"

当然，关享是不会承认她是去吵架的，她坚定地认为她是去讲道理的。

行长办公室。

关享一脸苦大仇深："领导，我想和您谈谈工作。"

罗行长怀疑自己在幻听，关享竟然想和他谈工作，这可是五年来头一回。他立刻放下手中的电话，让关享畅所欲言。

关享试图憋出两滴眼泪下来加深一下感染力，可惜努力了半天也没成功，只好清清喉咙开始诉苦："领导，我知道在您心目中我迟到早退、偷懒睡觉、隔三岔五被客户投诉，但我真的在干活啊！我每天忙成大狼狗，没有功劳也有苦劳！"

不提还好，提起这茬儿，罗行长气不打一处来："你也知道你毛病多啊？"

"那您也不能因为我毛病多扣我钱啊？"

"我扣你什么钱了？"

关享吃惊地看着罗行长，万万没想到，领导竟然还不承认？

"我季度奖是零元，就算您不喜欢我，也不能这么对我啊！这日子可怎么过啊？"关享拿纸巾捂着脸，掩饰自己光打雷不下雨。

"原来是这事啊？"罗行长冷笑，"不瞒你说，这事还真和我有关。"

关享也不假哭了，满脸恼怒："您刚才还说您没扣？"

罗行长把一张报表扔到关享面前："你自己看看，你那几笔不良贷款，扣了支行多少钱？给支行带来多少损失？根据分行计财的算法，你奖金是负的！你还要赔行里钱！是我二次分配用支行的费用给你填平了！你还好意思质问我？"

报表上的数字，果然如罗行长所说，她那点费用，还不够抵分行对支行的罚款。

关享一肚子委屈，这会儿是真想哭："领导，我冤枉啊！实体经济不好，客户跑路我控制得了吗？我能控制的就是我没道德风险，我尽职免责！"

"死罪可免，活罪难逃！你放出去的一千多万元贷款收不回来，行里扣你点钱，你还有意见啊？"

"我都要去喝西北风了，我能没意见吗？"

罗行长冷哼一声："那行，你也别在我这儿叽叽歪歪了，你的问题，我解决不了，你直接去分行人力资源部，找分行领导给你主持公道！"

关享知道自己没理，立刻耷拉着脑袋承认错误。看她一副倒霉样，罗行长又不忍心："我这儿有几个私人银行客户，你帮我维护一下。"

私人银行客户六个字让关享的脸瞬间阳光灿烂起来，按说客户由她维护，那业绩自然也要分她，业绩就是钱啊！

"谢谢领导信任！请领导放心！保证完成任务！"

不谈别的，光冲关享的嬉皮笑脸，罗行长就很难产生信任感。但是，用人不疑，疑人不用，眼下这节骨眼，苏航太忙，言晓晓不行，除了关享，还能用谁？罗行长摇了摇头，努力忘记这些年关享给他捅的娄子，叮嘱关享："龚总司机生病，他周末有个活动，你去顶替一下，龚总这个人很不错，就是性格比较……你和他说话的时候，注意分寸！"

关享一笔一画记下龚总的联系方式，满脸堆笑："领导，你看客户由我维护，那这个业绩……"

罗行长一口红茶含在口中险些喷出，勉强咽下，咳嗽两声："小关，活还没干，你就想着摘桃子啊？"

"我每月有月度考核，每季有季度考核，每年有年度考核，我还有不良贷款……"关享委委屈屈，"我这不是心急嘛……"

"给你百分之三十！"

关享精神一振，口齿立刻伶俐起来："领导，这种情况，其他支行都给百分之五十！"

"那你去其他支行好了！"罗行长拿起电话，"我马上联系人力资源部，帮你申请！"

"我开个玩笑，您别当真啊！"关享点头哈腰，笑容谄媚。

罗行长一本正经："别不好意思啊，我支持像你这样的优秀人才在行内流动。你说想去哪个支行，我帮你参谋参谋！"

生怕罗行长真打电话送她走，关享一溜烟地蹿出行长室。

虽然工作态度一再被罗行长诟病，关享勉强还算尽职尽责，回到办公室，第一件事就是联系客户，以尽客户经理的本分。

只是电话拨通之后，关享还没做完自我介绍，身为超级VIP的龚总不耐烦地报出时间和地点，直接挂断电话。

年过五十的中年男性，如此骄傲、冷漠，堪称百年难得一见。不过看在钱的分儿上，关享还是很愿意把自己低到尘埃里，只求开出朵花来哄他高兴。

在言晓晓的提醒下，关享又拨通了苏航的电话："我是那种为了点钱和领导闹别扭的人吗？你放心，我绝对以大局为重，对了，新增一个私人银行客户有多少奖金啊？"

要不是在高铁上，苏航简直想给罗行长的领导艺术鼓掌，对于关享这种属驴子的，那必须是打一巴掌给个枣。只是她似乎忘了，在罗行长心目中，她也是属驴子的，甚至比关享还驴。

言晓晓不太明白为什么短短半个小时内，关享情绪会有这么大变化。她刚才还怒气冲冲地出去，一会儿就喜笑颜开地回来，现在教她录系统，直接哼起歌来，偶尔还摆手扭腰来个舞蹈动作。

中午，为了庆祝即将到来的私人银行客户，关享坚决不吃食堂，拖着言晓晓吃了顿火锅。

饭后，关享驾车带着言晓晓去分行审批案子。一路上，她都在给言晓晓上课："虽然行里总说，业务优先，客户经理是第一生产力，养活全行！但是，我告诉你，客户经理什么都不是，评审才个个都是活祖宗，绝对不能得罪，除非你不想混了！"

关享头也不回，反手指了指后排放着的案本："这个世界上，完美客户只存在于想象中，如今这经济环境，哪个客户没点小毛小病的？你和评审关系好，评审自然可以给你换个角度审，案子自然也就容易过。你和评审关系不好，他可以拿个放大镜给你一照，小问题也能当成风险点，你一笔贷款都别想放！所以，一定要和评审搞好关系，怎么搞呢？简单点说就是嘴巴要甜；复杂点说，第一坚持，第二脸皮厚，第三坚持脸皮厚。"

关享再三叮嘱言晓晓，等会儿到了分行，一定要紧跟在她身后，看着她怎么做："客户经理这个岗位，说白了，就是和人打交道。晓晓，你不光要学会怎么做业务，更要学会怎么和人相处，不光是外面的客户，还有各位领导同事。"

分行二楼。关享离授信评审部还有八丈远，已是未见其人已闻其声："王老师，我来啦！"

关享一路小跑风风火火扑到一位四十岁出头的女性桌前："王老师，您刚刚去洗手间了吧，我从后面看到您，看着像您，怕认错人不敢叫，您换的新发型太好看了，从后面看就像小姑娘一样，我还以为是评审部新来的大学生呢！"

关享突然捂住嘴，惊讶地上下打量："王老师，您是新换了护肤品还是去做保养了啊？这才一个星期没见，皮肤比上次还要好，您看看您皮肤的这个光泽，这是从后面看像小姑娘，从前面看像大姑娘！"

王老师被关享逗得哈哈大笑，伸手去拧关享的脸："小关啊，就你这张嘴，我看没几个客户经理能比得过了！简直是颠倒黑白！"

关享一脸正气："王老师，我不允许您这么说自己！我说的每一句话，都是摸着自己良心说的，是百分之百真诚的。王老师，您要不相信，看看我真诚的眼睛！"

王老师笑眯眯地拍了拍桌上的案本："那你现在摸着你的良心告诉我，这几个案子是不是都像你调查意见上写得那么好？"

"王老师……"关享瞬间变脸，神色凄苦地拉着王老师衣袖左右摇晃，"这年头客户经理活着不容易啊，我上有八十岁老母，下有三岁幼儿，家里都快揭不开锅了……"

"好啦，好啦，这几个案子都给你过啦，额度我稍微砍掉一点，利率稍微调高一点。"

关享指示言晓晓把王老师桌上几个案本抱走，接着又来到郑老师桌前，郑老师作为一名中年男子，打定主意不吃她这一套。他指着桌上几个案本："利率上浮百分之五十，没得商量！"

关享也不争辩，蹲在桌前，两手扒在桌边，下巴垫在手上，可怜巴巴地瞅着郑老师半秃的后脑勺。郑老师坚持了三分钟，终于败下阵来，恶狠狠地拿起笔在案本上写道："百分之四十行了吧！祖宗，你赶紧给我走，我是有老婆孩子的人，你这样，我浑身长嘴也说不清楚啊！"

关享伸手阻止郑老师落笔，使劲眨了几下眼，竟然真挤出一点泪光："郑老师，这几个客户行长重点关照过，如果超过百分之三十，就让我死在分行不要回去了。我还没结婚，我不想死，求求你……"

"少和我来这套，上次你也这么说的，后来我问你们行长老罗，他根本不知道怎么回事，是你自己想在客户面前充好人！"

"这不是因为客户是上帝嘛……"关享嘟着嘴，"郑老师，要不咱们一人退一步，百分之三十五行不行？"

"你当我这是菜市场呢，还讨价还价啊！"

"上浮百分之四十客户就不要了，客户不要了，我业绩就得下滑，我业绩下滑，罗行就会把我退回人力资源部。郑老师，难道你想看到我出现在分行，然后每天跟在你后面哭吗？你为什么这么对我……"

郑老师恶狠狠地在案本上写下百分之三十五，更加恶狠狠地把案本扔到关享怀中："赶紧给我消失，我不想看见你！"

关享眼泪一下子就收了回去，又是点头又是哈腰，拖着言晓晓飞奔而去。

抱着一堆案本，言晓晓跟在关享身后往放款中心走。关享指点言晓晓："看见没，以后那些评审都是你要打交道的，怎么相处，你可以参考我的方式。当然，无论你用哪种方式，重点都是要把他们给哄开心了！"

言晓晓难得有好奇心："那苏航也是……也是……像你这样？"

"她啊……"关享耸了耸肩，"她马屁拍得比我还响，就刚才那个王老师，被她夸得和天仙下凡一样。但是，我们的表演方式还是有巨大区别的：我呢，你至少还能看出来我是在……是在那啥……她啊，那眼神叫一个真诚，要不是对象太寒碜，你绝对能当真！虚伪透了！"

三楼的放款中心。关享让言晓晓在这儿排队，她要去洗手间，临走前，她提醒言晓晓："还有一小时就下班了，这几笔贷款今天必须放掉，你站这儿别动，别让人插队！"

关享上完厕所，顺手补了个妆，前后不到十分钟，没想到就这点时间，言晓晓也能遇到麻烦。

其他支行一位客户经理，和关享一样着急，捧着一堆案本冲进来，先是和言晓晓商量，能不能让他先放款。言晓晓天生好说话，抱自己的案本就往旁边让，让到一半想起来关享的叮嘱，立刻猛摇头，又站到柜台前。

那位客户经理，姓王名凯，全分行十大黄金单身汉排名第六，家庭富裕、长相英俊。所以，他甩在女性面前，那是一个所向披靡。如今，面对言晓晓这种土鳖，他好言好语已经是给足面子，没想到言晓晓竟然不识抬举。当下的他不免心中有气，直接把案本往柜台上一放，然后堆起笑脸，和柜台里放款的姑娘打招呼："我这几个客户一小时给我打了十八个电话催命，几位姐姐帮帮忙，麻烦先给我放一下。"

言晓晓眼睁睁看着放款人员的手，从自己的案本移到别人案本，急得连连回头往洗手间张望，可怎么也看不到关享。此时，她的一颗心越跳越快，就快跳出腔子，便咬着牙把自己的案本往前推了推，声如蚊呐："我先到的……"

"没人说你是后到的啊。"王凯皮笑肉不笑，"我比较急，和你换个位置嘛，你让让我不行吗？"

"我……我……我们也急……"言晓晓脸涨得通红，连抬头的勇气都没有，手却死死抓着案本抵在前面，这是关享唯一交代的事情，她必须做好，"你在我们后面……"

"喂，你哪个支行的？我和你商量半天了，你这什么态度？"王凯将案本重重扔在桌上，"我再和你商量一遍，我的这几笔贷款比较急，如果放不掉，客户投诉你负责啊？"

"王凯，你这话说得，我怎么听不懂啊？"关享一出卫生间就听见王凯大呼小叫，过来一看，顿时气不打一处来，"你客户急，我客户就不急了？行啊，你客户投诉我负责，那我客户投诉你负责好不好啊？"

关享的脾气那是在全分行都有知名度的，传说中发起疯来连自己都打。王凯一不小心捏了硬柿子，立刻换了态度："哟，关享，是你的案子啊？我这不是开玩笑嘛。"

"上班时间，你拿业务开玩笑？"关享眉眼高挑，"你的客户能开得起玩笑，我的客户可开不起！"

关享拿起王凯的案本扔到他怀里："少和我来这套，边上排队去，再闹可别怪我说不好听的！"

"得得得，关经理，我错了，您先请！"王凯本着好男不和女斗的指导精神，拿着案本走到一边。关享带着言晓晓走了一遍放款流程，她看得目不转睛，终于赶在下班前将几笔贷款顺利发放。

回家的路上，言晓晓先是一言不发，走到半路，开口和关享道歉，吓了关享一跳，原来她又觉得自己把事搞砸了。

关享不得不把车停在路边，下车买了一大包炸鸡，选了最大一块递给言晓晓说："本来我是想回家帮你庆祝的，现在看来不得不提前……"

言晓晓手里拿着关享强行塞过来的炸鸡，眼睛里全是困惑。关享咬了口炸鸡，闭眼感受了一下炸鸡的美味，随后猛地睁开眼睛，用力拍打她的肩膀说："干得漂亮！"

言晓晓越发不明白。关享哈哈一笑："就是刚才啊，你怼王凯，做得好！就是要那样子！"

言晓晓怔了怔，嘴巴微张，不知道该说什么。

关享笑着拍手："原本我还担心，依你那脾气，就这么让他得手了？没想到啊，晓晓，你可以啊，是寸土不让！我告诉你，你做得对极了！试问谁的业务不是业务？凭什么他有几分姿色就得让着他啊！"

言晓晓似乎有些蒙了，她方才的表现竟然值得夸奖，不敢相信地说："真……真的……"

"我骗你干什么？又没有糖吃！"关享推了推言晓晓的手，让她快吃，说炸鸡冷了，皮就不脆了，"今天这几笔贷款能够顺利发放，有你的功劳，咱们得庆祝，晚上我请客，你想吃啥，随便点！"

言晓晓咬了一小口炸鸡，忍不住又问："我真做对了？我真没给你添麻烦？"

"骗你是小狗！"关享拍打身上的碎屑，"我希望以后遇到这种情况，你都能像今天一样，该拒绝的时候就拒绝！如果你非要找今天有什么做得不对的地方，那就只有一点……"她勾勾手指，让言晓晓看着自己，"你态度不够强硬，你看我的表情，遇到这种情况，绝对不能低头看地面，你要看着对方的眼睛，瞪大你的眼睛，然后用念悼词的语气告诉他——想都别想！不行！你学着我的样子来一遍！"

言晓晓学着关享的样子："想……想都……别想，不行……"

"头再抬高一点儿，肩膀打开，你别含胸驼背啊，看上去畏畏缩缩的，要昂首挺胸，从气势上压倒对方！再来一遍！"

"想……想都别想，不行……"

"这遍好多了，来，喝口可乐，再来一次！"

"想都别想，不行。"

"还是太温柔了，再凶一点！"

"想都别想！不行！"

回家路上，言晓晓一直在念这句话，每念一遍，就感觉心里舒坦一分。这种舒坦她从来没有感受过，这种舒坦让她下意识地直起腰，甚至就连习惯低垂的头，也微微抬起。

晚上做饭时，言晓晓还在对着锅练习。而始作俑者关享，万万没想到，这仅仅是一个开端，这句简单至极的话语，对言晓晓来说，有着咒语一样的魔力，将开启她新的人生。

转眼便是周末，关享与龚总约定的时间是上午九点，她八点就把车停在龚总的别墅门口。可是直到十点，龚总才施施然出现。

虽然关享对男性长相向来无感，却也不得不承认，眼前这位身着中式服装的男子，从长相到气质，颇有几分仙风道骨，只是身高略微有些抱歉，位列仙班的话恐怕只能和土地公并列。

龚总踱步至车旁，却不上车，见其神情傲然，鼻孔朝天。关享一时有些糊涂，直到龚总冷哼一声，才明白过来，立刻连滚带爬从驾驶位上下来，为龚总拉开车门，配以四十五度鞠躬，毕恭毕敬地请龚总赏脸。

龚总对关享的服务很不满，上车后又是一声冷哼。看在钱的分儿上，关享毫无脾气，甚至为了缓和气氛，还试图和龚总搭讪："龚总，听说您的爱好是明清家具收藏？"

可惜马屁拍到马腿上，龚总原本闭目养神的眼睛慢慢打开了一条缝，声音像是用了特效处理，拖得老长："第一，请称我为龚老师；第二，我不想和你说话。"

关享仍然是看在钱的分儿上，立刻闭嘴。

拍卖会在一个五星级酒店内举行，拍卖公司早已包下酒店内最大的宴会厅作为拍卖会场。会场内外布置得既华丽又隆重，只见金色大门前，大红地毯上，一条长桌花团锦簇，几位穿着旗袍的礼仪小姐正细致地帮来宾登记。

关享身兼司机、秘书、跟班数职，亦步亦趋地紧随龚总身旁。一路拎包、引路、找座位，关享用实际行动向龚总证明，她还是有一两分用处的。

落座后，趁着拍卖会还没开始，关享随手翻阅刚刚从登记处拿来的拍品画册，想用高雅艺术来陶冶一下她被罗行长斥责为充满铜臭的灵魂。只是那些美丽的家具并没有打动她的灵魂，图片旁的数字却吓得她魂飞魄散。

一张清代的桌子，起拍价五百万元；

一套明代的家具，起拍价两千万元；

一块不知道哪儿冒出来的翡翠原石，起拍价一亿元。

关享指着数字向龚总求教："是不是印错了？"

龚总专心致志地研究画册上的拍品，表情冷淡，语带讥诮："这是艺术，艺术是无价的。你怎么能用钱来衡量？庸俗！"

难得虚心好学一次，却讨了个没趣，关享有些气馁。恰好此时拍卖会开始了，龚总更是视她为无物，心思全到了台上。

可在关享眼里，台上那些东西，除了木头还是木头，实在没啥好看的。她四处张望，终于找到了感兴趣的：只见台下各路土豪，各型各款顶级奢侈品，闪动着诱人的光芒。

尤其是坐在关享左前方第一排正中位置的那位买家，完全吸引了关享的注意力。首先，一身 Dior 的男装奠定了他的审美；其次，十件拍品五次举牌，证明了他的实力；最后，举牌时手腕处露出的百达翡丽，见证了他的品位。

可惜关享位置太偏，看不清楚买家的脸，不过能塞进 Dior 男装的身材，怎么着也得是健身房出品。

只是当那块起拍价一亿元的石头，由 Dior 男拍得时，关享停止了对 Dior 男的幻想，她甚至怀疑 Dior 男是不是傻。

拍卖会结束后，关享本想找机会看看 Dior 男正面，无奈龚总急着去交钱验货，她只好老老实实地拎包走人。

交费处设在旁边一个中型宴会厅，此刻算上刚刚进来的关享和龚总，共有十七八个人。除了几名工作人员，都是买家，三三两两聚在一起，低声聊着今天的拍品。龚总拍中心头爱，态度和蔼了许多，对着厅内陈设评头论足，批评其不够档次，唯一入得了他法眼的是自助冷餐桌——到底是五星级酒店，餐点看上去倒也精致，龚总背着双手，踱步过去品鉴一二。

关享正在节食减肥，为了抵抗美食诱惑，只好背对餐桌，假装研究墙上的装饰画。

关享旁边的两个姑娘，也是被安排来陪客户的银行工作人员。关享听她们聊天，原来大家观点都一样：有钱人的世界，普通人实在理解不了，一张桌子八百万元，在上面吃一次饭能成仙吗？

关享闲得无聊，凑过去加入讨论："桌子也就算了，至少还能用，花一亿元买块石头？"她哧哧一笑，"他摇摇头，能听到大海的声音吧？"

关享嘲讽 Dior 男脑子进水，俩妹子完全同意，刚要附和，突然神色一凛，连嘴角的笑意也迅速隐去。

见俩姑娘视线齐齐集中在她身后，聪明如关享，电光石火间就反应过来，双手一拍，指着冷餐桌，自顾自说道："我还没吃早饭呢，不陪你们聊了，我先过去吃点。"

"站住。"

悦耳的男中音响起，声线中带着满满的骄横跋扈。

关享知道躲不过，只好深吸一口气，满脸堆笑转过身来，先博个良好的认罪态度。

果然是 Dior 男，比起背面，正面精彩一百倍，简直帅到引人犯罪。如果以李林为例，从身高到长相，从造型到气质，Dior 男大概比李林强八十倍。

还好关享从来没有"少女情怀总是诗"的毛病，自然不会幻想霸道总裁爱上我的情节。她态度诚恳，眼神真挚地问道："您好，请问您有什么事吗？"

Dior 男瞥了她一眼，冷冷淡淡："你刚才说什么？"

"我早饭没吃……"关享弱弱地指着冷餐桌，"我想去吃点……"

Dior男皱了皱眉："前面一句。"

"前面一句？"关享一脸懵懂，向旁边两位姑娘求证，"我刚才说话了？"

Dior男虽然骄纵，但是从小在富贵人家养出的雍容，让他不至于自降身份，和关享纠缠这种无赖问题。他目光扫过关享身上的制服，懒懒道："你是哪家银行的？"

关享又想抵赖，Dior男身后助理模样的男青年已替她回答："应该是浦发，咱们集团在那儿有业务，我去过一两次。"

关享脸皮再厚，一时也有些讪讪，正想着怎么化解尴尬。那头吃饱喝足的龚总终于想起还有她这么个人，隔着老远，遥遥一喝。她留下一句敷衍的"失陪"，转身就跑。

Dior男见她言行举止实在不上台面，懒得跟她计较。助理却咽不下这口气，对着她离去的方向冷笑："小姐，管好你的嘴！"

关享假装没听见，快步来到龚总身旁伺候，借着给龚总递纸巾，向龚总打听："龚老师，他是谁啊？"

"你连他都不认识？"龚总惊讶得忘记擦嘴，"市中心整条商业街都是他家的。本市六个工业产业园，五个是他家的。你在银行工作，你竟然不认识他？！"

关享眼珠一眨："他……他……他姓李？"

"李格非。"龚总慢慢饮着红茶，不疾不徐，"你刚才是不是动什么心思，跑去和人家搭话了？我好心提醒你一句，少去惹他，他可是出了名的……"龚总话到嘴边意识到不妥，瞟了她一眼，"不是我说，就你这样的……"

关享连连点头："我懂！我懂！人贵有自知之明，李格非就是那天上的月亮，我就是那池塘里的蛤蟆……"

龚总被关享逗笑，一不留神，嘴里的虾球整个滑到了食道。

伴随着礼仪小姐的尖叫，龚总和餐具一起摔倒在地，双手扼住喉咙，身体抽搐成一团。在场众人中，关享第一个反应过来，跪倒在龚老师身旁，托着龚老师的脖子防止他咬到舌头。

危急关头，关享顾不上文明礼貌，冲着周围众人一阵怒吼："还愣着干什么？赶紧打120叫救护车！"总算有工作人员清醒过来，哆哆嗦嗦着拨通了电话。

关享又冲着旁边一群傻站着的男人咆哮："别光站着，赶紧过来个人帮忙！"

在两位男同胞的协助下，关享抱起龚老师，试图用海姆立克急救法帮龚老师吐出异物。说时迟，那时快，眼见龚老师就要咳出异物，穿着十三厘米高跟鞋的关享因为惯性，往后摔去，撞翻了整条冷餐桌。伴随着龚老师咳出虾球，冷餐桌应声倒地，同时一声沉闷的惨叫声从桌下传来。

李格非趴在地上，被冷餐桌牢牢压住。

在李格非助理歇斯底里的号叫声中，关享坐在地上，如丧考妣。

几分钟后，一辆救护车冲到酒店门口。两副担架，分别把龚老师和李格非抬上救护车。关享紧跟在后，不顾走光的危险，按着裙摆爬进救护车。以李家的财力，为了自己小命，她必须和李格非解释清楚。

顾不上龚老师的安危，像打架一样推开那个讨人厌的助理，关享终于挤到李格非旁边，诚惶诚恐地道歉："李总，您听我解释，我真的不是故意的！"

李格非双眼紧闭，脸色雪白，不是因为身体上的痛，而是心灵上的伤。他养尊处优二十多年，什么时候当着这么多人的面，丢过这么大的人？

救护车内空间狭小，助理不顾工作人员劝阻，又挤了过来，一把把关享推远，咬牙切齿道："你死定了！"

4

Chapter

论心机女的

自我修养

好事不出门，坏事传千里。这边李格非还没被抬进医院，那边关享的"光辉战绩"已传到罗行长耳中。

　　虽说李氏集团业务主要集中在五大国有银行，在本行也就只有点零散业务。可就这点零散业务，那也是由几千万的存款和理财构成的。而承办这些业务的支行行长孙行长恰恰和罗行长有点过节，两人快三年没说过话了。

　　就在事情发生后不久，孙行长三年来第一次致电罗行长。电话中，四十好几的中年男子，情深意切地提醒他：如果关享这件事解决不了，他就带根绳子，吊死在罗行长办公室门口！

　　罗行长汗如雨下，点头如小鸡啄米，连说了一百零八次"不好意思"，才勉强稳住孙行长。可一口水还没有喝上，分行职能部门的电话又追了过来，提醒着罗行长要好好加强员工教育。他们认为，关享同志的行为简直是道德沦丧，严重触犯我行纪律底线，破坏我行形象，要对其进行深刻的批评教育。同时，作为关享的直属领导，罗行长对此也负有不可推卸的责任。

　　罗行长深刻忏悔自己教导无方，哆嗦着从抽屉里摸出一瓶速效救心丸，一不小心手一抖，倒进嘴里半瓶，差点儿没被噎死。

　　关享接到罗行长的电话时，正像无头苍蝇一样在医院乱转，不知道应该先去关心龚总的安危，还是应该立刻奔到李总面前谢罪。罗行长电话如及时雨，立刻让关享安静下来，老老实实蹲在墙角向领导汇报工作。

罗行长竭力保持冷静："关享，你先回行。"

关享想也没想直接回绝："不行啊，龚总家人还没到……另外还有一个客户……"

"另外那个客户是不是姓李？"罗行长深呼吸后问道。

关享心知不妙，立刻辩解："罗行，您是不是听到什么？您千万别相信！事情绝对不是他们说的那个样子！"

罗行长再次深呼吸后，愤怒地说："回行！"

"可是……"

"立刻！马上！"罗行长的理智之弦彻底断裂，"你现在不回来，以后就不用回来了！"

伴随着行长室传来的咆哮声，言晓晓胆战心惊地拨通了苏航的电话。

此刻苏航正在回程的高铁上，从事情发生到现在，她的手机就没安静过。各个支行、各个条线的熟人纷纷发来"贺电"，恭喜她中头彩，她的团队成员兼好友关享同志把一个富二代给打残废了。

尽管众说纷纭，苏航还是很快就了解到事情的来龙去脉。简单归纳了众人的描述后，苏航情绪还算稳定，至少是在给孙行长手下的一名客户经理打电话之前。

当对方说出苦主姓李名格非时，苏航手一抖，溅了自己一身咖啡。可无论祸闯得多大，她总不能眼睁睁看着关享完蛋。她已做好最坏的打算，实在不行，身为关享的团队负责人，这个锅她和关享一起背。

苏航赶到单位，已是晚上九点。

言晓晓躲在客户经理办公室，时不时探出脑袋，往行长室张望。

行长室大门紧闭，罗行长的咆哮声穿透力十足，回荡在整个办公区域。

行长室内，关享站在中央，罗行长围着她转圈，食指几乎没有离开过关享的脑门。

"成事不足！败事有余！"罗行长咬牙切齿，"我的脸都被你丢尽了。"

"我真不是故意的……"一天下来，关享脸上的妆早就花了，满是油汗，狼狈中仍喃喃地说，"我真不知道他在餐桌后面……"

"不是你的责任是谁的责任？"

"惯性……"

幸亏苏航及时推门进来，不然罗行长又得让速效救心丸护驾了。为了罗行长，也为了关享，她不得不开口："领导，事情已经发生了……"

"你作为团队负责人，怎么管教下属的？"关享冥顽不灵，罗行长把气撒在苏航身上，"你告诉我，这事怎么解决！"

在苏航的建议下，罗行长厚着老脸求孙行长帮忙，孙行长一方面十分享受被罗行长哀求的感觉；另一方面思路和罗行长差不多，怎么说关享也是本行员工，就算真错了，道完歉，该护的犊子还得护。

孙行长的虚荣心得到极大满足后，牙一咬，把事情应承了下来。不过应承归应承，他绝对不敢去找李格非，而是找到了李格非的姐姐李婉仪。

说起李家，虽然李格非是三代单传的唯一继承人，但是目前统领全局的，却是这个比李格非大了快十岁的姐姐。

费了点周折，忐忑不安的孙行长见到李婉仪。听完事情经过，

李婉仪没有表态。回去的路上，孙行长接到了李婉仪助理的电话，让罗行长带着关享上门道歉，这事就算结了。

接到孙行长传来的喜讯，罗行长如蒙大赦，领着关享就想往医院冲，关享稍有迟疑，就被他骂得狗血淋头。

关享万万不会想到，要不是罗行长，她差点儿就要站上被告席，心里暗暗打定主意，诚恳道歉可以，谄媚讨饶不干。只是没想到她和罗行长的算盘都落了空，李总根本不想见他们。

这几乎是最好的结果。罗行长警告她，从现在起，半年之内，必须零投诉，否则立刻卷铺盖滚回人力资源部！

关享想不通，她见义勇为还错了？气得刚要和罗行长分辩几句，就被听到动静的苏航拖回客户经理办公室。

关享一肚子的委屈，苏航恍若未闻，淡淡地看了她一眼："我和老罗一起送你去。"

关享气得要哭："老罗这样，你也这样？我错哪儿了我？"

言晓晓欲言又止，到底怕关享误会苏航，局促地翻着手中的书页，低眉顺眼地解释："苏航写保证书了。"

看关享一头雾水，言晓晓微微一顿："苏航保证，如果这半年你再出事，她和你一起回人力资源部报到，保证书已经交到分行了。"

关享这才依稀想起，之前有人提点过她，分行职能部门尤其是私人银行部想要给她点颜色看看，后来又没动静了。原来不是那些人忘了，而是苏航……

"别说那些有的没的了，"苏航扬一扬手，慢慢喝了一口咖啡，不疾不徐，"如今我和你是一条绳子上的蚂蚱，你给我老实待着，不然咱俩都得喝西北风，懂吗？"

关享立正敬礼，再三保证绝不惹事。苏航这才满意，让外卖送来一大堆甜品，算是给关享去去晦气。

大堂经理去休息室喝水，刚好路过，闻着味冲进办公室，伸手就去拿桌上的蛋糕，被言晓晓拉住："那块不行，那块是关享的！"

大堂经理不依，左手被言晓晓拉住，她又伸出右手，没想到还是被言晓晓拉住："那块就是不行，你要吃吃我的，关享今天心情不好，你不能抢她吃的！"

苏航和关享从洗手间回来，趁着言晓晓去茶水间泡茶，大堂经理一边吃蛋糕一边对着苏航、关享挤眉弄眼地说："你们最近有没有发现言姐有什么不一样？"

"能有什么不一样？还不是每天上班下班两点一线？"关享忙着往嘴里送蛋糕，苏航则摆出一副愿闻其详的表情。

"咱们女更衣室不是大衣柜不够嘛，昨天新来的柜员找言姐，说言姐衣服少，让言姐把她的大衣柜让出来，让言姐用她的小衣柜。"

听闻新来的小姑娘敢作妖欺负言晓晓，关享气不打一处来。苏航拦住她，让大堂经理把话说完："我以为言姐这种老好人肯定一口答应，我都准备好拔刀相助了，没想到言姐直接把她堵回去了，让她想都不要想，这不可能！气得那姑娘脸都绿了！还有刚才，我伸手拿蛋糕，言姐直接给拦住，说不许动关姐的！让我要吃就吃她的，吓我一跳！"

士别三日当刮目相看，苏航这段时间忙着给关享善后，没想到言晓晓竟然给她一个惊喜。关享也很吃惊，莫名觉得言晓晓那句台词有点耳熟，转目一想，不由得笑出声来："她还真记住了啊！"

苏航听关享说完前几天的事情，也是高兴，琢磨着有件事情该去办一办了。

言晓晓一回办公室，苏航就和她商量何时去房产局给房子过户。言晓晓听到张博的名字，脸色唰的一下就白了，关享看出端倪，立刻在旁边打气："晓晓，难不成你想把房子送给张博？那天我教你的那句话怎么说来着？"

"想都……别想……不行……"言晓晓用力咬着下唇，留下一排牙印，"房子是我的，不能给他，不行！不行！就是不行！"

"这就对了，心态不错，保持住！"

当晚，苏航就打电话，约张博明早去房产局。

张博一口回绝，说他作为国企技术骨干，工作十分繁忙，实在抽不出时间，等什么时候有空了，他会通知言晓晓。

苏航礼貌地恭喜张博终于结束无业状态，随即关切道："你看这样好不好？我安排人到你单位，帮你请假？"她柔柔一笑，"反正都是熟人，就是上次到你家楼下的那几位阿姨。"

苏航扬了扬嘴角："你不用担心门卫不让她们进，我就让她们在单位门口，跟你同事们说说，你家里出了这么大的事，单位领导竟然不让你请假，真是没有一点人性化管理的思想。"

张博"啪"的一声挂上电话。

电话全程免提，听得一清二楚的关享，指着电话骂得口水横飞。

苏航取过果盘，拿了片西瓜，慢慢吃着说道："省点力气吧，留着明天当面吵。"

关享越发气愤："我看张博是想装死！"

苏航冷着脸："他不敢。"

苏航微微抬了抬眼皮，视线越过关享，落在言晓晓身上。自她拨通电话那一刻起，言晓晓就躲在角落里，宛如一只受惊的小猫。可是无论怎样害怕，言晓晓都没有离开，苏航明白，她这是在逼自己面对。

这种状态，一直持续到第二天。去房产局的路上，言晓晓缩在后排，眼观鼻、鼻观心，嘴里反反复复念叨着那句话，给自己打气。苏航从后视镜里看到她的模样，心里又是酸楚，又是欣喜。她低声叮嘱关享："过会儿遇到那一家子，我去吵，你好好保护晓晓。"

两路人马在房产局大厅碰面。一想到自己将失去半套房子，张博难免有些灰心丧气。不过身为文学男青年，怎么能为了身外之物让仇人看笑话？

张博打起精神，搜肠刮肚想找出几句名人名言体现自己的豁达，无奈水平有限，憋出一头热汗，也没憋出一个字。

关享看见张博一家三口就犯恶心，不耐烦地催促："看什么看？赶紧走，别给脸不要脸！"

张博妈横行霸道惯了，以前都是她训斥别人，何时由着别人来训斥她？刚想开口和关享理论，一旁的苏航轻咳一声："已经迟了，再迟就不是我们陪张博来办了。"

苏航声音虽轻，言下之意却深沉可闻。想起那天她带来的阿姨们，张博妈不由得抖了抖，恶狠狠地瞪了关享一眼，带着儿子、丈夫冲进电梯，死命按上关门键，甩开苏航一行三人。

言晓晓脸色苍白，双手下意识地抱着胳膊，似乎是想要把自己缩进看不见的角落，直到目光撞上苏航平静如水的眼睛，像迷路的人找到归途，心头骤然有了着落。

苏航轻轻拍着言晓晓的肩膀，让她不要害怕。言晓晓则紧紧地攥着苏航的手腕，似乎有话要说。

苏航的嘴角蓄起一点笑意，语调却冷了下去："你如果想逃，我们不拦你，但是从今往后，我和关享不会再管你，只当你是个废人。"

言晓晓呆呆地看着地面，睫毛微微发颤，电梯到达的声音，甚至吓得她发抖。可是，尽管一脸畏惧，她还是走进电梯，关享责怪苏航："她现在比原先强多了，你吓她干什么？"

苏航坦然一笑："我是推她一把，好让她走得更远……"

业务窗口前，轮到言晓晓、张博办理业务。根据要求，张博必须出示身份证原件。不出苏航意料，张博装模作样地翻了五分钟，双手一摊："不好意思，我忘记带了。"

苏航好像一点都不在意："没关系，"她抬了抬脸，"那就麻烦叔叔阿姨回去取一下了。"

"我身份证放哪儿他们不知道。"

"你可以告诉他们，总之……"苏航脸色一沉，"你不能走。"

"怎么着？你们还想限制人身自由？我警告你们，如果你们这样做那就是违法犯罪！"张博爸昨天才从电视剧里新学了个名词，立刻实际运用起来。张博妈虽然听不懂老公在说什么，但是听老公声音高亢，想必是掌握了真理，大声附和："警察会抓你们的！"

既然提到警察，苏航不得不旧事重提："您嫖娼那事……"

张博向来是个识时务的人，不等苏航说完，伸手便从包里掏出了身份证："哎呀，不用回去取了，我找到了。"

看着张博潦草地签完最后一个字，看着张博一脸的厌恶与嫌弃，言晓晓耳后根一阵比一阵烫，血色蔓延开来，烧得脸发痛。

"张博……"

言晓晓神色惨然，眼泪一滴滴落下。原来过去的八年只是她一个人美好的幻想，对旁人而言，也不过是一个不堪的笑话。从十八岁到二十六岁，她的存在、她的努力、她的一切一切，都只是虚妄。

看见言晓晓哭，张博妈开心极了，仿佛之前在苏航、关享那里受的恶气都有了出口。在儿子和丈夫眼神的鼓励下，她邀请言晓晓参加张博的婚礼："我那儿媳妇，要模样有模样，要气质有气质！不光自己能赚钱，家里还有钱，对我们张博更是没说的！到时候你可一定要来啊！"

能动手的时候，关享绝不废话。苏航拦住正准备用武力教导张博妈怎么说人话的关享，眼睛锥子一样钉在张博脸上，口气却是淡淡的，像是在说一件完全不要紧的事情："张先生，您七月份分手，十月份就和新人结婚，动作快了点吧？"

张博不敢看苏航，嘴上却不服软："你别污蔑人，什么新人旧人，我大学毕业到现在，只谈过一个女朋友，就是我马上要结婚的那个！"

"那请问你和我朋友是什么关系？"苏航指着言晓晓。

"认识而已，能有什么关系？"

苏航陡地收起笑容，一张脸满是冰霜，她拉过言晓晓，指着张博："他怎么评价你的？都听清楚了？"

关享怒极反笑，手指依次点过张博一家三口："没看出来啊，你们是一点脸都不要了，你们占了人家的房子、车子、票子，转过脸来说和人家只是认识，你们的良心被狗吃了吗？"

苏航同样气狠了，脸上却看不出来，依然是一副森冷语调："话说到这步，够明白。人你们欺负了，便宜你们也占够了。从现在起，桥归桥路归路，这辈子最好别见面。不然……"她拍了拍手，不远处的休息区，十几位阿姨齐齐回头看向这里，原来她早就安排好了。

张博妈吓得一哆嗦，往地上啐了一口，牵起丈夫和儿子，连滚带爬地往电梯方向去了。

关享扶着言晓晓下楼："就这么算了？这也欺人太甚了吧！"

苏航冷笑："急什么，只要人没死，你还怕没机会？"

周末两天，关享再次卷铺盖搬进言晓晓家，和苏航一起给她洗脑。面对二十四小时全方位贴身教育，言晓晓就算想要伤感，也只有独自坐在马桶上的片刻。可就连这点安宁，关享也不打算给她。每当言晓晓待在卫生间超过五分钟，她就开始拍门，询问言晓晓是不是掉进马桶里了。言晓晓被折腾得头昏脑涨，不过效果十分显著，除了周五晚上回忆往事时落了两滴眼泪，整个周末竟然就这么平安度过了。

虽然苏航和关享嘴上激励言晓晓好好工作天天向上，多赚工资早日还钱，但两人心里也清楚，就目前这种经济环境，只要放出去的贷款有一笔收不回来，客户经理的收入还不如低保。想用工资来还债，短时间内有点难度。

比工资更凄凉的是股市。当初为了帮言晓晓还房贷，苏航和关享把基金和理财都赎回了，唯有股票没动，原因很简单，用关享的话来说，她和苏航进股市，是没赶上贼吃肉，光陪着贼挨打，一个股灾下来，本金赔进去一大半。别人出市是割肉，她们出市得割心肝脾胃肾。为了性命着想，两人双双决定把股票当成长期投资，留着给子孙当遗产。

周一上班，股市刚刚开市，苏航和关享的股票再度跌停，三十元买的股票如今连七元钱都不到。

办公室内，关享怨恨地盯着手机屏幕，念念有词。根据她的嘴型，苏航判断，应该又有谁家老母刚刚被问候了。

苏航安慰她，更是安慰自己："总有一天，会涨回来的。"

关享脸色如她手中的咖啡一样黑暗："我儿子能看到那一天吗？"

苏航忍不住皱眉："朋友，我们这是自有资金，股票就算跌到一元，只要不退市，我们还有翻身的机会。你想想那些投资到财富公司的人，我们算运气好的了。"

苏航平日惜字如金，唯有谈到股票，会多说两句。如果有时间机器存在，一个小时后的苏航一定会让现在的苏航闭嘴，倒不是因为说多错多，而是因为说得实在太对，简直可以称得上是一语成谶。

苏航和关享虽然都毕业于金融专业，但对于股票的了解仅限于书本知识，目前所持有的两只股票，都是苏航的客户赵大财推荐的。

说起赵大财，绝对是传奇。三十年前怀揣一百元，从农村来城市闯世界，从最基层的建筑小工干起，吃了无数苦，受了无数罪，硬是一步一步走上人生巅峰，成为本省工程界一大霸主。手下工程队人数众多，设备先进，可谓是兵强马壮。

虽然赵大财的钱越来越多，人依然还像当初一样仗义。因为张博的事，苏航向赵大财借人，不等苏航说完，赵大财先气得吹胡子瞪眼睛，直接打电话，让工程队几个队长开上卡车，运上几百儿郎，去给苏航打下手，就算不动手，吓也要把张博吓死。苏航婉言谢绝，只借走了几十位做饭阿姨。对此，赵大财耿耿于怀了三天，照他的理论：能动手的时候，干吗要讲道理？讲道理有什么用？

关享催促苏航给赵大财打电话，咨询一下赵老板，之前推荐的两只股票，都说有内幕消息，如今这内幕消息啥时才能成真？

"我能动的钱全给言晓晓了，我已经快两个月没买衣服了。"关享神色哀怨。

苏航不以为然地瞟了她一眼："急什么，基金公司的讲师不是刚给我们培训过，最长三十六个周期，一定能回来。"

"三十六个周期？"关享的眼泪几乎要掉下来，她一脸悲怆，呼天抢地，"那就是三年啊！还真当定期存款了？"

苏航一脸理所当然："不然怎样？你别忘了，还有人从 2008 年存到现在呢。"

话虽如此，苏航的想法不比关享少，根据工资卡余额，她下个月就要擦大宝了。处理完手边工作，苏航思考了一下措辞，拨通赵大财的电话。电话才响了一声，大堂经理推门而入："苏总，你的客户赵大财来了，在贵宾室等你。"

关享击掌大笑，拍着苏航的肩膀催促她快去："真是想什么来什么！估计咱们的股票有戏！"

苏航走进贵宾室，富态十足的赵大财正拿着纸巾不停地擦拭额头上的热汗。苏航瞟了一眼中央空调，室温二十二摄氏度，不由得心头一沉，脸上带着热情却不失分寸的笑意，招呼赵大财坐下慢慢说。

"小苏，你知道的，最近一两年，实体经济不好。"赵大财捧着茶杯有些出神，默默坐了好一会儿，才慢慢开口，"工程这行利润高，但回款也慢。我算了一下，这两年刨掉成本，基本没一个项目赚钱。前段时间，有个朋友给我介绍了一家投资公司……"

苏航吹开漂在杯面的茶叶，轻轻啜了一口。太阳底下没有新鲜事，从去年开始，百分之八十的客户跑路，不是因为公司经营出现问题，就是参与民间借贷和非法理财。真是没想到，她最放心的客户，反而成了第一个让她头疼的客户。

"您投钱进去了？"苏航问。

"我本来不打算投的。"赵大财接过苏航递来的纸巾，擦去额头沁出的油汗，结结巴巴地申辩道，"朋友嘛，面子上过不去，我就先投了十万，投了几个月，还真是每个月百分之十的利息！"

苏航摇了摇头："赵总，如今这环境，哪有年收益百分之一百二十的生意？人家付您利息，也就是放个饵，钓您后面的本金呢。"

"谁说不是呢？"赵大财似乎是说到了伤心处，声音里带着哽咽，"我一天到晚教人家，贪心者死，结果轮到自己，什么都忘了！上周一，应该是他们付利息的日子，我没收到钱，以为他们财务忘记了，也没放心上，上周五我打电话，打了一天都没人接，我慌了，去他们公司一看，连公司都没了！"

此刻再去指责赵大财之前的行为，没有任何意义，苏航平静地问道："您投了多少钱进去？"

见赵大财还有些迟疑，苏航神色还是淡淡的说："您来找我，一方面是相信我；另一方面，是希望我帮您出出主意。所以，我也希望您能和我说实话。"

"八千万……"

"八千万？"虽说苏航个性沉稳，也是表情一滞，"您怎么会有那么多现金？"

"四分之一是我自己的，四分之三是和亲戚朋友借的。本来我是想着大家一起发财的，没想到事情会变成这样……"

说着说着，赵大财放声大哭起来。如果哭能够解决问题，苏航愿意陪赵大财哭到地老天荒。可惜，哭除了能够发泄情绪外，没有任何用处。

苏航柔声安抚了好一会儿，赵大财情绪才稳定下来，胡乱擦了一把眼泪和鼻涕："小苏，八千万虽然多，但你相信我，只要给我时间，我肯定能挣回来！"

苏航点头，合作多年，无论是人品还是能力，赵大财她都信得过。

"就是有点对不起你，我在你这儿不是存了两千万吗？我得全拿出来，还给亲戚朋友。"

"您这话就说得见外了，您遇到这么大事，我要是还和您纠结我那点业绩，我还是人吗？"苏航静静地看着赵大财，"我也开门见山地说了，您能找我谈这事，就已经不是把我当您的客户经理，而是当朋友了。能和您这样的人交朋友，是我的荣幸，有我能帮得上忙的地方，您尽管说。"

赵大财心头一热，眼睛又有些酸涩，在生意场上混了这么多年，见过太多趋炎附势、翻脸不认人的小人，这种情况下苏航能说出这一番话来，他没看错人。

"算上你这两千万，我还欠四千万，亲戚那边没问题，可朋友那边……"赵大财眼里含着泪花，"让我卖房子没问题，可总得给我留一套吧。我婆娘跟着我吃了不少苦，总不能让她这个年纪没地方住。还有我公司，我真不能赔给他们，那可是我的心血啊，就和我孩子一样。"

"那有没有可能和他们沟通一下，房子给您留一套？另外，您和他们签个借款合同，剩余的钱，规定分几年还清。没有您的人脉和能力，公司到了别人手上也没用，我相信这个道理他们也懂。"

"我就是这个意思，可是我说他们不信啊！"赵大财看着苏航，神色凄苦，"小苏，你能不能陪我去和他们谈一谈？你是银行的，他们肯定相信你！"

苏航一怔。赵大财与银行打交道多年，知道自己的要求是强人所难，见她不答话，讪讪地道："如果不方便，那就……那就……算了……"

"按照规定，客户经理是不能参与客户之间的经济往来的。"苏航的声音平稳得没有一丝波澜，"可刚才我也说了，我和您现在已经不光是客户和客户经理的关系，就冲您之前的照顾，作为朋友，怎么样我也得陪您走一趟。"

苏航送走赵大财，回到客户经理办公室。关享见她神色不对，以为又有什么重大利空消息，反过来安慰她："你别郁闷，你也说了，只要不退市，跌就跌吧，一块钱也是钱啊！"

苏航不打算瞒着关享，把赵大财的情况说了一遍。这时，不光关享，连言晓晓都从书堆里抬起头，劝她慎重："这算民间借贷吧？你陪他去谈这种事，要是有人投诉到行里，你跳进黄河也洗不清啊！"

"可不是？"关享冷笑，"你别以为你人缘好，我告诉你，行里有的是损人不利己的，这事要是传出去，人家几句话就能把你整死。"

关享的语气越发尖刻起来："这事和你没关系你为什么要参与？是不是你牵线搭桥帮他们撮合在一起？你收了双方多少好处费？"

"你们说的这些，答应他之前我就想到了。可我总记着，当年赵总是怎么帮我的，我缺存款的时候，他给我存款；我缺贷款的时候，他给我介绍客户。就连我完不成手机银行，也是他把我领到他的工程队，让人一个一个到我这儿办。"

苏航轻轻摇了摇头："我知道咱们从事的是个只能锦上添花，不能雪中送炭的行业，但我们作为这个行业的从业者，是不能这样做人的。"

苏航垂下眼，看着胸前那枚镀金的行徽："我想清楚了，日后如果有这样的流言传出来，我自己去找罗行长，再去找分行纪检，该承担什么责任，我认，但是我没做过的事，我也一定会说清楚。"

关享知道以苏航的个性，决定的事情，绝无回旋余地，也不劝了，反而静下心来给她出主意。言晓晓向来没什么主见，这种时候更没有，听话地坐在一旁，陪她们商量。

同债主的见面时间是在第二天下午三点，地点是在一家五星级酒店的大堂。

苏航和赵大财提前一小时到达。有苏航在，赵大财比昨天镇定了许多，一口气干掉杯中的冰可乐，还是忍不住问道："小苏，你说他们会不会不来啊？"

苏航手指细细摩挲着咖啡杯的杯口，低声安抚道："他们要真是铁了心让您卖房子赔公司，早就上法院告您了，何必同意和你见面。赵总，您先定下心，吉人自有天相。"

苏航说得没错，债主带着律师，准时准点出现在大堂内。那是个一眼看上去就很精明的中年男人，还未落座，开口第一句话便咄咄逼人："姓赵的，没什么好谈的，律师我已经找好了，你等着法院给你传票吧！"

赵大财接不上话，求助地看着苏航。苏航的目光落在男人身上，脸上带着恰到好处的笑容，柔声道："您是孙总吧，大热的天，您大老远地过来，有什么事，也等您先坐下喝杯水，咱们再谈。"

苏航叫来侍应生，拿过饮料单，递给孙总。孙总不屑地扫了苏航一眼，装模作样地看着手腕上的劳力士金表："你是什么东西，哪里冒出来的？"

孙总脸上给苏航难堪，人却坐了下来，她心头顿时一松，看来这事还有的谈。

"我姓苏，我在银行工作，是赵总的客户经理。"

"我没兴趣知道你是谁，我只知道一件事……"孙总右手食指中指屈起，重重敲击在茶几上，"杀人偿命，欠债还钱！他不还钱，我就告他！"

"您说得在理，我知道我人微言轻，不过有几句废话，想请您赏个脸，听一听。"

孙总冷哼一声，上上下下打量着苏航，目光冷厉，好像要在她身上看出两个窟窿。

苏航恍若未闻，还是那般温婉谦和："孙总，您也是生意人，这生意场上的道理，您比我懂得多，债主可不止您一个，如今您起诉，那其他人都会起诉。"

"那又怎么样？"

"赵总所有房子卖了，恐怕也不够还您几位的钱，您这不亏吗？"

"他还有公司，我可以卖他的公司！"

"如今这形势，工程类公司，离了赵总的人脉和管理，谁敢接手？"

孙总的身体轻微一震，像是被苏航的话语触动。其实他心里比谁都明白，真逼死了姓赵的，他也落不着好。

"您和赵总多年朋友，他如果是赖账的人，我相信您也不会和我们坐在这里。与其两败俱伤，他破产您损失，不如咱们想个两全其美的方案？"

孙总剜了苏航一眼："那你倒是说说，有什么两全其美的方案？"

"赵总已经报案，警方也已经立案，这钱多多少少能追回来点。"苏航一脸诚挚，"此外，赵总搞了三年的那个环保建材公司，年底就有产能了，收益不算高，但是够稳定。我觉得吧，只要给赵总时间，您那钱不成问题。"

"给多少时间？五年还是十年？我钱就算存银行，还能有利息，我白借给他用啊？"

"当然不能白借，您和赵总这么多年朋友，您比我清楚，赵总就不是让朋友吃亏的人。您看这样好不好？您定个利息，赵总重新打个欠条给您。"

苏航的建议，和孙总的想法基本吻合，他装模作样地踌躇一番，领着律师到别处商量。

孙总与律师窃窃私语，赵大财和服务生要了纸笔计算他能承受多少利息。苏航闲来无事，倚在沙发上，托着下巴欣赏在前台办理入住手续的俊男美女。

眼花缭乱间，苏航突然看到一个熟悉的背影。

苏航怀疑自己是不是看错人了，毕竟这两日为了赵总的事情，精神高度紧张，几乎引发癔症。

正犹豫着，那个熟悉的背影转过身来，身旁一个打扮素雅的女孩子立刻扑入其怀中，两人搂成一团，仿佛热恋情侣久别重逢。

苏航立刻拨通关享的电话，那头关享也是紧张到死，问苏航事情进展如何。苏航哪还顾得上赵大财，让她立刻拿座机给李林打电话。关享摸不着头脑，还是听苏航的话照做。果然，关享挂掉李林电话那一刻，不远处的那人也同时做着挂掉电话的动作。

苏航刚准备走过去给李林一个惊喜，赵大财把写满数字的纸片递给她："小苏，你帮我看看，这个算得对不对？"

孙总那边也和律师商量好方案，正向这边走来。苏航挂电话前，说了最后一句话："关享，放下你手上所有事，马上到我这儿来。"

关享杀到酒店时，赵大财正和孙总就每年支付多少利息谈得刀光剑影，苏航坐在一旁喝咖啡。关享以为苏航叫她过来是需要个唱白脸的，可看这场面，别说她，好像都没苏航什么事。

苏航把一脸迷茫的关享引到不远处坐下，指着桌上的酒水单："有人埋单。"

关享心领神会，二百八一个的冰淇淋一口气点了八个。苏航看着她和一桌子甜品合影发朋友圈，由衷地希望知道真相后的她，还能保持这份好心情。

赵大财那边，经过一番讨价还价，方案最终确定下来，他每年支付孙总百分之十二的利息，十年内还完全部本金。在律师见证下，赵大财立下字据，孙总满意而归。

赵大财对这个结果更加满意，非要请苏航吃晚饭。苏航婉言谢绝，说以后有的是机会吃饭，他现在有更重要的事去做，比如说配合警方尽快破案。

赵大财千恩万谢地离去，关享以为苏航让她过来，是借机让她吃点好的，一手拿着勺子往嘴里送冰淇淋，一手拿着手机翻大众点评："附近有家烧烤贼有名，我叫言晓晓打车过来，咱们晚上撸串！"

"你不是在减肥吗？"苏航精心描画的眉毛微微扬起。

"经科学研究表明，大姨妈期间吃东西不会长胖！"关享随手定好位子，"再说了，我最近惨成这样，怎么说也要用食物抚慰一下受伤的心灵。"

"关享，有件事……"苏航微微叹口气，"你知道以后，可能就吃不下了……"

"老罗又要扣我钱？"关享吓得声音都变了，"我又怎么了？我这几天服务态度还不够好？就差没对客户背'五讲、四美、三热爱'了！"

苏航把手机推到关享面前，刚才拍的照片中，李林正和一个姑娘手牵手走在通往客房部的电梯。

关享手一松，勺子掉在了地上。

苏航适时补刀："节哀！"

关享抓过手机，死死盯着照片中的女主角："是她？！"

关享的反应出乎苏航的意料，她拿回手机看了看照片又看了看关享："你认识？"

"你不认识？"关享很诧异，"我们行的啊！"

虽然苏航有眼不识泰山，但责任绝不在她。分行加支行上上下下有一两千人，苏航怎么可能认识每一个，更何况这人还是其他支行刚刚入职没多久的新员工。

至于关享为什么能认出女主角，还得感谢她的人生座右铭：生命在于运动，人生在于八卦，没有八卦的人生那还叫人生？而所有八卦中，最受关享以及她同行欢迎的，就是每家支行或者每个部门的镇行（部）之宝。

照片中的女主角刘佳佳虽然是镇行之宝中冉冉升起的一颗新星，但绝对是最亮的那一颗，甩第二名足足八百光年。

说起这位刘姑娘，那真是一副标准白莲花的长相。瘦瘦小小、白白净净，巴掌大的小脸，一双大眼睛，跟人说话时，声音更是低得像蚊子哼，你让她声音大一点，她立马脸红给你看。大学毕业后被招进本行，入职还不到一个月，全支行上下都知道她是处女，没谈过恋爱，坚决不赞成婚前性行为，三贞九烈的程度简直都能立牌坊！

于是，关于她的评价，呈两极分化状。男员工都觉得这是一个清纯不做作和外面那些妖艳贱货不一样的女孩子；女员工的意见则完全相反，这不就是一个顶着白莲花外表的标准心机女吗？

关于刘姑娘的故事，关享能给苏航说上三个小时，鉴于时间关系，她只是简单地给苏航介绍了一下刘姑娘的基本情况后，开始思考更重要的问题，问道："他们俩是怎么在一起的？"

苏航第一次觉得，谈恋爱以钱为目的也不是坏事。同样是男方劈腿，发生在言晓晓身上，简直是天崩地裂、伤心欲绝；发生在关享身上，虽然也生气，但那种生气，也就是限量款包包被人抢先一步买走，气得面红耳赤，绝对上升不到心碎神伤。关享目前的关注点，首先是女主，其次是奸情，唯独没为她自己伤心。

"我知道了！"关享一脸恍然大悟，跳起来指着手机，"刘佳佳所在的支行就在李林的公司楼下，她是贵宾窗口的柜员，李林是私人银行客户，估计李林去办业务的时候，一来二去……"关享从地上捡起勺子，用力插在冰淇淋上，"他俩就这么勾搭在一起了！"

"不管怎么勾搭的，反正已经确定李林劈腿了……"苏航淡淡地道，"现在怎么办？"

"他们在哪儿？"

"还没下来，"苏航微微一笑，抽出一张纸巾递到关享手中，"你别指望能捉奸在床，这是五星级酒店，前台不会给你房间号，你一个房间一个房间地去敲门？相信我，还没找到李林，警察叔叔就先把你带走了。"

关享狠狠擦去沾在嘴角的冰淇淋，苏航眼中冷厉的光芒一闪而过，随即又和颜悦色："作为一个旁观者，我给你分析一下，你已经见过家长了，楼上那个应该还没见过。"

"那又怎么样？"关享冷笑，"他妈恨不得我马上和他分手！"

"楼上那个，李林妈也不见得会喜欢，现在重要的是李林的态度。"

"他都和人开房了！"

"根据我的观察，李林看你和看……那姑娘叫什么来着？"

"刘佳佳！"

"李林看你的时候，还有那么点情深意切的，至于看刘佳佳……"苏航轻蔑地一笑，"如果你愿意来一场正室斗小三的年度情感大戏，我个人认为你获胜的概率在百分之八十以上。"

"我来个屁！"关享恨得牙痒，"他要找个好点的，我也认了，他找刘佳佳这种心机女？就他那智商，和他结婚，我怕影响我孩子智商！"

"可是他有钱。"

"往后几十年，刘佳佳这种心机女多了去了，我下半辈子天天演宫斗吗？李林妈那种日子我一天都过不了！"

在酒店客房内，李林运动完毕，正躺在床上假寐，刘佳佳窝在李林怀中，好一副小鸟依人模样。听见专属关享的手机铃声响起，李林猛地睁开眼睛，手忙脚乱地从床头柜上抓起手机，两步蹿到窗前，喘得像条大狼狗。

关享笑声清脆："你刚才为什么挂我电话？"

"我……"李林瞟了一眼床上的刘佳佳，语气游移不定，"我刚开会……"

关享似乎没有听出异样，难得撒娇："算了，今天心情好，勉强原谅你。刚行长去分行开会，我提前溜出来，找你看电影好不好？"

"我不在公司！"李林脱口而出。

"那你在哪儿？我现在就过来找你。"

李林强作镇定："我在见客户，有重要的事情在谈，你先去商场逛逛，有什么看中的，等我来埋单。"

"你在见客户？那你先忙！"关享连声道歉，"我先挂了！"

听李林口气，十有八九是正牌女友来电，刘佳佳心中厌烦，脸上却是心碎神伤，只见她眉头一皱，一滴眼泪从眼角缓缓落下。

李林果然立刻中招，刚想挂上电话过去宽慰一二，就听见电话那头关享尖叫："啊！啊！啊！有个事我忘了，你家公司有笔业务的回单要交换，得刘佳佳签收，你赶紧把电话给她。"

李林下意识地应了一声，只是电话递到一半，突然僵住。

刘佳佳年纪虽小，出道极早，行走江湖多年，眨眼间就明白李林肯定被女朋友带到沟里去了，楚楚可怜地推了推李林的胳膊："林哥哥，你怎么了？"

"关享，你听我解释……"被抓了个现行，李林底气不足，声音越说越低。

"有什么好解释的，你只不过犯了一个男人都会犯的错误。"关享哧哧一笑，声音突然冷硬起来，"我们现在男未婚女未嫁，你劈腿我还能杀了你不成？"

"关享……"

"我在楼下大堂等你，有什么话咱们当面说清楚，" 关享唇角笑意，明艳如玫瑰，却带着伤人的刺，"记得带上刘佳佳。"

十分钟后，酒店大堂。

关享、李林相对而坐，苏航悠闲品茶，刘佳佳温顺无争。

事已至此，多说无益。关享开门见山："怎么说我也算你们俩的媒人，给我介绍介绍你们俩的恋爱经历吧，是一见钟情呢，还是日久生情呢？"

关享这种级别的对手，不是装可怜就能解决的，刘佳佳心一横，狠狠打了自己两个嘴巴，肿着脸哭道："姐姐，你听我解释。姐姐，事情不是你想的那个样子。姐姐，我不是想抢你男朋友。姐姐，我是真心爱林哥哥。姐姐，你不要怪林哥哥，全是我的错……"

对比浓妆艳抹、言辞犀利的关享，刘佳佳这种浑身上下每个毛孔都透露着柔弱的演技立刻征服李林。

"关享，你骂我也就算了，佳佳才二十一岁，还是个孩子，你不要说得这么难听……"

"我说话再难听，有你们干的这事难看？" 关享指着李林的鼻子，"可要点脸吧，哪家孩子上班时间跑酒店和男人约会！"

"关享，你听我解释……"

"有什么好解释的？姓李的，从你和她搞上的那天起，你就是我前男友！"

刘佳佳内心狂喜，险些控制不住脸上的表情，那一丝稍纵即逝的笑意，却被苏航捕捉了个正着。

"李先生，您是不是觉得她特纯洁、特不经事儿？" 苏航似笑非笑地倚在沙发上，慢慢转着手上一枚宝格丽戒指，"我要是您啊，我就立刻查查您身边这孩子的微信记录，我相信您这样的角色，没有十个，也有八个。"

苏航不过是敲山震虎，没想到十成十戳中刘佳佳的心事，她下意识地握紧手机，拼命摇头："姐姐，我还小，你不能因为帮你朋友就污蔑我啊！"

关享轻轻一嗤："行啦，你什么货色，都成支行传说了，装什么白莲花？"

刘佳佳又羞又恼，哽咽瞬间化为号啕。李林头脑一热，忍不住冲着关享怒吼："你想怎么样？"

关享手比嘴快，一杯奶茶泼到李林脸上，一块蛋糕扣在刘佳佳脑袋上："你们俩这么般配，当然是祝你们幸福！"

李林愣在当场，刘佳佳此时的角色是白莲花，自然不方便挺身而出和关享厮打，只好哭得两腿乱蹬。

"分手是我提的，可错在你劈腿，之前你送我的那些东西，就当补偿我的精神损失了！"关享冷冷地剜了李林一眼，旋即又是气定神闲，"我这人心眼小，从今往后，咱们就是仇人了！"

以关享的性格，主动提出分手，基本完全没有挽回的可能性。李林对关享谈不上真爱，但喜欢却是实打实的，眼睁睁着她甩手走人，有些迟疑，正纠结要不要追上去。刘佳佳却瞅准时机，一下扑入李林的怀中："林哥哥，你打死我吧，这样姐姐就会原谅你了！"

苏航一边走，一边留意身后的动静，刘佳佳的一番表演，可谓登峰造极。

"这得是中央'戏精'大学毕业的吧？"

"她哪个大学毕业的我不知道，我就知道……"关享冷笑，"李林那个傻子加上他妈，都玩不过她。"

"那倒是。"苏航点头，"这姑娘刚参加工作，眼皮子浅，再过个一年半载，眼界宽广了，李林就等着脑袋上苍草碧连天吧！"

关享扬了扬嘴角，皮笑肉不笑："祝他们天长地久、如胶似漆！"

虽然男朋友和白莲花跑了，但是，订好的位子不能浪费。

烧烤店内，言晓晓担心关享，借口去洗手间，拉着苏航商量："我不会说话，你劝劝她啊！"

苏航小心翼翼地找了个干净点的角落，免得地上积水弄脏鞋子："你当关享是你？关享爱的是钱，如今人跑了，再找一个就是。"

事实正如苏航所说，关享刚刚分手，却没有一点失恋的感觉，啃着羊肉串，一遍又一遍地提醒苏航："老苏，赶紧在你客户里给我找找，有没有未婚单身男青年，只要有钱，条件可以放宽，离异带孩子的也行。"

言晓晓被关享的态度惊得两眼发直，怔怔地看着手里的羊肉串。

苏航揽着关享的肩膀语重心长："关享，你现在这种画风不对！你应该这样……"苏航为了给关享举例，捂着额头做伤心欲绝状。

"而且，比起找男朋友，我觉得你应该先考虑一下，怎么处理行里的舆论。"

关享灌了一大口啤酒："我分手关行里那群八婆什么事？"

"李林劈腿的对象可是你的同事！"苏航用筷子把羊肉从铁扦上取下来，"我不觉得刘佳佳有当善男信女的潜质。"

"我们又不在一个支行，再说了，她勾引我男朋友，我不八卦她，算她祖上积德，她还能八卦我？"

苏航微笑摇头："人无远虑，必有近忧。"

关享觉得她想太多了，苏航也希望是自己想太多，但是，事实证明，人类无耻起来，总是能不断突破下线。在命运安排下，刘佳佳再次出现在关享面前。

和李林分手后第一个星期一的晨会上，差点儿迟到的关享眼睛看着罗行长，心里盘算着手上男客户有哪个还是单身。突然，一个熟悉的身影站到了罗行长身边。关享怀疑自己眼花，使劲扯身边苏航的胳膊。

"刘……刘……刘佳佳？"

苏航的脸色比关享好不到哪儿去："刚刚老罗介绍了，交换到我们这儿来的人才。"

"就她？还人才？"

苏航冷眼看着刘佳佳怯生生地和大家打招呼，低声叮嘱关享："有什么事，回办公室再说。"

关享没什么事，可刘佳佳有事。

就在刘佳佳报到的第二天，整个支行，除了老罗，都在和苏航、言晓晓打听：关享咋想的？咋就劈腿甩了李林？

言晓晓除了目瞪口呆还是目瞪口呆，倒是苏航不动声色，几句话下来，就套出谣言源头。

办公室内，关享正对着电脑抓耳挠腮，完全没意识到自己已经处于暴风雨的中心。

苏航快步上前，拉过椅子，让她看着自己，关享有些不耐烦地说："别闹，这客户今天要报上去审批。"

"我有重要事情想和你谈一谈。"

"你一天到晚跟我说客户第一，有什么事能比客户重要？"

"我要告诉你一个惊天大八卦！"

关享被客户折磨得暗淡无光的眼睛瞬间发出璀璨的光芒，她猛地扭过身体，满脸都写着求知欲："什么八卦？谁的八卦？"

苏航让言晓晓关上门，她按着关享的肩膀，防止她突然跳起来："你的八卦……"

幸亏苏航有先见之明，提早按住她，这才没让她冲出办公室："你想干吗？她现在在柜台里，你进得去吗？你好好考虑一下，这事怎么处理。"

苏航自认为说得已经够明白,没想到关享一丁点都没往脑子里去。好不容易熬到午休时间,关享一头扎进餐厅,冲到刘佳佳面前,一把掀翻了她的餐盘,指着她的鼻子:"你什么意思?"

人生在世,全凭演技,刘佳佳敢颠倒黑白,自然早就准备好应对手段。她惊恐地捂着嘴巴,仿佛受到了极大的惊吓,两行清泪瞬间落下:"姐姐……"

几个男同事立刻冲上前来,不问青红皂白,先定了关享的罪:"有话不能好好说啊?动什么手啊?"

刘佳佳眼珠微微一转,哭得越发梨花带雨:"我知道我不应该说出来,可我实在不忍心看着一个无辜的人受伤害,姐姐,真的对不起!"

关享隔着人墙,怒声道:"刘佳佳,你把话说清楚,我伤害谁了?谁劈腿了?我和李林分手,是因为我抓到你和李林在酒店约会!你个臭不要脸的,还好意思向我泼脏水?"

刘佳佳脸色惨白,拼命摇头:"姐姐,我知道我错了,不应该把你干的丑事曝光,可是你不能这么侮辱我啊,我还没谈过恋爱啊!"

刘佳佳竖起三根手指:"我发誓,我没有做过关姐姐说的事情。"

男同事怜惜地看着刘佳佳,女同事大多了解刘佳佳风评,对此事半信半疑,但是看在场的男同事一个个义愤填膺,也不好说什么,眼睁睁看着男同事们把关享往外推。

关享气不过,挣扎着要回来和刘佳佳对质。刘佳佳扑倒在桌上,哭得声嘶力竭:"姐姐,就是因为李林不肯把他家房子都过户到你名下,你竟然……你竟然……你知不知道他有多痛苦,你太残忍了!"

关享死死咬着嘴唇,喉咙像是被棉花堵住,拼尽了力气发出声来:"刘佳佳,你放屁!"

"姐姐，送你的礼物就算了，你找李林借的一百多万，什么时候还？我妈咪从小就教育我，不能拿男人的钱，只有……"刘佳佳仿佛想到了什么污秽不堪的东西，一张苍白如纸的清水脸蛋瞬间羞得通红，"只有那种女人才会拿男人的钱，姐姐，我相信你不是那种女人……"

关享抄起桌上的酱油瓶，手还没举起来，东西已被男同事夺下，他们嘴里更是不咸不淡："没理也不能撒泼啊！"

关享竭力忍着不让自己哭出来，牙齿在嘴上咬出一排血珠子，有女同事看情况不对，赶紧去办公室叫人。

苏航正在行长办公室和领导汇报赵大财存款为啥会被取走，言晓晓不请自来，张嘴就哭。弄清楚发生了什么后，罗行长往桌子上一拍就要往食堂去，被苏航拦下。哪有女员工因为私人感情问题闹矛盾，让一把手去调停的，肯定是她这个团队负责人先上场，然后再请领导定夺。

苏航对着罗行长态度恭顺，可出了办公室，脸色瞬间跟被霜冻了似的。

食堂内，关享被两个男人牢牢控制住，一张脸涨得紫红，凌乱的发丝被汗水粘在额头上，整个人狼狈不堪。

苏航像是没有看见关享一样，径直走到刘佳佳面前。

"你没事吧？"苏航和颜悦色地扶起刘佳佳。

刘佳佳惊恐地看着不远处的关享："姐姐，我好怕。姐姐，关姐姐她好像要打我。"

"放心，她不会打你。"苏航点头微笑，骤然伸出手打了刘佳佳一个耳光，这一巴掌又快又狠，出乎所有人意料，"我打你。"

苏航随手从旁边餐桌上抽了一张纸巾，漫不经心地擦去手上沾染上的眼泪鼻涕："这一巴掌是教你怎么管好你的嘴，造谣生事，是要被人打的。"

苏航的笑声在食堂里响起:"我以我的人格担保,刘佳佳刚才所说的每一个字,都是瞎说。谁相信她,谁就是和我过不去。"

苏航又抽一张纸巾,轻轻地抚过刘佳佳飞快红肿起来的脸,眼中带着难得一见的顽皮笑意,对她说:"你刚才所说的,只要有一个字传到支行以外的地方,我听见一次,打你一次,一直打到我听不到为止。"她又用手指着众人,"要是他们传出去,也算在你头上。"

刘佳佳脸色铁青,身体微微发颤,哀哀哭号起来:"姐姐,你……"

"别叫我姐姐,有你这样的妹妹,我怕坏了我的名声,"苏航漫不经心地挥了挥手,"怎么跟大家把事情说明白,你自己考虑,要是考虑不清楚,我手上有的是能让你想清楚的东西。"

眼见关享的委屈就要化成眼底的泪花,苏航挽起她,语气淡漠道:"要哭回去哭,别让人看笑话。"

客户经理办公室,关享落泪,苏航若有所思,言晓晓笨嘴拙舌地安慰。

营业经理敲门进来,传达领导指示:"苏总,罗行长让你去他办公室。"

五年来,作为一个领导,罗行长第一次对苏航的所作所为进行批评:"小苏,你怎么能打人?"

罗行长一掌击在桌上:"还是打同事!"

"关享也是我同事,她莫名其妙被人污蔑作风有问题,这就对了?"

"有话可以好好说!"

"罗行长,"苏航扬了扬眉毛,缓声道,"当时的情况您想必也了解了,您觉得我有机会好好说吗?"

苏航的目光徐徐扫过罗行长，语气虽然温婉，却隐然含着一层坚决："当然，我理解您的难处。明早晨会，我会当众向刘佳佳道歉。但是，作为客户经理团队负责人，我也要求刘佳佳向我的下属关享道歉。她的行为，已经严重影响到关享的工作情绪。否则，我将向分行人力资源部投诉。"

不等罗行长置喙，苏航起身告辞："我谈完，就轮到刘佳佳了吧？"她轻笑，"我不想和她说话，麻烦领导帮我转告下，如果她还找关享麻烦，我就十倍还给她。"

一头是苏航加关享，一头是刘佳佳，罗行长毫不犹豫地选择了前者，任凭刘佳佳要死要活，坚持各打五十大板的处理结果。气得刘佳佳在卫生间马桶上坐了半个钟头，真哭出了几滴眼泪。

第二天晨会，苏航当众朗读道歉信。

"敬爱的同事刘佳佳，您好，虽然您装纯、造谣，但我知道您是一个好女孩，我不应该打您。我保证，下次您再犯同样的错误，我绝对不打您左脸，欢迎领导和同事监督。"

现场一时寂静下来，苏航有些诧异地说："这么诚恳的道歉，难道没有掌声鼓励？"

伴随着关享的大笑，掌声稀稀拉拉地响了起来。

罗行长的头开始痛，营业经理的胃开始疼。

言晓晓想不明白，为什么苏航要特意强调不打左脸。直到下午，她才弄明白，因为苏航说："下次打右脸呀！"

按照关享的原定计划，父母那边，她打算暂时隐瞒分手的事，直到找到下一个有钱人。但是，刘佳佳天生注定要和关享过不去，听完苏航的道歉信，她捂着脸冲进更衣室，将情绪调整到最佳状态后，拨通了李林的电话。

李林在刘佳佳的眼泪攻势下失去理智，真把自己当成偶像剧男主角，为了白莲花女主，要给邪恶女配角一点颜色看看。花了半个小时积累勇气，李林哆嗦着拨通了关享妈妈的电话。电话中，李林沉痛地宣布他已经和关享分手。当然，劈腿是不能用来当理由的，理由是他不愿意和一个物质、现实、爱慕虚荣的女人结婚生子。

于是，迎接关享的，是狂风暴雨般的批评教育。

关享爸再三斥责她一切向钱看的错误思想，说到动情处，竟然爬上窗台，摆出英勇就义的架势。

关享家住在二楼，虽然摔不死人，但是真跳下去，以关享爸爸的年纪，老胳膊老腿难免有个闪失。关享只好放弃抵抗，一脸哀怨地表示您说的全都对。

关享爸取得了阶段性胜利，关享妈妈却没有打算见好就收，继续给她灌心灵鸡汤："找对象，有没有钱不重要，重要的是人好！穷怎么了？穷有穷的过法！"

关享爸妈不光是语言上的巨人，更是行动上的巨人。得知关享分手当晚，两人立即联系亲朋好友给她介绍对象，要求只有一个：人好就行！

一时间从公交车司机到饭店厨师，从国企一线操作工到大型超市理货员，关享的相亲对象，各行各业精彩纷呈。

对于这些条件极为优秀，并且十分适合结婚的未婚男性，关享很是欣赏，但是考虑到自身条件的欠缺，她再三婉拒了介绍人安排的会面。

三次之后，关享爸爸又走向窗台，她不得不放弃拒绝的权利，踏上了风萧萧兮易水寒的相亲征途。

根据关享妈妈多年好友也就是介绍人所说，关享本次相亲对象有房、有车、有存款，工作单位更没的说，人家在事业单位！

关享一向认为介绍人的嘴是可以用来跑火车的，事实证明她还是太年轻，她妈这位闺密的嘴，简直就是黑洞级别。

约定时间，约定地点，只见一位男士，身无四两肉却有三两半在脸上，传说中一米七五的身高，头顶刚到她鼻尖。

关享在心中忍不住问候介绍人全家，相亲男却误将她僵硬的笑容当成对他十分满意的信号，开口谈起条件："我找老婆，对年纪没有要求，像你这种三十多岁的，勉强也可以接受。但是，你得先写一个保证书，保证照顾好我儿子！"

听到前半截，关享正打算和相亲男讨论一下，她怎么就三十多岁了？听完后半句，她认为年龄已经不是问题了。

"你有儿子？"

"我当然有儿子，没儿子那是绝后！"相亲男白了关享一眼，"今年八岁，长得可像我了！"

"你已婚？"关享震惊到极点。

相亲男又翻了个白眼："已婚还轮到你坐这儿？我离婚了！"

关享努力平复心情，扯了一个和自己完全无关的问题："为什么离的婚啊？"

"上个月她不听话，被我打跑了！"

"有话好好说，家暴是不对的。"

"别和我说场面话，我就告诉你，从老祖宗那辈起，男人打老婆就是天经地义的！"

这就是传说中的奇葩啊，关享上上下下打量了他一番，时刻提醒自己别去讲道理："从法律角度来看，她跑了不代表你们离婚，你这还没离婚，就出来……"

"法律也要讲道理，她跑了怎么不算离婚？我告她不守妇道，法律就得支持我休了她！"

同相亲男礼貌告别前，关享问他最后一个问题："听说你在事业单位核心部门，半个单位领导都要从你手上过？"

"何止半个单位，整个单位的领导去食堂，都得从我手上
打饭！"

虽然关享在心中已经无数次问候过介绍人的祖宗十八代，但是
看在老妈的面子上，她还是很愿意维护表面和谐。但是，介绍人不
这么想，她深刻理解关享妈的痛苦，一心想拯救关享妈于水火，竭
尽全力促成这段美好姻缘。

关享刚走出茶舍，介绍人电话就到，竟然自作主张，把她和相
亲男的关系推动到见父母的阶段。关享忍住骂大街的冲动，耐着性
子和介绍人解释："谢谢您关心，我和他不合适。"

关享自认为已经说得够婉转了，简直是给足了介绍人面子。谁
知人家根本不屑一顾，简单粗暴地指出问题核心："你是不是嫌
他穷？"

关享不冷不热干笑两声，算是回答。介绍人被她这种嫌贫爱富
的行为刺激到咆哮："关享，阿姨是看着你长大的，你怎么变得这么
现实！他条件是不好，但是他有颗金子般的心！如果你放弃这么好
的男人，你会后悔一辈子！"

关享自认三观不正，生平最讨厌别人给她正三观。对于介绍人
的行为，自然不予点评，冷淡地回应了几句，准备挂电话回家。谁
知介绍人不知是忘了吃药，还是药吃多了，竟然和关享谈起三从四
德："父母之命，媒妁之言！婚姻的事情，不是你一个人说了算！我
要找你父母谈一谈，看他们要不要这个好女婿！"

真是林子大了，什么鸟都有。关享眯起眼睛，吹了声口哨，就
冲介绍人这态度，不给她点颜色看看，她还真不知道花儿为什么这
样红了？

关享驱车来到介绍人家楼下，从车子后备箱内取出单位搞理财

促销活动时用的高音喇叭，清了清嗓子，对着介绍人家喊话。

内容并不复杂，也就是简单向群众描述了一下介绍人如何丧尽天良，让她一个未婚大姑娘和一个已婚中年男人搞对象。而介绍人如此灭绝人性的动机，缘于她收了中年男人从单位食堂里偷的一条火腿！

关享刚开始喊话，介绍人还试图回骂，可惜无论从气势还是从语言的丰富程度来说，都和关享不在一个档次，只能关上窗户高挂免战牌。

关享举着高音喇叭不依不饶："王阿姨，这么优秀的一个男人，可惜您生的是儿子，嫁不了，但您可以改嫁啊！我给您出份子钱！"

可怜王阿姨被气得几乎当场脑梗，哭哭啼啼地给关享妈打电话："我活不下去了！"

关享妈听完事情经过后，气得七窍生烟，眼泪鼻涕齐下，陪着介绍人一起号啕，以挽救她们几十年的友谊。

关享爸更是第三次爬上窗台，只是爬到一半时才想起来，当事人不在家，他就算真跳下去也起不到威慑效果，只能愤然爬下，却不小心磕到膝盖，疼得龇牙咧嘴。

至于关享，此行虽然大获全胜，但也明白这胜利恐怕是惨胜，她爸她妈放过她的可能性基本等同于客户经理不考核存款。回家的路上，她几乎动用全部脑细胞，编好了一肚子的台词。到家后第一件事，就是低眉顺眼地向父母承认错误，谁知第一句话还没有说完，迎接她的，是她爸的一记耳光。

"我们这辈子的脸都被你丢尽了！"

关享捂着脸，看着咆哮的父亲，心情由刚开始的不知所措转化为心平气和："因为我没结婚？"

"我们所有同事，子女像你这么大的，都有小孩了。你看看你，连婚还没有结！"关享母亲抹着眼泪，絮絮叨叨，"每次同事聚会，人家问我，你家是孙子还是孙女，我都抬不起头！"

"我有正当工作，我凭自己的努力买房买车。就因为我没有结婚，就丢你们人了？"关享冷笑，"我活着就是为了结婚生孩子？"

"一个女的，不结婚不生孩子，你想干吗？"关享爸被气到捂胸口，"我们生你养你，还能害你啊？"

在苏航和言晓晓同居的第一个月零一天，晚饭时间，关享敲开言晓晓家的门。

苏航平静地接过关享手里的行李，让言晓晓去拿医疗箱。

言晓晓看着关享红肿的脸，眼泪"哗"的一下就下来了，一边哭一边给关享处理伤口。

"怎么搞的啊？嘴都破了？"

关享歪着头，不时因疼痛发出抽气的声音："晓晓，我家人逼我相亲，我把介绍人骂了。我爸妈很生气，让我滚，我就滚了。"

关享抽了抽鼻子，把眼泪憋了回去："言晓晓，我身上的钱全借给你了，现在只能暂时借住在你这儿，没问题吧？"

5

Chapter

财神在上，

请受小女子一拜！

关享爸妈以为关享离家出走，是小孩子闹脾气，过个一两天就没事了。没想到关享趁他们不在家，拿走了全部行李，连个字条都没留，分明是铁了心和他们决裂。

关享爸嘴硬心软，爱女心切，立刻就要出门找女儿。关享妈可是把宁折不弯的性格遗传给了女儿，自己怎能示弱，逼着老公和自己统一战线，对关享不闻不问，冷暴力对冷暴力，看谁先服软。

李林给关享妈打完电话就后悔了，他也算大户人家公子，分手分成这样，实在有些难看。刘佳佳再次发挥演技，一哭二闹三上吊，一来二去，说好的露水夫妻竟然成了正式女朋友。

上位后，刘佳佳干的第一件事就是把关享堵在女更衣室。

"姓关的，咱们谈谈？"有男人在场的刘佳佳和没男人在场的刘佳佳绝对是两副面孔，一脸小人得志。

关享瞧不上她这副轻狂样，用力关上柜门："有话直说，有屁快放，能动手的事，别废话。"

就冲关享的身高，单打独斗，刘佳佳绝对占不到便宜，她下意识地后退一步："我现在是李林的女朋友。"

"那就恭喜你心想事成咯……"关享冷冷一笑，眼皮都没有抬一下。

刘佳佳竭力想让自己表现得云淡风轻，可怎么也藏不住话里的得意劲："你名下存款业务中有一千多万是我男朋友家的，按道理这业绩应该马上转给我！"

刘佳佳摇头晃脑："当然，我是柜员，对存款的要求比你低多了，我名下的存款也够了。只要……"刘佳佳飞快瞟了她一眼，"你公开向我道歉，我就把李林家的存款还留在你的名下。"

关享自顾自地对着镜子整理丝巾，权当没听见。刘佳佳一拳打在棉花上，又气又恼却又不能发作，勉强撑着笑容，声音尖厉："机会只有一次，好好把握！"

按刘佳佳的打算，存款也就是个饵，就算关享道歉，也不会留给关享一分，必须全部转到她名下。

转眼到了午餐时间，刘佳佳接到内线电话，关享通知她餐厅见。刘佳佳满心欢喜，立刻停下手上的业务，和营业经理打了个招呼来到餐厅，带着羞涩的笑容坐到了关享对面。

当着差不多半个支行人的面，关享长叹了口气："占用大家一分钟时间，有个事我想和大家说下。"

刘佳佳心中更加欢喜，眼神里的期盼浓得化不开，苏航当日给她的羞辱，今天至少能还回去一半，真是痛快极了。

"今天早晨刘佳佳告诉我，她现在是李林的女朋友。之前我想大家好聚好散，没搭理他们那点破事，结果她给脸不要脸，生怕别人不知道她插足得手。"

关享轻轻一嗤："她和我谈条件，让我当众向她道歉，她就不动我名下李林家的存款，我现在当着大家的面给她答复……"

关享一字一顿："休想！"

刘佳佳脸色惨白，颤颤地打了个激灵，她早就看出关享其实和她是一类人，心中最重要的是钱，所以才会拿存款逼关享就范。可为什么关享不但没上钩，还反咬她一口？

刘佳佳害怕地抱住自己，旋即反应过来，拼命捂住耳朵，激烈地晃着脑袋："姐姐，我没有！"

"你没有？"苏航不知道什么时候站到关享旁边，漫不经心地拿过关享的手机，按下播放键。

早晨更衣室里发生的一幕，通过声音展现在众人面前。虽然没有图像，但刘佳佳骄横跋扈的态度和现在这副小绵羊面孔形成鲜明的对比，直接导致几个护花使者停下蠢蠢欲动的脚步。

"惊喜不惊喜？意外不意外？刺激不刺激？开心不开心？想不到吧，我录音了！"

刘佳佳气得嘴唇哆嗦，关享神色越发俏皮："千年的狐狸精，别在我这儿演聊斋，小心我把你狐狸皮扒了！"

苏航赞许地看了关享一眼，关享皮笑肉不笑，脱下腕上卡地亚手表，捏在手里把玩："我名下所有和李林有关的业务，我要是留百分之一，我就不姓关！至于你这种人……"关享一顿，笑得灿烂，"自己都在自暴自弃，就算经济危机了，你都贵不了！"

关享挽着苏航离开餐厅，身后传来刘佳佳的哭声。关享仔细听了听，难得刘佳佳也有真哭的时候。

言晓晓授信报告写到一半，被关享从客户经理办公室拖出来吃大餐，理由是："本姑娘心情好，吃什么食堂！"

可惜大餐还没吃到一半，罗行长电话就追了过来，要求下午一上班，关享就去他办公室报到。

关享挂上电话直叹气："我没打人啊？再说了，刘佳佳是本行员工，她也不可能投诉我啊！"

"可是你破坏了同事之间的安定团结，"为了避免影响食欲，苏航中止话题，对她只有一个要求，"不要回嘴，等老罗发泄完了，这事就结束了。"

果然，关享刚踏进办公室，就迎来罗行长暴风骤雨般的咆哮。关享难得乖巧，委屈巴巴："罗行长，我真的啥都没干……"

"你没干？"罗行长怒目而视，一指头戳在她额头上，"中午分行计财部打电话过来，说你今天就要把存款调给刘佳佳！"

罗行长恨得直转圈儿："我真不知道说你什么好！"

"人家是正牌女朋友，我不给行吗？"关享低声嘟囔，"再说了，就算给了，刘佳佳在我们行，业绩不算我的，也算您的啊！"

"你这个猪脑子！"罗行长气得跺脚，"我是担心你的考核！你名下现在有不良贷款，存款业务又被划走一半，你这个季度怎么办？"

关享瞪着两只大眼睛，眨巴眨巴地看着罗行长。

罗行长捂着额头，怀疑自己迟早要被关享气死："从这个季度起，支行有住房按揭贷款的考核，楼盘我已经谈好了，下个星期你带着言晓晓去楼盘驻点！"

"领导，我是做中小企业贷款的，房贷给言晓晓一个人做就行了吧……"

"你身上几笔不良贷款解决了吗？你怎么去做中小企业？！"

"我就是不想做房贷嘛……"

"你去不去？不去你就滚回人力资源部！立刻！马上！"

好汉不吃眼前亏，关享立刻向罗行长发誓，保证完成任务。

关享灰溜溜地回到客户经理办公室，对着好友哭诉，言晓晓十分同情，苏航毫无怜悯地说："老罗说得没错，你还真是猪脑子。"

苏航看着电脑屏幕上的资料，嘴角含着一丝冷笑："在老罗心里，刘佳佳和你比？业绩在你这儿和刘佳佳那儿能一样？"

苏航抬起眼，目光落在关享脸上："昨天分行发的新版考核办法你看了吗？今年客户经理的考核重点是消费贷款，老罗把好不容易谈下来的楼盘交给你和晓晓，就是为了保证你俩考核过关！你还有脸和他赌气？"

言晓晓每天认真学习行内各项业务政策，得知罗行长的安排后，立刻明白领导的苦心，再三和苏航保证，她一定好好向关享学习。

苏航的打算，是让言晓晓和关享搭档。关享负责谈客户收集客户资料，言晓晓负责把资料送到分行审批以及审批后放款，业绩两人对半分。

这段时间，言晓晓跟着关享跑了不少趟分行，虽然还是不太好意思主动和评审老师打招呼，至少混了个脸熟。听完苏航的安排，虽然心里依然有点怕怕的，但还是用力点了点头。

苏航视线落在言晓晓电脑上，刚刚看她录了一遍系统，那是又快又好，完全不像是新手。至于客户调查报告，言晓晓学了半个月，虽然写出来的东西有生搬硬套的嫌疑，但可以说是有模有样了。

让苏航不放心的是关享，知道房贷是考核重点，关享依然一副痴傻模样。苏航心里有气，直接沉下脸，语气冷淡："我劝你一句，糊涂心思你就别想了，你去也得去，不去也得去。就凭你闯的那些祸，换个行长，你早滚人力资源部十八回了！老罗对你很够意思了，你少气他！"

经过苏航的一番点拨，关享这才领悟到领导的苦心，只是想到要去楼盘坐台，不由得又哭丧着一张脸。苏航大棒打完立刻奉上甜枣，给关享画了一张未来升职加薪的大饼，这才把她安抚好了，乖乖做起准备来。

搞定关享，苏航出发去给客户做贷后检查。今年行情不比往年，隔三岔五就有客户跑路，贷后检查也由三个月一次变成了一个月三次。无论是行里还是苏航，对客户的要求都只有一个：您要还不上钱，您和我们直说，咱们一起想办法，您千万别跑，跑了就真没希望了。

苏航下午要见的客户姓王，原先是本市钢材大王。从2013年起，钢材生意基本上不是悲剧就是惨剧，王总的遭遇自然是闻者伤心听者落泪，几亿身家缩水了十分之八九。不过瘦死的骆驼比马大，依靠积累多年的人脉和客户资源，勉强还吊着一口气。

王总在苏航手上的业务，是一笔抵押贷款，抵押物是一层写字楼，贷了好几百万。之前因为行业风险，行里几次想收掉这笔贷款，是苏航力排众议，坚持客户经营正常并且抵押物充足，才把贷款保住。

王总就在抵押的那层写字楼里办公，苏航到达时，明明不是上下班时间，电梯间里却全是人。

苏航有些奇怪，四下打量，和她一起等电梯的，竟然以五六十岁的叔叔阿姨居多，其中甚至还有几个白发苍苍的爷爷奶奶。难不成哪家公司也像他们网点一样，搞开户送鸡蛋，吸引了这么一群人来排队？

苏航猜对了一半，王总向她公布了另外一半答案。

"疯了，都疯了！"

苏航坐在王总办公室，品着极品金骏眉，一时没领会王总的意思。王总身体往后一仰，摊在沙发上。

"原先这幢楼，不是做钢材的就是卖煤炭的！现在钢材死得就剩我一家，楼上楼下，卖的卖，租的租，也不知道怎么搞的，一夜之间全成了财富公司。每天一堆老头老太上上下下，搞得像菜市场一样！"

提到财富公司，苏航想到赵大财，眉头微微一皱。

"小苏，不是我说，这些财富公司可比你们银行会做生意。先送点鸡蛋、大米、色拉油，然后业务员嘴巴甜一点，叫几声叔叔阿姨、爷爷奶奶，原来存在你们银行的钱，就全到他们口袋里了！"

苏航收起笑容，神色淡淡："礼品我们也有，服务态度我们也不差。"

"你们没人家收益高啊！"王总冷笑，"人家说了，月息最低百分之二十，年息最低百分之二百四十。我看他们不是在投资，他们是在印钞票！"

苏航静静听着，轻轻点头："那他们到底在搞什么？"

"鬼知道！一会儿虚拟币，一会儿二次元期权，一会儿国家重点工程，一会儿又是什么民族产业。我都听不懂，老头儿老太太懂什么！"

王总指着门口："这些财富公司，三个月倒一批，每倒一批，就来一堆老头老太又哭又闹。上次有个老太太跑错楼层，跑到我这儿。我们前台小姑娘跟她解释，说她找错了，她不听，非让我们退钱，不退就躺门口装心脏病复发，吓得我们小姑娘是真发心脏病了！"

难怪刚才见的前台面生，原来是换人了，苏航帮王总把杯中金骏眉续满水。

"你说这些老头儿老太太，上过当受过骗，应该长点记性吧，啥用没有！换一家公司，又来了。我就好奇他们怎么想的，前两天坐电梯，遇到几个面熟的，我就问，你们就不怕这家也跑了？你猜他们怎么说？"

王总一拍巴掌，一脸气愤地说："他们说原来那家是骗子，这家不是啊，这家能帮他们把被骗的钱赚回来啊！小苏，你听听，这是人话吗？"

"利令智昏。"

除了这四个字，苏航无话可说。试想就连赵大财那种老江湖还被人骗个底掉，更何况这群人。

"政府也不出面管管！"

"他们这种骗子，监管有一定难度。"

苏航又陪王总聊了一会儿，眼看时间不早，起身告辞。

王总是个爽快人，知道苏航的来意，干脆挑明："小苏你放心，我死不了。如果哪天真撑不下去，我一定先卖房子，还你们银行的钱。我姓王的就算倒下去，也绝对会是东山再起的人，我不可能把个人征信搞坏！"

话说到这个地步，苏航有些感动，加上刚才财务送来的银行流水、上下游合同以及完税凭证也证明王总经营正常。苏航准备回去就向罗行长复命，请罗行长放心，他心中的风险点之一，目前还很安全。

离开王总公司，对着电梯镜子，苏航准备整理一下仪容仪表。恰好电梯在某一楼层停住，苏航便借机去洗手间收拾。

洗手间内，一群年轻姑娘，正对着镜子补妆，听她们交谈，原来是应届毕业生，一起来面试。说起她们面试的这家公司，待遇简直好到逆天，入职底薪一万元起，三个月试用期结束后，底薪三万元起。

有个姑娘担心是不是传销，说上次她的高中同学就是这么被骗了，另外一个对着镜子抹口红的姑娘立刻批评她："你懂什么，这是互联网金融，国家都扶持的产业！"

听到互联网金融这五个字，苏航立刻想起赵大财以及刚才王总说的情况。眼前这群姑娘虽然个个职业装笔挺，但脸上未脱的稚气，显示着她们社会经验的缺乏。

苏航跟着姑娘们走出洗手间，正犹豫要不要给她们提个醒，一行人已经来到一家公司门前。一个二十多岁的男人手里拿着一沓面试申请表，一面吆喝大家排好队，一面往每人手里塞了一张。

苏航也被当成应聘者，看着表格上四个血红大字诺亚财富，她稍加考虑，从包里拿出笔，认真填写起来。知己知彼，百战不殆，她还真有点好奇，这些人是怎么给客户洗脑的。

填好应聘表，苏航和姑娘们被带进一间会议室。

除了一张长条形会议桌和一圈椅子外，不大的会议室内空无一物。四面墙上，贴满各种名人名言，夹杂在标语中的是多位企业家的照片，在他们的名字下方，备注着他们即将被互联网金融打败。

苏航觉得这会议室设计得挺好，光这布置，就能把智商合格的筛掉一大半，留下好骗的。

果然，坐定没多久，有二分之一的姑娘借口有事，直接走人，剩下的，有激动的、有期待的，叽叽喳喳说个没完。又过了一会儿，进来一个更年轻的男人，根据他满脸的青春痘，苏航觉得这哥们儿不超过二十二岁，应该也是今年刚毕业的大学生。

苏航猜错了。

这位在三十八摄氏度的天气下，穿着全套西装的年轻人，一番自我介绍慷慨激昂："我今年刚满二十岁，但是在这个城市，我已经拥有了自己的豪宅、豪车以及一份让人羡慕的事业！"

苏航带头鼓掌，随后，掌声雷鸣。

掌声中，年轻人得意地挥了挥手，示意大家安静："我是一个农村的孩子，我初中没毕业就来到这个城市。我在饭店洗过碗，我在工地搬过砖。我以为我这辈子也就这样了，是诺亚财富给了我新生，给了我今天的财富和地位。你们都是读过大学的人，我相信你们会比我更加成功！"

面试者情绪达到沸点时，青年退场，由前台依次引领面试者进入总经理办公室参加面试。

苏航坐的位置靠近门口，第一个被叫进去。

如果说刚才的会议室还是成功学启蒙，那眼前的这间办公室简直是成功学典范。四面墙上，不是比尔·盖茨就是巴菲特，不过和之前那面墙上的优秀企业家一样，他们都注定要臣服在互联网金融的脚下。

年轻的总经理和前面那位青年一样，也穿着全套西装。不过由于空调不够给力，苏航发现总经理白色衬衫衣领已经被汗浸成黄色。

坐在巨型办公桌后的总经理，扬了扬脸，示意苏航落座。苏航看了下手表，她还得回去参加晚上的会议，需要速战速决。

苏航的长相和气质十分合总经理眼缘，他故作潇洒地在椅子上来回滑动了半圈，让苏航介绍一下自己的理想。

作为一名优秀的客户经理，基本技能之一就是察言观色，苏航十分准确地说出了总经理最喜欢的答案："我的理想，是投身到互联网金融。"

总经理十分欣慰，从前天到今天，苏航是唯一给出正确答案的。前天那批就想着赚大钱，昨天那批就想着发大财，吃相实在太难看！

总经理站起来，高举双手，想给苏航规划一下美好未来。苏航又看了一下手表，马上就是晚高峰，再不走开会肯定迟到，抢在总经理开口前，她轻声提问："您是互联网金融专家，我有几个问题向您请教一下。"

即将开场的演说被打断，总经理有些不开心，但是为了表现自己的平易近人，他并没有发火。他亲切地让苏航不要害怕，有什么问题尽管问。

"请问公司投资方向是什么？投资项目的担保方式是什么？投资风险如何控制？假如用款方不能按时还款怎么办？"

"你……你说什么……"

苏航又重复了一遍，根据总经理的表现，百分之九十九的可能是他根本不知道她在说什么。

但总经理不愧是总经理，他用袖子擦去额头上的汗珠，表扬苏航："你问得很好！你很有见解！很有思想！"

苏航嘴角笑意加深，垂下眼睛掩饰眼神里的不屑："您过奖了，和您这样的专业人士比起来，我什么都不懂，不过是从书上看了点皮毛，也不知道自己问得对不对。"

"对，当然对，就是你问的这几个问题啊，它比较复杂，短时间说不清楚，以后有时间，我慢慢给你解释。"为了活跃气氛，总经理果断开辟新话题，"我十分看好你，你绝对可以在我们公司发挥你所有的潜力，你在这儿等一下，我马上请我们总裁来面试你！"

苏航婉言谢绝，声称自己才疏学浅，跟不上公司前进的步伐。总经理哪能放过这么优秀的人才，再三挽留，一路劝到公司门口，苏航不得不再三保证回去后一定会好好考虑，这才得以脱身，在总经理恋恋不舍的目光注视下冲进电梯。

一楼大厅，苏航一出电梯就看见方才和她一起参加面试的两个女孩正在激烈争吵。

长发女孩一口咬定，诺亚财富就是一家骗子公司，让短发姑娘和她一起走。

短发姑娘情绪激动："你懂不懂，现在是互联网时代，马云刚做淘宝的时候，有几个人相信他能成功？马化腾刚做 QQ 的时候，谁敢想象腾讯有现在的规模？我们应该相信自己，给自己一个机会。"

长发女孩气得说不出话来。苏航眼眸如波，朝着短发姑娘浅浅一荡，本着日行一善的美好愿望，开口道："金融不是一个高大上的行业，但绝对是一个对专业性要求非常高的行业。一个初中都没毕业的人，没有经过任何专业培训，就能成为金融界的奇才，简直是天方夜谭。"

争吵二人都认出了苏航，长发女孩指着苏航问短发姑娘："听到没有？"

苏航笑了笑，慢条斯理地把话说完："股神巴菲特在过去二十年中，平均一年投资收益率不过百分之二十，一个公司能保证投资收益超过巴菲特十倍，请问投资到哪儿？目前这个经济环境，绝大部分实体业毛利都达不到百分之十，百分之二百的收益除了贩毒、走私军火和拐卖人口，我实在想不出来还有什么。"

见短发姑娘想要争辩，苏航神色稳如泰山，指出问题核心："如果你手上有一桩一年赚十倍的生意，你是闷声发大财，还是昭告天下让所有人知道？"

短发姑娘何尝不知道苏航说的有道理，可月薪三万诱惑实在太大，她咬咬牙，甩开长发女孩的手，按下电梯："你不去，我去！你别后悔！"

"她怎么就想不通呢？"长发女孩又气又急。

作为旁观者，苏航倒是看得很明白："你同学未必是想不通，或者说，你同学已经明知是骗局。"

"那她还……"

"有些人，总觉得自己聪明，不会被骗。或者说，能够仰仗着自己的聪明，剪骗子的羊毛。"

长发女孩重重叹了口气，却也无可奈何，和苏航道谢后，自己走了。苏航目送女孩的背影远去，也许从这一刻起，她和楼上那位姑娘的人生，开始走上了分岔路。

苏航正感慨着，一位四十岁出头的女性，快步走到她身旁，拍了拍她的肩膀，伴随着一阵爽朗的笑声："小苏，又过来做贷后检查啊？"

　　原来是王总公司的周出纳，今天苏航来的时候，她刚好去银行办业务，回来一进大厅看见苏航，立刻过来打招呼。

　　苏航再急也不急这几分钟，就站在电梯间，和周出纳聊了起来。正谈到公司现金流和回款情况，电梯提示音响起，只见刚刚那位总经理昂首挺胸地走出电梯。他看见苏航，立刻迎了过来："你还没走啊？你是不是在考虑？不要考虑啦，现在就加入我们，绝对能够开启你人生的新篇章！"

　　周出纳虽然不知道这位总经理姓甚名谁，但是绝对脸熟，就是楼上那家理财公司的！说起这些理财公司，个个不要脸到极点，天天宣传银行会倒闭，他们最安全，现在竟然敢跑到银行客户经理面前示威，简直是丧心病狂。

　　周出纳一个健步上前，挡在苏航面前："你想干什么？"

　　总经理年纪不大，但是众星捧月惯了，怎么能忍受被他眼中的大妈质问，扬了扬脸，立刻有下属上前，厉声让周出纳闪一边去。

　　周出纳越发坐实财富公司又要骗人的事实，指着总经理鼻子教育："睁开你的眼睛看看，知道她是干什么的吗？她是银行的客户经理，不会信你们骗子公司的！"

　　苏航的头有点疼，真是到哪儿都有关享这种类型的好同志。更让她头疼的是，总经理身后那位短发姑娘看清楚总经理在和谁说话后，立刻向总经理汇报："领导，就是她！就是她说我们公司是骗子！"

　　总经理带人下来就是为了教育一下敢说他们公司是骗子的人，万万没想到，他要找的人就是他看中的明日之星，一时间脸上的表情十分戏剧化。

　　"你是银行的？你这个骗子！"

　　有幸被财富公司称为骗子，苏航觉得自己应该是第一人。但是眼前的场面似乎有些不好收拾。随着电梯到达，总经理的下属又来了一批，虽然大部分都搞不清楚状况，但是看见精神领袖脸红脖子粗，立刻团团围住苏航。

写字楼保安闻讯赶来，但两三个保安明显顶不住激奋的群众。苏航正琢磨要不要报警，一个极为悦耳的男中音从她身后传来。

那位在高铁上相遇，她曾因未能结识而遗憾过一分钟的男青年拨开人群，款款而来。他那一张英俊的脸上，笑容灿烂犹如春日阳光，照亮在场女性同胞的心田："亲爱的，路上堵车，等急了吧？"

以苏航对这位男青年的了解，他是绝对不打无准备之仗。此时开口，想必有十足的把握能为她解围。苏航的神色当下一松，顺着男青年话头，撒娇中带着无奈："亲爱的，你怎么才来？他们欺负我……"

男青年很是吃了一惊："有没有搞错？谁敢欺负你？他们不知道我和徐总的关系吗？"男青年目光一转，落在总经理身上，"你说，是不是你？胆子不小啊，连徐总兄弟的女朋友你都敢动？走，和我一起去二十二楼，咱们找徐总！"

这座大厦的二十楼到二十五楼，是唯一没有被财富公司荼毒过的地方，是此省最大煤老板徐总的办公场所。煤炭行业刚走下坡路那年，徐总审时度势，改行做起了能源生意，完美避过行业风险，如今已经准备上市。当然，这只是重点的一部分，另一部分重点是，徐总当年从事煤炭行业时，在省里黑白两道通吃，如今虽然好汉不提当年勇，但瘦死的骆驼依然比马大。所以，像他这种地头蛇，想要和一家财富公司过不去，那就像吃瓜一样容易。

苏航万万没有想到，罗行长曾经数次托人也没见到的徐总，竟然这样和她搭上了关系。

总经理之所以能当上总经理，不是因为他最聪明，而是因为他最识时务。总经理虽然不清楚男青年说的能有几分当真，但犯不着为了苏航去打这个赌，当下便冷哼一声，带着下属走了。

见事情已平息，围观群众三三两两地散去。尽管急着赶回公司发工资，周出纳依然两眼放光地盯着男青年："小苏啊，没听你说啊，你交男朋友了？长得真精神啊，一看就是金领，干什么的啊？"

所谓帮人帮到底，送佛送到家，放任周出纳这样下去，估计她能问出十万个为什么。男青年抬手看表，惊呼一声来不及了，拖着苏航冲上二十二楼直达电梯。电梯门闭合前，苏航不忘礼貌地和周出纳告别："下个星期我来之前，给您电话。"

二十二楼，电梯间。

苏航再次向男青年表达谢意后，双方进入交换名片阶段。看着男青年的名片，苏航十分感慨，她和眼前这位沈总年龄相仿，人家都是投行副总裁了，她还是个客户经理。

沈铎似乎看出了苏航的想法，认真地和她解释："总裁，尤其是副总裁，在我们那儿满地都是。这个头衔的存在，仅仅是为了让客户产生尊重感，你不要想太多。"

看沈铎的样子，应该是来办事的，苏航怕耽误他的工作，旋即告辞："您先忙，方便的时候给我个电话，我请您吃饭。"

见苏航要走，沈铎忙叫住她，眉心微蹙："你能不能帮我个忙？"不等苏航回答，沈铎又解释道，"我助理吃坏东西，现在躺在医院。你陪我去拜访一下徐总好不好？"

"您谈公事，我去不太合适吧？"

"我不是去谈工作的，"不知道想到了什么，沈铎语气有些无奈，"聊天，纯聊天。"

冲着沈铎两次拔刀相助，苏航也没有拒绝的理由，给罗行长发了个请假信息，跟着沈铎往前台走去。

只是越靠近目的地，沈铎表情越发凝重，苏航忍不住开口："您和徐总……"

沈铎大概也觉得自己的表情有些过，重重叹了口气："你放心，一不是寻仇，二不是要债，他公司要上市，我在主持这个项目。"

"您这表情可不像啊……"

"过会儿你就懂了……"沈铎口气淡淡的，听不出好恶，可眼神里的悲壮，让苏航微微打了个寒战。

自打走进徐总的公司，苏航就隐隐觉得哪里不对。这种微妙的感觉，终于在推开徐总办公室大门后，有了答案。

只见超过二百平方米的办公室内，门上挂着响锣，壁上钉着葫芦，墙角放着发晶，窗前还立着一对乾坤地球仪！

徐总坐在超大豪华的办公桌后，身旁放着一个直径至少一米五的青花瓷大水缸。水缸内，一只背上贴着一个信封的大乌龟，正悠闲地吞咽徐总投喂的肉块。

此时此刻，此情此景，就算苏航心如止水，也不免好奇信封里的内容。至于沈铎，好奇心完全战胜理智，第一反应就是将手伸向信封，激起徐总一声大喝："不要碰我！"

话音未落，徐总自己也意识到这话有歧义，急忙解释："信封里装的是我的生辰八字，乌龟驮着我的生辰八字，脚下踩着水，水又生财，代表财运托着我！这可是香港大师给我布的风水局！"

对方是沈铎的客户，苏航自然不方便发表意见，自觉找了个角落坐下，品着大红袍，听徐总给沈铎讲解风水。

只是这位徐总，外表看上去男子气概十足，颇有黑道大哥风范，但说起话来如同老太太的裹脚布，又臭又长。大红袍已经喝到第七壶，徐总居然还在描述他当初如何和香港大师一见如故。

苏航似乎理解为什么沈铎自进电梯起便一副悲痛欲绝的表情，

原来世上属唐僧的男人，竟不止罗行长一个。眼见沈铎笑容僵硬，苏航忽然间领悟到沈铎请她陪同的目的，轻咳一声，借着微信提示音，一脸焦急地提醒沈铎："沈总，张总等急了！"

徐总说得兴起，最多还有半个钟头就能进入主题，被苏航打断，脸色顿时有些不好看。此时沈铎只求脱身，顾不上与徐总客气，装模作样地批评苏航："小苏，你怎么搞的？这么重要的事情，现在才提醒我！"

苏航低头不语以示悔过。沈铎借机告辞，握着徐总的手依依不舍："真不好意思，我后面还有个会，改天再来拜访您。"

逃出徐总办公室，沈铎终于放松下来，揉着僵硬的脸部肌肉，对苏航诉苦："还好这次是风水，上次和我谈中国足球，谈了整整八个小时。"沈铎苦着一张脸，"他用一百零八种理由证明，三十年内，中国男足肯定称霸亚洲，走向世界。"

苏航对徐总的印象开始好转，能成为中国男足的粉丝是一件多么不容易的事，这些年得受多少委屈？心理得有多强大？

"我特想告诉他，哥们儿，别做梦了，别说你有生之年，你儿子、你孙子有生之年都不一定能看到。当然女足不算，咱们姑娘还是很不错的。"

沈铎忍不住笑出声来："不过，今天多亏你。"

沈铎冲苏航抱拳："不愧是同行，撒起谎来面不改色。"

苏航斜眼望去："沈总，我建议您夸我机智。"

沈铎凝视苏航，正色道："领会精神。"

差不多到了晚饭时间，苏航再次发出邀约，沈铎让苏航开车送他去最近的花鸟市场。

路上，苏航想起刚才徐总说的典故，问："你信风水吗？"

沈铎毫不迟疑："我是坚定的无神论者！"

半个小时后，花鸟市场。

苏航指着沈铎手里的玻璃鱼缸，努力让自己心平气和："什么意思？"

沈铎不解："送你的礼物啊？"

苏航依然没有伸手去接的打算："乌龟？"

"对啊！"沈铎眉开眼笑，"可爱不？"

沈铎看着玻璃缸里游来荡去的小东西，刚才他特意和店主借了黑色马克笔，在乌龟的背上写了个"苏"字。

"刚才徐总说了，这叫乌龟驮着你，脚下踩着水，生财的！"

"我好像记得，您是无神论者？"

沈铎有些委屈："无神论和相信风水有冲突吗？"

苏航不得不接过乌龟，这绝对是她这辈子收到的最心意满满的礼物。

沈铎晚上还有饭局，先一步告辞。苏航面无表情，捧着乌龟回家。

听闻乌龟乃上次高铁男所赠，关享桌子一拍，铁口直断："他对你有想法！"

"你一天到晚骂言晓晓恋爱脑，你又好到哪里去？但凡是一男一女，就只有搞对象那点破事吗？"

"他送你礼物！"

"你见过送乌龟的？"

关享不由得陷入沉思，送狗送猫常见，这送乌龟……

苏航把徐总关于风水的说法又对关享讲了一遍，听得她肃然起敬，立刻按徐总的说法，双手捧着玻璃缸小心翼翼地放在客厅的东南方向。

征得苏航同意后，她又用马克笔在乌龟背上写了个'关'字：

反正驼一个是驼，驼两个也是驼。最近这么缺财，让这个小东西带着她一起生生财也好。

半夜，苏航起床去洗手间，路过客厅，看见关享正对着乌龟许愿："财神保佑，保佑我股票早日回本，我不贪的，真的，回本就行。"

苏航嗤之以鼻，这种事情是只乌龟能保佑的吗？

言晓晓被客厅的动静惊醒，以为家里进贼了，蹑手蹑脚躲在房门后往外张望，就看到苏航和关享正对着一只乌龟连连鞠躬，嘴里还念念有词："财神在上，请受小女子一拜！"

6

Chapter

向金主

爸爸低头！

受实体经济影响，中小企业贷款无论是规模还是增量都在一路下滑，个人住房按揭贷款倒是逆势而上，开展得如火如荼。关享和言晓晓根据罗行长的指示来到楼盘驻点，离开盘还有两三天，现场已是人山人海，到处都是拖家带口看样板间以及咨询贷款的人。

　　由于罗行长事先公关到位，关享二人被安排在银行咨询台最前面。她们俩还没有坐定，几个销售已经领着客户到她们这儿咨询贷款了。

　　来之前的一个周末，苏航收集整理了本行所有关于住房按揭贷款的政策，要求关享阅读理解并融会贯通。她满口答应，抱着材料回了卧室，结果是躲在卧室内打了两天游戏。

　　可怜苏航聪明一世，糊涂一时，竟然没有看穿关享的把戏，真以为关享能像她所说的：作为一名老客户经理，做了这么久中小企业贷款，住房按揭贷款我还搞不定？你放心，一切尽在掌握中！

　　只是面对现场汹涌而来的客户，关享痛苦地发现，大话好说，可活好像不太好干。客户关心的不是贷款怎么做，而是哪家银行有哪些适合自己的优惠政策。关享记得苏航扔过来的材料中，有详细描述，只是自己选择看完标题后就把材料扔到一边，欢快地打起了游戏。早知道当时就翻开瞄几眼了，也不至于现在面对客户的问题不知道说什么。关享调动所有脑细胞思考怎么把眼前局面应付过去，如果她没看错的话，销售的脸色已经开始有变化，似乎对她的吞吞吐吐很有看法。

正踌躇间，一直站在她身后的言晓晓，先是用蚊子哼一样的声音回答了一个客户的一个问题，然后在众多客户的连番追问下，像背书一样，挨个解答了每个客户的每一个问题。

更让关享震惊的还在后面。众所周知，房贷客户问得最多的问题就是我贷××万，贷××年，每月要还多少钱。每当客户问出这个问题时，客户经理十有八九会掏出手机，打开房贷计算器计算。可言晓晓的操作和其他客户经理完全不一样，客户问出这个问题后，她竟然直接报出答案。

刚开始关享以为言晓晓是大概估算了个范围，可当她打开房贷计算器后，发现言晓晓连着回答的几个，竟然分毫不差，精确到元。

趁着中午吃饭休息的工夫，关享胆战心惊地问言晓晓："这些都是你心算出来的？"

言晓晓连忙摇头："我又不是天才，我怎么可能心算出来……"

"那你是……"

言晓晓脸蛋微微一红："来之前苏航教过我，说问这个问题的客户最多。我试了一下房贷计算器，好用是好用，就是有点慢，万一人多，肯定要抓瞎。我就根据这个楼盘的几个户型总价和首付比例，算出每个户型的贷款金额，然后再根据可能出现的贷款年限，拉出了一张表格，客户问，我就直接在表格里查询，可是后来我又发现一件事……"

言晓晓羞涩一笑："表格查询也要时间，万一人多肯定也慢，我就干脆把表格背下来了……"

关享整个脑袋里无限循环着言晓晓的那句话：我就干脆把表格

背下来了……

关享定定地看着言晓晓："以后请你不要自称笨了……"

言晓晓以为又是自己哪里笨手笨脚惹到关享不满，急忙道歉。

关享摇了摇头："过分的谦虚就是骄傲，你根本不笨，你简直是天才好吗？"

很快，言晓晓的特长被他行客户经理发现，试探性地问了她几次，她天生好说话，那是有问必答。于是，呼唤言晓晓的声音此起彼伏，响彻整个售楼处。

有道是吃人嘴软，拿人手短。因为言晓晓的无私帮助，他行客户经理不好意思正面和关享竞争客户，一天下来，让关享捞到几个优质客户。

当晚，关享隐去自己没有学习一事，把言晓晓的丰功伟绩向苏航汇报了一遍。苏航听到后喜上眉梢，选了最大的一只红膏青蟹放在言晓晓盘中，说她辛苦了，得好好补一补。

关享不免有些嫉妒："我也辛苦了，我也要补一补……"

苏航似笑非笑地扫了她一眼："你补什么？你不说，我也能猜到，我给你的资料你一点都没看吧？不然，晓晓怎么可能替你回答？今晚你到我卧室来，不把材料看完，你别想回去睡觉！"

关享被她一激，心中很气愤："我也在楼盘忙了一天，没有功劳也有苦劳吧？看书可以，但是你凭什么不让我吃啊，你不能这么偏心！"

苏航也知道关享懒散惯了，逼紧了只会适得其反。她赶紧又选了一只螃蟹放到关享盘中，又好言好语地叮嘱关享，今年考核重点既然是房贷，那客户经理费用必然要丰厚得多。见关享眼神一亮，趁热打铁："只要你好好学习，天天向上，把房贷做好了，你看中的那些衣服和包包，全部都有着落。"

为了向罗行长证明她不是草包，更为了衣服和包包，关享当即拍板：不做第一，誓不为人！

　　有动力自然就有干劲，以关享的聪明才智，只要她肯学，就没有学不会的，那是分分钟就可以成为业务小能手。正式开盘第一天，关享的签约客户排名第一。

　　言晓晓作为协办客户经理，更是让关享如虎添翼，无论是录系统还是抄合同，手脚那叫一个麻利。拿着整理好的材料送到分行审批，无论是哪位评审老师拿到言晓晓的案本，看着都觉得舒心。资料整理得整整齐齐，表单填写得清清爽爽，系统录得明明白白。除了每次问客户情况，这个新客户经理看上去有点过于羞涩，讲话容易脸红外，其他方面是一点毛病都没有。

　　楼盘开盘后一周，言晓晓去分行完成了第一笔贷款发放。楼盘开盘后半个月，关享的业务量在七家驻点银行中排第一。罗行长看着这个成绩，陷入沉思，之后他和苏航讨论，是不是其他六家银行都不重视房贷，随便派了两个人去？

　　罗行长话音未落，苏航立刻甩下脸："您这话什么意思？有这么说自己员工的吗？关享是非常优秀的客户经理！言晓晓现在不够成熟，但是她也在努力，她们俩一天最多签过三十几笔房贷，放十几笔房贷，这是随便坐在那里就能做到的吗？"

　　为了彻底转变罗行长的理念，苏航不顾罗行长反对，硬是拉着罗行长来到楼盘实地考察。毕竟，耳听为虚，眼见为实嘛。

　　说来也巧，关享接到评审王老师夸奖言晓晓的电话后，决定像苏航一样，把言晓晓往前推一推。关享便和言晓晓商量，让言晓晓从谈客户开始，到收资料、签合同，从头到尾完整地跟一个客户。

　　言晓晓先是不肯，关享再三保证，她就待在言晓晓身后的位置上，一遇到问题她就过去，言晓晓这才愿意。

罗行长来的时候，正看到这一幕，言晓晓拿着纸笔向客户介绍本行贷款政策。虽然她的表情动作看上去都像是在背书，眼神基本和客户零交流，但是至少已经有个客户经理的样子了。

再看关享，对着堆成小山的客户资料，哼着歌儿，埋头苦干。手边当作午餐的汉堡，她根本来不及吃，偶尔抓起来咬一口，都顾不上细嚼，直接用饮料冲下肚。

苏航双手横抱胸前，摆出一副霸道总裁的范儿："罗行长，对您看到的满意吗？"

罗行长心中很是惭愧，但为了维护领导的尊严，依然骄傲地扬了扬下巴："这些都是客户经理应该做的！"

苏航轻哼一声，也不反驳："关享干得怎么样，您自己评价，我不发表意见。晓晓这儿我可得说一下，从做这个楼盘起，她就没九点前下过班，周六周日最多休半天，其余时间全扑在工作上，这没功劳也得有苦劳吧？"

罗行长背起手冷笑一声："苏航，你也算是负责人，我们什么时候只看过程，不看结果了？"

"现在的结果是排第一啊！"苏航浅浅一笑，"这不是希望言晓晓能再增长点自信心吗？您要是能夸她一句，比我们夸一百句都有用，如今您也看到了，是不是比您预想的要好得多？"

想起当初自己竭力反对言晓晓转岗，罗行长无论如何也不愿意轻易把这夸奖说出口，又看了一会儿，命令苏航开车送他回行。

不过隔天下班后，罗行长还是来到客户经理办公室。此时，苏航在分行开会，关享在楼盘驻点，只有言晓晓一个人在办公室对着电脑录系统。

看见领导，言晓晓有点紧张。

得知领导是专门来找她的，言晓晓更加局促，双手捏着衣角，眼睛更不知道该往哪里看。

罗行长轻咳一声："今天去分行，遇到孙行长，他问起你……"

言晓晓一双眼睛因为长时间盯着电脑全是血丝，嘴唇因为没时间喝水也干裂起皮，整个人看上去是又憔悴又可怜。她惴惴不安地看着罗行长，心里想着莫非她的笨手笨脚已经传到外面？

眼见言晓晓一副慌乱模样，罗行长意识到自己可能吓到她了，急忙安抚："孙行长说，你比关享强一百倍！他那里的客户经理都在夸你能干，都希望能有你这么一个助手！"

为了让言晓晓相信，罗行长细细解释："老孙说，客户经理都讲了，只要把客户资料给你，后面的事情一点不用人操心。从录系统到审批，从合同抄写到放款，从送抵押到给客户送合同，你一个人办得又快又好，能抵三个人用！他那儿的客户经理羡慕死关享了，孙行长问我，是从哪里招到你这个后勤保障的！"

罗行长微微停顿，决定亲口告诉言晓晓这个好消息："我告诉他，你不是后勤，你是我的客户经理。现在他就惊讶了？让他惊讶的日子还在后面呢！他想用两个理财经理来换你，我告诉他，想都不要想。你是我重点培养的对象，我对你的期望，一点都不比关享少！"

言晓晓低着头，她感觉罗行长的声音是那样熟悉，可述说的内容却又是那样陌生。她甚至怀疑自己听错了，沉默中，言晓晓眼中有水汽弥漫。

罗行长似乎被言晓晓的眼泪所影响，不自觉地把语调放得更加柔和："晓晓，之前我的确是对你有偏见，觉得你当不了客户经理。但经过这段时间，我收回我之前的话，你不但能当客户经理，而且你还能当好！"

罗行长长地出了一口气，望着言晓晓的泪眼："小言，你看我这态度，你就不要再委屈了嘛……"

言晓晓急忙用手背抹去眼泪："我不是委屈，我也没有您说的那么好，我就是知道自己笨，所以只能下死力气。罗行长，我还是第一次被领导夸，我有点……我有点……慌……"

言晓晓闭上眼，眼泪在眼皮底下涌动。她用力握紧了双手，再睁开眼时，露出一个开心的笑容："之前苏航和关享说我能当客户经理，我一直以为她们是为了让我开心，所以哄我。您没哄我对不对？我是真的能当客户经理对不对？我知道我比不上人家聪明，但我一定会努力，您相信我好不好？"

当晚，言晓晓直到十点才从单位回到家中。

关享又是心疼又是生气："小姐，今天周末啊，你一周放松一天不行啊？天天搞到这个时间点。"

苏航让关享闭嘴，自己落后别带上言晓晓。她接过言晓晓带回来处理的客户资料，问她吃了没有，没有的话她就赶紧去给言晓晓热饭。

言晓晓平静地看着两个人，沉默片刻，用时间缓和了澎湃的心情后缓缓开口："罗行长晚上找我谈话了，他说他收回以前对我的看法，他说我适合当一个客户经理，他对我抱有期望！"

关享一脸惊叹："真的？"

言晓晓深吸一口气，重重点头："我一直觉得自己是个废物，之前你们鼓励我，我觉得因为你们是朋友，肯定偏着我。今天罗行长的说法和你们一样，我觉得我要努力的话，没准我也能行……"

苏航淡淡一笑，知道自己下午那番话起了作用，也不点破："那咱们就继续加把劲，你带资料回来是想加班吧？也不急这一时，赶紧吃饭睡觉，明儿早起我陪你一起，关享也一起！"

关享一听周末还要加班，刚要开口反驳，被苏航用眼神制止，嘴嘟得老高，歪歪扭扭地回卧室打游戏了。

罗行长周末思考工作，觉得不光是言晓晓，他似乎也把关享看扁了，他决定从现在起转变对关享的态度。

可惜罗行长不知道，flag 这种东西是不能随便立的，他刚想改变对关享的看法，关享就被投诉，虽然责任完全不在她。

开盘后一个月，房子卖了一半。虽然每天都有来看房的人，但数量明显少了许多。关享天生闲不住，自己没客户，就去帮其他银行的客户经理招呼客户签合同，短短几天时间，处出几个关系不错的朋友。

下午两点半，正是一天当中最热的时候，案场基本没客户，销售都在休息，言晓晓去分行审批贷款，关享吸着奶茶打她的"王者荣耀"。突然，一个二十多岁的漂亮姑娘风风火火地冲进来，怒气冲冲地站在关享面前，吓了关享一跳。

关享定睛一看，这不是工行客户经理白羽吗？她今天休息，咋又来了？

"关享，你帮我个忙，你帮我和她解释下！"直到白羽指着身后，关享才发现站在她面前的是两个人。不能怪关享眼神不好，要怪只能怪后面这姑娘和言晓晓实在太像，不是因为身高长相，而是那种感觉：简单地说，就是完全没有存在感；复杂地说，全身上下透着一股"我是包子，欢迎你来啃我一口"的气质。

"许月辰，你不相信我是吧？她也是银行的，你自己去问问，我说的是不是真的？"

叫许月辰的包子看白羽一副脸红脖子粗的模样，连声都不敢吱，低着头假装看桌上的宣传页。

关享去吧台倒了两杯水，一杯放在白羽面前，一杯放在许月辰面前，然后问道："老白，咋啦？有话慢慢说！"

白羽一口气把水喝完，死盯着许月辰，对关享说："关享，你来评评理，我说的对不对！"

白羽口齿伶俐，三两句话就把前因后果说得一清二楚，听得关享一愣一愣的，眼前这位许月辰怕是言晓晓失散多年的孪生姐妹吧？

许月辰的未婚夫在这个楼盘买了套房子，首付百分之三十，贷款百分之七十，写许月辰未婚夫一个人的名字。对此，许月辰没有任何异议，但是许月辰的闺密白羽听完直接就炸了。

"许月辰，你脑子进水了是吧？"

"首付是人家付的，我怎么好意思要求加名字……"

"那百分之七十的贷款，结婚以后你要一起还的！"

"那是他贷的款……"

"他现在一个月工资两万元不到，一个月贷款还一万八千元。用他的钱还贷款，用你的钱生活，你是不是觉得这贷款和你没关系？你猪脑子啊？"

"我……"

"许月辰，人家都说了，钱全买房子了，没有聘礼，没有三金，连个戒指都没有，他们家结婚就出个房子。你脑子还转不过来弯？还不要求加名字啊？"

"我父母说，也不给我嫁妆了，就给我三十万元，让我把婚房装修一下……"

关享眼疾手快，架住白羽，这才阻止白羽一巴掌落在许月辰脑袋上："老白，你冷静一下！"

关享赶紧让气得快发心脏病的白羽坐下。对付许月辰这种人，她从言晓晓身上吸取了大量的经验和教训。虽然没什么用，她还是忍不住说道："许小姐，根据新婚姻法，一旦离婚，财产分割方面将会对你极为不利，房产……"

"还没结婚呢，哪能考虑离婚啊……"

"我不是说你要离婚，我是想告诉你假如发生这样的事情，你……"

"如果都这么算计，那还怎么在一起啊。婚姻的基础是信任啊，我相信他。"

"我不是让你不相信你未婚夫，我的意思，如何防范……"

"他以后就是我老公，我为什么要防着他呀？"

关享觉得许月辰还不如言晓晓呢，至少和言晓晓讲道理，她还能听得进去。白羽受不了了，从椅子上蹦起来："你脑子被糨糊糊住了！"

关享摇头，怎么能说是糨糊呢，明明是爱，滴滴香浓的真爱……

许月辰争辩："我觉得他不是这样的人，他不会这样对我的。我爱他，他也爱我。"

"我和你谈婚姻法，你和我谈真爱？许月辰，你太天真了！"

"婚姻当然要谈感情啦，还没结婚呢，就你防着我，我防着你，不太好吧……"

"谁让你防着他了，我这是让你维护你自己的权益，懂吗？权益！"

周围客户经理作为吃瓜群众，纷纷仰望天空。这年头还有单纯成这样的，真不容易啊。

关享担心白羽气出精神病，再次换她来和许月辰沟通："你有这种想法非常好，你未婚夫的想法肯定和你一样。那么，你未婚夫买的房子，加你名字又能怎么样呢？"

关享话音未落，一个似曾相识的声音在身后响起："月月，你在干什么？"

关享转身，还真是熟人，只是上次见面稍微有点不愉快。关享立刻露出八颗牙齿，给出一个职业化的微笑："您好。"

熟人眯起眼睛，还真是冤家路窄。上次因为这个女人把老板撞到医院，他的季度奖、半年奖被老板的姐姐扣个精光。要不是老板心软，他连助理这个职位都保不住。如今买个房子又遇到她，她还教唆他的女朋友在房产证上加名字，他和这女人还真是五行相克、八字犯冲啊！

"你和我女朋友说什么呢？"李格非的助理杨兴指着关享的鼻子，怒气冲冲地说。他现在是消费者，觉得有权利把自己当上帝。

老罗说了，不能被客户投诉，关享微微侧身，让自己的鼻子和杨兴的手指不在一条线上："先生，我在向您女朋友介绍我行的贷款政策。"

"瞎说，我都听见了！你在离间我和我女朋友的感情！"

关享笑靥如花："您怎么能诬陷人呢？说话要讲证据！"

"我就是人证！我亲耳听见了！"

"您听见什么？"

"我听见你让我女朋友在房产证上加名字！"

"您这话就有意思了，房产证上加名字就是离间感情啊？您的感情是用房产证维系的啊？还是说在您眼里，只有无偿帮您还贷才叫有感情？义务尽了稍微和您谈点权利就是没感情？"

关享牙尖嘴利，杨兴明显不是对手。白羽想起许月辰这些年干的糟心事，冲着杨兴过去："是我让月月加名字的，有什么事冲着我来！别找不相干的人！"

白羽恨杨兴入骨，杨兴何尝不是如此。他指着关享和白羽："你们俩谁都别想跑，我都要投诉！"

是福不是祸，是祸躲不过。关享索性破罐子破摔："就你这样的，可别提感情了，我都替你臊得慌。你不就是想骗人家姑娘帮你还贷款？"关享冷笑一声，"你要投诉啊，赶紧去啊，要不要我把工号报给你？"

"你不就是一个服务员吗？拽什么拽？"

"我是服务员，不过我知道什么叫不卑不亢。不像有的人，跟在主子后面，活脱脱一副哈巴狗模样，你说是不是啊？"

杨兴揍人的心都有了，大庭广众之下又不能和女人动手，气得浑身乱颤，拉起许月辰走了。

这一架虽说吵赢了，白羽也知道，从今往后，她和许月辰的友谊怕是走到了尽头，眉梢顿时多了几分伤感。

关享联想到言晓晓，拍了拍白羽的肩膀。作为朋友，白羽尽力了，后面的路怎么走，要看许月辰自己了。

至于杨兴的投诉，白羽倒是没放在心上："杨兴的贷款没在我这儿办，也没在你那儿办，应该不算客户。我们行非客户投诉都算无效投诉，你们行算吗？"

"好像也不算，但是，分行还是会派发投诉工单……"

"那你要不要……"白羽有些不好意思，都怪她连累了关享，"事先和你们行长说一下……"

一瞬间，关享继续打游戏的心情消失得无影无踪……

收到投诉工单的罗行长，第一反应是从抽屉里摸出速效救心丸，干吞了两粒。

当天下午，快下班的时候，罗行长通知苏航，让正在抄写合同的关享来他办公室一趟。

站在罗行长面前的关享，整个人是僵硬的，她堆起满脸笑容，轻轻开口："罗行长，他没有在我们行办业务，他这是无效投诉，可以向分行反馈。"

罗行长一手拿着投诉工单，一手捂着额头，过了很久，才悠悠说道："客户说，你性骚扰他。"

"性骚扰？"关享忍不住叫出声来。要不是进来前，苏航再三叮嘱她要忍耐，她早就破口大骂了，"罗行长，我什么样的人你清楚，我是能干出这种事的人吗？他当他是大帅哥啊？"

罗行长心中早已经惊涛骇浪，面上还是波澜不惊，抬了抬眼皮看了她一眼："我现在有一个好消息，想要告诉你。"

关享下意识地哆嗦了一下，女人的第六感告诉她，罗行长的表情不像是要宣布什么好消息。

"有一个人，在我们支行买了五千万元的理财。"罗行长和蔼道，"指名要你做客户经理。"

"理财客户不是应该由理财经理维护的吗？"关享有些不解。

"他的公司在我们行开了一个对公账户，存进了五千万元，同样指名你做客户经理。"

关享虽有自知之明，但是仍然抑制不住想象的翅膀，难道有人发现她的心灵比她的外表更美？向她发动金钱攻势？

"你准备一下，明天送点私人银行客户的礼品到他家去。"

关享笑得眼神迷离，没想到她也有被馅饼砸中的一天。

"你们也算熟人了，他姓李，叫李格非。"

关享瞬间清醒过来，一动不动地盯着罗行长，怀疑自己是不是听错了。罗行长用高抬的下巴表示她的听觉完全没有问题。

"领导……"关享踟蹰着如何表达自己内心的崩溃，"您看……"

"我看你有两个选择，"罗行长指着办公室门，"第一，从这里出去，收拾好东西去人力资源部报到；第二，老老实实地接受生活的挑战。当然，如果我是你，我肯定选第二个。"

"罗行长，从小老师教育我们，威武不能屈，富贵不能淫……"

"从小老师还教育我们，有钱了不起啊？"罗行长往椅背上一靠，"可社会这所大学告诉我们，有钱的确了不起啊！"

关享抽了抽鼻子，眼角有泪花闪过："理财和存款业绩都算我的？"

罗行长点头。

"费用也全是我的？"

罗行长又点了点头。

"那我为行里做出了这么巨大的牺牲，行里能不能再补贴我点？"

罗行长拿起电话："你信不信，你再废一句话，我就给人力资源部打电话？"

关享流着泪回到办公室，苏航递上纸巾，言晓晓送上冰可乐。关享再三声明自己绝不会向恶势力低头，最后给这件事定下基调："我不能为了尊严，不要钱啊！"

第二天下午，关享带着本行私人银行客户礼品——电饭锅一个、茶具两套、羊毛被四条，来到本市顶级别墅区的楼王门前。

开门的阿姨看到关享，吓得倒退一步，第一反应是打电话呼叫保安，怎么让推销的进来了？

关享肩扛羊毛被，手拎茶具，胳膊下夹着个电饭锅，一边努力不让东西掉下来，一边连声解释，勉强让阿姨放她进门。

客厅里，关享放下东西，四处打量。她看到李格非那天在拍卖会上拍下的东西，就放在一楼会客厅的角落里。关享才疏学浅，但常识提醒她，这个会客厅的价值，应该是用千万元来计算的。

关享小心翼翼地摸了一下价值八百万元的桌子，决定今天回家不洗手。她也没忘了分享，拿出手机，对着桌子一阵猛拍，传到她和苏航、言晓晓的三人微信群里，同时送上语音："快看！八百万元的桌子！六百万元的椅子！"

李格非站在楼梯上，看着关享那副穷酸样，冷笑出声。至于促成这次历史性会面的杨兴，则站在李格非身后，恶狠狠地盯着关享，发誓要让她后悔对他说过的每一个字。

关享听见李格非的声音，立刻回头，穿着睡衣的李少依然帅得亮眼，稍显凌乱的头发下，一双眼睛黑漆漆的，满是讽刺挖苦，却一点都不招人讨厌。至于杨兴，明明一副好皮囊，打扮的更是人五人六，却从上到下透露出一股猥琐气息。

为了钱，关享立刻放弃尊严："李先生，我是来向您当面道歉的。"

"道歉？"李格非晃晃悠悠地走下楼，坐在六百万的椅子上。杨兴站在他身后，脑袋高昂，用鼻孔看着关享，"关经理，是你们行长让你来的吧，看你的表情，好像很不情愿啊？"

关享心中一惊，暗骂杨兴，脸上笑容更加甜蜜："怎么会……"关享指着地上的一堆东西，"这是我们行的一点心意，代表了我们行和我对您的歉意。"

李格非挥了挥手，杨兴立刻叫来阿姨来把东西扔走，免得弄脏地方。

关享不心疼东西，心疼罗行长，这些东西每一样都是罗行长亲自挑选的，寄托着罗行长的一片真心。本来关享就打算给李格非带四卷一次性杯子，上面印着他们行的行标。保证每次李格非用的时候，都能想起他行。

关享发誓道："我愿意付出一切代价，获得您的原谅。"

李格非原本没打算和关享一般见识，但是架不住杨兴哭得一把鼻涕一把泪，一个大男人哭成这样，想必是真被人捅到痛处了。新仇加旧恨，李格非勉强同意杨兴的计划，要给关享点儿颜色看看。不过杨兴设计的那种打击报复，立刻被李格非否定。他明人不做暗事，他就是要让关享明明白白地认识到自己的错误。

李格非懒得和关享废话，脸色一沉，杨兴心领神会，叫来阿姨把关享带下去。

关享深知，在私人银行客户面前，客户经理的尊严，就是用来践踏的。因为罗行长一直用其他支行客户经理的事迹来教育她和苏航：人家能给客户买菜、做饭、打扫卫生、接送孩子，你们为什么不能？

关享一直以为这已经是极限了，万万没想到，等着她的还有十八层地狱。

关享站在游泳池前思考，她清洁整个游泳池需要多长时间。李格非站在二楼露台上，身边杨兴传旨："关经理，好好擦干净，你要敢跑，李少就马上取走钱。"

关享挑起嘴角，露出一个欢喜的笑容。他们想看她难过，她偏偏要开心："好的，没问题。"

杨兴讨了个没趣，甩下一个白眼，陪着李格非回房。

关享目送李格非和杨兴离去，笑容越发灿烂。她找阿姨借了工服和胶鞋，手持刷子摆了个上阵杀敌的造型，大喝一声跳进泳池浅水区。

李格非属夜行动物，白天一向用于补眠，可今天怎么也睡不安稳，想来想去，应该是家里有"脏东西"的缘故。

按李格非的推测，那"脏东西"应该正坐在泳池边上哭。没想到，一眼望去，那"脏东西"竟然穿得像个傻子一样，推着比她人还高的大拖把，在泳池里跑来跑去，一下从东推到西，一下又从西推到东。

关享看到李格非也有些惊讶，脸上带着不卑不亢的笑容，挥手致意："李少，已经擦了一半，今天保证给您擦完！"

李格非冷哼一声，叫来阿姨，叮嘱了几句。随后关享收到指示，这泳池擦一遍不够，至少得擦三遍。

阿姨知道李格非少爷脾气发作了，也不好说什么。关享倒是一点没放心上，笑嘻嘻地点头："行啊，没问题，包在我身上。"

凌晨两点，收工的关享向李少道别。

此时李格非正和狐朋狗友在自家的雪茄吧里吞云吐雾，在朋友的哄笑声中，李格非远远地瞥了她一眼，掏出一沓钱，霍然扔在关享脚下的羊毛地毯上。

杨兴再次期待关享脸上出现屈辱的表情，哪怕只有一秒。没想到关享俯身捡起散落一地的百元大钞，略显疲惫的脸上，有着雀跃的笑容："谢谢李少。"

杨兴气结，可对着关享的嬉皮笑脸，一时也找不出发作的理由。关享趁机告辞。开车回家的途中，她看到二十四小时营业的麦当劳，在心里做了一番激烈斗争，还是忍不住停下，一边往餐厅里走，一边安慰自己，不吃饱怎么有力气减肥。就凭今天的消耗，她吃十八个汉堡都不一定补得回来。

关享点好东西，在旁边柜台等餐，正刷着手机抵抗困意，就听见刚才对她不冷不热的店员小哥突然换上一副温柔似水的腔调，腻得她起了一身鸡皮疙瘩。

关享不由得抬头，瞬间明白原委，只见点餐台前，一位姑娘，美到不食人间烟火。

关享自认自己也是个美人儿，只是在这位姑娘面前，她的那点美明显带上了世俗的烟火气。和姑娘相比，她觉得自己美得毫无特色，美得不值一提，简直就是萤火之光，岂能与皓月争辉。

不过也正是因为差太远，关享一点嫉妒心都没有。她上下打量了姑娘几眼后，更是惊艳，就看那姑娘身着香奈儿高定，手戴梵克雅宝情人桥，脚穿红底鞋，从上到下，连头发丝都透着逼人的贵气。

不光脸蛋美，姑娘身材更是一流，看着人家的大长腿、小细腰，关享下意识地咽了口口水。老天爷真不公平，咋能把好东西都堆在一个人身上？不过话说回来，就算完美成这样，还不是和她一样，半夜三更来吃麦当劳？

关享接过店员递来的纸袋，又恋恋不舍地看了几眼，正准备走人，发现情况好像有点不对。

原来姑娘点好东西后，在包里一番查找，发现手机钱包通通没带，只好带着歉意的微笑向店员解释。店员哪忍心让姑娘为难，要不是收银有规章制度，他肯定当场帮姑娘把钱垫上。

关享怀里揣着还没焐热的一沓钱，怎能眼睁睁地看着美人有难，立刻豪气地拍出一张粉红色的钞票："我帮你付！"

姑娘看了眼关享，又是一笑，美得关享心都化了，声音更是听得关享浑身酥麻："谢谢你。"

就冲着这份行事大方，关享更加喜欢。能坦然地接受别人的好意，而不是扭扭捏捏，这样的人才对她的胃口。

关享扬了扬手里的纸袋："要不要一起吃？"

姑娘眉眼间含着温婉的笑意，环视四周："这里？"

关享眼珠一转："你介不介意去我车上？"

几分钟后，两人来到路边停车位，关享把堆在副驾驶位置上东西扔到后排，招呼姑娘落座："有点乱，你别介意。"

姑娘眉心一动，笑着接过关享递来的鸡翅，一口下去，碎屑落得满裙子都是，关享吓了一跳，急忙抽出一张纸巾递过去："你小心点啊，你这裙子我刚查过，二十多万呢。"

姑娘似乎并不介意，拿纸巾捏起碎屑握在手中："衣服再贵，也是给人穿的，倒是别弄脏了你的车。"

关享自然更不介意，叼着鸡翅和姑娘聊天："妹子，明人不说暗话，一看你这样子，我就知道你绝对是富二代。你说你一个富二代，又长得这么美，大半夜的不在家睡觉，不在夜店开 party，怎么和我一样跑麦当劳啊？"

姑娘用小指勾起额前一缕乱发理到耳后，声音温温柔柔："我刚和我父亲吵了一架，心情不太好，一个人出来走走。走到这里觉得饿了，想吃点东西……"

"你们为什么吵？"关享从鸡腿上撕下一大块肉，塞进嘴里，"你放心，我不是打听你的隐私，咱俩互相不认识，打听出来也没用。我就是觉得你虽然看上去笑嘻嘻的，但是心情肯定不太好。我是银行客户经理，你们这样的人我见多了，就你们那圈子，能一起玩的人很多，能一起说话的人没几个。你就当我是个说话的人呗，没准说出来心情能好点！"

姑娘被关享触动心思，眉间笑意渐渐隐去。她的确已经很久没有跟人谈论过工作以外的内容，或许她真的只是需要一个树洞，让她偶尔喘口气："我父亲，希望我……"

"我明白了！"关享扔下鸡腿，露出一个笃定的笑容，不等姑娘回复，立刻接道，"是感情问题对不对？"

姑娘表情一滞，正要解释，又被关享打断："不是我说，你这种妹子，一看就是从小到大被保护得很好，不知道世间险恶。是不是你爱上了一个穷小子，你爸要棒打鸳鸯？我告诉你，像你爸那种富一代，之所以能成为富一代，什么妖魔鬼怪没见过？他反对肯定是有反对的理由！绝对不可能仅仅是因为穷！而且，就算是因为穷，那也是正当理由！"

关享塞了一个鸡翅给姑娘，让她嘴别停："我跟你讲，你们现在感情好，是因为你们没有生活在一起，等你们生活在一起，你就知道了！你们的原生家庭差距太大，成长环境完全不同，导致你们的三观完全不合！打个最简单的比方，穿惯了香奈儿的你，会去穿优衣库吗？"

姑娘慢悠悠地撕下一块鸡肉吃了："我为什么要穿优衣库？"

"因为你们的消费观念不同啊！"关享激动地一拍巴掌，"穷小子也就算了，万一是凤凰男，你就完了！别说买件二十几万的衣服，你买盒二百多块的巧克力，他都会纠结你为什么吃这么好，他妈和他妹还在受苦，你简直就是有罪！"

关享吸了一大口可乐，拿手背擦掉嘴角的汽水："在他全家眼里，你下嫁不是因为你好，是因为你贱。他儿子不花一分钱娶个白富美，是他儿子有本事。从今往后，你家的钱就是他家的钱，他家的钱还是他家的钱！他全家吃你的、用你的、住你的，他七大姑八大姨的孩子都指望着你脱贫致富奔小康。但是他家依然不觉得你好，你有钱、长得漂亮就是原罪！"

姑娘下巴微扬，不置可否："这么严重？"

"比这严重多的都有，《双面胶》你看过没？"关享眉飞色舞，指手画脚，"就是一个姑娘嫁给了'凤凰男'，电视剧结尾来了个美化版大团圆，你知道原版小说结尾是什么吗？是'凤凰男'把妹子给活活掐死了！那妹子还就是个普通人家的普通小姑娘，要是你这样的……"

关享目光一转，上下打量姑娘："估计连骨头渣都不剩吧……"

关享拿起可乐和姑娘碰了个杯："反正咱俩不认识，我话就挑明了说，你们这种妹子啊，从小什么都不缺，长大遇到对自己好的男人就觉得遇到真爱了。可你知道他为什么对你好吗？因为他穷啊！

他没房、没车、没存款，除了对你好，他什么都没有啊！妹子，听我一句劝，要什么都别要他对你好！这世界上最不值钱的就是对你好，他今天能对你好，明天就能对别人好！"

姑娘似笑非笑，似乎并不完全相信关享的理论："那我应该找个什么样的？"

"以你这个条件，当然是找门当户对的啦！"关享扬了扬眉，"加菲猫说过，爱情是短暂的，只有鸡肉卷是永恒的……"

关享拇指与食指轻搓，做了个点钱的动作："相信我，听你爸的，他让你找个什么样的，你就找个什么样的。真爱都是浮云，只有人民币才是永恒的！"

姑娘点了点头，微微一笑："这是你的经验之谈？"

"怎么可能？"关享轻嗤，"我上初中的时候，我同学还在看言情小说，我就发誓，我这辈子一定要嫁个有钱人，想买什么就买什么！我工作以后，更加知道钱是个好东西。妹子，你是没穷过，别说穷日子，让你过两个月的温饱日子，买双你脚上的鞋都得存三个月钱，你就知道钱比真爱强多了！"

姑娘低眉含笑："那这些你都是从哪儿看来的？"

"你不上网啊？"关享掰起指头一样一样地数，"天涯娱乐八卦、微博情感号、微信公众号，哪天没这种消息？我都快看出审美疲劳了，也没见我国适龄妇女能提高点平均智商！那一个个，嘴巴里说着后悔找了个凤凰男，你要真劝她离婚，她立马扔给你一句：其实他对我还是挺好的！妹子，你这么漂亮又这么有钱，绝对不能犯同样的错误啊！"

"谢谢你的提醒，不过……"姑娘柔和的笑容中带一丝疏懒与无奈，"和感情问题没有关系，我单身……"

关享眼巴巴望着姑娘："那吵什么？你这样子，不像是败家子啊？也不像是能干出啥出格事的人啊？你不会是……"

似乎是猜到什么了不得的真相，关享下意识地捂住嘴，姑娘被她逗得悠悠一笑："我和你一样，喜欢男人……"

"那还能为什么？"

姑娘的脸色慢慢沉了下去，片刻过后，才露出一丝温度全无的笑意："我有个弟弟，我父亲偏爱他……"

"这都什么年代了，还重男轻女？"关享愤愤，"就算你们家有皇位要继承，也不一定非要是男人啊？女人又不是没当过皇帝！我跟你说，千万别退让，一定要和你爸做斗争，争取你应得的，一毛钱都不能少！就拿我自己当例子，当年因为我是个女孩儿，我爷爷奶奶不喜欢我，对我不好，我妈直接打上家门抱起我就走。我上高中之前，没去过他家一次，一直到他们承认错误，我才开口叫他们爷爷奶奶。你一定要记住，你是你爸的亲女儿，他是在乎你的。该哭就哭，该闹就闹，千万别不好意思！"

姑娘默然片刻，似乎是在思考关享的话。过了好一会儿，她才慢慢笑开了："我会考虑你的建议……"

"不是考虑，是一定！千万别不好意思，你爸都好意思把钱留给你弟了，你还有什么不好意思的？你就用断绝关系来威胁他，他肯定服软！"

姑娘淡淡一笑，却不打算继续这个话题。她望着关享，眉眼间都是宁静柔和："此时此地，你有什么烦恼，不如我也来开解开解你？"

关享也不隐瞒，把她和李格非的是是非非从头到尾说了一遍，感慨万千道："听完我的事是不是心情好很多？是不是觉得你那事都不算事？不管怎样，那是你爸，你是他的女儿，还有争取的机会。我这儿已经不是人民内部矛盾了，简直是你死我活的阶级斗争！我倒了八辈子血霉，得罪这么一个祖宗！李家上下没一个好东西！"

似乎想到什么，关享略一停顿："不对，也不能说李家没有好东西，李格非他姐叫李什么来着？人还不错。我听我们行长说，原来李格非要和我玩命，就是他姐给拦下来的！"

"李婉仪……"姑娘柔声帮关享把名字补齐，关享连连点头，"对对对，就是李婉仪，你说她名字这么好听，不知道长得美不美啊？按理说，你们应该都算名媛圈的，你有没有见过她？和李格非长得像不像？如果像李格非的话，那应该也是大美人哦？"

在关享的连番追问下，姑娘微微点了点头："至少周围人都觉得她长得挺美的……"

关享听得眼神一亮，还想向姑娘打听点豪门恩怨。姑娘看了眼手表，向关享告辞。

虽然说萍水相逢是缘分，可也不能因为想听八卦，不让人走，关享依依不舍地同姑娘告别。

姑娘关上车门前突然想到什么，从耳朵上取下一对耳环递给关享："不介意的话，送给你。"

见关享表情有些痴傻，姑娘含笑说道："刚才你盯着这对耳环看半天了，刚好我今天才拆封戴上，不算太旧……"

关享手伸到半空中，犹豫着不敢向前："这是香奈儿今年的新款，快两万块钱了呢，这不太好吧……"

"谈钱就俗了，如果说两万块能让我心情好一些，那这价格也太便宜了。何况，你还请我吃东西了。"

"麦当劳才多少钱啊……"

"你真不想要？"姑娘似笑非笑，"我可是真心送你，再推辞就没机会了哦。"

"谢谢！"关享瞬间从驾驶位爬到副驾驶，接过耳环，欢欢喜喜地戴上，对着后视镜东照西照。

姑娘被关享的开心传染，长舒一口气，搭上一辆出租车离去。

关享对着远去的出租车挥手作别，突然想起她忘记找姑娘要电话号码了，多好的一个私人银行客户就这样被她错过了。想到错过一个私人银行客户就代表着错过了数万奖金，关享的心一阵阵抽痛。不过摸摸身上的现金和耳朵上的耳环，她心里又舒坦了，苦没白吃罪没白受，虽然没有电话号码，但是至少混了个脸熟，万一以后遇到了，有的是机会。

凌晨四点，关享到家。

怕影响苏航和言晓晓休息，她小心翼翼地拿出钥匙开门。

谁知，钥匙刚刚捅进锁眼，门就开了，苏航和言晓晓两人穿着睡衣在门口迎接她。

关享惊讶："你们怎么还没睡？"

苏航闷声道："你去李格非那儿，一直没回来，电话也不接，微信也不回，我们敢睡吗？"

"手机没电，我又没带充电器……"关享一边换鞋子，一边干笑，"我又不是三岁小孩……"

"你也知道你不是小孩啊？办事能不能周全一点？"苏航忍不住在她脑袋上拍了一巴掌，"你能不能提前发个信息，打个电话？"

"我这不是忘了嘛……我都累了一天了，又困又饿……你温柔点行不行……"

"饿"这个字提醒了言晓晓，她拉着关享来到餐厅："汤还热着，你先喝着，我马上给你热菜。"

关享连忙摆手，说她吃过了。然后，她把游泳池的事说了一遍，苏航难得动怒，言晓晓也憋了一肚子气："这不是侮辱人吗？"

"可不就是想侮辱我吗？"关享扑哧一笑，"他们就是盼着我委屈，盼着我难过，盼着我哭哭啼啼。我偏不，我偏要笑，我偏不让他们开心。"

"苏航，你去求求罗行长好不好，不要让关享再去了，"言晓晓一脸担忧，"他们太欺负人了！"

"别说是罗行长，就算我求到分行都没用。"关享垂下眼睛，"除非我不想干了……"

"可是……"

"没啥可是的，"关享故作轻松，哈哈一笑，"我算过了，按最新考核办法，存款和理财的费用，数目可不小。看在钱的分儿上，我有什么不能忍的？"

关享拿出李格非给的两千元现金，放在桌上："明天，噢，不对，今晚，咱们吃海鲜大餐，我的苦不能白吃，得补回来。"

说完不开心的，关享又拿下耳环给两位闺密品鉴。别说今晚，今年她最开心的事就是用一顿麦当劳换来了一副香奈儿耳环，赚大发了！

不过关享也十分感慨："看那妹子长相、身材、气质，样样都完美，可惜遇上了一个重男轻女的爹，气得半夜跑出来瞎逛。所以啊，这穷人有穷人的烦恼，有钱人也有有钱人的烦恼，成年人的世界里，真的没有"简单"二字啊！"

比起关享这段奇遇，苏航更关心后面怎么应付李格非。

打发了关享回房睡觉，苏航让言晓晓把钱收好，赶紧回房再睡一会儿，明天还要上班。言晓晓担心关享，欲言又止，苏航揽着她的肩送她回房："没什么好担心的，关享能接受现实，就是最好的处理方式。"

至于罗行长，白天听完关享汇报，心头百感交集，却也无可奈何。原本准备安慰鼓励一下当事人，还没开口，当事人便向他提出请求，因为昨晚工作太辛苦，现在能不能回家睡觉？气得他直接让关享滚出支行，白天不要让他在支行里看到她。

关享刷完游泳池刷地毯，刷完地毯刷浴缸，刷得李家上下闪闪发光。本以为当了半个月的劳动人民，能瘦下来，结果一称，竟然还胖了两斤。

关享谦虚地表示，这全是李格非的功劳。每天发放两千元的伙食补助，从某种程度上来说，她还挺乐意被李格非侮辱的。

杨兴的侮辱，则完全是另外一种方式。

这一天李格非开 party，早早打发关享回家。关享这些天难得十二点前到家，吃完晚饭后，立刻爬上床。

半梦半醒间，关享接到杨兴的电话，说话的却是一位女士，千娇百媚地命令她马上送十盒避孕套来。

关享不清楚这位女性和李少是什么关系，不过不管是什么关系，明显没拿她当外人。

关享略一思考，立刻答道："好的，您放心，一个小时内送到。如果您特别急，厨房有保鲜膜。"

关享的态度，让杨兴很是愤怒。他夺过电话一阵痛骂，要求关享必须半个小时内送达。

关享向来视客户体验为第一要务，立刻冲到最近的超市，买了十盒避孕套驱车直奔别墅。可惜路途实在有点遥远，在市区开到一百迈，还是没在半个小时内赶到，又招来杨兴的短信攻击：你这个蠢货！

看在钱的面子上，关享从来不和杨兴一般见识，把东西交到开门阿姨手中，转身准备走人，没想到李少竟然邀请她到二楼坐坐。

关享没有拒绝的权利，做好心理准备上到二楼，眼前的场景还是让她有些吃惊。偌大的一个空间，烟味和烈酒的味道，浓得让人头痛。李格非几个狐朋狗友明显喝多了，半裸着上身，倚在一群只穿着内衣的姑娘怀中，说着让人脸红的笑话。

一瞬间，关享怀疑自己来到了海天盛宴。

刚才给关享打电话的姑娘，扔来一个靠枕，娇声娇气地说："你就是那个傻瓜？"

关享顺手把靠枕放到一边，看神情，姑娘应该喝了不少酒，和喝醉的人，没什么好生气的。

借着酒劲，杨兴越发放肆，跟跟跄跄地走过来，撕扯着关享身上的家居服说："把衣服脱了。"

关享把被扯开的纽扣仔细扣好，不动声色地笑着："大爷，您别和我闹，我卖艺不卖身。"

杨兴把一杯酒泼在关享脸上："你装什么贞洁烈女？你不就是出来卖的？"

关享庆幸，幸亏是素颜出来，不然真没法看了。她抬手把脸擦干："我是出来卖的啊，人格、尊严、灵魂我都卖，我唯一不卖的就是肉体。"

关享一脸为难，指着不远处的莺莺燕燕道："杨总，您看哪个不比我强十倍八倍，何必和我置气呢？"

在关享眼里，她和那群姑娘有着本质的区别。

可在李格非眼里，她和那群姑娘并无区别，无非是价格高低，他随手取了一沓人民币扔在关享脚边。根据扎带，关享认出应该是刚从银行取出的一万元。

关享生平第一次感受到被人用钱砸的滋味，可惜时间、地点、人物都有点问题，实在开心不起来。李格非又扔了五沓，问关享够不够。

关享苦着一张脸，活像刚吃了一斤黄连："大爷，都说了我卖艺不卖身……"

李格非像是听了这个世界上最好笑的笑话："嫌钱少？"又有几沓扔在关享脚下，关享扫了一眼，至少二十万。

"时间不早了，我先回去了，明儿有什么安排，我等您指示。"此地非久留之地，喝醉了的人更是脑子不好使。为了自己的生命安全，关享倒退着出了门，李格非也没拦。

关享正要下楼，身后突然蹿出一个人拦住去路，果然又是杨兴。

杨兴逼视着关享，语气咄咄逼人："谁允许你走了？"

关享平视杨兴，丝毫没有畏惧之色地说道："您放心，今天我看到的一切，都烂在我肚子里，绝对不会有一个字传到您女朋友那儿。"

"她算什么东西？我怕她知道？"杨兴"呸"了一声，伸手去捏关享的下巴，被关享险险避开，"让你脱衣服你就脱，哪来这么多废话！"

关享心中一沉，脸上却不见慌乱："杨先生，咱俩干的都是伺候人的活，就算有恩怨，咱们也在台面上解决，您一个大男人，犯得着和我来这套吗？"

"可我今天就想拿你取乐！"杨兴手脚越发不规矩，"你脱不脱？信不信我现在就把你剥光了？"

眼看场面就要不可收拾，一个清朗的男声从房间方向传来："你过来。"

见李格非正不耐烦地看着他们，杨兴立刻满脸堆笑："您放心，我马上把她弄过来。"

李格非的脸色更加难看："我让你过来，你听不懂人话啊？"

杨兴或许听不懂别人的话，但是李格非的话，他绝对听得懂。他不但懂，还要经常揣摩其中隐藏的信息。所以，听到之后他立刻放开关享，回房伺候。

这事虽然是因李格非而起，但至少这一刻，李格非代表着正义。关享一个"谢"字还没说出口，李格非直接赏了她一个"滚"字。

关享冲着李格非的背影抱拳，算是表达谢意。

苏航半夜被关享摇醒，听完今日李少的故事，打着哈欠笑道："谈谈你心中的苟且吧！"

关享瞬间被说中了心事，几乎黯然泪下："二十万啊，就在我脚边，差点儿就是我的了！"

苏航"扑哧"一下笑道："那你跑什么？

"我要是知道我还来问你？"关享翻了个身，脸埋在被子里，声音里带着哽咽，"我这么一爱钱的人，怎么就突然三贞九烈了？二十万啊，你说我怎么想的？"

"大半年的工资，让你脱件衣服，这买卖不亏啊。"

关享用干号代替了她的回答。

苏航懒得同关享理论，让她滚回自己房间睡觉。不过，有一件事，苏航倒是更加确定：关享这个人啊，和老罗一个调调，也就是嘴狠。

7

Chapter

为什么不是我？

就因为我是女人？

正如苏航所说，老罗嘴硬心软，免了关享早晚打卡，伺候好李少就算完成工作。关享睡到自然醒，收拾好自己，没等指示，就自觉来到别墅报到。

李少昨晚那个局直到今天上午八点才散。关享到的时候，李少还在补觉。

李少不喜欢关享，可李少家几个阿姨喜欢。不是因为关享能干，而是关享见谁都笑嘻嘻的。一张嘴就阿姨长、阿姨短，比那个只会对她们呼来喝去的杨兴强一百倍。

得知关享还没吃饭，阿姨立刻领她来到大厨房，满满一大碗野山参炖乳鸽，配上白灼芥蓝、凉拌秋葵、香煎牛仔骨，往桌子上一放，光看着就叫人食指大动。

关享也不跟阿姨客气，吃个精光。阿姨看着更加喜欢："对嘛，减什么肥嘛，小姑娘就要肉乎乎的才好看，排骨精难看死了。阿姨就喜欢你这样能吃的！"

关享谦虚地表示她其实一点儿都不能吃，主要是阿姨手艺太好。阿姨笑得合不拢嘴，要不是自家儿子已经娶妻生子，一定要把关享弄回家当儿媳。

关享陪阿姨收拾好厨房，两人在餐桌旁坐下，喝着果汁聊着天，等李少起床。

以关享的个性，话题很快转移到了八卦上。阿姨在李家多年，李家那点家族秘史，她可谓门儿清。

说起李家，祖上世代经商，经过数代人的奋斗，如今已打造出一个庞大的商业帝国。

比起事业上的兴旺发达，李家人丁却显得单薄。到了李格非他爸李书同那一代，李家已经是三代单传。而李书同，二十五岁结婚，三十五岁才有女儿李婉仪，之后很长一段时间，再无所出。

李老爷虽然嘴上说男女都一样，但是骨子里还是不能容忍家产留给外姓人。毕竟常言说得好，嫁出去的女儿泼出去的水。

为了生儿子，李老爷费尽心思，可惜太太肚皮一直没动静，折腾到最后，差点儿离婚。一直到李老爷四十三岁那年，才一举得男，生出李格非这个宝贝疙瘩。

关享不由得感慨："李老爷四十三岁，那李太太差不多得四十岁了？二十多年前，四十岁生孩子，可够危险的！"

阿姨给了关享一个神秘兮兮的眼神，嘴上却催着关享多喝果汁补充维生素。关享知道这代表着背后有故事，但这故事又不能说给她听，心里难受得像被猫抓了一样。

"李少和李小姐差八岁，他们关系怎么样？"

"以前还不错，现在嘛……"阿姨又是一个意味深长的眼神。

关享再次感慨大户人家真不好混，连阿姨说个八卦都要用打哑谜的方式。不过，真要按阿姨的说法，李家的家业应该和李婉仪没什么关系，这么想李婉仪好像有点可怜。关享下意识地摸了摸耳朵上的香奈儿耳环，又想起那天晚上遇到的姑娘，这豪门对女性也太不友好了，一个是这样，两个也是这样。如今科技发展，工作靠的是智商，又不是体力，还搞旧社会那套传男不传女？真够没劲的！

关享赔着笑脸继续八卦："李小姐长得美吗？和李格非长得像不像啊？"

"那模样长得和仙女一样，阿姨我一点都不夸张，比电视上女明星漂亮多了！和李少五官不是特别像，脸模子倒是挺像的！"

关享戳起一块网纹蜜瓜塞进嘴里，随手抹去嘴角的汁液："那她嫁给谁了啊？是不是政治联姻的那种？"

提起这个事，阿姨这个局外人也忍不住冷笑一声："别提了，结什么婚啊？连朋友都没谈呢！"

"怎么可能，她那么漂亮，肯定超多人追。再说了，豪门不都是流行政治联姻什么来着？你说没结婚我相信，估计是在等真爱。你说连恋爱都不谈，不至于醉心工作到这个程度吧……"

阿姨撇嘴："你说对了，就是因为工作。"

关享瞬间脑补出一个富家女爱上凤凰男的故事："她爱上个穷小子？李老爷棒打鸳鸯，她誓死不从，从此一心只有工作？"

"小姑娘不要瞎讲，又不是电视剧。"阿姨像教育自家孩子一样，一巴掌轻轻拍在关享脑门上，"老爷让小姐不要花时间恋爱、结婚，要把所有时间精力投入到工作上，好好操持李家，等少爷能独当一面了，再……"阿姨指指楼上，"你看现在这个样子，只能委屈小姐了。"

虽然李小姐八辈子都轮不到她来同情，可关享还是觉得这个比她强了八辈子的美女有点倒霉，生在这么一个重男轻女的家庭，又遇上这么一个不成器的弟弟。

关享和阿姨聊得热火朝天的时候，门铃响了。阿姨去开门，过了好一会儿，也没回来。关享有些好奇，蹑手蹑脚地来到过道，躲在拐角处，暗中观察。

客厅里，除了阿姨，还有三个人，一个一脸焦急的中年男子以及两位年轻女性。

其中一位，关享倒是认识，正是她耳朵上香奈儿耳环的原主人。关享瞬间又展开了天马行空的想象，这个时间，这个地点，莫非这位姑娘是李格非的正牌女朋友？她得知李少昨晚的荒唐行为后，过来给李少一点颜色看看？关享暗暗打定主意，作为一个正直善良的人，如果姑娘想要李格非荒唐的证据，她就是人证，昨天买套套的消费记录就是物证，一定要帮姑娘出了这口恶气！

不过话说回来，那天见面，姑娘好像说她是单身啊，难道是骗她的？不过骗就骗吧，有个重男轻女的爹也就算了，再有个这样的男朋友，能不闹心吗？

关享正琢磨着怎么和姑娘相认，怎么和姑娘沟通，让她成为单位私人银行的客户。阿姨和姑娘的对话，一句一句落在她的耳朵里。

"小姐，少爷昨天睡得迟，现在还没起呢？"

"那麻烦你请他过来，我有急事找他。"

阿姨面露难色，姑娘身边貌似助理的女人发话："你尽管去叫，有什么问题，李总在这儿。再说了，姐姐找弟弟，还不是天经地义的事！"

犹如一道惊雷，"咔嚓"一声在关享耳旁炸开，吓得关享连退三步，撞倒了旁边的花架，出于本能反应，眼见不知价值几何的花瓶就要摔到地上，关享立刻飞身救起。

客厅众人都被关享惊动，视线齐齐落在她身上。这种时候，跑肯定是来不及了，她哆哆嗦嗦地走到客厅，肢体僵硬如牵线木偶般向李婉仪问好："您好，李总。我叫关享，关心的关，享受的享。我是银行客户经理，我是过来办业务的……"

李婉仪对关享印象十分深刻，只是没想到会在这里遇到她，也有些许惊讶。

怕李婉仪多问，关享自告奋勇去请李格非下楼。

卧室门外，关享担心李格非睡太沉，使出吃奶的力气砸门。李少清梦被扰，对着门口吼出一个"滚"字。关享毫不在意，直接扭开没锁的房门。

卧室内，窗户紧闭，窗帘更是拉得严丝合缝，空气中全是烟酒混合在一起的味道。

关享拉开窗帘，打开窗户换气。太阳的光照进房间，刚好落在李格非的脸上。李格非拿被子蒙住脸，愤怒至极："杨兴，你找死是吧？"

关享吹了声口哨，掀开被子，笑得眉眼弯弯："李少，起床了！"

李格非吓得猛然坐起，额头撞在关享的鼻子上，双双发出惨叫。

"你有病啊？"李格非捂着额头，破口大骂，"谁让你进我房间的？"

关享蹲在地上，捂着鼻子，痛得眼含热泪："李少，您姐姐李婉仪来了，现在在楼下。"

"李婉仪"三个字，似乎勾起李格非的心事。从关享的角度望去，李格非的侧脸被淡淡的阳光镀上一层光晕，越发英俊绝伦。只是一双眼黑沉沉的，闪着冷郁的光，让人猜不透他此刻的心思。

"出去！"李格非指着门口。

关享不动。

"我换衣服！"

关享依然不动。

李格非深深地吸了一口气，提醒自己不必和关享这种人斗气："我习惯裸睡，上次那个赖着不走，是想爬上我的床，你是不是也有这个想法？"

话音未落，关享手脚并用、连滚带爬，慌乱中不忘把房门带上，冲着房内喊道："李少，我发誓我对您绝对没有非分之想。您就是那天上的太阳，我就是那池塘里的蛤蟆！"

李格非一边更衣一边思考，要花多少钱才能把关享的嘴给缝上。

几分钟后，客厅里。李格非施施然落座。他接过阿姨递来的咖啡，视线从李婉仪身上划过，落在关享身上，面带不屑之色："谁让你来的？懂不懂规矩？"

李婉仪如何听不出他在指桑骂槐，却也不恼，淡淡一笑，拿勺子轻轻搅着面前那碗冰糖燕窝粥。

至于那个自进门起就在不停擦汗的男人，远远站在客厅一角，对着李格非连使几个眼色，可惜李格非就像瞎了一样，视他为无物。

"是你让陈总监调钱的？"李婉仪温然含笑，虽是疑问句，听上去却像是在商量。

李格非的脸色冷得像化不开的寒冰："不行吗？"

李婉仪沉默片刻，轻声笑道："你让财务总监调钱，事先也要和我说一声。"

"我只是把钱换个银行存一下，又不是把钱用掉了。"李格非嗤之以鼻，"至于这么小题大做吗？"

"国有国法，家有家规，公司自然有公司的财务制度。按规定，超过一千万元的资金变动，必须经过我的同意，"李婉仪声音绵软，话中却藏着机锋，她远远地看了一眼陈总监，"转了将近一亿元，算是重大失职……"

"这事和他没关系，是我逼他干的，"不远处的陈经理终于松了一口气，李格非似笑非笑，"反正转都转了，你想怎么样？"

李婉仪微微一笑，仿若无意般挑起别的话头："为什么转到这家银行？我记得集团和这家好像没有什么太大的业务往来。"

"我转李家的钱还需要理由？"

李婉仪笑容一点点淡去，口气却越发温柔："我需要一个理由。"

"那我给你一个，"李格非指着关享，"这是我女朋友，我为了帮她完成业绩。"

关享脑子轰然炸开。这钱明明是李格非为了整她找的一个理由，怎么变成李格非在帮她完成业绩？可眼前这局面，除了咬牙接下这口锅，好像也没有其他办法。关享扯了一下僵硬的嘴角，勉强对着李婉仪露出一个笑容。只是她不知道，在李婉仪看来，此时的她笑得比哭还难看。

李婉仪并不在乎关享的态度，感觉她似乎连关享这个人都不在乎："你上个星期回家，带的女孩子，好像不是她。"

李格非皱眉，似乎在回忆上个星期的人是谁，但没想起来，问道："不是她吗？"

李婉仪知道他的性格，也不和他计较，口气淡淡地说："格非，这几年除了女朋友和车，你还对什么东西上过心？"

李格非冷哼一声："有话直接说，别和我来这套。"

李格非话中带刺，李婉仪依然不予理会，起身告辞："很高兴认识你女朋友，下个星期回家，带给爸妈看看；今后如果要动钱，提前和我说一下，别为难财务部的人，他们也不容易。"

"为什么要和你说？"李格非眼角飞扬。

"因为我现在负责整个集团的运作。"

"那又怎样？"李格非轻轻一嗤，"李家归根到底是我的，你最多是个职业经理人，你有什么资格要求我向你汇报工作？"

"李少……"李婉仪的助理跟随李婉仪多年，再也忍耐不住。李婉仪拦住助理，眼中隐隐透着犀利的冷光："格非，我从来没有想过动你的东西。"

"你想动也好，不想动也好，爸爸早就说得很明白。你虽然姓李，可以后是外人，我希望你摆正自己的位置。"

李婉仪一行三人来也匆匆，去也匆匆。李格非回房补觉，脚刚踏上楼梯，被关享拦住去路。

李格非懒得看她，冷哼一声："你不会真以为我把你当女朋友了吧？找个镜子照照，你配不配？"

李格非为了和李婉仪对着干，短时间内应该不会动钱。有这个底气在，关享壮起胆子劝道："其实李总也是为您好……"

"为我好？"李格非的口气轻描淡写，却含着无法言说的厌恶，"请问是我让她单身的？是我让她一天工作十六个小时的？是我让她全身心扑在李家上的？"

李格非无声地冷笑："在你们眼里，她所做的一切都是为了我，所以我应该感激她？可是她有没有问过我，我到底需要吗？"

李格非别过脸，避开关享的眼光："你可以认为我忘恩负义，但是请你记住一点，她是自愿的！"

关享原本只是一时气愤看不过眼，没想到会引出李格非这样一番话来。李格非声音里的厌倦，仿佛方才卧室里的空气，沉重到令人窒息。也许是关享的错觉，李格非突然爆发的情绪中，似乎还带着一丝伤感。

李格非也意识到和关享说太多了，甩开关享，往楼上走去。

关享似乎还有话要说，李格非头也不回，冷冷地让她闭嘴消失。

关享咬了咬嘴唇，为自己的多嘴后悔。这种豪门家事，哪有她说话的份儿？当下，按李格非的指示，她立刻滚出了李家。

万万没想到，李婉仪竟然在李家别墅外等她。

坐在奔驰S600后排，关享战战兢兢，甚至不敢看旁边的李婉仪。她拼命在脑海里搜索当晚的记忆，回想那晚自己有没有说错话。

"其实我一直想谢谢你，那天晚上和你聊完以后，我心情好了很多。"李婉仪长眉一挑，露出一个温婉的笑意，"你不用这么紧张，你们的事，那天晚上你都和我说了。我知道你不是他女朋友，他动钱不是为了你，他就是单纯地想气我……"

"李总，你看上去好年轻啊，一点都不像是三十五六岁的样子……"

关享说完这句话，只想抽自己两个大耳刮子，从今往后，她也别嘲笑言晓晓了，她紧张的时候，也够蠢的……

李婉仪早从方才关享和李格非互动间看出几分端倪，拍了拍她的手安抚道："你放心，这件事与你无关，我不会迁怒于你的。"

关享看李婉仪和那晚初识时，态度并没有太大变化，试探地问道："那您是不是要把钱马上转走……"

前一分钟还在担心自己被连累，后一分钟就担心起自己的业绩，如此率真的性格，除了关享，李婉仪从来没有在第二个人身上看到过。她忍不住笑出声来："不会，至少暂时不会……"

李婉仪嘴角笑意嫣然，眼神却一点点冷了下去："知道我为什么找你吗？"

关享诚实地摇头，李婉仪轻声道："你是个非常有趣的女孩子，我很喜欢你。所以，希望你和李格非保持距离，因为……"

李婉仪留给关享一个意味深长的微笑，悄然而去。关享站在路边，想了半天才意识到，自己好像参与了一场豪门恩怨，悻悻地拦了辆出租车回家。

当晚，得知李婉仪就是关享那晚遇见的姑娘，连苏航都有几分错愕。听完关享描述李婉仪和李格非的冲突，苏航陷入了沉思。过了好一会儿她才抬起头，目光在关享脸上轻轻刮过："看来传闻不假，姐弟不和，你死我活。"

关享想起傍晚的一幕，按捺不住，霍然站起："咱们对事不对人，我们不谈谁对我好，谁对我不好，就针对这件事本身，你们是不是也站在李婉仪这边？凭什么因为李格非是男的，李家就得他继承？除了吃喝玩乐，他还能干什么？李婉仪比他合适一百倍！"

苏航摇头："我们站她这边有什么用？再者，说句诛心的话，李家那个阶层，我们有资格去站吗？关享，听我一句劝，以我们的身份，豪门争斗，别说参与，最好听都不要听。"

苏航食指轻轻点在唇边，鲜红色的指甲映着玫红色的唇，分外好看："再者，李婉仪都发话了，言下之意你还不明白？"

关享表情一滞，看着苏航等她解释，苏航冷冷一笑："我可不认为李婉仪是个被动挨打的主，尤其是对手这么弱的情况下。"

"可……可……可李格非是她亲弟弟……"

苏航轻嗤："帮帮忙，外面已经传得满城风雨了，这亲情还能剩多少？再说了，你关小姐的名言是什么？只有人民币是真实的，在亿万身家面前，亲情算什么？豪门恩怨八卦你也没少看啊？这会儿怎么谈起真善美了？"

关享知道苏航说的话很在理，只是想到李婉仪的模样，无论如何也无法把她和阴谋诡计联系在一起。她说："李格非虽然没用，但是有他爸支持啊。"

苏航冷笑："那我们就拭目以待吧，可千万别被我说中了，他们家要么没事，要有事，绝对不是小事！"

言晓晓听完苏航的分析，也忍不住劝关享："我觉得苏航说得对，我虽然不懂，可也能感觉出来这事不简单。咱们就是客户经理，咱们把工作做好就成，人家的家事，不该咱们管。"

"我没说我要管啊，我这不是和你们闲聊几句吗？"关享表情讪讪，"我不就是担心存款和理财嘛，老罗最近对我脸色好多了，不就是因为这点业绩吗？万一他们姐弟闹翻了，我就成间接受害者了……"

"那就更别掺和了，存款理财没了，最多被老罗骂几句，可要是你一不留神掺和到豪门恩怨里……"苏航用手做了个抹脖子的动作，"你死都不知道是怎么死的……"

"我……我……我们现在……可是法治社会……"关享吓得后退一步，"你不要搞得像那什么一样……"

"人家亿万身家，至少有九十九种方法，在完全合法的情况下毁了你！"苏航拍了拍关享的肩膀，和言晓晓一起进厨房准备晚饭，临走前不忘叮嘱她，"你要真想作死，勇敢地去，你放心，我们是绝对不会帮你收尸的！"

关享深知苏航话糙理不糙，下定决心，从今往后谨言慎行，李家继承人的事，决不沾边。但是私心里，还是希望李婉仪胜利，她好抱个大腿，再去要点存款什么的。

第二天一大早，关享接到李家阿姨的电话，说是李格非被他爸叫回家，估计一两天内不会回来。

这段时间，关享精神高度紧张加上繁重的体力劳动，早就累惨了。今天难得轻松，她挂断电话又倒在床上呼呼大睡。

只是关享万万没想到，这一觉醒来，外面已是满城风雨。

傍晚，关享坐在床上，怔怔地看着苏航："李书同带李格非去做亲子鉴定？"

苏航说着惊天八卦，眼神却没有一丝波动："传闻当年李太太生不出儿子，李老爷找了个刚毕业的大学生，生了李格非。"

苏航拍了拍关享的手，唤回关享因为过于震惊而飘忽的神志，更让人吃惊的消息还在后面："谁能想到，李太太想生儿子但是却很难怀孕的原因不在她身上，而是李先生自己生育功能有问题。"

苏航眼角微扬，瞬间流露出的神采带着几分淡然的鄙夷："那个大学生也是牛人，发现之后，立刻找人借种，生了李格非。之后，她拿着李书同给的一大笔钱去了美国。"

关享不敢相信地问："如果这事是真的，这都二十多年了，怎么现在才曝出来？"

苏航嘴角带着一丝诡谲的笑意，声音极轻："李格非完蛋，对谁最有利？"

"李家就李格非一个儿子，"关享睁大眼睛，"李书同三代单传，就算有人想抢家产，那也是八竿子打不着的亲戚，能对李家的事这么清楚？"

苏航伸出一根纤细修长的手指，轻轻一摇："你是不是忘了还有一个李婉仪？"

关享双肩一抖，难道真的被苏航说中了，李婉仪动手了？

苏航叹了口气："就算李书同再重男轻女，亲女儿和便宜儿子，我想他会有一个选择的。"

苏航凝视关享："如果李格非能逃过此劫，只有一种可能，那就是这事儿不是李婉仪干的。"

"为什么？"

苏航温和一笑："如果李婉仪没有一击必杀的证据，她不会轻易出手。出手，就代表着……"

苏航眼中光芒一闪，轻轻吐出一口气："李格非必输无疑。"

关享不喜欢李格非，甚至称得上讨厌他。但是综观李格非过去的所作所为，除了脾气坏点，为人骄纵点，也没干啥伤天害理的事。虽然往死里折腾她，可也给钱了。就算不谈那天的解救，光看在理财和存款的面子上，她对李格非也没有达到恨之入骨的地步。虽然在李家二位的争斗中，关享内心是站在李婉仪这边的。可她也就希望家产由李婉仪继承，李格非拿着该得的那份，继续当他的败家子。如今这个下场也太惨烈了，以李格非那种性格，还不知道会怎么样。

关享越想越心惊肉跳，浑身发颤地拉着苏航："那李格非现在怎么样了？"

"还能怎么样？"苏航面色一沉，"据说当场就被扫地出门了！"

"那……那……那李格非……"关享手心开始冒汗，"他……"

"据在场的人说，李格非一没哭、二没闹、三没求，把手表、袖扣、钱包什么都放下了，就穿了一身衣服，拿着手机走了。你还别说，真没想到他一个纨绔子弟，还算是条汉子……"苏航微微一叹，"我觉得，你就放心吧，就冲这骨气，他也不可能自杀。"

关享这才稍稍放心，拎起睡衣领口抖了两下，散散一身的热气："那现在怎么办？"

"什么怎么办？"苏航惊诧，"这事和你有关系吗？昨天说得还不够明白？这种豪门恩怨是你玩的吗？你是想拯救李格非，所以和李婉仪过不去，还是想帮李婉仪踩死李格非？"

"怎么能说和我没关系呢，这不是考虑到存款和理财吗？这要没了，老罗能杀了我……"

听着关享哼哼，苏航也是一脸无奈："也是，静观其变吧。"

隔天一大早，关享前脚踏进支行，后脚就被罗行长叫进办公室。关于李格非的八卦昨晚传到他耳朵时，他还当个笑话听。今天早晨连分行领导都知道了，看来这可信度有点高啊。从关享的嘴里得到了疑似真相后，罗行长当场就坐不住了，逼着关享给李格非打电话。如关享所料，李格非的电话果然关机了，又在罗行长的再三催促下，关享拨通了杨兴的电话。只是关享还没来得及把一句话说完，杨兴拿腔捏调地扔下一句话，便挂断了电话："我现在是李婉仪小姐的私人助理，李格非的事我不清楚。"

罗行长听到这里，再也站不住了，一屁股坐在椅子上，嘴里念念有词："完了，全完了。"

关享担心的程度并不比罗行长低，只是罗行长担心的是存款，关享担心的却是李格非。那家伙肩不能挑、手不能提，身上没有一毛钱，会不会饿死街头……

两天后，谜底揭晓。尽管李家用尽一切方法掩饰，那个不能说的秘密依然像长了翅膀一样，传遍本市每一个角落：李格非和李叔同，真的没有血缘关系。

听到消息的关享，坐在办公室发呆。

罗行长长吁短叹，四处托人，看谁能和李婉仪搭上关系。

正当罗行长急得如同热锅上的蚂蚁时，一个陌生电话救他于水火。

当晚，罗行长通知大家明天有重要接待任务，命令所有人打起十二分精神，包括苏航在内。大家都以为总行领导要微服私访，没想到迎来的却是李婉仪。

罗行长亲自给李婉仪领路，想请李婉仪赏脸到行长室坐坐。没想到李婉仪直言不讳，她此行的目标是关享。

不用罗行长使眼色，关享引着李婉仪来到客户经理办公室。苏航和言晓晓知趣地从外面把门带上。

李婉仪接过关享递来的茶水，神色淡然，亦有一丝无可奈何："和你猜的一样，所有的事情都是我做的。所以那天我才会提醒你，不要靠他太近，免得连累你。"

关享捏着张纸巾，心情也和手中的纸巾一样，乱成一团。

"我听说，那天刚走，你就为了我去堵李格非。"

"我只是……"

"你只是作为一名职业女性，见到另外一名职业女性受到不公平待遇，忍不住……"李婉仪伸手抚过苏航插在花瓶里的蔷薇，胭脂色的花朵衬得她手指雪白如玉，"所以，我过来找你聊聊。"

"从小，我做什么都要做到最好，"李婉仪徐徐道，"你知道我为什么这么要强吗？因为我父亲说，可惜我是个女儿。我想证明给他看，女儿不比儿子差，可没有什么用。我八岁那年，我父亲把李格非带回家。那天晚上，我母亲哭了一夜。第二天，肿着眼睛给我父亲养儿子。"

李婉仪望着窗外的天际，良久之后，轻轻摇头："我每年都拿全额奖学金，我还拿了两个硕士学位。李格非高中成绩太差，被送到美国念书，六年时间，为了那张大学文凭，花了将近三千万元。"

李婉仪轻出一口气："我从二十三岁起，每天工作十六个小时。去年，经济情况不好，我连续几个月，每天只睡四个小时。那段时间，李格非换了六个女朋友。我为了节约开支，从自己做起降薪百分之五十，李格非一口气订了三辆超跑。"

李婉仪浅笑如烟："听我说这些，是不是很无聊？抱歉，我第一次向人倾诉，难免有些控制不住，不过既然开口了，麻烦你听我说完。"

"我们相遇的那天晚上，我父亲找我长谈，他说他已经考虑清楚了，李家的所有东西，都是留给李格非的。我就当个职业经理人，帮着李格非管理一切，每年给我几百万的薪水。"

"你恨李格非？"

李婉仪摇头："他的身世，三年前我就知道，原本我想保守这个秘密。但是，你也看到了，我不能不为自己打算。"

李婉仪的笑容意味深长："我真正恨的人，是我的父亲。我处处比李格非优秀，可他眼里永远只有李格非，仅仅因为他是个男人，所以我不服气。"李婉仪冰冷的语调中带着伤感，"关享，你是女人，你也在职场打拼过，我想你懂我的感受。"

关享下意识地点头，李婉仪似乎松了口气："李格非的事，对我父亲打击非常大。可是，我很开心，我的付出终于有了回报，李家是我的了。"

关享无言以对。从理智上来说，李婉仪是对的；从情感上，李婉仪更是对的。

"能和人分享成功，是一件很愉快的事情。"李婉仪的表情宁静而柔和，"这周内，我会再转五千万对公存款进来，希望对你的工作有帮助。"

"你和我说这么多，不怕我说出去？"听李婉仪的口气，似乎心情不错，关享到底没忍住，还是问了不该问的问题。

李婉仪的声音平静而淡漠："你不敢。"

"那李格非现在怎么样了？"关享直直地看着李婉仪，神情十分倔强。

李婉仪知道，因为皮相，李格非女人缘极好。所以，她好意提醒关享："相信我，他已经不值得任何人为他做任何事。"

关享为李婉仪推开办公室大门，罗行长已在门口恭候多时。李婉仪谢绝了罗行长再次邀请她去办公室坐坐的提议，在秘书和私人助理的簇拥下离开支行。

罗行长恭李婉仪一行人离去后，杀进客户经理办公室："你和李总以前认识？她指名要见你的时候，我半条命都快吓没了！"

关享应了一声，坐在电脑前，背对罗行长，有一下没一下地戳着键盘。罗行长刚想批评关享目无领导，眼睛一转，声音立刻柔和起来："李总刚和你说什么？存款会不会提走？理财能留下来吗？"

"这个星期，对公存款还会再进五千万元。"

罗行长捂着嘴，少女相十足："真的？"

"我哪知道真的假的？"关享一只手撑着下巴，眼睛盯着屏幕，"反正是她说的。"

罗行长早从他人口中了解到李婉仪的风评，绝对的言必行，行必果。说进五千万元，就不会只进四千九百万元。他兴奋得直想蹦高："李总还说啥了？你有没有和她提过他们集团的工资代发？"

"您这样有意思吗？"关享一巴掌拍在键盘上，"得寸进尺有意思吗？要提您自己和她提。我之前是见过她，可我是什么身份，她又是什么身份，我配和她熟吗？"

"关享，你这什么态度？"

"我什么态度？您之前对李格非什么态度？李格非这才倒下去几天啊，您就让我去巴结他姐？您眼里就只有存款啊？"

"我还不是为了你！你贷款有不良记录，考核怎么过关？还不是要拿存款来填？不靠李婉仪靠谁？"罗行长指着关享的鼻子，"我对李格非什么态度？我到分行大骂过几次他不是东西，让分行同意我把你捞回来，你还瞪鼻子上脸了？"

关享被噎得说不出话来，眼睛一酸，眼泪往下掉。罗行长深知关享近来的委屈，也不和她计较，叫来苏航和言晓晓，气呼呼地回了行长室。

苏航了解事情经过后，不由得一叹："这位李总，和她爸比起来，简直是青出于蓝而胜于蓝。"

言晓晓的担心和关享如出一辙："那李格非……"

苏航嘴角带着一丝无奈的笑意，微微摇头："你们俩啊……"

苏航随手从花瓶中抽出一朵蔷薇，放在鼻下轻嗅："他亲妈在美国，听说如今也是大富大贵，养他完全没问题。再说了，他身边那些朋友，哪个不是响当当的富二代？一人接济一点，过得也比我们强。"

关享垂下眼睛，似乎在思考苏航的话。苏航看她一眼，淡淡道："你这么关心他，难道……"

关享难得沉静，咬着嘴唇微微摇头："我只是觉得，他不是坏人，他就是个被宠坏的小孩。但是，现在这种情况……"

"好啦，他不会有事的。"苏航帮关享把散乱的碎发理到耳后，推着她往行长室去，"赶紧去和老罗道个歉，刚刚脸都被你气绿了。"

关享听话地去了行长办公室。苏航转身，发现言晓晓正定定地看着她，两人视线相交，言晓晓迅速别过脸。

苏航微微眯了眼："你不相信我说的？"

言晓晓下意识地点了点头，反应过来后，用力摇头。

"我的确在骗关享，"苏航并不否认，"李格非亲妈管他的可能性非常小，至于他那些狐朋狗友……"

苏航冷笑："他日子不会好过，可是他日子好不好过和我有什么关系？他不是我朋友，我只想让我的朋友好过一点……"

言晓晓重重地吐出一口气，似乎做了一个艰难的决定，旋即用力点了点头。

关享进行长室不久，苏航怕她又和老罗顶起来，刚打算进去看看，电话响起。原来是沈铎，约她共进晚餐。

有小乌龟作为前车之鉴，面对沈铎，苏航放下一切客套："沈总，我读书少，见识浅，没听说过晚上十点在夜总会请人吃饭的。"

沈铎立刻坦白："其实是徐总约我们。"

"我们？"

苏航轻轻一嗤，沈铎叹了口气："我助理没你机灵，所以……"

"你又想拖我堵枪眼？"

"苏航，你忍心见死不救？"

"我当然……"苏航挂断电话前斩钉截铁地吐出两个字，"忍心。"

罗行长晚上有个重要的商务宴请，眼看时间不早了，又教育了关享几句，就把她放了回来。

看关享蔫头耷脑，苏航为了哄她开心，提议今晚去看电影首映场。

下班后，三人先吃了顿大餐，正逛着商场等电影开映，苏航接到罗行长的电话。

原来罗行长一行人饭后来到夜总会开展一些群众喜闻乐见的文娱活动，付小费时，罗行长发现忘带钱包了。

虽说如今早就是无现金社会，但罗行长身为一行之长，同时又是一个对太太忠贞不贰的道德模范，让他使用微信、支付宝、手机银行这些能够留下转账痕迹的东西给陪酒姑娘付小费，那是万万不能的。他只好给苏航打电话。

如此危急关头，为了行长的尊严，更为了本行的尊严，三十分钟后，苏航出现在夜总会。

只是进门的时候，发生了一点儿不愉快，守在门口的保安，警惕地看着苏航，在过去的三百六十五天，他平均每三天就要挡下一拨前来寻找老公的悍妇。

"我们领导忘记带钱包了，我来给他送钱。"苏航为了领导的清白，更为了自己的清白，详细地向保安解释。

保安有些相信，但是并没有放松警惕。苏航的理由很充分，但是用这个理由杀进去，以小三的身份打小四，以小四的身份打小五，过去一年，他经历过七十七次。

苏航读懂了保安半信半疑的眼神，取出一张名片递过去："我是银行的，我真的是找我们行长。"

保安终于同意放苏航进门，金碧辉煌的大厅内，两排身着晚礼服的"公主"习惯性鞠躬迎接，一句"老板好"喊得震天响。只是在看清楚来人后，"公主"们集体陷入了奇怪的沉默。

苏航选择性失明，轻咳一声，继续往里走。很快，苏航发现更大的麻烦：罗行长的手机没电了，她不知道罗行长在哪个包间。

为了领导，再大的困难也要解决，更何况这点小事？苏航毫不犹豫地拦住一位服务生，大概了解包间分布情况后，迎难而上。

只是她还没有推开第一个包间，就看见一群身着护士服、空姐服、校服、警服的姑娘从包间内一涌而出。她们用各种少儿不宜的语言控诉里面的客人发神经，明明自己点的制服诱惑，又嫌这个项目太下流，装什么三贞九烈。

一位身着护士服的姑娘吐槽到一半，突然发现她们当中多了一个异类："哟，姐们儿，面生啊。今天第一天来上班啊？"

另一位穿着校服的姑娘已经围着苏航转了一圈："姐们儿，你这是啥造型啊？还怪好看的！"

苏航看着自己身上的银行制服，觉得眼前这个误会解释起来可能有点难。

穿护士服的姑娘以为苏航是新来的怕生，揽着苏航肩膀，一脸热情洋溢："你哪个场子过来的？你原来场子生意不好啊？"

苏航索性不去解释这个"美丽"的误会，一本正经道："不好，因为最近实体经济不太好。"

姑娘当下就有一种遇到知己的激动，身边那群没文化的，不读书不看报，就知道抱怨生意不好。从来不会分析一下，为什么生意不好？她老早就提出，她们这行，别看是娱乐业，那简直就是实体经济的一面镜子，可惜没有一个人听得懂她在说什么。

护士服姑娘冲着苏航竖起大拇指："姐们儿，说得太对了！我2012年入行，那时候，什么煤老板、钢铁大王、光伏大亨，一来就撒钱，你看看现在？"姑娘指着紧闭的大门，"刚进去就把我们给撵出来了，舍不得花钱就别出来玩啊，我呸！"

姑娘第一次遇到愿意听她分析行业未来发展趋势的"同行"，打开校服姑娘伸过来的手，让校服姑娘自己先走，继续对着苏航倒苦水："还有那些什么老总，原来天天见，现在在三个月能见一次都是好的。不是欠银行钱跑路，就是欠高利贷跑路，你说这些人，欠钱你还啊，你跑什么啊？"

苏航简直要给这位穿着护士服的姑娘鼓掌，说得实在太好了，简直就是当前制造业企业的真实写照。尤其那句"你跑什么啊"简直说出了无数客户经理的心声。

难怪大多数男人有救风尘的理想，要不是性别不合适，苏航简直想和护士服姑娘处对象。要脸有脸、要胸有胸，谈情趣能穿护士服，谈工作能分析行业发展，简直是完美的交往对象。

苏航忍住想在护士服姑娘脸上亲一口的冲动，打算和她谈点正经事。比如说，给你两千元，你陪我去找个人？

苏航正要开口，谁知计划不如变化，对面包间跌跌撞撞冲出一个喝多的男人，放着穿护士服、校服等大长腿姑娘不顾，直奔苏航来了。

可怜苏航身后是墙，左右是人，想要躲开，只能上天。无奈之下，苏航只能双手抱在胸前。至少保证在醉酒男子扑到她身上时，勉强给自己一点安全感。

虽然，这点安全感几乎啥用没有。

有用的，是沈铎。

就在苏航和护士服姑娘讨论实体经济对服务业的影响时，包间内，沈铎作为项目负责人，已和徐总就公司上市的若干问题达成初步共识。为了庆祝，徐总打开香槟，沈铎开门把制服诱惑请回来。

于是，就在苏航即将遭遇工伤之际，沈铎及时出现了。

于是，苏航终于明白，为什么接到罗行长的电话时会有种奇怪的感觉，原来这就是沈铎约她吃饭的那家夜总会。

8

Chapter

你的前男友有什么
独特的保命技巧？

通过最近的遭遇，沈铎意识到一件事：苏航绝对是印堂发黑、流年不利，一身煞气连招财龟都扛不住。而他，上辈子十有八九欠苏航钱，这辈子得救她一次又一次。

沈铎挺身而出，挡在苏航面前。醉汉眼睁睁地看着制服诱惑变成高大男人，十分不爽，开口骂道："滚……滚……滚开……"

沈铎装模作样地四下张望："大哥，您看我这么一个大块头，我能往哪儿滚？"

沈铎赔笑道："大哥，您一看就是性情中人，有道是相逢不如偶遇，大家交个朋友怎么样？姑娘您随便挑，钱算我的！"

"你这话什么意思？我付不起钱？"醉汉踉跄上前，手指快戳到沈铎脸上，"信不信老子弄死你？！"

沈铎冲护士服姑娘使眼色。姑娘不愧是专业人士，瞬间领会精神，表情立刻由目瞪口呆转成巧笑倩兮，上前搂住醉酒男子的胳膊，娇声娇气道："哥，我陪你回去。"

谁知醉酒男子根本不吃这一套，一把推开护士服姑娘，自己往地上一坐，拍着大腿怒吼沈铎不光抢人还打人。

醉酒男子的同伴闻讯赶来，将沈铎团团围住，指责沈铎不懂规矩，知不知道什么叫先来后到？

沈铎苦着一张脸，把苏航拉到身前，向列位大爷介绍："这是我女朋友……"

人生在世，全凭演技。眼前这种局面，苏航顾不得矜持，"嘤"的一声扑入沈铎怀中，好一副小鸟依人的模样。

沈铎进一步发挥，一手托起苏航下巴，让周围人端详："您几位瞅瞅这长相，像是出来做生意的吗？"

苏航略施粉黛的脸蛋绝对称得上清秀二字，只是和旁边姑娘们一比，难免有些寡淡。见几位大哥半信半疑，沈铎冷下脸教训苏航："你还有脸哭？和你说了多少遍了？我是出来应酬，不是来搞情况的，你就是不相信，非要偷偷摸摸来找我。现在好了？把人家大哥惹生气了，我被人揍你就开心了是吧？"

沈铎演技精湛，没有进军影视界，简直是我国娱乐业一大损失。苏航毫不示弱，她挣扎着抬起头，死死盯着沈铎，硬是挤出几滴眼泪："打电话不接，发微信不回，口口声声说都是为了我，有你这么为我的吗？"

沈铎原本担心苏航跟不上节奏，现下看来，苏航比他入戏还深。他心中暗笑，脸上却悲愤异常："我不为你，还能为谁？你能不能懂点事？"

苏航推开沈铎，双手捂脸，凄厉的哭声从指缝中传来："我知道，你就是不爱我了！"

几位大哥终于相信这是一场误会，反而劝起沈铎和苏航。

"兄弟，男人要大度。你这女朋友，一看就是过日子的人，你好好跟人家说，别欺负人家。"

"妹子，男人不容易，做生意的男人更不容易。听哥一句话，你男朋友对你真不错，你多担待点。"

几位大哥带着醉酒男子走了，护士服姑娘领着其他姑娘们去给徐总请安，过道就剩下沈铎和苏航。

苏航说明来意，沈铎笑容和煦如春风："你一个单身姑娘在这儿恐怕不太方便，不如我陪你去？"

苏航抱拳，谢过沈铎方才出手相助，也请沈铎明示，接下来沈总要安排她做什么。

沈铎笑意吟吟地打量着苏航，他那点心思，不用明说，苏航就能揣摩清楚。他真是越来越喜欢和苏航相处了。

在沈铎的陪同下，在第十个包间，苏航找到一头热汗的罗行长。交接完现金，苏航和罗行长告别，跟着沈铎来到徐总所在的包间。

徐总上上下下一番打量，很是费了一番脑筋，才想起苏航是谁。他愣了一下，一拍大腿，脸上的表情好像在向全世界宣布，他知道了什么了不得的秘密。

怪不得自进门起，沈铎便是一脸无欲无求，徐总觉得真相只有一个！他豪迈地揽过沈铎的肩膀，自以为是在耳语，声音却响彻整个包间："她是你老婆安排过来监视你的？"

沈铎急忙摇头："我未婚！"

"那就是你女朋友安排过来监视你的！现在这些女人啊，一点都不懂事！你别怕，哥哥帮你摆平！"不等沈铎回答，徐总探出戴着三个大钻石戒指的右手，从手包里掏出一叠人民币，扔到苏航怀中："知道该怎么做了吧？从现在起，你就是瞎的、聋的！"

数都不用数，苏航随手一捏就知道这一叠不会少于一万，当即郑重点头。

见苏航拿上外快，乖巧地缩到角落，徐总不顾沈铎再三反对，大手一挥，叫来领班。几分钟后，一群莺莺燕燕涌入包间，站在沈铎面前，供其挑选。

见沈铎面有难色，徐总认为沈铎还在害羞，又是手一挥，一个穿着性感的领班走上前来，娇滴滴地向沈铎介绍各位美女。

眼见领班的手就要放到沈铎的身上，出于人道主义精神，苏航挺身而出，挤到沈铎身边坐下。沈铎正用眼神感谢苏航救他于水火，苏航吞下口中水果，对领班说："这个不用你操心，我帮我领导选！"

苏航挨个指给沈铎看："这个胸大！这个脸美！这个胸大脸又美！领导，选这个！"

沈铎勉强撑起脸上的假笑，低声道："你就不能把她们弄走吗？"

苏航撇嘴："别假正经了，你一个商务人士，这种场合你来的还少？你不找个妹子陪唱，你那哥们儿能放过你？你就老老实实地找个妹子，老老实实地唱个歌，我保证不把你当流氓！"

沈铎冷哼："难怪人家说银行女客户经理都见多识广，你还真想得开啊！"

苏航冷眼一瞥："我这是在帮你忙呢，你不领情就算了，还搞行业歧视？再说了，你又不是我男朋友，我有什么想不开的？"

兴许是和苏航赌气，沈铎硬是跳过几位脸美胸又大的，随手选了最靠边的一位。

看着那朵楚楚可怜的"小白花"向沈铎款款走来，苏航不由得失笑："沈总，我和你赌五块钱，这个绝对不是省油的灯！"

对此，沈铎表示怀疑。身边这姑娘，长得一脸清纯就算了，手脚更是紧张地不知道往哪儿放，浑身上下透露着一股涉世未深的青涩味道。

为了证明苏航是错的，沈铎向"小白花"打听，她为什么要在这工作。"小白花"未语泪先流，说她是农村出身的在校大学生，因家境贫困，父死母病，为维持家用和学业，不得已从事此行……

"小白花"说得泪光涟涟，不光沈铎，连徐总听了都极为同情，唯独苏航不紧不慢地吸着果汁。

　　就在整个包间陷入愁云惨雾之时，一声巨响，包间门被人重重踹开。一个铁塔般的彪形大汉顶着一脸捉奸在床的愤慨，领着一群和他相同体型的男人杀进包间。

　　当他看见沈铎旁边的"小白花"时，他的愤怒达到了顶点，挥舞着沙包大的拳头，指着"小白花"怒吼："我是真心想娶你，你把我当凯子耍，花着我的钱，和别的男人勾三搭四？！"

　　沈铎的求生欲让他瞬间意识到，那个别的男人指代的似乎是他，便急欲解释。谁知"小白花"动作比他更快，紧紧地抱住他的一只胳膊，哀哀哭嚎道："事情不是他说的那个样子，你听我解释……"

　　这句话如同火上浇油，激得壮汉一蹦三尺高，他冲到两人面前，指着"小白花"的鼻子咆哮："你少来这套！之前你勾搭我的时候也是这么说的！你还我钱！"

　　沈铎竭力想和"小白花"划清界限，谁知"小白花"死死拉住他，誓要和他做一对苦命鸳鸯。还是苏航眼疾手快，眼看壮汉沙包大的拳头就要落下，她一把拖过徐总，挡在沈铎面前："你什么意思，敢对徐总的兄弟动手？"

　　徐总不愧是见过大风大浪的人，立刻反应过来，奋力挺胸，圆滚滚的肚子当即把对方逼退一步："花你钱就要嫁给你啊，什么年代了，恋爱自由懂不懂？小沈，你不要怕，我给你做主。"

　　沈铎好不容易把胳膊从"小白花"手中挣脱，又被徐总的这句话给憋得干瞪眼："徐总，我……"

　　徐总应声转头，一手拉着沈铎一手拉着小白花向壮汉示威："你去打听打听我是谁？我告诉你，打狗还要看主人！我今天就做个见证，他们就在一起了，怎么样？你动手试？"

　　…………

　　十分钟后，苏航和沈铎坐在车内，回顾方才一幕，仍心有余悸。

苏航徐徐地吐出一口气，望向沈铎的眼神中有些意味深长："沈总，你就这么跑了？"

沈铎气势汹汹地扣上安全带："不然呢？我留在那儿英雄救美？明天这时候，我的光辉事迹就在各大自媒体上传颂了！"

苏航慢悠悠地发动汽车："不要这么凶嘛，我只是没想到，那种时刻，你会甩开徐总的手，拉着我就跑，我以为你会……"

"我会什么？"沈铎冷笑："我去和他讲理，还是用拳头说话？我堂堂一个投行副总裁，在夜总会打架？这要传出去，我怎么见人？"

"你就这么把徐总一个人留在那儿了？"

"不然呢？"沈铎解开领口纽扣，呼出一口郁闷之气："想救风尘的是他，又不是我！"

苏航抬起一只手拍了拍方向盘，算是为沈铎鼓掌："难得这世上还有个明白的男人！"

沈铎眉眼微挑，似笑非笑："苏总，说起来，我倒是想问问你，怎么一开始你就看出这姑娘不是省油的灯？"

苏航目视前方，嘴角含笑："男人总觉得一个女人不喜欢另外一个女人是嫉妒她，其实不是这样的。恰恰相反，女人其实比男人更喜欢漂亮可爱的小姑娘，只是直觉能让我们立刻分辨出哪个女人惹不得。可惜，男人总是把我们的这种直觉归结为羡慕嫉妒恨，而把刚刚那种姑娘当作出淤泥而不染的白莲花。"

苏航顺手拍了拍沈铎的肩膀："沈总，现在下车去救风尘还来得及，你确定就这么走了？"

沈铎厌恶地拍了拍肩头被苏航碰触过的地方："苏航，信不信我马上让你下车？"

"沈总，你在我的车上，让我下车？"

沈铎这个人最大的优点，就是会审时度势，绝不给自己找麻烦，他立刻转移话题："我饿了，消夜你请。"

苏航为了报答沈铎的三次解围之恩，选了几家不错的餐厅，通通被沈铎否决掉。根据沈铎的要求，她一路把车开到一个不知名的小巷子内。

到达目的地后，苏航再次被沈铎的审美情趣折服。

苏航指着路边一家营业面积绝对不超过十平方米的麻辣烫小店，抱着万分之一的希望是自己看错了："这就是传说中的知名餐厅？"

沈铎郑重答道："所谓高手在民间！美食，当然也在民间！'山不在高有仙则名，水不在深有龙则灵'。你不要看这家店外表破烂，但是……"

为避免沈铎全文背诵《陋室铭》，苏航请他先去占领有利地形，她去停车。等她到达时，沈铎已经吃上了。只见穿着阿玛尼男装的英俊男子，叼着海带招呼着苏航落座，同时不忘推荐："海带！你一定要点海带！"

苏航的目光落在沈铎的手提包上，价格数万元的宝缇嘉被主人随意地放在油腻的餐桌上。

沈铎似乎读懂了苏航的目光，勾了勾手指，示意她靠近："你有没有觉得，我这么一个人，坐在这里吃东西，有一种浓浓的反差萌？"

苏航默默地从筷桶里取出一双一次性筷子，慢慢剥去包装："你萌不萌，我不知道，我只知道，"她指了指脑袋，压低声音，"你有病，精神方面的。"

苏航的不解风情让沈铎大失所望。他索性放弃沟通，一门心思地吃着面前的海带。

餐厅内空间极小，几套桌椅一放，几乎没有多余的位置。苏航起身取菜，侧身路过隔壁桌。一个二十多岁的男人，故意用胳膊在苏航臀部撞了一下。

苏航停下来，怒意浮上眉间，眼中闪过一丝冷厉，声音却听不出丝毫情绪，不卑不亢地说："先生，请您向我道歉。"

男人乃多年惯犯，受害者从来都是敢怒不敢言。像苏航这样正面交锋的，他还是第一次遇到。男人顿时恼羞成怒，指着苏航的鼻子，满嘴污言秽语："你也不拿镜子照照，我会骚扰你？"

苏航毫无畏惧，直直地看着男人的眼睛，一字一顿地说："请您向我道歉。"

店内其他食客，此时已被惊动。纵观双方的表现，大家自然选择相信苏航。在众人嘲讽的眼神注视下，男人脸上仿佛挨了重重一掌，面红耳赤道："你别给脸不要脸！"

沈铎明白，到了他第四次为苏航解围的时刻了。虽然对海带充满了眷恋，他还是放下碗，和男人商量："朋友，您这算是性骚扰，人家姑娘要您道个歉，您就道一下呗。"

男人轻蔑地看着沈铎，冷笑道："你算什么东西，敢来教训我？坐下吃你的东西，不然连你一起收拾！"

为了证明男人所言非虚，男人的同党应声站起。只见一个身高一米九的壮汉，虎目含威，体重惊人。他那和苏航大腿差不多粗细的胳膊上，肌肉分明。

双方对比，实力悬殊。沈铎无奈地摸了摸鼻子，苦笑道："朋友，大家江湖儿女，给小弟一个面子……"

话音未落，壮汉单手握拳在沈铎面前挥过。沈铎知趣，立刻闭嘴，掏出一张百元大钞放在桌子上，充当饭资。

就在男人准备再次对苏航动手之时，沈铎操起桌上的醋瓶，砸向男人的脑门。

惨叫声中，沈铎夺门而逃。刚跑到门口，他发现苏航没有跟上，又冲回来"抢救"她："大姐！跑啊！"

苏航试图提醒沈铎，她还穿着高跟鞋。可是沈铎的一句"我打不过"硬生生地让她把提醒逼回肚子，随后跟着沈铎一路狂奔。

这一奔，便是几条街外。确定甩开追兵，气喘吁吁的两人，在街头席地坐下。

沈铎去便利店买来饮料，打开一瓶，一口气灌下。

苏航捏着一瓶矿泉水突然想起，她上次像这样坐在街头，好像还是小学暑假时。那时候从奶奶家回父母家小住，因为没有钥匙，一个人抱一大包行李坐在街头，等父母回来。

那时的她，孤独无助，委屈得想哭，却拼命装出不在乎的样子。十几年过去了，她似乎已经能够做到真正的不在乎，身旁反而有人陪伴了。

沈铎见苏航怔怔地坐着，一双眼直瞅着地面，以为苏航还在想刚才的事情。他抬手把空瓶扔进垃圾箱，一脸苦大仇深："姐们儿，我一共见你三次，哪回不是差点儿就有血光之灾？我想采访一下，你男朋友是怎么活到现在的？他有什么独特的保命技巧？"

苏航难得的一点自哀自怜被沈铎的戏谑冲得烟消云散，她轻轻一嗤道："沈总，如果我有男朋友，我能在这个时间点跑来和你吃麻辣烫？相信我，他肯定比刚才那几个人更想打破你的头！"

"你这话就不对了，我们是正常的朋友交往，完全没有不可告人的秘密可言。半夜出来约个会有什么问题？你不要想复杂了！"沈铎表情凝重，"那你前男友们有什么独特的保命技巧？"

"没有！"苏航斩钉截铁。沈铎身体微微一颤："没有？是指都死了？"

苏航被果汁呛到，好不容易平复下来："没有的意思是指我没有前男友们！"

"那就前男友？"

"也没有！"

沈铎像是知道了什么了不得的秘密："苏经理，你不会到现在还没恋爱过吧？"

苏航皱起眉头，眼风如刀在沈铎身上刮过，刮得他双手抱胸，瑟瑟发抖。她淡淡地说道："沈总，您至于一副看见外星人的样子吗？"

"真没有啊？不可能啊，论长相、论性格，你这样的姑娘虽然不讨人喜欢，但也绝对不可能没人追啊？是不是你要求太高了？苏经理，相信我，这个世界上没有完美男人，过分追求完美只会蹉跎了自己的岁月。女人的青春也就那几年，不要就这样虚度啦！适当的时候，放宽一下条件，你会发现，原来你看不上的那些男人，还是有可爱的地方的！"

苏航瞪大的眼睛里，写满了不屑："沈总，您这口气和我们单位里那些大姐一模一样，满满的人生阅历以及对美好家庭生活的由衷向往！"

沈铎假笑："真理都是一样的，只有歪理邪说才会是各型各款。"

苏航给出标准答案："还没遇到合适的呗，总不能为了结婚而结婚，为了恋爱而恋爱吧。我有幸生而为人，又不是专门为谈恋爱、结婚的。"

沈铎击掌："明白，苏经理你这是缘分没到，缘分一到挡都挡不住。苏经理，请不要看我，咱俩虽然有缘分，但属于孽缘，我不想死那么早！"

苏航想到沈铎每次的神神秘秘，想要证实一下自己的猜想，问道："既然我的隐私沈总知道了，那我想问问，沈总现在是……"

"单身。"

苏航故作惊讶："眼光不要放那么高，不要总想着要有感觉。感

觉这种东西看不见、摸不着，找个条件差不多的就可以了，结婚是
要过日子的……"

沈铎抱拳，为刚才的一番话道歉，只求她闭嘴。苏航旗开得胜，
却不打算放过沈铎，逼着他往下聊。

"上个月分手的，她说我身边姑娘太多，没安全感。说实话，我
一年到头到处跑，忙起来几天不联系。所以我理解她的心情，但是
我接受不了她这种时刻处于崩溃边缘，不停质问我的状态。安全感
这种东西，归根到底，不是靠男人给，而是靠女人自己创造。"

"能有多忙？去洗手间的工夫你有吧？坐在马桶上发一条微信
最多只需要十秒。别给几天不联系找借口，你就是不重视、不想联
系，"苏航竖起一根食指示意沈铎闭嘴，"以您的条件以及所处的环
境，您让小姑娘怎么有安全感？"

"如果她爱我，那她一定会百分之百相信我。"

苏航不以为然一笑："那你爱她吗？"

不用沈铎回答，苏航已经有了正确答案："分手是她提的吧？结
果你很爽快地就答应了。女生提分手，其实是想让男生挽回，而你
毫不犹豫地同意，代表着什么？刚才你提起前女友的时候，眼睛里
确实有一点遗憾，可也就是一点遗憾。我不知道你前女友是个什么
样的人，但是只要是女人，你爱不爱她，她一定能看出来。既然能
看出来，你让她怎么有安全感？沈总，明明是你的锅，就不要扣在
别人头上啦！"

沈铎皱眉："苏经理，你刚才好像告诉我，你没有恋爱经历。"

"可我见过别人谈恋爱，感情的事，归根到底，不就是那么点儿
事。沈总，别跑题，我就问你，我说得对不对？"

"一见钟情不过是见色起意，天长地久不过是利益相关。我对每
一任女朋友都是喜欢的，可我不相信这个世界上有人会为了另一个

人牺牲自己的人生……"

"那就是你不相信这个世界上有真爱啦？"苏航一点都不在意沈铎惊讶的眼光，"我相信有真爱，所谓人间自有真情在，虽然我不一定能遇到，但是总有人能遇到。"

"那咱们求同存异吧。"沈铎拿出手机，呼叫出租车，"我知道还有一家麻辣烫特别好吃！"

直到到了另外一家店坐下，苏航才想起，她的车还在原处。一顿麻烦烫吃得食不知味，吃完不等沈铎说什么，苏航就独自拦了辆出租车去取车。

第二天上午，办公室里。

关享原本以为苏航半夜回来是陪罗行长应酬，得知是和沈铎第三次见面，那张嘴就再也没有停下来过："老苏，缘分啊！"

苏航指着电脑屏幕指点言晓晓录信贷系统，懒得跟她理论。

"投行副总裁，年薪起码五百万。"关享掰着手指给苏航分析，"长得帅、个子高、会打扮、气质好，老苏，你就一点儿没心动？"

"心动？"苏航眼睛从电脑屏幕上移到关享脸上，"关小姐，动动脑子。你觉得以他的条件，他身边的莺莺燕燕能少于一个排？"

苏航拍了拍言晓晓的肩膀，示意她别停下："再者，我可不认为专一这种词会出现在他身上，我没事给自己找事？"

"说不定他愿意为爱改变呢？"

"第一，人家说了，人家不相信真爱。第二，大家都是成年人，三观成形多少年了，能轻易改变？第三，就算以上两点成立，我何德何能就能成为改变他的那个人？"

"老苏，你要对自己有信心。虽然你长得没我漂亮，性格没我讨人喜欢，但是总体而言，还是不错的。再者，爱情这种东西讲的就是感觉，没准就在你们吃麻辣烫的时候，他发现了你身上与所有女人都不一样的东西……"关享猛地击掌，"对你一见钟情了……"

苏航嘴角牵起一抹意味深长的微笑："关经理既然这么会分析，不如分析一下，你这次季度奖能拿多少钱？"

关享深知罗行长二次分配季度奖时，会参考团队负责人意见，立刻改口："大人不记小人过，小的胡说八道，您把我当个屁放了吧……"

两人正唇枪舌剑间，罗行长满脸喜色，推门而入，向言晓晓宣布一个好消息："刚分行给我打电话，客户经理资格考试你考了全分行第一，满分通过！你的那个业务分析题做得哦，评审老师没有一个不说好的。我就说吧，你绝对是个当客户经理的好苗子！"

言晓晓心里欢喜极了，脸蛋不自觉地又红了："主要是苏航和关享教得好……"

"苏航教得好我是相信的，关享嘛……"罗行长呵呵一笑，背起手、挺起肚子，"哦，对了，关享，分行领导也提到你了，目前住房按揭贷款总额全分行你排第一。不过你也不要骄傲，你能取得现在的成绩，和晓晓的努力是分不开的。关于你的奖金，我个人有个建议，请分一半给晓晓，没有她的支持，你是不可能取得这样的成绩的。与此同时，我希望你向言晓晓同志学习，学习她吃苦耐劳的精神。你是有潜力的，就是有点懒，这是不利于你未来职业发展规划的！"

关享听得气不打一处来："领导，首先，关于奖金的问题，不用您说，凭我和晓晓的关系，我也会分。其次，我怎么就懒了？最忙的时候，其他银行都是两个客户经理轮番上，我是一个人坚守岗位就差没死在售楼部了。最后，您要是想表扬我，您就好好说。"

苏航轻笑，接过话头，免得罗行长和关享怼上："请领导放心，客户经理团队一定不辜负领导的期望。"

罗行长双喜临门，懒得和关享计较，接着便说明来意。原来罗行长太太的一个远房亲戚刚买了一套房子，想做贷款，罗行长决定把这笔业务交给言晓晓练手。

全行第一的成绩给了言晓晓信心，她鼓足勇气看着领导的眼睛说道："您放心，我一定好好操作！"

罗行长满意而去。关享更是气不打一处来："老苏，你看看，好事从来轮不到我，坏事第一个想到我。没见过这么偏心的领导！"

"看你这话说的，老罗对晓晓好，你不开心啊？你还想和晓晓别苗头啊？"

"我不是这意思！"关享急忙解释，"我就是气老罗……"

"好啦，老罗不疼你，我疼你！"苏航拿起一盒奥利奥放在关享面前，"从今天起，我包你一个月的下午茶，吃完赶紧陪晓晓去售楼部。这是晓晓第一次当主办，你这个协办多上点心！"

"这还用你说！"关享挖起一大块蛋糕填进嘴里，对着正忙着收拾东西、准备资料的言晓晓说，"你千万别紧张，就是一笔住房按揭贷款。之前你和我一起不知道操作多少遍了，这次没什么不一样。非要说哪儿不一样的话，也就咱俩签名的地方换一换，你是主办，我是协办！你要相信自己！"

去售楼部的路上，关享不停地给言晓晓打气。言晓晓双拳紧握，目视前方。她考试得了第一，连评审老师都说她业务题做得好，领导把这笔业务交给她，还夸她一定行，所有这一切都是真实存在的，所以，如果她努力的话，她就一定能行。

售楼部，在关享鼓励下，言晓晓定下心拨通客户的电话。随着客户越走越近，关享的嘴巴越张越大。彻底看清来人后，她"嗷"的一声，扑上前去："吴楚一！你是吴楚一！我是你粉丝！你好帅啊！你真人比照片、视频都要帅上十倍！"

言晓晓呆呆地站在原地，看关享手舞足蹈。她心想，这位吴先生应该是明星，她要给明星办业务？

吴楚一好像早已习惯关享的这种反应，面无表情。

关享说了半天，才想起言晓晓以及此行的目的，赶紧招呼言晓晓过来。

走近之后，言晓晓发现关享说得一点都不夸张，吴楚一皮肤白到发光，眼睛黑到发亮，整个人连头发丝都透露着一股精致的味道。

言晓晓从玻璃杯的反光里看到自己的脸，不免有些自惭形秽。她小心翼翼地把合同文本放在桌上，两只手藏到桌下，紧张地握在一起。

关享盯着吴楚一问个没完："您看我这眉形要不要换一下？您看我有没有必要提拉一下面部线条？您有美白精华推荐吗？我对化学防晒过敏，目前在用资生堂的小奶瓶，您有其他物理防晒推荐的吗？"

吴楚一言简意赅地答了两句，貌似不经意地看了眼手表。关享识趣，立刻闭嘴，请出主办客户经理言晓晓开始办理业务。

"我叫言晓晓，语言的言，破晓的晓，是您的客户经理。您叫我小言就可以了……"言晓晓飞快地瞄了吴楚一一眼，脸一下变红了，无论如何，再也不敢与他对视，"麻烦您先介绍一下您的情况和您这笔贷款的需求……"

简单了解完吴楚一的情况和需要后，言晓晓抱着吴楚一的资料去复印。整理归档好后，言晓晓拿出合同案本请吴楚一签字。

看着吴楚一白净修长的手指，言晓晓怎么也不好意思把自己又是倒刺又是老茧的手伸出来。在关享的催促下，言晓晓的脸涨得通红，哆哆嗦嗦地伸出一只手，快速点过合同空白处，让吴楚一签字。

言晓晓的奇怪举动，并没有让吴楚一置疑她的专业性。签完字后，吴楚一向言晓晓咨询贷款细节。

吴楚一的声音和他的长相一样，分外出挑，可听在言晓晓耳朵里，却和催命符一般。吴楚一问的她明明都知道，可紧张之下，所有答案全跑到爪哇国了。

言晓晓求助地看向关享，关享用力点了点头，算是给她打气。言晓晓不明白关享点头代表什么意思，慌乱之下，竟然背起苏航教她的话术。

关享心想要糟，眼角余光扫过吴楚一，却见他嘴角微翘，仿佛带了丝笑意。罗行长难得没忽悠人，吴楚一的脾气是真好。

言晓晓背着背着，慢慢冷静下来，鼓足勇气回答吴楚一的问题。不过言晓晓依然不敢正视他，眼睛始终盯着桌面。

吴楚一对言晓晓的回复十分满意，起身告辞，临走前从包里拿出一盒润唇膏放在桌子上："刚刚开封的，还没有用过，不嫌弃的话，凑合用下。"

关享这才发现，言晓晓嘴唇干裂，隐隐有血丝渗出，立刻拿起润唇膏塞进言晓晓手里，替她向吴楚一道谢。

回行的路上，言晓晓红着脸问关享："吴……吴……吴先生是明星吗？"

"你不认识他？"关享先是惊讶，随即明白过来，"也对，你怎么可能认识他，他不是明星啦！他是微博上最火的化妆师！有几百万粉丝，我和苏航关注他好久了！"

苏航听说言晓晓的第一个客户是吴楚一，也有些惊讶，叮嘱言晓晓一定要认真仔细。

关享深以为然："可不是嘛，见面礼就是海蓝之谜的润唇膏，贷款办好了，还不得送一套？"

得知手里小小一盒东西值四五百元，言晓晓吓得差点儿脱手："这么贵啊？我还没用，我马上还给他。"

"还什么还？这是人家送你的礼物！"关享瞟了眼言晓晓，"要懂得接受别人的好意！"

"客户经理不能接受客户的礼物……"

关享"呸"了一声："没听说过用润唇膏行贿的！"

苏航难得附和关享："什么礼不礼的，这是人家一点小心意。你就收着吧，你那嘴唇，也该好好擦一擦了。"

手里的润唇膏，因为握太久，已经有了身体的温度。这是言晓晓第一次收到异性的礼物，还这么贵重。

言晓晓细细回忆方才每一个细节。关享那么漂亮，她那么难看，吴楚一对她俩的态度却是一样的。

想起背书的事，言晓晓的脸又红了。她那么笨，可吴楚一一点都没嫌她浪费时间，就坐在那儿，听她把话说完，最后还谢谢她。

言晓晓把唇膏握得更紧了。这笔贷款对她来说，已经不光是第一笔业务，更是她第一次感受到来自异性的善意。她会竭尽全力做到最好。

关享陪着言晓晓整理吴楚一的贷款案本，准备上报到分行审批。填到年收入一栏，她叹口气："都是年收入几百万，这位一出手就是海蓝之谜，你那位沈总……"她斜斜看着苏航，"吃个麻辣烫还要你请客，你不搭理他是对的。"

苏航横了关享一眼，冷笑道："什么叫我那位沈总，关老板，熟归熟，造谣一样告你诽谤！"

关享正要提供点论据证明她的论点，大堂经理推门进来，请关享出去值班。

说起关享她们支行，原本有三位大堂经理，最近不知道怎么回事，一下子病倒两个。为了不影响业务，罗行长只好请客户经理辛苦一下，每天中午轮流值班，换大堂经理休息吃饭。

关享跑了一上午，昨晚睡得又晚，实在累得慌，央求苏航替她一次。苏航起初不愿意，架不住她又是求饶，又是作揖，留下一句"回来找你算账"，便去了大堂。

盛夏中午，接待完一两个办卡的客户，大堂内只剩几个柜员和苏航。

闲来无事，苏航正和一个柜员讨论地表温度能不能煎鸡蛋，一辆奥迪 A6 停在支行门口。

别小看支行门口这条路，看上去不宽，根据交通法规，可是主干道。每天交警能来十八遍，无数客户因为临时停靠被开罚单。

苏航赶紧走到门口，想提醒司机绕到支行后面的停车位，可惜还是迟了一步。司机已经冲进大堂，只是看到苏航后，司机立刻停下脚步，捂着额头，一脸痛心疾首："怎么又是你？"

这话听得苏航心情十分不美丽。无奈现在是工作时间，基于客户是上帝这个服务理念，她还是露出标准化笑容："沈总，请问您办什么业务？"

沈铎暗暗叫苦，他虽然不相信风水，但是偶尔也会问问大师。今天早晨，他还在睡梦中，平时最信任的一个大师突然给他发来信息，让他最近小心，身边有煞星出没。沈铎立刻联想到苏航，他虽然很喜欢这个聪明过人的女孩子，但是想到每次和这个女孩子的相遇后，总免不了心有戚戚焉。他决定决定听大师的话，暂时和苏航保持距离。

万万没想到，离上次分别还不到十二个小时，他随便找家银行办个业务，就能偶遇她。这已经不是缘分了，这是八字犯冲啊！

沈铎看了一眼室外灿烂的阳光，刚刚手机收到高温预警，地表温度接近五十摄氏度。

沈铎视线又扫过大堂，只有他和苏航两人。一番权衡之下，他自我安慰着，就算苏航的煞气再度爆发，在她自己的工作单位，应该也波及不到他。

沈铎快步越过苏航，自己取号，自己来到窗口，仿佛多和苏航说一句话都能给他带来厄运。

苏航站在一米线外，轻轻叹息。沈铎帮过她，她也帮过沈铎，就算是互不相欠，他的态度也未免太叫人寒心了。

"沈总……"

沈铎头也不回："我不想和你说话。"

苏航温婉一笑，听话地闭嘴。

十分钟后，汇完款的沈铎指着奥迪A6的车窗，问身边的苏航："罚单？"

苏航点头："黄色的，罚两百、扣三分。"

沈铎指着苏航，气得说不出话来。

苏航面露无辜之色："刚才交警来的时候，我想提醒您，可是您……"叹了口气，有些委屈，"我都是按您的指示做的……"

沈铎捂着胸口："我原本还有四分，现在……"

"不用担心，"苏航柔声劝道，"就算扣满十二分，也就是培训七天，重考科目一。"

沈铎气得转身就走，苏航正要去拦，身后传来敲打玻璃的声音。原来就在刚刚苏航和沈铎说话的时候，一位中年男子快步走进大堂，扑到柜台前，用力敲打玻璃，随之而来的是暴风骤雨般的怒骂。

苏航赶紧上前询问情况，被中年男子一把推开。急急忙忙赶来的保安与她解释："苏总，你不知道，这人上午就来过了，拿了五张假的一百元人民币，让柜员给他换真钱。柜员没收了，他就在那儿闹，非让柜员把钱还给他。好不容易劝走了，怎么又来了？"

中年男子指着柜台内叫器，让上午没收他钱的柜员滚出来。小姑娘今年刚毕业，吓得脸色惨白，眼泪汪汪。

"什么假钱，明明就是真钱！你贪污我五百块钱，我和你没完！马上把钱给我吐出来，不然我就投诉，让你丢工作！"

中年男子上午回去越想越窝火，经同事指点说银行最怕投诉，立刻心生一计，想要挽回这五百元的损失。苏航是理财经理出身，大堂没少待过。中年男子一开口，她就知道这是一位指望通过闹事达到目的的主。苏航一贯认为，如果以此妥协的话对遵守规则的人极度不公平，她是绝对不会让这种事情在自己眼皮底下发生。

苏航对着保安摆了摆手，示意他少安毋躁。随后，她从饮水机里接了杯水，端给中年男子："大热天的，您先喝杯水，有事慢慢说。"

中年男子蛮横地打翻杯子，水泼了苏航一身。苏航再次制止保安，她好声好气地和中年男人沟通："这位先生……"

"你一个服务员有什么资格和我说话？叫你们行长出来！今天这事不解决，我就找记者曝光！让你们吃不了兜着走！"中年男人指着苏航的鼻子，"我警告你，摆正你的态度，我是客户，客户就是上帝，为什么不满足上帝的需求？！"

沈铎见情况不对，想要上前救场。门口刚好空出一个停车位，苏航扬了扬下巴，示意沈铎赶紧移车，这点小事，难不倒她。

"这位先生，我姓苏，我叫苏航，我的工号是132734，谢谢您给我们提的宝贵意见。'客户是上帝'这句话，是我们银行业从业者提醒自己时刻关注服务质量的警言，而不是用来强制我们满足客户一切需求的。再者，就算我们都是服务员，我们为您提供的是我们的专业服务，我们和您在人格上是平等的。"

"你还敢顶嘴？我要投诉，让你们一起被开除！"

"您当然可以投诉，不过在那之前，我们会先报警。"

"好啊，我求之不得，我要告诉警察，你们是怎么骗我钱的！"中年男子又拍了一下玻璃，"里面这个肯定是惯犯！"

"柜台内有监控，录音、录像都有，您上午办理业务时，清楚地知道，您手持的是假币……"苏航微微一笑，气定神闲，"给您科普一个法律常识：持有使用假币罪，就是像您这样明知是伪造的货币而持有、使用，并且数额较大的行为。至于五百元算不算数额巨大，等警察来了，您亲自和警察沟通吧。保安，报警了没？"

中年男子神色一僵，色厉内荏："这钱是我朋友还给我的，你们没收了，我找谁要去，五百元可不是个小数目，谁知道你们没收完了是不是自己拿去花？"

"我们没收的假币会上交人民银行，由人民银行统一销毁。如果您有疑问，可以向人行查询相关信息。"苏航从窗口接过柜员递来的单据交给中年男子，"您上午走得太急了，这是您的假币收缴凭证。谁给您假币，您去找他，您还可以报警！"

中年男子心有不甘，恶狠狠地看着苏航："我一定会投诉你的。"

沈铎停好车又来到大堂，笑嘻嘻地当起和事佬："您说您这是何必呢，大家都是讨生活，看您这工服是隔壁加油站的吧，服务业何苦为难服务业呢？您现在投诉她，没准她下班就去投诉您。冤冤相报何时了啊！就算她下班不去投诉您，我一个路人也不能由着您欺负小姑娘啊。您要是真投诉她，我就马上投诉您。我说到做到，您看我这加油卡，是您单位的吧。您不是说了客户是上帝，您怎么能不听上帝的呢？"

中年男子看沈铎笑里藏刀，不像是好惹的，悻悻地走了。

苏航正要开口向他道谢，沈铎捂着眼睛，一副看见脏东西的模样赶紧跑了。苏航在后面连声追问："朋友，不就二百块、记三分吗？你至于吗？"

沈铎的手从眼睛上移到耳朵上："我听不见！我听不见！"

下午上班，关享听说了中午的事情，冷笑三声："目前我国最大的矛盾，是部分人民群众日益高涨的维权意识与把所有行业当成服务业以及不把服务员当人看之间的矛盾。我刚工作的时候，我以为我进的是金融业，现在我明白了，我们就是服务员！客户根本不在乎我们提供的专业技能，他们就想让我们跪下对着他们叫祖宗！前几天，某支行的一个姑娘，给一个残疾人办业务。她根据分行要求微笑服务，结果遭到客户投诉。客户说姑娘看他残疾还笑，摆明了歧视他。姑娘被支行通报批评。昨天，那客户又来了，另一位姑娘接待，打死没敢笑。结果你猜怎么着？客户又投诉了，说姑娘看见别人都笑，唯独看他不笑，认为这是赤裸裸的歧视，他活不了了。结果柜员又落了一次通报批评！我算是看清楚了，我是不能干柜员。如果让我干柜员，遇到这种客户，我先杀了他，再自杀，为民除害！"

"你啊，就坏在你那张嘴上。"苏航食指轻轻点在关享额头，"你就不能智取啊！"

"智取那是你，我只会以暴制暴！我是来上班的，不是来出卖尊严的，尊重是相互的，凭什么让着你啊！鼓楼支行那行长也真是的，通报批评不算，还带着姑娘给客户上门道歉。我就想问问他，笑也不行，不笑也不行，他倒是给柜员出个主意，怎么个表情才行？左半边脸笑，右半边脸不笑？那是中风。"

言晓晓弱弱地插嘴："我觉得罗行长挺好的。上次一家银行理财经理在大堂被人打破头，他就给我们柜员开会，说满足客户的合理要求就行，不合理的要求不要理。分行说的那句'打不还手、骂不还口'是胡说八道。谁要敢动手打我们，他第一个操起钱箱冲上去打他们。"

"老罗说过这种话？看不出来啊！"关享拖起言晓晓开始八卦。苏航端起咖啡，突然想起沈铎离开时气呼呼的脸，忍不住给他发微信。微信中苏航说上次麻辣烫没吃好，她经人介绍找到一家海带更好吃的，看他什么时候能赏个脸一起吃一顿。

沈铎秒回："你走开，我不要和你说话。"

似乎为了加重这句话的语气，沈铎随后还发来一个表情，上面写着八个大字：不听不听，王八念经!

关享伸手取零食，不经意转头，看见苏航对着手机傻笑。她心中一动，扔了零食，抢过苏航的手机。

在苏航的惊喝声中，关享大声念出微信内容："'你走开，我不要和你说话'。哟，这不是沈铎沈总吗? 老苏，您对人家做什么了? 搞得人家这么娇羞?"

苏航抢不过人高马大的关享，一张脸不知是气还是羞，浮上团团红晕。让她原本有些清冷的容貌，竟然多了几分小儿女的娇态。

关于沈铎的事，言晓晓听关享添油加醋地说了个七七八八。如今苏航的表现似乎也印证了关享的说法，言晓晓不禁替苏航高兴道："我觉得沈铎条件蛮好的。他要是追你，你考虑一下?"

关享爆发出阵阵大笑，指着言晓晓："老苏，听见了吗? 这可不是我说的，群众的眼睛是雪亮的!"

苏航夺回手机，瞪了关享一眼，回自己房间去了。

关享越发地笑个没完，揽着言晓晓说："看见没，老苏春心萌动了，还不好意思了。"

似乎是为了挡住苏航的煞气，沈铎短时间内坚决和苏航划清界限。苏航觉得沈铎简直就是小孩子胡闹，可也没有办法，只能听之任之。

几天后，又轮到苏航中午值班。

根据天气预报，早晨就应该有雨，可这雨一直拖到中午才倾盆而下。苏航站在门口往外看，天地之间一片朦胧，连五六米外的公交站台都看不清楚。

苏航正在思考今晚吃什么，雨雾之中冲出一个人来，一头扎进大堂。

苏航赶紧迎上去，领着这位浑身滴水的客户，找了个避开空调风口的位置坐下。她拿起桌上纸巾，帮着客户收拾。

客户连声道谢。等客户擦干净脸上水渍，苏航不由得停住手上擦拭的动作。眼前这位四十岁左右的女性，实在有些面熟。

按照行里规定，苏航开口："您好，请问您办什么业务？"

客户有些迟疑，微微摇了摇头："我……我……不办业务……"

苏航将那份奇怪的熟悉感归结为错觉，礼貌告辞："我把这边柜机打成热风，您把衣服吹干再走，免得感冒。"

午休时间结束，苏航和大堂经理开始交接班。此时雨已经停了，客户好像并没有离开的意思。苏航觉得她前面的判断可能不太对，客户来这儿好像不光是为了避雨。不过，谁背后没点故事，看客户的衣着打扮，明显过得不错，以至于岁月厚待，也没在身上留下什么痕迹。这样的人，遇到什么难题，也应该很快就能解决吧。

之后几天，苏航过得十分愉快，关享时刻谨记再被投诉就滚回人力资源部的教诲，没给苏航找任何麻烦；言晓晓在关享的教导之下开始做楼盘按揭，竟然也做得有模有样。苏航觉得她真要熬出头了。

又是一个令人心情愉快的周五。午饭时间，言晓晓值班，苏航和关享一边吃饭一边听大堂经理聊天。大堂经理说最近几天，有个女的每天开门就来，关门才走。她也不办业务，就坐在那里，盯着门口看。出于安全考虑，大堂经理让保安过去问情况，那女的说在等她儿子。让她联系她儿子，她又不肯。要不是看衣着打扮和精神状态不像，大堂经理真以为来了个神志不清的人。

关享认为，太阳下面没有新鲜事，这事还不简单。肯定是儿子刷爆了信用卡，当妈的来还。还完儿子又不领情，玩离家出走，当妈的跑银行来守株待兔呗！

关享的解释合情合理，立刻引起大堂经理的共鸣，和关享一起大骂：生这种儿子不如生块叉烧。

苏航没兴趣参与批斗，随手刷着微信朋友圈。大堂经理挥舞着筷子，控诉这些年遇到的不孝子，视线划过苏航的手机屏幕，突然扔下筷子凑过来："苏姐，这男的是谁啊？"大堂经理指着苏航的手机，"他和外面那个女的长得好像啊！"

照片里的人，赫然是沈铎。苏航也终于反应过来，为什么她会觉得那天来避雨的中年女性面熟，因为和沈铎实在是非常相像。

苏航不是一个好奇心旺盛的人，但是和沈铎有关的事情，她多多少少有点一探究竟的兴趣。苏航借口要去午休，留下关享和大堂经理继续八卦，一个人来到大堂。

果然，大堂经理口中的奇怪女性就是那天来避雨的中年女性。女人坐在休息区，眼巴巴地盯着大门位置。

苏航过去招呼："您在等人？"

中年女性以为苏航也误会她的来意，急忙解释："我不是坏人……"

苏航轻笑："我知道，您都在这儿等几天了，他还没来啊？"

中年女性声音低低地应了一声，苏航知道这中间肯定有不方便说的缘故，也没再往下问："您怎么称呼？"

虽然只是第二次见面，因为雨天的事情，中年女性对苏航抱有好感，轻声答道："我姓沈，我叫沈漫云。"

苏航心头一动："这么巧，我有个朋友，也姓沈，而且……"她有些迟疑，"他长得和您很像。"

沈漫云先是一愣，立刻追问："是男是女，多大年纪？"

"男的，二十七八岁。"

"那他叫什么名字？"沈漫云有些激动。

"您儿子叫什么名字？"

"我……我……我儿子叫沈铎……"

尽管内心已经惊涛骇浪，苏航脸上却看不出一丝一毫的波澜："真巧，我的朋友也叫沈铎。"

沈漫云的眼睛瞬间有了神采："你有你朋友的照片吗？能不能给我看看？"

果然，苏航朋友圈里的沈铎和沈漫云正在等的是同一人。沈漫云的眼泪像是断了线的珠子，一串串落下。

苏航帮沈漫云倒了杯水："光在这儿等也不是事，您怎么不给他打个电话？"

沈漫云望着手里的纸杯，语气中有着深深的绝望："我……我……没他电话……"

苏航无言以对。当妈的没儿子电话，母子间的矛盾，恐怕已到了不可调和的地步。可看沈漫云的模样，实在不像是把儿子逼到如此地步的人。

苏航抽出几张纸巾，递到沈漫云手中，踌躇道："那您怎么找到我们这儿来的？"

"他给我汇过钱，我请我们那儿银行的人帮我查了，是你们支行转过来的……"沈漫云话音未落，立刻意识到自己说错了，急忙辩解，"我知道不应该帮我查的，是我求那个小姑娘的，你别举报她。我知道不对，她只告诉我这个，其他事情都没告诉我。我也不会找你们要的，我就在这儿等。"

苏航想起那天沈铎匆匆而来，原来是为了给他母亲汇款。

"我帮您给沈铎打个电话？"

沈漫云先是一脸期待，随即连连摇头："不能让他知道，我在找他……"

沈漫云用力抹去腮边的泪，像是要给自己一点支撑下去的勇气："我就是想见见他，远远看一眼就行……"

"沈阿姨，您跟我来。"

沈漫云误会苏航要让她走，顿时慌了神。然而，苏航眼中一片温柔，指着大堂一角："那是 VIP 室，您去那儿等。我这就给沈铎打电话，等他来了，您远远一眼。"

苏航安置好沈漫云，拨通了沈铎的电话，说之前的汇款单据上，有一处签字不合规，麻烦沈铎过来重签。根据大师建议，沈铎无论如何也不想和苏航见面，却架不住她软语相求，便答应下午过来。

苏航安排好一切，想起沈漫云还没吃饭，又领沈漫云去食堂吃饭。

沈漫云觉得太麻烦苏航，苏航让她千万别跟她客气，她和沈铎是朋友。这话让沈漫云又想起另外一件事，自言自语道："也不知道小铎有没有女朋友，还是已经结婚了。"

沈铎挂上电话就接到助理通知，接下来项目会议临时取消。为了支持苏航工作，沈铎立刻驱车来到她单位。无巧不成书，他刚进来就迎面撞上从后场出来的沈漫云。

双方都愣住了。沈漫云浑身发颤，战战兢兢地伸出手，似乎是想要摸一摸多年未见的儿子。但她却在接触到沈铎的眼神后，立刻缩了回来，怔怔落下泪来。

沈铎脸上的肌肉微微抽搐，一丝怒意划过眼底，旋即含着不动声色的笑意，向苏航告辞："对不起，我还有个会，失陪了。"

9

那些隐藏于心底

最深处的旧时光

苏航跟着沈铎来到停车场，拉开车门坐在副驾驶位上。

沈铎惊诧之余，神色反而松弛下来："我真开会。"

"她说她是你妈妈。"苏航垂下眼睛，轻声说道，"她很多年没见你，很想你。"

沈铎放下遮阳板，整张脸笼罩在阴影中，看不清喜怒："我一直觉得你是个聪明人……"他目视前方，沉沉地道，"聪明人从来不管闲事……"

"抱歉……"苏航清秀的脸庞浮现出一层薄薄的笑意，带着若有若无的尴尬与无奈，"是我越界了……"

沈铎态度越发平和从容："苏航，你什么都不知道。"

干涉他人私生活是一件非常失礼的事情，苏航向来懂得分寸。可是这一次不一样，她想到沈漫云为了见沈铎一面，苦苦守候一星期，心中某个地方，隐隐作痛。她深深地吸了一口气："见她一面好吗？"

沈铎沉默许久，嘴角含了一缕苦笑："这是很无聊的一个故事，你要是愿意，当笑话听吧。"

沈铎身体有些僵硬，勉强动了下手脚，喃喃道："当年，她是那个小地方出了名的美女，给她介绍对象的人几乎踏破她家门槛。"

　　苏航木然地望着不远处的广告牌，到底什么样的故事，才能让沈铎如此厌恶他的母亲。

　　沈铎眼里似乎蒙上一层薄薄的雾气，语气却听不出一丝异样："可是她一个都没看上，她喜欢厂里新来的大学生……"

　　沈铎从置物柜中取出香烟和打火机。烟雾缭绕中，苏航闻到了悲剧的味道。

　　沈铎有片刻失神，随即哑然失笑："你能想象吗？差不多三十年前，一个女人，未婚先孕。"

　　苏航摇头，她想象不出沈漫云是如何扛过当年的流言蜚语的。

　　"大学生不愿意娶她，"沈铎重重地掐灭烟头，唇边笑意如剔骨的尖刀，看得人遍体生寒，"那个年代的大学生，前途一片光明，怎么可能会娶一个除了漂亮一无是处的女人。他当然要娶一个对自己有帮助的，这是人之常情。"

　　沈铎的目光有着深不见底的黑暗："父母让她把孩子打掉，她不肯……"

　　沈铎的笑意凝固在嘴角："至少有二十年，我都在恨她，恨她为什么让我来到这个世界上。"

　　沈铎沉静片刻："就在她濒临绝望之际，救命稻草出现了，一个追求她多年的男人愿意娶她。她的婚礼到现在还是当地一些人茶余饭后的笑谈，因为她是挺着大肚子去敬酒的。"

　　沈铎点燃第二支烟："那个男人应该是真喜欢她，不然不会娶她。男人天真地以为，只要有爱，他就能不在乎外面那些风言风语。结果他被折磨成一只受伤的野兽，疯狂地把怒火发泄到妻子和孩子身上。"

　　"我命大，没被打死，可是她……"沈铎嗤笑一声，一掌击在方向盘上，喇叭发出尖锐的嘶吼，"有两次，被打到流产。我到现在还记得当时的场景：她躺在地上，到处都是血。我拼命喊她，她闭着眼睛一动不动。我真怕她会死。"

　　苏航听着沈铎一一道来，恍如五雷轰顶。她低垂着头，喃喃道："对不起……"

　　"对不起轮不到你说……"沈铎慢慢合上眼睛，"没了两个孩子，那个男人打她的时候就没再下死手。后来我有了弟弟，他长得很像那个男人。因为这个儿子，男人心情好了很多。就在我以为日子会好过一些的时候……"

　　沈铎神情阴沉："男人醉酒，半夜骑自行车回家被撞死了。"

　　沈铎沉默，车内一片静寂。

　　苏航轻轻握住沈铎的手，她知道这又是一件不合规矩的事。可是，她不在乎。她就是想给他一点安慰，哪怕他完全不需要。

　　沈铎缓了一口气，声音依然带着化不开的阴郁："因为大学生的事，她一直没工作。男人死后，头七还没过，婆家就把她当成灾星赶出门。至于娘家，虽然父母心疼，但是她的亲弟弟不让她回家。"

　　沈铎紧紧握住苏航的手，像是找到了支撑他回忆的勇气："幸亏她依然漂亮……"

　　沈铎看着苏航，笑意冰冷："小三？二奶？情妇？我不知道哪个词更适合她？依靠男人们，她养活了自己和两个儿子。"

　　"对不起……"苏航的道歉几乎轻不可闻，平日里的冷静和沉着，这一刻全部退去。像是个说错话的小姑娘，她满是惴惴不安。沈铎的这段记忆，本应封存在内心最深处，一辈子不去碰触，却被她强行翻出，实在是她的错。

　　沈铎眼角闪过一丝转瞬即逝的凄楚："没有人看得起我，同学不跟我玩，老师嫌弃我，邻居走到我家门口都要吐口唾沫。上高中前，我连个说话的朋友都没有……"

苏航欲言又止，然而还是没有忍住："她……"

"我知道她不容易。一个女人，要养活三口人还要供两个孩子读书，在那个年代……"

沈铎神色黯然，如深秋落叶，摇摇欲坠："道理我都懂，可是我没有办法控制自己不恨她。我恨她为什么生我，我恨她为什么要做那样的事，我恨她为什么要让我痛苦这么多年……"

苏航眼中水雾弥漫，心中却越发明白沈铎的痛苦："这些年，委屈你了。"

"我高中考到了市里，寒暑假，整层楼的人都回家了，只有我一个人留校。有一年的大年三十，门卫过来找我，给我一个饭盒。我打开一看，是家里做的饺子。她带着我弟弟坐几个小时的车送来的。她知道我不想见她，就站在校门口朝着我的宿舍窗户望了半个小时……"

沈铎声音闷闷的："我不知道应该怎么面对她，她也不知道应该怎么面对我。大学离家更远，她寄来的钱更多。我不想知道这钱是怎么来的，我不能一边花着用身体换来的钱一边恨她……"

沈铎眼中凉薄之意更浓："本来，我准备大学毕业就工作，我想赚钱养她。大三的时候，她给我打了从高中到大学唯一的一个电话，说我学习好，让我往下念，钱的事情她来解决。我骂她，我说我不要她的脏钱。"

沈铎深吸一口气，勉强和缓了神色："我还是念了硕士，毕业后我拼命赚钱。我弟弟说，自从我工作后，她没再和那些男人来往……"

沈铎沉默，似乎在回忆当年。苏航看他的脸色隐隐发青，想必是伤心到了极点。

安慰别人的最好方式，是给他看自己的伤口。苏航含着一丝深浅合宜的微笑，缓缓开口："我父母都是搞科研的……"

苏航的声音温暖而柔软："尤其是我母亲，把毕生精力都献给了祖国的科研事业。她是一个完美的职业女性。"

记忆中，苏航上次与母亲见面，应该是去年春节。想到这里，苏航叹息，轻不可闻："原本她和我父亲商量好，不要孩子。一次意外，母亲有了我。我母亲去医院流产，在医院门口，被我外婆死死拖住，我才有机会来到这个世界上……"

苏航垂下眼睛，一丝冷笑划过嘴角："当时我母亲已经四十岁了，在所有人的劝说下，勉强同意把孩子生下来。只是……"她看了沈铎一眼，笑容又变得从容平和，"这种情况下出生的孩子，对她来说，与其说是爱情的结晶，不如说是包袱。"

苏航一手横在胸前，一手抵在眉心："我从出生起，就寄养在外婆家。我是喝奶粉长大的，某种程度上，和孤儿没什么区别……"

沈铎看不见苏航的脸，他从纸巾盒里抽出几张纸巾递给苏航。苏航没有拒绝，继续说道："逢年过节，我会回家。可是我父母没有给我钥匙，每次我都得坐在门口等他们下班。"

苏航缓缓摇头："一直到我念大学，我父母才想起我这个女儿。他们到处跟人说我听话懂事，不用父母操心。"

"听话？懂事？"苏航淡淡一笑，眼中满是无奈，"我也想撒娇，我更想有人陪，可是谁给我机会？外公外婆除了我，还有七八个孙辈，能分多少精力在我身上？我除了让自己听话懂事，还能怎么样？"

苏航音色温柔，神情却越发阴沉下去："当好孩子很累，可是除了当好孩子，我没第二条路。别的孩子软弱时，有父母在身后。我身后永远是空荡荡的，我没有软弱的机会……"

慢慢地，苏航连语气都淡漠下来："我曾经尝试过和我母亲修复关系。那个时候她已经退休了，我以为她可以分一点时间和精力给我，可我还是错了……"

苏航多年的隐忍，化为一字一字的冷冽："她根本不需要一个活生生的女儿，她要的是一个听话懂事，让她可以跟别人炫耀她的完美教育方式的符号。直到那个时候我才明白，不是每个父母都爱自己的孩子。我父母没有爱过我，从来都没有！"

苏航想到沈漫云，心中又是一痛："你妈妈不能算一个好人，但她真的是一个好妈妈。你可以一辈子都不原谅她，但是，能不能见她一面？她太想你了。"

苏航知道沈铎需要时间考虑，没有强求，目送沈铎驱车离开。

沈漫云还在 VIP 室等候，一见苏航，便悲泣不已："他是不是还在生我的气？"

苏航看着沈漫云，以沉静的目光安抚她的惊慌失措："沈铎没有怪您。"

苏航的声音有着安定人心的力量，她握着沈漫云的手："他和我说了一些事。当年的他，的确生您的气。可是现在，他长大了，也懂事了，明白您的难处了。他不愿意见您，不是生您的气，是生自己的气，他是气自己没能保护好您。"

"全是我的错，我对不起他……"沈漫云哭着摇头，"是我不要脸……"

"您的事情，任何人都有资格批判，唯独沈铎没有。您的确做了很严重的错事。但是，对沈铎而言，您是一个伟大的母亲。"

苏航拿起桌上的纸巾，拭去沈漫云脸上的泪水："给他一点时间，我相信有一天，他会回到您身边的。"

随后，苏航开车把沈漫云送回宾馆，帮她订好回家的火车票。

回家的路上，苏航把车票信息发给沈铎。可是直到第二天，苏航送沈漫云去火车站，沈铎依然杳无音信。

果然，想要打开这个心结，急不得一时。苏航轻不可闻地叹了口气，目送沈漫云走进安检口。

正惆怅间，苏航听见有人叫她的名字，沿着那个熟悉的声音，她看见沈铎站在不远处。

苏航心头一暖，急忙招手让沈铎过来，扭头对着沈漫云的背影叫道："沈阿姨！"

沈漫云看见沈铎，手上的东西落了一地。沈铎垂眼看着地面，似乎不愿与沈漫云目光相接。

苏航一笑，了然于心，催促沈漫云赶紧进站："阿姨，火车要开了，您先回去。您放心，一有空沈铎就回去看您。"

沈铎没有反驳苏航的说法，直到看着抹着眼泪一脸欢喜的沈漫云从视线中完全消失，才缓缓开口："你真多事。"

苏航低眉顺眼："我这辈子最缺的就是母爱，见不得你这么浪费资源。"

沈铎的目光透着深邃之意，落在苏航身上，最终化为温和一笑："走吧，你还欠我一顿饭。"

沈铎点名怀石料理，一顿饭吃了苏航四千元。放到过去苏航眉都不会皱一下，可瞅瞅如今的收入，再加上全部储蓄都搭在言晓晓的房子上，埋单的时候，心还是微微抖了一下。

沈铎凑到苏航身边，压低声音，表情动作像是特务接头："你知道什么东西最好吃吗？"

不等苏航回答，沈铎郑重道："特别贵又不用我花钱的东西，最好吃！"

兴许是怕她动手，沈铎说完就跑。苏航脸上没有一丝波澜，平静地在 POS 单上签名，然后接过店员递来的存根，随手撕碎。透过窗户，日式庭院内，沈铎正兴高采烈地围观小池塘里的锦鲤。沈漫云的事给他造成的伤害，似乎已经痊愈。

苏航招呼沈铎回家，沈铎抬头看了看天："时间还早……"

随口一句话，差点儿让苏航绊了个跟头，他说："我没吃饱……"

苏航举起四根手指头："刚才你吃了我四千块……"

沈铎苦着脸："作为金融人士，说话要严谨。明明是我们两人吃了四千块，你怎么能把账都算在我头上？味道是不错，就是分量太少了……"

"店是你选的。"

"哪有主人请客，让客人饿着肚子回家的？"

沈铎第二顿想尝尝海鲜，尤其是海胆，最好能吃到饱。苏航十分清楚本市高档餐厅内海胆的价格，以沈铎的吃法，下个月，她差不多可以靠光合作用生活了。

"沈总，你知道吗？像你这样的男人，我闺密通常称为渣男。"

"苏经理，你看你，又不严谨了。我和你又没有感情纠纷，我现在的行为，最多只能称为人渣。"

"沈总，我宁愿你伤害我的感情，也不愿意你伤害我的钱。"

"苏经理，感情难道不比钱更重要？"

"沈总，没感情我还能活，没钱我活不了！"

沈铎被说得哑口无言，勉强愿意稍微降低一点档次。万万没想到，这一降直接变成了麻辣烫。沈铎觉得这个问题有点严重，他指着熙熙攘攘的店面："我们是不是来错地方了？"

苏航眼睛在人群里扫来扫去，寻找空位："没啊，就是这儿，我同事介绍的，本市排名前三。"

"你就请我吃这个？"

苏航听沈铎的口气有些不开心："您什么表情，您请我吃这个的时候，我可没意见。再说了，您看清楚，这是普通麻辣烫吗？这是骨汤麻辣烫，比您请我的多个骨汤！"

沈铎气鼓鼓地去拿食材，拼命往小篮子里装海带。苏航心中涌起一丝惭愧，想起沈铎最爱吃海带，立刻拿起冰柜里那一盆的海带，全部倒进篮内："我请客，千万别和我客气，全拿走！"

沈铎静静地凝视着至少一斤的海带三秒后，把小篮子递到厨房，在老板疑惑的眼神中说道："麻烦了，全部帮我煮了！"

吃饱的沈总心情明显好了许多。走出店门，他甚至有兴趣和苏航八卦："你没谈过恋爱对吧？"

沈铎的表情很是有些惆怅："大学没有谈过恋爱，人生一大憾事啊！"

苏航把被晚风吹乱的头发理到耳后，神色淡然："在书籍和电影的陪伴下，我觉得我的大学生活还挺有意义的。"

沈铎欲言又止，微微踌躇后，大踏步地走到非机动车道，拦下一辆自行车。苏航还没反应过来，沈铎已经掏出钱包，将一小叠人民币塞到车主手中。

随后，沈铎跨上车，对着后座方向冲苏航扬了扬下巴："看在你请客的份儿上，弥补一下你的遗憾，免费带你感受一下什么是大学时代纯真的恋爱！"

苏航干笑："谢谢您了，我穿的裙子，恐怕不太方便。"

"那你侧着坐呗！我之前带的小姑娘裙子可比你的短多了。"穿着阿玛尼的沈总丝毫不介意在单车上活动筋骨，弄出一身褶皱，"还是说你对我有想法，不好意思和我有亲密接触？"

苏航像是听到了天大的笑话，正要开口嘲讽，被沈铎打断："你是不是害怕爱上我？不是你就上车！"

苏航按着裙子，抱着包，跳上后座。随着路面颠簸，她感觉自己随时会掉下去。沈铎也发现了这个问题，头也不回地指挥她："搂着我的腰。"

苏航以为自己听错了，沈铎回头叮嘱："马上就要上坡了，你不抱紧，掉下去不要怪我！"

苏航立刻空出一只手，紧紧抓住沈铎的衬衫。沈铎再次回头，嫌弃地看看那只手："知道什么叫抱吗？你这么抓着我，我怎么骑车？衣服很贵的，弄坏了你赔我！"

随着自行车再次颠簸，苏航认命地抱住沈铎。这是近年来，苏航第一次和异性如此亲密地接触，淡淡的古龙水味道以及透过衣物传达到掌心的热度让她的脸上出现可疑的红晕。

苏航甩了甩头，引发前方沈铎一连串的疑问："你怎么了？你别乱动啊！我好多年没骑了，摔倒我可不负责啊！"

苏航用和表情完全不相符的平静声音，指责沈铎："你一身麻辣烫的味道，熏得我想打喷嚏。"

沈铎一声惨号，举起胳膊闻来闻去："都是你的错……"

话音未落，车子失去平衡往一边倒去。惊呼声中，沈铎勉强保持住平衡："请你不要再和我说话了，我要专心骑车。"

关享、言晓晓晚饭后到楼下散步。走到一半时，关享想吃蛋糕，拖着言晓晓来到小区门口的蛋糕房。正当关享眯着眼睛享受奶油在口腔内舞蹈的感觉时，身边言晓晓猛地拉她的衣袖，导致她手一滑，把蛋糕扣在胸前。

关享以为言晓晓前男友全家突然来袭，立刻高度警惕。可她顺着言晓晓视线方向看去时，只见一辆自行车晃晃悠悠而过，骑车人高大英俊，坐车人……

"苏航？"

关享一声大喝，言晓晓拼命点头。两人面面相觑，这家伙什么时候有了男朋友，竟然没和她俩说？

苏航回到家中，只想通过睡眠抚慰被沈铎折磨的心。没想到关享竟然带着言晓晓破门而入，一定要她老实交代。

得知高大英俊男就是沈铎，关享眉毛高高挑起："你还说你们没情况？"

苏航抱着薄被坐在床上，伸出四根手指："他吃了我四千块。"

听完来龙去脉，关享立刻翻脸："简直是人渣中的战斗机！你可千万别和这种人有情况！一个男人为你花钱不一定爱你，不为你花钱肯定不爱你。如果他想着花你的钱……"

关享拉过言晓晓推到苏航面前："咱们家有一个反面典型就够了！苏航，虽然长得帅看上去赏心悦目，但是不能当饭吃，更不能当钱花，没事看看可以，结婚、恋爱免谈！"

"我和他没情况，过去没有，现在没有，将来也不可能有。我们就是单纯的……"苏航想说友谊，可是就沈铎的所作所为来看，好像用孽缘更合适。苏航又把沈漫云的事情说了一遍，听得关享和言晓晓目瞪口呆。虽然对沈铎极度不感冒，但对沈漫云关享是敬佩得很："一个女人，没文化、没本事，培养两个大学生，够了不起的。至于她干的那些事，从道德方面来说，肯定不对。但是从母亲角度讲，谁都得承认她是个好母亲！"

言晓晓点头称是："那个时候她又年轻又漂亮，完全可以不要两个儿子再嫁，可是她没有，我觉得沈铎不应该怪她……"

关享结案呈词："你帮他母子和解，他敲你四千块？"

苏航心中不爽，却不愿露在脸上："他刚刚不是才报答我，让我感受一下什么是大学时代纯真的恋爱……"

"你就应该直接告诉他，老娘宁愿坐在宝马里哭，也不愿意坐在自行车后面笑。苏航，这个男人，你绝对不能要！"

"你放心，想要也轮不到我。就他那长相，他那工作，身边至少一个排等着。"

"可就他这做派，一个连也能吓走！"

"这你就不懂了，"苏航摇头，好声好气地给关享解释，"越是条件好的男人，越是怕女人看上他的物质。所以，为了追求这些男人，女人会表现得一个比一个视金钱为粪土。再加上沈铎这种浪漫的调调……关享，别翻白眼，相信我，你觉得神经的行为，在大多数女人看来是浪漫的极致，我相信沈总应该是无往不利的。此外……"

苏航叹了口气："别忘了，这个世界上还有种群体叫白富美，从小被人捧在手心当公主养，哪儿见过沈总这调调啊。也就你我在这儿抱怨自行车了，没准人家坐回自行车就跟发现新大陆一样，对沈总一见钟情、再见倾心呢？请问在这种前有狼、后有虎的情况下，你觉得我何德何能可以拿下沈总这朵高岭之花？"

关享思前想后，觉得苏航的话很有几分道理，这才放心地带着言晓晓离开。苏航被闺密这么一闹，虽然疲惫到极点，反而睡不着了。她回味方才坐在自行车后座的那一幕，不得不承认，假如年轻个七八岁，光靠在沈铎背上那一刻，就够她怦然心动的了。可惜，错误的时候遇见错误的人，注定只能是个还算美好的回忆了。

只是，现实告诉苏航，她还是太年轻。沈铎这种人，怎么容忍美好回忆这种东西存在呢？

隔天下午，一份快递送到支行。办公室内，苏航打开包装，只见一偌大礼品盒，外表颇有二十世纪八十年代的风格。饶是以言晓晓的审美，都迟疑地说出："苏航，你买的啥？好像有点土啊……"

苏航可以以她的人格担保，这绝对不是她买的。在她的首肯下，关享打开了盒盖，只见盒内一束五颜六色的玫瑰花在五彩纸屑的包围下，娇艳得能刺瞎眼睛。

言晓晓觉得花朵的质地有些特别，轻轻捏了一下。随即，一朵花竟然被她整枝拔出。她正要向苏航道歉，花朵被苏航接过，随着苏航轻轻一抖，一条亮粉色蕾丝三角内裤迎风招展……

关享急忙检查盒内其他花朵，只见各种荧光色小内裤一条比一条亮眼，一条比一条面料少。最后一条桃红色，竟然由三根布条组成。

关享拎起小布条，对着太阳光欣赏："老苏，如果不是了解你，我还真以为你有特殊的兴趣爱好。"

苏航检查快递单信息，姓名、地址、电话全对，看来没有寄错，不知道是哪位的恶作剧。

三人正讨论着，苏航的电话响起。电话里沈铎笑得像吃错药："礼物喜欢吗？"

电光石火间，苏航想到内裤花："你送的？"

沈铎正色道："上大学的时候，很流行的，每年圣诞节、情人节，女生人手一盒！"

苏航用眼神指挥言晓晓把内裤花扔进垃圾桶："沈总，看不出来啊，您审美方面还有这种黑历史啊，给几个姑娘送过啊？"

沈铎像只猫咪一样慵懒地趴在办公桌上，打了个哈欠："给谁送过不重要，重要的是，男人说话要算数。说了让你感受一下什么是大学时代纯真的恋爱，就一定要让你感受一下。千万别和我客气！"

"谢谢，我不需要！"

"嘴上说不要，身体还是很诚实的嘛。让我猜猜看，你是不是已经扔掉了？不要这样，好歹也是人家的一片心意嘛！"

在沈铎的爆笑声中，苏航挂了电话。考虑到自己是成年人，不能像小孩子一样，苏航勉强控制住自己拉黑沈铎的冲动。

可是，内裤花只是开始。

第二天，苏航收到一个杯子，杯子上是沈铎从她朋友圈偷的照片。因为被印在圆柱形的杯身上，苏航一张巴掌大的瓜子脸，被拉成一张长宽相等的大饼脸。

苏航拿起杯子就要扔，被言晓晓死死拦住，说是有照片扔了不吉利。她要放进柜子，言晓晓依旧不让，还是说不吉利。无奈之下，她只好放在桌上当花瓶使用。罗行长来客户经理办公室布置任务，作为一个直男，罗行长看见这个杯子，一时眼拙，没认出照片上的是苏航，指着杯子问："这是我们行的赠品？这女的谁啊？胖成这样还出来做代言？"

苏航再也顾不上风水问题，立刻把杯子扔进垃圾桶。

杯子之后，是水晶球，里面刻着苏航的名字，还有一行字：爱你一生一世。

关享点评："淘宝爆款，送女友最佳创意礼物，月销过万件，好评如潮。话说，老苏，这玩意儿要是你高中收到，没准还挺开心的！"

苏航面无表情地把水晶球扔进垃圾桶。言晓晓欲言又止，苏航绷紧一张脸："就算上面有我全家的名字，它注定也只是一个垃圾！"

关享认为水晶球应该是下限，但是下限这种东西是用来突破的。隔天下午，言晓晓从快递送来的礼品盒内拎出一串玻璃风铃："我们初中还挺流行送这个的……"

关享摸着下巴干笑："沈总还真是言出必行啊，别说大学，连中学纯真的恋爱都让你感受一遍……"

苏航夺过言晓晓手中的风铃，扔进垃圾桶后拨通沈铎的电话："沈总，你差不多了。"

沈总坐在办公桌前，吃着蔬菜沙拉，吸着牛奶，笑得像个淘气的小朋友刚刚干完一出完美的恶作剧："说给你纯真的恋爱，就一定给你，少一点都不行！"

接下来的礼物，连言晓晓都觉得有点问题，满满一盒子的千纸鹤。只是叠这鹤的人，明显心不在焉，用的纸是打印过的 A4 纸不说，叠的纸鹤也是东倒西歪，缺胳膊少腿。

关享捏起一只，举到眼前，细细端详片刻："沈总保密原则做得不错，这纸上不是文件，应该是行政打印的废稿……"

关享同情地看着苏航："我收回我之前说的，沈总这是连小学生之间的爱都要带你一起感受一把……"

这次，苏航没有把礼物扔进垃圾桶，而是拿进洗手间，全部冲进马桶。

得知自己礼物的最终归宿是下水道，沈铎不无遗憾地感慨："开了三天会，我叠了三天。苏经理，你可真伤我的心。"

对此，苏航用一个字表示："滚。"

关享和苏航打赌，小学礼物之后，应该是幼儿园礼物，没准沈总能给苏航整出全套《喜羊羊和灰太狼》。

苏航捏着一块饼干，用力啃食，像是在啃沈铎的肉。同时，她又对关享说："你也给我滚！"

关享被骂后一点都不生气，甚至和言晓晓讨论沈铎下次送喜羊羊的概率有多大。言晓晓看看苏航的脸色没敢参与，晚上偷偷告诉关享："我觉得可能是毛绒玩具。"

关享和言晓晓都猜错了。收到礼物的苏航连包装都没拆，就要直接扔进支行后门口的垃圾箱，被关享拼死拦下。关享说无论如何也要见识一下幼儿园时代纯真的恋爱是什么样。

只是打开这份分量不轻的礼物，关享有一瞬间的失神。

只见 TF 唇膏礼盒，闪亮登场。

关享犹豫着问苏航："要不要打开？会不会是恶作剧？这盒我心动过，淘宝代购一万五。根据前面的礼物，我不认为沈总会出这种血……"

苏航面无表情地打开礼盒，五十支 TF 唇膏闪闪发光。

关享拿起一支，对着太阳，仔细观察："会不会是假货？"

苏航面无表情地打开一支，在手臂上划下三道颜色。关享拉过她的手臂望、闻、问、切后说："根据我的经验来看，是真货！"

关享沉思道："号称要让你体验纯真的恋爱，礼物价格从未超过五十块钱的沈总，突然送上一万五的唇膏，试问这是道德的沦丧还是人性的扭曲？"

这个问题，苏航直接向沈铎提问。沈铎正在独立办公室吃螺蛳粉搭配榴莲，进来送文件的秘书憋着气进来，憋着气出去。

"你不喜欢吗？那天我们去吃麻辣烫，我看见你放进购物车，并且目光至少停留一分钟以上。"

"谢谢，我很喜欢，只是……"

"只是有些贵重，不方便收？苏经理，在我心中，你可不是拘泥于这些虚礼的人。礼物的价格从来不是重点，我关心的是你收到礼物是否开心。如果用这笔对我而言不算多的人民币，能换到你的笑容，我会非常乐意。"

苏航的心没来由地软了一下，嘴角不自觉地微微上勾。正要开口道谢，那头沈铎嘿嘿一笑："我还给你订了一个一米八的熊，今天下午到。开心不开心？惊喜不惊喜？刺激不刺激？"

在沈铎的大笑声中，苏航挂上了电话。关享警惕地抱住唇膏盒："老苏，谁的钱都不是大风刮来的。你讨厌人可以，别拿东西撒气，毕竟还值一万五呢。你要是实在不想看见，我受累帮你收着，保证这玩意儿这辈子都绝对不会出现在你面前！"

苏航一笑，拿起一支唇膏对着镜子涂抹："沈总的心意，怎么能白费呢？我还等着和一米八的熊合影呢！"

苏航明明笑容灿烂，言晓晓却没来由地觉得有些瘆人，赶紧说家里的卫生纸、洗洁精需要补货。关享也想起来，她停在支行门口的车不知道被哪个不开眼的给剐了。

刚好苏航客户里有个开车行的，她发了联系方式给关享，说技术好价格又公道。

隔天中午，关享处理完手头工作，驱车来到苏航给地址的车行。一个穿着工装的年轻男人迎上来，尽管对方身上乌七八糟脸上满是黑油，关享还是一眼认出来："李格非？"

关享以为，李格非这时候就算不在美国花天酒地，也应该在豪宅里锦衣玉食，为什么会以这种造型出现在这里？

李格非以为，在这个人口几千万的国际大都市，他遇见熟人的概率应该无限接近于零，为什么还会碰到关享？

两人大眼瞪小眼，气氛一度陷入凝固状态。直到车行老板发现情况不妙，赶来化解尴尬："您好，您是要洗车还是修车？"

关享迅速反应过来，把车钥匙扔给老板："随便，你看着办。"

李格非转身就走，关享紧随其后："你怎么在这儿？"

李格非甩不掉关享，干脆钻到车下检修发动机，眼不见为净。

关享看了看一地的污渍，又看看了身上的行服，拿起一张旧报纸铺在地上，双膝跪地，两手一撑，侧着脑袋往车底看："喂，问你话呢，你聋啦？"

李格非为了证明自己听力正常，扔出个扳手，作为答复。

扳手贴着关享的脸蛋飞过，气得关享从地上爬起，一脚踢在车门上。李格非怕她弄坏车子，从车底出来，神色冷漠："关你屁事。"

关享又急又气："我关心你才问的！"

"我需要你关心？我和你很熟吗？"李格非把手中的抹布扔在关享脚前，"麻烦离我远点，谢谢！"

老板检查完关享的车，拿着报价单过来，知道关享认出李格非，神情有点慌张。

"您是苏经理的同事……"看着关享恶狠狠地在报价单上签名，老板越发小心翼翼，"我给您打了七折，您看行吗？"

既然是苏航的客户，关享也不绕圈子，拿笔指着李格非消失的方向问："李格非怎么会在你这儿？"

老板更加误会关享的来意："李少……李格非他……他过去要是得罪过您，我替他向您赔不是。您大人不记小人过，别和他一般见识……"

关享一头雾水，老板见关享不答，直接把报价单撕了："您的车，我免费帮您修。李格非过去再不好，现在就是我店里的一个小工，您高抬贵手，放过他吧。"

关享被搞糊涂了，打车回单位找苏航。苏航听说李格非在车行当小工，微微思忖，劝她少安毋躁。

关享一拍额头，一脸愤愤："我算是想明白了，李格非亲妈早在美国结婚生子，认李格非就是承认自己的黑历史。至于他那些朋友，哪个不是狗眼看人低，能认如今的李格非？"

关享瞪了苏航一眼，脱口而出："我能想明白的事情，你能想不明白，你还劝我说他没事？"

"我是你的朋友，于情于理，当然希望你不要想太多。"

苏航的理由完美无缺，憋得关享说不出话来，坐在位置上生闷气。苏航也不劝，拨通车行老板的电话，聊了足足半个小时才挂。

苏航招手叫关享过来，说是有要紧事商量。关享气她骗人，本不想想，转念一想这事必定和李格非有关，便不情不愿地坐到苏航旁边。

苏航也不计较关享的态度，慢条斯理地把事情说了一遍。

当初李格非被赶出家门，身无分文，即将流落街头之际，遇到车行老板。当年这位老板还是小工时，李格非经常光顾他干活的车行。因为技术好，李格非给过好几次数额不菲的小费，老板一直记在心里。

虽然李格非完全不记得这事，但是老板记得。老板当即就把李格非带回车行，收拾出一间屋子让他住下。

没曾想，李格非住下后做的第一件事，就是把自己反锁在屋里三天三夜。就在老板急得要打110的时候，瘦得脱形的李格非晃晃悠悠地出来，问老板缺不缺人，他对车熟。

李格非没骗人，曾经爱车如命的他，在老板的指点下很快上手，干起活来竟然有模有样。只是，李格非变得异常沉默，一个星期说的话甚至不到十句。

关享听到这里，心头一颤，不自觉地抬起头去看苏航。

苏航郑重地点了点头："我收回之前对李格非的评价，这位李少爷不是个单纯的纨绔子弟。遭遇这么大的变故，崩溃的有，受人激励发愤图强的有，但是像他这样，自己一个人挺过来的，不多见。只是……"

苏航轻出了一口气："关享，我不知道你想干什么，但是我得提醒你，帮李格非就是和李婉仪过不去。你现在的业绩，仰仗的是李婉仪。"

"我知道。"关享声音轻不可闻，"可是，他到今天这一步，和我多多少少有点关系。如果他不和我赌气，把钱转到……"

"你以为他不犯这个错，就不会犯别的错？他们之间的矛盾早晚要爆发，只不过缺少一个契机。就算没有你关享，也有张享、李享！"

苏航冷笑："行了，关享，你不适合当白莲花。管好你自己的事，李格非的人生和你没有交集。"

关享有些犹豫，有些话最终没有说出口，化为一声无奈的叹息，郁结心头，久久不能消散。

几天后，关享接到车行老板的电话，让她去取车。关享借口咨询二手车买卖，来到老板办公室，把一万元现金放在桌上，请他分十个月给李格非，就说是客人给的小费，但是不要提她。

老板好奇关享和李格非的关系，要知道李格非原先的那些朋友，别说给钱，听到李格非的名字，都唯恐避之不及。

关享的理由和老板一样，既不是同情，也不是怜悯，只是欠李格非的人情，一定要还他。

关享取了钥匙，正要离开，只听怒骂声从门口传来，两个男人一前一后急匆匆地走进店内。

领头的男人，相貌英俊，衣着华贵，只是言语尖酸、表情刻薄，让人心生厌恶。

"谁让你把我的车送这儿来的？我的车是什么车？这儿配洗吗？"

身后的男人被骂得神色惶惶，诺诺点头。

关享定睛一看，骂人的竟然还是位老熟人。

离开了李格非的杨兴似乎过得更加风光了，从上到下一身奢侈品。只是他的品位依然堪忧，穿上龙袍不像太子，一股子暴发户的味道。

关享冷眼看着杨兴，想起之前李婉仪的话，李格非身边所有人，包括阿姨在内，都是她安排好的。那么，眼前这位杨兴肯定也是其中之一。

关享往外走去，擦肩而过时，故意撞到杨兴："好狗不挡道。"

杨兴自打进门，一直忙着责骂助理，根本没注意到关享。直到听见有人骂他，他才扭过头来怒喝："你骂谁？"

关享站定，狠狠剜了杨兴一眼，嘴角却带着故作惊讶的笑意："这么巧？这不是杨总吗？"

认出关享，杨兴的态度立刻软下来。之前他在李婉仪面前诬陷关享和李格非不干不净，没想到李婉仪不但没有把关享怎么样，还让助理警告他管好他那张破嘴。

多年跟班的经历，让杨兴十分懂得眉眼高低，当下便明白，关享不是他应该惹的。有道是大丈夫能屈能伸，如今他也是部门负责人了，怎么会和关享这种人一般见识？

杨兴极力镇静下来，瞪了关享一眼，领着随从，去找老板。

关享冲着杨兴的背影啐了一口，去门口取车。手摸到方向盘的一刹那，关享突然想起，以杨兴的个性，如果遇见李格非……

关享立刻下车，折回车行。

果然，车行后场，杨兴正指着李格非的后背破口大骂，老板在一旁急得面红耳赤。

杨兴声称，他把车送来之前，用手机拍摄过里程数，刚刚验车，发现多了近三百公里，肯定是李格非偷开的。

杨兴暴跳如雷，李格非恍若未闻，专心致志地给另一辆车补漆。老板好不容易插上嘴，赌咒发誓，不光李格非，店里的任何一个人都不会做这样的事。

"那车的公里数是怎么回事？车子自己会动啊？"杨兴额上青筋暴起，"李格非，你不敢说话，是不是心虚了？"

李格非的声音清晰而没有温度："你那车，我看不上。"

李格非的态度让杨兴愤怒至极，过去李格非看不起他，是因为李格非有权有势。如今的李格非，凭什么看不起他？凭什么还拿过去的态度对他？他要让李格非学会什么叫尊重！

"你还不承认？我马上报警！我要调监控！我要送你去坐牢！"

老板第一次遇到这种情况，吓得呆立当场，束手无策："监控……监控前几天坏了，还没修好……"

听说监控坏了，关享心头一动，走上前去，不动声色地将李格非护在身后说："杨助理，做人留一线，日后好相见。之前李少对您可不差啊！"

此时杨兴已是李氏集团部门主管，关享突然以旧称呼相称，显然是在提醒他过去的身份。杨兴一时火气上头，顾不上李婉仪的警告，恨恨道："关你屁事！"

"你诬蔑我朋友，怎么就不关我的事？"关享微微一笑，行若无事。

杨兴脸上的气急败坏转而化作鄙夷不屑："你朋友？你脑子有毛病吧？你以为他还是李少啊？我告诉你，李家不会认他了，他完蛋了！"

"那又怎么样？你以为人人都像你一样，见高踩低？"关享冷笑，"几日不见，翻脸不认人的本事见长啊？也不知道当年是谁哭着喊着求李少给他个机会？"

杨兴最恨别人提他曾是李格非的跟班，此时已气得满脸通红，浑身颤抖。

关享眼波一转，轻笑道："你再往前走一步，我就喊'非礼啦'，不信你试试？"

杨兴气得面目狰狞，却也顾及自己在助理面前的形象，把一肚子的污言秽语压在喉咙中："你这是诬陷！"

"你怎么对我朋友的，我就怎么对你，"关享口齿伶俐，"反正这儿也没监控，全凭咱们两张嘴，就看到了公安局，警察叔叔相信谁！"

关享看杨兴脸上逞强，眼中已有怯意，随即换上一副和颜悦色的笑容，好声好气道："我和你女朋友的闺密很熟，要不要请她通知你女朋友的父母过来？这未来姑爷被人告非礼……"

在关享得意的笑声中，杨兴带着助理含怒而去。老板对着关享千恩万谢，李格非依然一言不发。果然，他人不讨喜这点从未改变。

方才的一幕，老板知道关享和李格非是旧相识。虽然不清楚关系，老板还是识趣地走了，留二人独处。

李格非直到把那块漆补到完美无缺才站起来，扫了一眼关享："你还不走啊？"

关享早就被李格非折腾到没脾气，气定神闲："我帮你这么大忙，你就这态度啊？"

李格非冷冷一笑："我请你帮了吗？"

关享嘟了嘟嘴："那至少请我喝杯茶吧？"

李格非拿抹布擦干净手，走了几步，发现关享没跟上，便说道："你不是要喝茶吗，还不走？"

关享立马凑上前来，跟着李格非来到车行后面的杂物间。

只见十来平方米的房间内，堆满各类配件，除了一张床，几乎没有多余位置放生活用品。

李格非拿了一瓶矿泉水递给她，关享抬了抬下巴："就这啊？"

李格非目光从她身上拂过，视她如空气："爱喝不喝。"

关享环顾四周："你住这儿？"

李格非应了一声，把喝完的空瓶放到门口，集到一定数量，保洁阿姨会卖掉换钱。他活到二十七岁，现在才知道生活不易，赚钱太难。

关享眼中闪过一丝怜惜。这条件，别说是富贵人家的少爷，就算穷苦出身的农村孩子，恐怕也很难适应。

关享咬了咬唇，脑子里闪过一个念头，脱口而出："我家里还有一个空房间，你要不要搬来住？"

关享怕李格非误会，急忙解释："我不是同情你，我就是不想欠你人情。"

李格非心头一动，脸上还是淡淡的："我过去做的那些事，你不恨我，我已经很感谢了，你说你欠我人情……"

关享看了李格非一眼，掰着手指算账："你给的小费和单位的奖金，哪样不是钱？钱就是人情！如今我没钱还你人情，拿房租抵账，你看怎么样？"

李格非垂下眼睛，似乎在考虑。

关享踌躇片刻："杨兴那种人，不会放过你的。你继续留在这儿，不光是给自己找麻烦，也是给老板找麻烦。而且，你总不能一直当修理工吧？"

李格非被说中心思，沉思片刻，点了点头低声答道："谢谢你。"

关享自打认识李格非，从未从他嘴里落到半句好话，李格非突如其来的感谢，让她有些不好意思。为了掩饰微微发红的脸蛋，关享告辞回行，让李格非考虑好后联系她。

办公室内，言晓晓去了分行审批吴楚一的贷款，苏航听关享磕磕巴巴地汇报完思想工作，扬了扬眉毛，饶有趣味地看着她："关经理，胆子不小啊，铁了心和李婉仪作对？"

关享畏惧地看了苏航一眼，哭丧着脸："才没有，我本来打算就给他点钱的，可不知道怎么回事，看他住的那地方，我就……"

苏航目光落在关享脸上，似笑非笑："你不会是真喜欢他吧？"

关享神色剧变："怎么可能？他……他……他穷……我……"

"他是穷光蛋，你是立誓要嫁富二代的女人，你帮他只是日行一善。"见关享被吓得口齿不清，苏航帮她补全，"其实李婉仪那边你倒不用担心……"

苏航轻笑："她能放李格非一条生路，就是对这个弟弟还有点感情。再说了，就凭你，能掀起多大风浪。不过……"

苏航轻轻弹了弹指甲："你是不是忘了件事？你让外人搬进家里，有没有问过房东？"

一语点醒梦中人，关享懊恼地直跺脚，慌乱之中，竟然把这头等大事忘了。

不一会儿，言晓晓从分行归来，正要向两位老师汇报审批情况，被关享按在椅子上，说是有要事商量。

言晓晓以为自己做错了什么，吓了一跳。她苦着脸往下听，却发现这要事的主角竟然是当初把关享折磨得七荤八素的李格非。

富贵公子落难，咬牙发愤图强。这种八点档剧情当即让言晓晓消除了对李格非的恶感，尤其是听到杨兴如何欺负李格非后，言晓晓甚至开始同情这个曾经的富二代。

关享见言晓晓听得心有戚戚焉，知道火候已到，怯怯地恳求道："我想让他搬到咱们书房……"

言晓晓十分同情李格非的遭遇，只是李格非一个大男人搬来和她们三个姑娘一起住，她一时有些犹豫。

苏航看出言晓晓的心思，微微一笑："现在男女合租很正常，再说了，咱们小区人少，家里有个男人也安全点。"

在言晓晓心中，苏航说话向来是最有道理的，她便立刻点头同意。

当晚，三人合力把书房布置好，苏航指着沙发床上的全新铺盖，让关享付钱："这些可都是晓晓之前为自己准备的嫁妆，不能白白便宜了李格非。"

关享装可怜，苏航丝毫不为所动，又拖着她来到公共区域的卫生间，让她装热水器、淋浴房。

言晓晓节省惯了，舍不得关享破费，刚要开口，被苏航一句话说动："现在就你房间的卫生间有热水器，总不能等李格非来了，也让他去你房间洗澡吧？"

　　眼睁睁地看着小一万就这么没了，关享心疼得眼泪差点儿掉下来，直喊好人做不得。苏航借机又让关享在书房装了台空调，美其名曰"好人做到底"。

　　关享按约定时间去接李格非。老板之前和苏航通过电话，知道李格非走对大家都好，硬塞了三个月工资给他，说是奖金。

　　李格非和同事依依不舍地告别后，上了关享的车。关享看着他怀里小小的双肩包，不由得问道："你行李呢？"

　　李格非下意识地收紧胳膊："我从李家带出来的东西，都在这里……"

　　李婉仪说过，李格非是净身出户，包里的，恐怕也是当时他身上那套衣服。

　　李格非现在身上穿的是车行的工服，关享考虑到就算李格非再不讲究，换洗衣服也得有几套。

　　关享一打方向盘，决定先不回家，转而往商业中心驶去。

　　关享开车和她说话一样，都是冲头冲脑。李格非眯着眼睛打量着她，眼前这个女孩是漂亮，可那顶多也就是普通的漂亮。至于性格，从之前的交往来看，那时的她简直令人厌烦。

　　所以，他从来没有对这个女孩子好过，他把这个女孩当成玩具，任意羞辱践踏。可是，谁能想到，最后留在他身边的为数不多的人当中，这个女孩子几乎是对他最好的一个。

　　这样的念头不过一瞬，已经勾起昔日种种回忆，李格非心中满是酸辣苦涩。他握紧了拳，深深地吸了一口气，提醒自己：既然决定要以李格非的名义好好活下去，就不能再纠结去，他必须面对这一切。

"其实我根本不记得老王，他说我对他很好……"提起车行老板，李格非心头微微一暖，语气柔和起来，"我以前的脾气我自己知道，怎么可能对一个小工好，无非是居高临下地施舍点钱……"

李格非唇边的笑意含着一丝酸楚："可他记得我，让我跟他走，如果不是他……"

李格非的神思似乎有些飘远。关享默然片刻，故作轻松地道："丑话说前面，我可不是记得你的好……"

关享横了他一眼："我就是还你人情！"

李格非淡淡微笑，缓缓闭上眼。这些日子，他太累了，现在，终于有机会能歇一歇。以前他觉得关享一无是处，现在他终于发现她的优点：即使在全世界眼中，李格非和李少是两个物种，可在关享眼里，从来没有区别，永远是一样的刻薄。

商业中心，李格非几乎是下意识地停留在DIOR的橱窗前。

关享失笑："朋友，醒醒，你看看价格。"

李格非恍若未闻，隔了许久，不经意地说："买一件这样的衣服，我要洗一百多辆车。"

关享正要嘲讽李格非当年的奢靡，李格非淡然一笑，转身离开。Dior的橱窗和他过去的人生一样，都是应该被抛到脑后的东西。有一两次，李格非犹豫着想要回头看一眼，最终还是忍住，大踏步离开。未来的路肯定会更加艰难，可是他别无选择。

关享不可思议地看着李格非的背影，那个骄横跋扈、眼高于顶的李少去哪里了？难道真被苏航说中了？短时间内，李格非换性格了？

憋了一肚子刻薄话的关享领着李格非来到海澜之家，二百多元的外套，硬生生被李格非穿出大牌的感觉。

年轻营业员纷纷被李格非的帅气迷惑，看得眼都不眨。年纪大一些的，则交口称赞关享和李格非好一对金童玉女。关享开始还解释一二，次数多了，索性由着营业员赞美。

买好外衣，关享又带着李格非采购内衣。

超市里的内衣货架旁，李格非竟然不知道自己内裤的尺码，关享突然想起一件事："你不会没洗过内裤吧？"

李格非表情有些尴尬："最近才学会。"

"那以前呢？"

"有阿姨，还有……"

李格非欲言又止，关享立刻想到杨兴。难怪杨兴对他这么大仇、这么大怨，一个大男人给另一个大男人洗内裤，想想是怪可怜的。

关享拆了一包内裤，在李格非身上比画。周围人来人往，李格非提醒她注意形象。

关享一巴掌打飞李格非阻拦的手："这玩意出门不能退换的，买大了还好，买小了怎么办？我们一家四个人除了你，没人能穿。"

关享把拆开的内裤原样封好，连同另外两包扔进购物车。她在前面找男士睡衣，李格非推车在后面跟着。关享刚才说"我们一家四个人"，之前老王也是说"我带你回家"。李格非以为自己没家了，没想到这么快，又多了两个家。

两人大包小包回到家时，言晓晓已经准备好了晚饭。虽然关享明确表示李格非就是来吃白饭的，不用专门招待，言晓晓还是做了一大桌子好菜，欢迎新同居人。

之前在车行的时候，车行刚起步，经费不宽裕，连老王在内都是盒饭维生，李格非吃了一个多月的盒饭。今天就着一桌子菜，李格非一口气吃了三碗饭，关享和苏航已经坐到沙发上看电视了，李格非还在吃。

苏航瞟了一眼李格非，轻轻一笑："看样子，吃了不少苦啊。"

关享塞了一嘴哈密瓜："那是，简直能拍连续剧。"

苏航赞赏地看着李格非："情绪还挺稳定的。"

关享咽下水果，不信地摇头："这就是我最不明白的地方。我以为像他这样的人，遇到屁大点事就能要死要活，没想到真出大事了，还挺冷静的。"

苏航似笑非笑："你也太小看人了……"

"我小看人？"关享嗤笑，"我和你赌一个包，他李格非就是一落难的'小公主'，现在硬撑着不哭，后面肯定有哭的时候！"

苏航摇了摇手指，关享以为她不敢赌，苏航又竖起一根手指："赌两个，敢不敢？"

两人在沙发上打闹起来。不远处的餐厅，李格非吃完第四碗饭，言晓晓领着他来到书房。

沙发床上的新被褥，书桌旁的小衣柜，一一彰显出主人的用心。

言晓晓看李格非一直在打量，有些不好意思地说："条件差了点，你别介意。"

床单的颜色有些土，枕套的图案有些俗，可是看上去温暖极了。李格非立刻想上去躺一躺，又怕身上的衣服弄脏东西，于是伸手摸了摸被子。不是他之前用惯的蚕丝被，是他在老王那里用过的棉花被。相比蚕丝被，有点重，有点硬，但是摸在手里，有种让人安心的感觉。

言晓晓更加不好意思："按理说这天气应该盖空调被，但是家里没有多余的了。关享给你从网上买的还没到，夜里开空调不盖东西又冷，你先凑合一下，等新被子来了就给你换。你放心，这被子不厚，不热的。"

李格非点头，他一直郁结在心头的寒冰正一点一点地化开，轻声说道："谢谢你，我很喜欢。"

10

也就勉强

有点可爱吧

老王给的钱，除去买衣服和日用品花掉的，还剩一大半。李格非把剩下的钱拿给言晓晓说是伙食费。言晓晓心疼李格非，口口声声说也就是多双筷子的事，无论如何都不肯收。

关享也跟转了性一般，竟然让李格非把钱收起来。苏航正诧异间，关享已经把李格非拖进洗手间，指着浴缸和马桶，要求他务必刷到发亮。

之后，在关享的要求下，除了做饭、洗衣服，所有家务全部移交到李格非手中。理由是家里不养吃白饭的。

言晓晓每晚听着厨房或卫生间传来的大呼小叫，很担心。她找苏航商量说，李格非已经够惨了，关享再这么刺激，会不会出事？

苏航让言晓晓仔细听，这几天是不是有什么变化？言晓晓不明所以，还是蹑手蹑脚地来到厨房门口。

果然，厨房内的战争已经从最开始关享单方面指责李格非连个碗都刷不好，变成关享和李格非之间的混战。李格非用更为丰富的词汇反击："你行你去刷啊！"

厨房内越吵越激烈，苏航把言晓晓拉到卧室，轻声笑道："明白了吧？"

言晓晓不明白苏航的意思，不过李格非的变化她倒是看得十分明白。刚来的时候，李格非整个人都是冷冷的，连眼神都不带一丝情绪。如今像是活过来一样，和关享各种嬉笑怒骂，活泼极了。

言晓晓思绪辗转。苏航含着笑意侃侃而谈："你小心翼翼照顾李格非的情绪，当然是对的。但是，你这样做，就是把李格非当成一个需要安慰和帮助的弱者。李格非不是那样的人，他更需要的是自尊……"偶尔一两声女高音穿透房门传到卧室，苏航差不多能想象到关享气急败坏的样子，"关享和你完全相反，她完全不顾及李格非的情绪，过去怎么对他，现在就怎么对他。在她眼里，李格非根本没有变化，这样的感觉，才是李格非最需要的……"

言晓晓恍然大悟，连连点头："还是关享心细，我还以为她是气李格非之前让她刷游泳池，所以……"

苏航摆了摆手，笑容带上一丝无奈："不是关享心细，她就是单纯地报仇雪恨……"

苏航话音未落，关享气势汹汹地推门进入，后面跟着怒发冲冠的李格非。

关享指着李格非，向言晓晓告状："他把你准备陪嫁的大花碗打碎了！"

李格非立刻反驳："我碗洗得好好的，她非说我姿势不对，让我把碗给她，是她没接住打碎的！"

"是你没拿好！"

"是你没接住！"

"你还好意思狡辩？"

"你造谣就好意思了？"

言晓晓自知以她的智商，哪能断得了这种悬案，怯生生地望向苏航。苏航淡淡一笑，两边安抚着说："不就是个碗吗？俗话说得好，碎碎平安，明儿我去再买几个给晓晓。"

　　见苏航说得轻松，关享当即冷下脸："这是碗的事吗？这是谁是谁非的问题！"

　　李格非和关享难得意见一致，面带不屑之色："是我摔的我承认，不是我摔的，你逼我认就是陷害我！"

　　于是，言晓晓吃惊地看着苏航被关享拖到厨房，随即又瞪大眼睛看着李格非和关享手舞足蹈地给苏航重演整个案发过程。

　　苏航被吵得头痛欲裂，不由得提高声音让两人住嘴。只见两人手中的道具应声落地，残存的另一只大花碗也摔得粉碎。

　　苏航沉下脸："这大花碗是一对，一个死了，另一个也不肯独活……"她看了看地上的瓷片，眼睛在关享和李格非脸上来回扫过，"你们俩能不能学学人家，讲点团结友爱好吗？一天到晚就知道吵！"

　　"他要勤快点，我能说他吗？"

　　"我懒在哪儿了？浴缸我都擦八遍了！"

　　"你擦个浴缸就嫌累啊？当初整个游泳池我一口气擦了三遍！"

　　"你不就是公报私仇吗？别瞎造谣我没干活！"

　　苏航深深地吸了一口气，拉着言晓晓退场，把厨房留给两人继续战斗。

　　言晓晓不放心："就让他们这么吵？"

　　"不然呢？"苏航按着太阳穴，"陪他们一起吵？"

　　见言晓晓被自己说得有些讪讪，苏航急忙解释："他俩也不是第一天这样，也没见伤感情，随他们去吧。"

　　关享下班和李格非斗嘴，上班也没闲着，天天蹲在求职网站上帮李格非找工作。李格非大学念的是金融，可是工作经验全无，想找专业对口的工作是有些难度的。

　　最后关享灵机一动，把目光投向餐饮业。

　　得知关享让自己去麦当劳应聘服务员，李格非宁死不从。关享迎头暴打："怎么着，你还想当领导啊？也不看看你自己几斤几两？除了吃喝玩乐，你还会干什么？有人要你就不错了，你还挑肥拣瘦？你去不去？不去我打破你的头！"

苏航把关享的话翻译成人话："你这个年纪，完全没有工作经验，想找专业对口的工作有一定难度。工作没有高低贵贱之分，先干几个月，就当接触社会刷经验值，方便以后换工作。"

言晓晓点头称是："你不要觉得服务员丢人，不会的。只要不偷不抢，凭自己双手劳动吃饭，没人会瞧不起你的！"

李格非被说得哑口无言，哭丧着脸在电脑上填写应聘表格。苏航把关享、言晓晓拉到自己房间，叮嘱关享："你也不要逼太狠，他抵触是正常的。你想想当初那个车行才多少人去，这麦当劳有多少人去？万一遇到个认识的……"

苏航露出一个意味深长的笑容："以前他得罪的人可不少，有的是愿意落井下石的……"

关享轻轻一哂，脸上带着轻蔑之色："你说的这个，我早就想到了。我为什么逼他，就是想让他早点面对现实。他这辈子回不到李少了，他得学会当个普通人。如果他想好好活下去，就不能一直缩在家里，就得面对残酷的现实！包括可能会出现的嘲笑与侮辱，谁让他当年那么嚣张，如今倒霉也是他自找的。他这叫活该！"

言晓晓当然知道关享说的都对，就是方式和方法未免有些让人不舒服："关享……"

"嫌我说话难听？"关享冷笑，"不好意思，我就这态度。他要嫌我态度不好，让他找态度好的！姑娘我还不伺候了！"

几天后，李格非收到面试通知。关享像押解犯人一样把他押到面试地点。

停车场，关享把李格非从副驾驶位置上拽下来。

一楼电梯间，关享揪着李格非的衣领把他拖进去。

公司前台，关享指着李格非的鼻尖："你去不去？你去不去？你不去？不去我今晚就把你扫地出门，让你睡大街！"

李格非一步三回头地往里走，眼神里的哀怨，不像是去面试，像是去出卖肉体和灵魂。

关享左看右看确定没人能看到他俩的哑剧，左手和右手齐齐竖起中指，算是给李格非打气。激得李格非还以中指，憋着一肚子气走进面试的会议室。

面试官看完李格非的简历，想起最近火爆全网的新闻：某女生花几百万留学归来后，应聘月薪五千的职位。

面试官诚恳地问李格非："你为什么想要这份工作？"

这个问题早在苏航的预料之中，并且早就为李格非准备好了标准答案，李格非同样诚恳地背起书来："因为我想靠自己，我想证明自己。"

"这份工作会很辛苦。"

"我不怕辛苦，我只怕没机会辛苦。"

"这份收入并不高。"

"钱对我来说很重要，但不是最重要的。我相信以我的能力以及勤奋，我的收入会随着我的职业发展逐步提高的。"

一周后，李格非收到入职通知书。

李格非眼含热泪和关享商量："我一定要去吗？"

关享堆起一脸假笑："你不去试试？"

入职当天，关享送李格非来到麦当劳餐厅，临走前还不忘在李格非胳膊上掐了一把："好好干活，你要敢跑，我就把你赶出家门！"

兴许是关享的威胁起了作用，李格非工作第一天很顺利。只是当晚一到家，他就眼泪汪汪地跟言晓晓诉说委屈："晓晓，你看我的手，都要脱皮了！"

言晓晓看着李格非红彤彤的手直心疼："这是怎么了？怎么会这样啊？"

李格非鼻子直抽抽："我今天擦了一天桌子。我有强迫症，抹布必须是雪白的，一脏我就去洗。洗了几十次抹布，我的手就变成这样了！晓晓，我的手好痛啊！"

苏航听着也心疼："你也真是的，你没事老洗那个抹布干什么？就算一定要洗，也戴个手套啊！"

关享最看不惯李格非这种少爷做派："哎哟，瞧把你委屈的。不就是洗几十次抹布吗？我告诉你，当年我上大学为了赚生活费，一个人扛着一麻袋洗衣粉走了一站路，也没你这么委屈啊。看把你娇贵的！"

晚饭后，关享拿着护手霜到书房，没想到李格非已经趴在床上睡着了，怎么摇都摇不醒。

关享放下护手霜走人，走到门口，又折了回来。她拿护手霜给李格非涂了满手，细细地按摩起来。

李格非梦里还在擦桌子，嘟嘟囔囔地喊手疼。关享心里一抽一抽的，又去拿了一双精油手套给李格非套上。

临走前，关享把李格非睡歪的脑袋给摆正，对着他那张俊脸说出心里话："我不是逼你，这不是没办法吗？你总得接触社会吧。我答应你，你先干着这个，坚持几个月，刷点经验值后，我一定帮你找到专业对口的！"

李格非早起看见手套，认定是言晓晓所为，早餐桌上一个劲儿感谢言晓晓。言晓晓被感激得莫名其妙，知道真相的苏航干笑连连。正主关享则被气得直翻白眼，心中大骂李格非是白眼狼，嘴上却什么都不说。

　　两周后，李格非新员工培训结束，根据其意愿，他被分配到关享支行隔壁城市综合体的门店内。

　　关享一天问苏航、言晓晓八次要不要吃麦当劳。苏航被问得实在不耐烦："你要想去看他，就直接去，不要借口说是请我们吃东西。从今天早晨到现在，我们已经吃七顿了。我和晓晓是没事，你看看你那腰，再这么吃下去，你就会从上到下成一条直线的！"

　　关享指责苏航不识好人心，拿着钱包跑得比谁都快。她不是担心李格非，她是担心隔壁城市综合体，那么大的人流量，万一出现个认识李格非的，那还得了？

　　李格非这事，虽说已经成为都市传说，可毕竟还是在特定圈子内流传，没到全民皆知的地步。万一要是被认识李格非的人曝出来，他还怎么在单位上班啊？群众八卦的热情，那是从来都不能小看的！

　　关享对李格非的关怀之情，实在异于常人，导致李格非看见她就烦！他只想安安静静地擦个桌子，扫个地。结果每隔一个小时，他头一抬就能看见关享嘴里叼着薯条或者鸡翅，或是吸管，瞪着大眼睛虎视眈眈地看着他，活脱脱像是地主在监督自家长工！

　　此刻，李格非又感受到来自背后的视线。他烦不胜烦地扔下抹布，准备好好和关享谈一谈。结果在他看清楚背后坐的是谁后，一下子陷入到奇怪的沉默中。

　　夏约手托着下巴，定定地瞧着李格非，像是在看什么稀有动物。当初闺密告诉她李格非在麦当劳擦桌子，她以为只是长相相似，没想到还真是本人。

　　夏约忍不住露出一个甜蜜的笑容，左手长长的指甲划在托盘餐纸上，发出刺耳的声音。夏约优雅地将一份冰淇淋倒在地上，勾了勾手指："我不小心打翻了，麻烦你帮我收拾一下好吗？"

　　李格非看着夏约的眼睛，和她的笑容截然相反，里面满是恶毒。

李格非闭了一会儿眼，当他再睁开时，脸上已经没有任何情绪。按夏约的要求，李格非走过去，把打翻的冰淇淋收拾干净。

夏约对李格非的表现十分满意，她小心翼翼地把一个苹果派从中间掰开扔到地上，用脚掌踩得粉碎："麻烦你，帮我打扫一下。"

这一幕全落在关享眼中。从刚才的冰淇淋起，她就看出不对劲，只是没敢贸然上前。现在，她确定以及肯定，眼前这个女的是来找不痛快的！

"你是谁？你想干什么？"关享快步上前，把李格非挡在身后，眼神如刀，刮过夏约全身。

夏约轻轻弹走身上一小块碎屑，双手交叠放在膝上，展颜一笑："这位小姐，这话应该我问你才对。我和我男朋友说话，你插什么嘴啊？"

关享的怒容一瞬间被冻住。过了好一会儿，她才回头看向李格非，李格非的沉默仿佛给出了答案。

夏约瞟了眼关享，轻笑一声："难不成你是他新找的？按资排辈，你得喊我声姐姐啊！"

关享愣了愣，一时不知该如何处理这个问题。眼前这姑娘，可从未听李格非说过。她硬起头皮，强撑起一副理直气壮："我是他朋友。如果你是他女朋友，之前他出事的时候，你在哪里？这会儿跑出来找他麻烦？就算你不能雪中送炭，也不至于落井下石吧？这对你有什么好处？做这种损人不利己的事有意思吗？"

夏约眼中的恨意，慢慢弥漫到脸上，笑容变得很古怪："之前我为什么没有出现，他一定知道。我为什么跑来痛打落水狗，他一定更知道。对不对，李少？"

此时快到用餐高峰期，餐厅内人来人往，关享三人偏居一隅，倒也不引人注意。李格非终于开口，声音沉沉入耳："对不起。"

"对不起？"夏约发出一阵刺耳的笑声，"你之前对我做的事情，仅仅一句'对不起'就结束了？咱俩虽然是相亲认识的，但是你应该知道我是爱你的，可你是怎么对我的？"

夏约望向关享，语气中带着讥讽："我知道你。有段时间，你被他整惨了，我还劝过他，不要太为难你。可是你知道我是谁吗？你知道他有女朋友吗？你知道他女朋友很爱他吗？你不知道我的存在，很多人都不知道我的存在。我就像是个隐形人一样，看着他花天酒地，看着他夜夜笙歌，看着他身边从来没有断过女人。"

关享心中一阵阵发紧，夏约唇角微扬："就在他出事前一天，他告诉我，他从来没有喜欢过我，找我当女朋友只是因为他父母喜欢。他让我老实待着，不要烦他。你说他凭什么这么对我，不过就是仗着我喜欢他罢了。但是喜欢这种东西，是会被消耗的。从那时起，我对他已经只剩下厌恶了……"

关享相信夏约没有说谎。以她对李格非的了解，夏约所说的，李格非完全干得出来。

"我讨厌他，但是我没有害过他。当他被赶出李家，一堆人争先恐后地向李婉仪举报他之前的所作所为，我没有说他一个字，这已经是我最大的善意了。我承认今天我来这里，是来看他的笑话的。可你觉得我不应该来吗？我做的事情，比起他当初对我的态度，算过分吗？"

关享下意识地摇了摇头，她迎着夏约的目光说道："就算你做得再过分，也是他活该，没人要求你原谅他。可是，他今天站在这里，算是得到应得的惩罚了。如果你真的喜欢过他，就不应该再继续。"

夏约侧过脸，轻咳几声，算是认同关享的说法。她慢慢站起身，走到李格非面前："看到你现在的样子，我心里的怨气算是差不多出完了。从今往后，我不会再恨你，因为你不配。你狼狈不堪的样子会永远留在我的记忆中，偶尔我会翻出来，当个乐子看。李少，骄傲的你，最后成了别人的一个乐子，你开心不开心啊？"

"小姐，你的心情我理解，可杀人不过头点地，你差不多就行啊！"关享握着拳头，强压着怒火，"他之前对不起你，可他已经道歉了，而且他的道歉在我看来是真诚的。你可以不原谅他，但能不能请你不要羞辱他。如你所说，如果你真的喜欢过他，你这么羞辱一个自己喜欢过的男人，不是在打自己的脸吗？"

夏约脸上闪过一丝玩味的笑意："他把能得罪的人都得罪光了。我以为他早就走投无路，没想到如今他竟然还有朋友，而那个朋友竟然是你？"

夏约围着关享绕了一圈说道："恕我直言，你不像这么有爱心的人啊！还是说一时昏了头，想尝试一下当圣母是什么感觉？"

关享气得脸色大变，怒意浮上眉间，却还是控制着情绪，好声好气地跟夏约沟通。夏约摆摆手，示意关享多说无益。她看着低头不语的李格非，就像是当年初见时一样，眼中含着一见钟情的欢喜。她对李格非说："当初咱们在一起，是因为相亲认识，谈不上开始，但今天必须有个结束……"

夏约瞟了一眼关享："女生都要求有个仪式感，这点想必你是赞同的，不介意我和你朋友多说几句吧？"

关享别过脸，权当没听见。夏约看着李格非，眼神一点点冷下去："当初你从李家走的时候，没时间说明白，现在我亲口告诉你，你被我甩了，我不要你了。从今往后，我只希望你存在于我的记忆里。请你一定记住，你就像一堆垃圾一样，被我丢弃了。"

夏约说完，拎包走人，却没想到被李格非叫住。从见面起除了抱歉外，一直沉默的李格非说出第一句话："那个时候，我没有联系你。"

夏约停住脚步，却没回头，淡淡地说："因为你在忙着联系你的那些红颜知己。你以为她们会帮你，不会的，她们只是爱着你的钱，只有我才是真正喜欢你的……"她侧脸，好整以暇地看着李格非，"因为你的无知和愚蠢，你错过了唯一的机会……"

李格非心中的苦闷直逼舌尖，他艰难地张口述说那段最不堪的回忆。他不是希望得到夏约的原谅，他只是希望用自己的狼狈来换取之前少有几个真心对他的人的释怀："我知道你会帮我，我是故意不去找你的……"

迎着夏约的不屑，李格非表情宁静而沉着："那个时候我就是个天大的麻烦。你在你们家本来就不是最得宠的，如果我再去找你……我之前对你已经非常不好了，我不能让你再因为我有什么事情。无论你相信与否，这就是事情的真相。对你我的确是没有动过真心，可你对我的真心，我能感受到。尤其是出事之后，我更明白，哪些人是真心对我的。就冲着这份真心，也请你放心，我这辈子都不会再打扰你。"

夏约竭力撑着，不让眼泪落下。她走得匆忙，却没有忘记将那枚戒指放在桌上。

关享拿起戒指，方才的怒气早已消散。她想起夏约临走前的表情，对这个姑娘，心中只有怜惜。关享对李格非说："她说她不喜欢你了是骗你的。我能看得出来，如果你……也许她会……"

李格非微微一颤，拿起拖把用力擦去地上的污渍："我配吗？我自己现在这副不死不活的样子也就算了，我还要再拖一个人下水？她说得没错，我完蛋了，这辈子只能生活在现在这种泥潭里！"

短短的几句话，听得关享眉心一跳。她夺过李格非手中的拖把扔在地上，拉上他就往外走。

李格非用力挣扎："你干什么？我上班呢！"

"就你现在这种思想，你还上什么班！"不顾周围人的眼光，关

享硬生生拖着李格非来到停车场，把他塞到副驾驶上。

"当初在修车行，我听你那么说，还特别佩服你想得开。现在看来，你那都是装的，从头到尾你根本没想开过！什么叫泥潭？你现在过的生活就是大部分人过的生活。怎么着，还委屈你了？你是不是还幻想着当李少？死了你那条心吧，你这辈子都是李格非了！你只能靠自己了！"

李格非嘴角上扬，慢慢勾起一丝笑容，可那笑容却没有一丝暖意，让人看着冷到心里："你凭什么教训我？你没有经历过我的遭遇，你没有办法体会我一丝一毫的痛苦，你只会站在那里让我想开。你有没有试过一夜之间，你曾经认识的整个世界都被人摧毁了？你前面二十几年的人生都被当成一个错误！你的存在就是个彻头彻尾的笑话！你体会过那种感受吗？这些天我一直不去想，我一直努力当作什么都没有发生过。我不停告诉自己我是个男人，我必须坚强面对。可就在刚刚，夏约出现在我的面前，说我曾经犯的错误有多么严重，说我的人生已经结束。你却要求我当作什么事情都没有发生，然后继续扮演一个积极向上的李格非。你有没有考虑过我的感受？"

"你好惨啊！你好可怜啊！你怎么会遇到这样的事情啊！你想听这些？"关享冷笑，语气更决绝，"可是这些话有用吗？这些话对着你说一百遍，除了让你更自哀自怨觉得自己是落难王子以外，连一分钱的用处都没有！我承认，你是惨，你是倒霉。可这世上有几十亿人，每分每秒都有人在经历家破人亡、生离死别。你呢？你身体健康、四肢健全，要学历有学历、要长相有长相。除了不能再过富二代的生活外，你还损失了什么？让你过普通人的日子就要你的命？别甩脸子给我看，更别和我提什么人格、尊严。夏约是过分，可那也是你自己种的果，你当初是怎么对人家的？"

李格非脸色铁青，直直地看着关享。关享毫不犹豫地瞪回去：

"我当初把你带回家，敬你是条汉子。如今你要是敢给我演什么脆弱意识，请你给我滚出家门。我关享不收留没种的男人！"

关享抬头指着餐厅方向："请你马上回去上班。我相信随着时间的推移，你肯定还会遇上认识的人。根据我对你之前那帮朋友的了解，他们百分之百会落井下石。如果我是你，我就一个个喷回去，并对他们说：我李格非是落难了，但我李格非是个男人，人活一口气，我凭自己力气吃饭，我不丢人！你们想笑随便笑，我要在意，我就是你们养的！"

李格非沉默，呼吸沉重如受伤的猛兽。许久之后，他推开门下车，往餐厅方向走去。关享对着他的背影，心中默道："像杨兴那种小人，我相信不止一个。如果你觉得他在羞辱你，那他就成功了；如果你觉得他是个笑话，那不好过的不是你而是他。之前你做到了，我相信你能一直保持下去。"

苏航看关享空着手回来，连声念佛，感谢关享体谅她们可怜的胃。关享没兴趣和苏航斗嘴，把夏约的事情说了一遍。她打算从今往后没事就往餐厅跑，看还有哪个不长眼的来挑事！

苏航皱眉，当初她就猜到会有这种事情发生，只是没想到会来得这么快！不过看夏约这个样子，也算是大仇得报，后面也闹不出什么幺蛾子。他们要防的是杨兴那种人。

当晚，李格非闷闷不乐地吃完晚饭就回到书房，关享尾随而入，引得他一脸不快："你要是还想给我灌心灵鸡汤，就趁早打住。我现在一肚子邪火没地方发呢！"

关享先是被堵得语塞，随即一脸无畏表情地说："什么心灵鸡汤？我是在向你传授人生哲理！"

"是是是！人生哲理！"李格非倒在床上，拿被子蒙住头，随即嗤笑出声，"您懂这么多人生哲理，也没看您过得有多好啊？关小姐，请您放心，您今天下午那番话，我都听到心里去了。不管对不对，我一定会向您证明，我是个男人！我就算死，也会笑逐颜开、朝气蓬勃地死在工作岗位上。让那群来看我笑话的人感受一下什么叫作威武不能屈、富贵不能淫，全身上下充满正能量的社会主义接班人！请问这个答案您满意吗？请问您能离开我的房间了吗？我要休息！"

"李格非，你本事没有，脾气倒是见长啊，你给我起来！"关享掀起被子，把他从床上拽起来。两人四目相对，好一个针尖对麦芒，"我不满意！你给谁演什么委屈小媳妇呢？我过去、现在、将来都没准备让你忍着。我现在来是想告诉你，如果杨兴或者其他人敢来找你麻烦，你就揍他们。有什么事，我帮你担着！我们的目标是，谁打我们左脸，我们打他右脸，打到他服为止！"

关享话音未落，苏航端着果盘进来。她神情肃然，几乎可以称得上严厉地对关享说："还嫌不够乱是吧？"

关享梗着脖子倔强道："我说错了吗？总不能让他一直受人欺负吧！"

苏航横了关享一眼："那就从根源上解决问题，别让他去擦桌子了！"

关享冷笑："那请问，不让他擦桌子，让他去干啥？您口气这么大，您给他找份工作啊！"

苏航把果盘塞到关享手里，自己选了块网纹蜜瓜吃了，笑容里含着一种肃杀之气："你别说，我还真给咱们李少找了个面试机会。"

原来临下班前，苏航得知和本行合作的保险公司正在招聘客户经理，立刻给对接的渠道经理打了个电话。过去一年，苏航他们支行是全分行银保销售前三，渠道经理听说苏航要推荐海归朋友过来应聘客户经理，立刻同意给李格非面试的机会。

听说要让李格非去卖保险，关享立刻叫起来："请问这和在麦当劳里擦桌子有什么区别，还不都是……"

"都是什么？"苏航眼皮微抬，皮笑肉不笑，"格非学的是金融，保险不算金融吗？"

"一人卖保险，全家不要脸！这话还是你告诉我的！"关享冷笑，"卖保险靠什么？一靠人脉，二靠脸皮。他李格非现在有什么？"

"那就死马当活马医呗，"苏航气定神闲地弹了弹指甲，"一来专业对口，二来也免得你每天跑十八趟麦当劳，时刻惦记着有人找李少麻烦，影响你的工作……"

关享被说中心事，顿时恼羞成怒，红着一张脸争辩道："咱们平日接触的银保客户经理，哪个不是见人笑嘻嘻，嘴跟抹了蜜一样，就差把死的说成活的了。他李格非除了跟我吵架以外，成天跟个闷嘴葫芦一样，见人就挂着个脸，活像别人欠了他八百万。他这样怎么做销售？还不如让他继续在餐厅待着，刷点经验值，然后再看看有什么合适岗位！"

"这事吧，你说了不算，我说了也不算。我们还是问下当事人的意见吧……"苏航一脸淡定的笑容，"格非，你怎么想的？"

李格非听着苏航的问题，想的却是方才她说的一番话。原来关享跑来跑去不是监工而是关心。李格非一颗心跳得扑通扑通的，一股说不清道不明的情绪弥漫上心头，让他不自觉地嘴角上扬："我想试试。"

"OK，那就这么愉快地决定了！明天晚上我拿点资料回来给你看，今天你累一天了，早点休息吧。"苏航拖起关享往外走，"你一个未婚女青年，大晚上赖在一个单身男子房间想干什么？还不赶紧走？"

关享被苏航拖进卧室，甩开她的手说："你带着他胡闹！"

苏航不由得挑眉："你这话什么意思？"

"当着李格非的面我不好说，谁不知道保险就是骗人的？你让他去卖保险啊？"

"你这话我就不爱听了，什么叫保险都是骗人的？"苏航含着一丝不动声色的微笑，"你一个金融从业者说出这番话，对得起你的专业吗？保险本质上提供的是保障功能，我能举出一百个例子证明保险是好东西。之前保险市场一片乱象，是一些卖保险的人为了业绩胡乱销售。如今市场越来越正规，完全是广阔天地大有所为！再说了，就算市场再乱，李格非也可以做一股清流，独善其身嘛！"

关享一眼横过："那还真是谢谢你事事替他着想啊！"

苏航轻轻吐一口气："您客气了，我这哪是帮他啊，我这是帮我自己啊。如今任务这么重，别的支行都是一个客户经理当三个用，我这儿是一个客户经理一天往外跑十八趟。我能不赶紧想办法吗？"

"我什么时候一天跑十八趟了？最多也就十趟！"

"是是是，我冤枉你了！"苏航打了个哈欠，"关经理，麻烦你个事，从外面帮我把卧室门关上。"

关享站在客厅，对着苏航的房门运气。无论如何，她一定要帮李格非挺过这一关。不光不能让杨兴看扁李格非，还要让苏航不能看扁她。李格非是她关享带回来的人，注定要和她一样优秀！

几天后，在苏航的运作下，李格非收到面试通知。众人开心之余，苏航第一个发现问题，面试要求带身份证和学历证书原件。可李格非当初净身出户，除了一张身份证，连张纸都没带出来。

苏航眉心微皱，思考对策。关享踌躇片刻，一掌拍在桌上："这事你们别管，我来解决！"

苏航看了一眼关享，郑重叮嘱道："别去想什么偷奸耍滑的法子，金融圈就这么大，李格非的名声坏了可就完了。"

关享愣了愣，忽而一笑："保证合理、合法、合规，就是不知道能不能成。"

苏航抿着唇，凝视关享片刻，隐约猜到关享的打算。

打发走李格非和言晓晓，苏航同关享商量："你想去找李婉仪？"

关享怅然垂首，似乎有些灰心："我也就是这么一想。李婉仪是什么人？我又是什么人？我能不能靠近她五百米都是问题……"

难得苏航也毫无办法，只能陪着关享一起叹气，希望奇迹出现。

关享烦得一夜没睡，第二天一大早去单位报到后，顶着两个黑眼圈来到李氏集团。

借口给财务部送票据，关享突破门禁，来到二十六层。但是李婉仪所在的二十八层，她根本没有权限上去。

关享在电梯间急得打转，几番思索，横下心拨通了李婉仪的电话。

李婉仪的声音永远是那么温柔："关享？"

关享则紧张得开始结巴："李……李总……"

朝阳为李婉仪如花的面容镀上了更为温婉的轮廓。她微微一笑，慢声道："找我有事？"

"我……"关享捂着胸口，一颗心快跳出了喉咙，"有个事我想占用您五分钟时间……"

"关享……"

"知道您忙，我就在这儿等。只要您方便，我什么时间都行！"

"那你现在就过来吧……"

在助理的引领下，关享走进李婉仪的办公室。

足足两百平方米的空间，布置得十分素净。除了纯黑色的办公桌椅和会客用家居外，再无其他点缀，风格之冷硬，完全不像是一位女性的办公场所。

李婉仪让助理送来饮料，关享伸手要去拿杜果汁，被李婉仪含笑拦住："你容易过敏，还是换成草莓汁吧。"

见关享惊讶，李婉仪缓缓笑道："我猜的，对不对？"

关享下意识地点头，李婉仪嘴角越发上扬："你真相信是我猜的？"

李婉仪不由得笑出声来："收留李格非的人，我总要了解一下吧？"

李婉仪的声音低而柔，关享却没来由地觉得害怕，身体一颤，避开李婉仪的视线，好半天才冒出来一句："您知道啦？"

"就算李格非和我没有血缘关系，也当了我二十多年的弟弟。现在的他对我毫无威胁，我对他自然没有想法，你不用担心。"

李婉仪的话直白得像柄利剑，直刺到关享脸上。她狼狈地低下头躲避李婉仪的目光。她收留李格非，自以为神不知鬼不觉，没想到李婉仪连她的过敏原都查得一清二楚。关享咬着下嘴唇，战战兢兢地道："除了这事，还有点别的事……"

李婉仪浅浅一笑，淡金色的阳光洒在她近乎完美的面庞上，更加显得明艳不可方物："比如说……"

关享与李婉仪接触不深，可也知道这位李总心思缜密非常人所能及，不敢兜圈子，立刻赔着笑脸："李格非找了份工作，下周要去面试，面试的时候要学历证书原件……"

李婉仪凝视关享，似乎要看到她心里去："你来就是为了这个？"

关享吓得一哆嗦，却还是抬起头，看着李婉仪的眼睛，用力点了点头。

李婉仪看了关享许久，笑出声来："我还以为，他让你过来找我要钱……"

关享打心底瞧不上李格非，可那份瞧不上，只有她自己独一份。

听李婉仪话里似乎有讥诮之意，她脱口而出："您要是有这想法，真是太小瞧他了。他是文不成武不就，可好歹算个男人，和您身边那个叫杨兴的可不一样！"

说完，关享意识到自己是在顶撞李婉仪，脸上的血色迅速退去："不是我帮他说好话，他真没那个意思，他真的是在找工作……"

李婉仪沉默片刻，伸手拍了拍关享的手，温和道："我知道了，今天下班之前，我让人送到你单位。"

李婉仪的笑容淡淡的："不过，我没想到，你敢来找我……"

李婉仪原本稀薄的笑容多了一丝暖色："别说帮他，大部分人在我面前连他的名字都不敢提……"

关享垂下眼睛："那天在别墅，他说了那么过分的话，可是你临走时看他的眼神……"关享飞快地看了李婉仪一眼，"不是恨他，是失望。就像是我和前男友分手，我妈看我的那种眼神。我知道可能是我自作多情，可这些日子我仔细一想，总觉得您对他……"

李婉仪的喉咙里像是含了一颗青梅，酸涩到心里。她闭了闭眼，柔声道："都是过去的事了……"

李婉仪接过助理递来的一张银行卡，放在关享面前："这里是一百万元……"

关享很意外，李婉仪安然一笑："他当了二十多年的少爷，就算要工作，也总得有段时间去适应。在这之前，麻烦你们照顾好他。"

关享一怔，缓缓摇头："他不用人照顾，他自己能照顾好自己。"她看着李婉仪，"他已经不是李家的人了，不能收李家的钱。"

"可我听说你们现在的日子过得并不宽裕。"李婉仪视线落在卡上，似笑非笑。

"就算再难，我想他也不愿意用自尊心去换这一百万元！"关享有些留恋地看了看桌子上那张银行卡，却还是将它推得更远一些，

"我相信我朋友，所以我现在能代表他做这个决定！"

李婉仪也不勉强，让助理送关享出门。

当晚，关享将毕业证书重重地拍在李格非的书桌上。

李格非嘴角扬起，眼睛里却笑意全无："你去找李婉仪了？"

关享不耐烦地打断他："你别管我找谁，反正东西拿来了，你好好准备面试！"

"没想到，她愿意见你。"李格非从喉咙里挤出声音。关享知道瞒不住，索性坦然地望着李格非："你想问什么？"

李格非沉默片刻，忽然自嘲一笑："其实她对我挺好的……"

李格非这话说得没头没尾，关享却十分明白。

李格非绷紧的身体慢慢松懈下来："其实我一点都不恨她……"

关享诧异地看着李格非。如果说李婉仪放过李格非是意料之中，那么李格非不恨李婉仪绝对是意料之外。

李格非坦然而诚实："我没有骗你，我说的是真心话。"

关享怔怔地看着他，李格非眼睛里有温情的光一闪而过："我还是李少的时候，李家每个人对我都很好。可是每个人的好却不一样，李先生的好，是因为我是男人能继承家业；李太太的好，是因为必须对我好；只有她的好，是把我当成弟弟。"

李格非惘然地摇头："因为我知道她是真心对我好，所以我有恃无恐……"

李格非心口一阵阵绞痛，不知不觉湿了眼眶："我出国那几年，李先生和李太太只会问我钱够不够花，只有她每天给我打电话时，问我在干什么，和谁交朋友，有没有好好吃饭，有没有好好念书。"

关享扯了几张纸巾递到李格非手上，言语上却没有过多安慰："她是个好姐姐……"

"我知道……"李格非紧紧地握着纸巾，似乎是以此来发泄痛苦。自离开李家那一刻，他积蓄的情绪终于在这一刻爆发，眼泪无声无息地落下。

"那你就不应该那样对她……"

李格非深吸一口气，惨然一笑："她远比我有能力，李家有今天，她功不可没。可是李先生非要把李家交到我手上……"

关享想起那天在办公室里李婉仪脸上的凄凉，神色也是一滞。

"因为这件事，我和李先生争论过几次。可惜，李先生坚持他的意见……"

关享心头一颤，似乎明白了什么，她吃惊地看着李格非。他轻轻地点了点头："我一直混，越混越不成样子。我想让李先生明白，我不是那块料，她才是，只是没想到……"

"那你为什么不告诉她？"关享急切地道，"她以为你……"

"因为我的存在，让她难受了二十多年。我不知道我应该怎么告诉她，我爱她……"

李格非胸口一闷："我一直在等一个机会，能亲口告诉她，她是这个世界上最好的姐姐。可惜，这辈子都不会有了……"

关享轻叹一声："除了毕业证书，她还给了一张卡，里面有一百万元，说是给你救急的……"

李格非身体轻轻一晃，满是期待地看着关享。关享知道，李格非期待的绝不是那张卡。她定定地看着李格非："我能感觉到，就算到现在，她对你还是有感情的……"

李格非无语凝噎，半天才缓过神来："谢谢……"

关享带着一丝歉意："卡我自作主张帮你还给她了。我说你已经不是李家的人，不需要李家的怜悯和同情……"

李格非当然赞成关享的做法，他更关心的是李婉仪的态度。听关享说完，他瞬间定下心来。过去二十多年，李婉仪唯一的愿望就是他能长大成人，可他一直在让李婉仪失望。这一次，李婉仪应该会开心的。

李格非更加用功准备面试。面试前一天，关享请了半天假，陪他准备。

穿什么衣服去面试，成为第一个难题。家里带出来的那身，感觉像在炫富；之前买的那几身海澜之家，又显得不够正式。

想想为了接李格非回来，小两万都花了出去，再花点钱自然也不算什么。关享看了看银行卡余额，牙一咬，开车带着李格非来到商场。

一身 G2000 的正装加上一块浪琴手表，让李格非瞬间人模人样起来。关享让营业员开单时十分爽快，只是付款时收银员几乎用尽全身力气，才把银行卡从关享手中拔出来，完成付款。

按原定计划，关享还想带李格非去尝尝商场内的西班牙海鲜。可是考虑到资金问题，关享火速打包了两份麦当劳回车上吃。

李格非一边啃汉堡，一边抱怨热量太高影响身材。关享气不打一处来，一巴掌拍在他后脑勺上说道："爱吃不吃！"

李格非虽然不爽，但是深知谁花钱谁说了算，立刻闭嘴。到家后，他还扭捏着和苏航、言晓晓夸奖浪琴手表好看。

苏航再也没忍住，临睡前溜达进关享的房间。根据关享的所作所为，她有理由怀疑关享对李格非有想法。

关享听完，竟然没有一蹦三尺高，而是一脸神秘地让苏航靠近，像特务接头一样，说出她的打算："我这是在投资！"

关享挤眉弄眼："李格非都这样了，李婉仪出手就是一百万。要是将来李格非有出息了，没准……"

关享还没说服苏航，自己先被脑海里美好的幻想逗笑了："我现在花出去的钱，到时候可就不是翻倍回来，十倍八倍地回来都是有可能的！"

关享咯咯笑起来，苏航慢慢剥着指甲，不以为然："李格非的确是只潜力股，你投资当然是对的。只是……"

苏航瞟了一眼关享，似笑非笑："你别光想着涨停啊，万一他跌停，你可就血本无归了……"

关享光想着贼吃肉，忘了贼挨打，愣了愣，勉强撑起笑容："应该不会吧……"

苏航露出一个高深莫测的微笑："这个可就难说了……"

这一夜，关享失眠了，一会儿满心期待李格非这张彩票能给她带来五百万大奖，一会儿黯然神伤地担心李格非跌停让她的钱打水漂。她翻来覆去，快到凌晨才睡着，直接导致她在送李格非去面试的路上哈欠连天。

李格非担心自己的生命安全，要求关享从驾驶位上离开，他来开车。关享听话地移到副驾驶，刚想闭眼眯一会儿，就被李格非一个急刹车给弄醒。要不是她系着安全带，脑袋能撞挡风玻璃上。

原来李少爷开惯了三百万的跑车，一时不太习惯三十万的家用轿车。李少爷将这一切归结于："你这什么破车？"

关享气得张牙舞爪，让李格非死开。如果弄坏她男朋友，她就剥了李格非的皮！

两人一路吵到保险公司，面试地点在大厦十八层。李格非进电梯前，无意间回头，看见关享双手紧握立在胸前，配上焦急的神色，仿佛马上要去参加重要面试的人是她。

不知道怎么搞的，李格非原本有些忐忑的心，瞬间安定下来。无论如何，当他跌跌撞撞往前走的时候，总有一个真心对他好的人在后面等着他。这种感觉和当年的李婉仪不同。李婉仪是无所不能的，而身后这个人，为了他的一本毕业证书，都要想尽办法，冒着丢工作的风险。

李格非心头泛起一阵暖意。关享长得实在不够美，性格又糟糕，唯一的优点就是勉强有点可爱。可就这点可爱，他从来没有在任何一个女孩子身上发现过。

关享在大堂里转到第八十八圈，李格非从电梯内走出来。

关享立刻隐去一脸焦躁，故作轻松："挺快的嘛，还顺利吧？"

李格非面色凝重："有点麻烦……"

关享一颗心提到了嗓子眼，还不忘安慰他："你别急，我马上给苏航打电话。她和渠道经理熟，实在不行咱们再参加一次面试，我相信你的能力！"

李格非拿过关享手中电话，按下挂断键："让我下周一过来办理入职，我还没准备好上班呢……"

关享静静地凝视着李格非。李格非意识到情况不对，一步一步往门口后退："我只是开个玩笑，你不用这么认真吧……"

伴随着关享的咆哮，李格非一溜烟冲出大楼，后面跟着踩着十厘米高的高跟鞋依然健步如飞的关享。

当晚，为了庆祝李格非旗开得胜，苏航出钱买了一桌子海鲜。本想让关享承担一半费用，关享哭丧着脸甩出一张银行卡账单，成功地让苏航打消了这个念头。苏航甚至拍着李格非的肩膀让他时刻谨记，根据目前情况，他这辈子欠关享的人情，估计要靠下半辈子做牛做马来还。李格非被吓得连吃了三碗饭压惊。

周一，考虑到李格非第一次上班，关享亲自把他送到公司楼下。

停车场内，李格非下车没走几步，关享又把他叫了回来。他皱着眉头看手表："要迟到了……"

关享冷笑："你吃我的、住我的、穿我的，还好意思给我摆脸色？钱包交出来吧！"

李格非心中警铃大作："你想干什么？"

在关享的威逼之下，李格非极不情愿地拿出钱包，嘴里嘟囔着："钱包里是晓晓和苏航给我的吃饭钱……"

关享瞪了李格非一眼，掏出自己的钱包，把所有的百元大钞票都塞进他的钱包："我侦查过了，负一楼有家甜品店。第一天上班，记得请同事喝奶茶、吃蛋糕，联络感情。别舍不得花钱，不够跟我说……"

关享顿了一下，摆出一副老成持重的腔调："工作上的事，多听少说，有什么不明白的，马上给我打电话！"

李格非接过钱包，嘴角上扬："你有没有觉得，你和我姐越来越像？"

能和李婉仪相提并论，关享不免有些自得。只是那份快意刚刚涌上心头，就被李格非当头一盆冷水泼下："我是说在事儿妈这方面，至于长相和能力……"李格非啧啧两声，"你和她之间，大概差了八十八个苏航！"

在关享的叫骂声中，李格非得意扬扬地踏上征途。

入职后的第一件事，是半个月的培训。虽然是金融专业，但是由于李格非大学期间打了四年的酱油，结果在培训课上一直处于迷茫状态。除了知道老师说的是中文，其余什么都不知道。得知这一情况，关享急得一头汗。苏航让李格非做好笔记，她们晚上给他补习。

拿着李格非鬼画符一样的笔记，关享气得直戳他的脑门："你是猪啊，这都不懂，这是……这是……这是……"

"这是什么？"轮到苏航气得直戳关享的脑门，"每次保险公司过来培训，你不是睡觉就是玩手机。问你听懂了没，你说一切尽在掌握。你说啊，这是什么？"

关享还想狡辩，苏航便让言晓晓答题。言晓晓虽然磕巴，答案却完全正确。苏航一把火蹿到喉咙，再也忍不住："大家都是客户经理，就这么点专业知识，言晓晓一个新人都知道，你一个老客户经理还稀里糊涂？关享，你一天到晚在想什么？"

至此，关享正式成为李格非的陪读，每天下班后和李格非一起，被关在书房内，好好学习天天向上。

好不容易熬到培训结束，感谢苏航的高压政策，让李格非在新员工中名列前三，关享也从无知变成略通一二。

关享第一时间拨通李婉仪的电话，想把这个好消息告诉她。

听李婉仪压低声音，关享意识到李婉仪可能在开会。

李婉仪让关享继续，她示意助理主持会议，起身来到会议室外。

得知李格非以优异成绩成功入职，李婉仪心里欢喜，却还是一派平静地说道："他从小就贪玩又不肯上进，不过人特别聪明，干什么都是一学就会的。"

关享不敢打扰李婉仪太久，在肚子里滚了无数遍的话喷涌而出："李总，他称您父亲为李先生，称您母亲为李太太。可是，他称您……"

关享深吸一口气："他还是叫您姐姐。他说您是世界上最好的姐姐，他说他知道您一直是真心待他的……"

李婉仪含了一丝笑意，很快又泯灭在嘴角。过了许久，久到关享以为电话断线，李婉仪才毫不在意地应了一声，听不出丝毫情绪。

挂断电话，李婉仪没有急着回会议室。她站在落地窗前，出神地看着外面灯火辉煌。

这些年，她对李格非的一举一动都是精心设计的，无非是想博取父亲的欢心。但万万没想到，这些虚情假意却被李格非一点一滴都记在心里。

李婉仪的心像是被揉成一团的纸，一直皱到眉心。她定了定神，勉强把心口那阵酸涩压下。她赌上一切才换来今天的局面，决不能让妇人之仁主导她的任何决定。

李婉仪闭上眼，再睁开时，又是那个杀伐决断、不让须眉的李总。她带着不着一丝温度的微笑走回会议室，那里是她的战场，没有温情脉脉，却是最适合她生存的地方。

培训成绩前三名的客户经理被分配到销售前三的支行。通过苏航和渠道经理的电话沟通，李格非对接关享他们所在的支行。

李格非的第一个任务是给支行客户经理、理财经理培训最新款银保产品，同时配合她们销售。

去支行前一晚，李格非把关享、苏航、言晓晓请到书房，模拟培训。之前的地狱式学习效果强大，李格非的一番话术，就连挑剔的苏航也连连点头。关享嘴上嫌弃，心里却给李格非打了满分。

交代完明天的注意事项，一行三人起身离开，李格非让关享留一下，他有事想和她商量。

关享急着去打游戏，让李格非快说。李格非吞吞吐吐地说："公司规定，培训要用PPT……"

关享拍着胸口保证："包在我身上，我提前一小时帮你架好投影仪！"

李格非期期艾艾："我不会做PPT……"

关享怀疑自己听错了："你说啥？你不会啥？"

李格非搓着衣角："PPT……"

"你大学怎么交的作业？"

"同学帮我做的……"

"同学为什么帮你做？"

"有钱能使鬼推磨……"

关享目光一亮，从沙发床上弹起，对着李格非的胳膊连掐带拧：

"明天要用，你现在才告诉我你不会？你个杀千刀的败家子！"

关享打归打，正事没忘了办。她揪着李格非的耳朵，把他按在电脑前，打算手把手教。可惜他对电脑操作仅限于打游戏以及聊天泡妹子。办公软件别说摸，他看都没看过。PPT 界面一打开，吓得李格非倒吸一口冷气。

看李格非的表情，关享认为现教肯定来不及。于是她一把推开李格非，一边做 PPT 一边骂他就是个饭桶。李格非忍无可忍，让关享闭嘴，关享冷笑一声，键盘一推："老娘不干了！"

李格非吓得不敢抱怨，委屈巴巴地说："我不回嘴了还不行吗……"

关享不光闭不了嘴，还把李格非指挥得团团转，一会要喝茶，一会儿要吃水果，李格非跑进跑出无数次。在客厅和苏航一起看电视的言晓晓有些坐不住了，想去书房看看什么情况，被苏航拦住问道："是电视不好看还是手机不好玩？有什么好管的？随他们闹！"

一番折腾，PPT 终于在凌晨完工。关享把熟睡中的苏航从卧室弄到书房，请她帮忙修改。只是 PPT 也不是苏航的强项，她让关享把言晓晓请来。

二十分钟之内，关享那丑到惨不忍睹的作品在言晓晓的妙手回春下，终于能够见人。

关享脸上挂不住，指着电脑屏幕说："老言，你这是用你的优秀来衬托我的平凡吗？"

言晓晓以为关享生气，急忙解释："这个很简单，一学就会，最多只要十五分钟。"

这句话正中李格非下怀，他笑着拍手："一学就会，只要十五分钟的东西，结果为了修改，反而用了二十分钟。关老板，你可真是人才啊！"

关享被噎得一句话都说不出来，张牙舞爪地扑向李格非，被苏航牢牢架住，死命往书房外拖。苏航手上对付关享，嘴上叮嘱的却是李格非："好好学习，明天就看你的表现了。"

李格非嘴上说一切尽在掌握中，到底没敢马虎，十几页PPT背得滚瓜烂熟。

培训安排在下班后，李格非提前一小时来到支行。关享把李格非带到茶水间，一边给李格非泡茶，一边给李格非打气让他不要紧张。

李格非满脸不在乎："这种小事，我怎么会紧张？"

想当年，关享第一次上台给大家讲话时，两腿直哆嗦。如今看着李格非的云淡风轻，不仅感慨万千，果然是见过大世面的人，就是不一样。只是关享还没感慨完，就看见李格非端茶杯的那只手，抖得比关享当年的腿还要夸张。

关享这时候也没心情嘲笑李格非。她拿过李格非手中的茶杯放在桌上，握着他的手，看着他的眼睛，表情严肃得像是要生离死别："我相信你一定没问题！"

一小时后，在会议室内，理财经理坐在前排，柜员坐在中间，客户经理坐在最后一排。

培训开始前，根据关享指令，李格非先送上四个肯德基外带全家桶，让大家吃饱喝足。如此懂事的行为，立刻博得了所有人的好感。再加上李格非的长相和谈吐，只见气氛一片欢乐祥和。

坐在关享前面的几个柜员，不光偷拍李格非，甚至还讨论起李格非的婚姻状况。更有好事者，已经开始比较李格非和之前来找苏航的沈铎谁更帅。其中一个好事者，回头跟苏航开玩笑："苏总，虽然她们都说李格非帅，我还是坚持你男朋友更帅！"

"谢谢，"苏航点头，"麻烦你把那个"男"字去掉。"

好事者吐了吐舌头，继续和同事一起，用微信向其他支行的姑娘传送李格非的照片。

根据苏航对关享的了解，这种能够调侃她的机会，关享绝对不会放过。她做好准备等关享开口拿沈铎做文章，不料等了半天，动静全无。苏航有些奇怪，扭头一看，才发现刚才那番话关享恐怕一个字也没听进去。关经理正忙着对所有冲着李格非犯花痴的女生送上白眼问候。

苏航被逗得笑逐颜开，拿腿碰了碰关享的膝盖："朋友，看什么呢？"

关享回过神来，一脸愤愤地说："你说这群女人是不是八辈子没见过男人啊？就李格非这样的，能叫男神？"

言晓晓正刷朋友圈，突然举起手机给关享看："咱们支行人发的照片，下面好多其他支行的人点赞，都说他长得帅啊，还有要他联系方式的。"

关享恶狠狠地剜了一眼，得出结论："一群花痴！"

苏航接过言晓晓的手机，慢条斯理地研究朋友圈，不经意地问了关享一个问题："你是不是在吃醋啊？"

关享像被人踩中了尾巴，立刻跳起来说："我吃醋？我吃什么醋？他和我有一毛钱关系吗？"

苏航惊讶地看着关享："我有说李格非吗？你倒是挺会对号入座啊？"

"你……"关享指着苏航，气得说不出话来。言晓晓赶紧递上炸鸡和可乐，可惜吃喝都没堵住关享的嘴。她依然锲而不舍地和苏航纠结李格非到底帅不帅，一直纠结到李格非开始给大家讲解 PPT。

唯一令关享欣慰的是，台上的李格非对比茶水间的李格非像是换了一个人，全程面带微笑，侃侃而谈。都说工作中的男人最英俊，这一刻，关享也不得不承认，李格非的确是有那么一点点的迷人。

PPT 讲解完毕，罗行长发言，大意是今年行里重点考核中间收入，而银保这块收入最高，请大家好好学习，不懂就问。

罗行长话音刚落，立刻掀起本次培训的高潮，一群妹子高举双手，叽叽喳喳地向李格非提问，引来男同事集体翻白眼。

关享虽然不是男同事，但是白眼翻得比男同事还要夸张："这种低级问题也要问？她们能不知道？"

苏航慢慢吸了口可乐："人家找机会跟帅哥说话，不行啊？"

关享气不打一处来："至于吗？这是工作！"

苏航像听到什么新鲜事，似笑非笑地瞟着关享："难得能从你嘴里听到'工作'两个字……"

"我是看不惯她们这种只懂得外表美的行为，看人是要看他的心灵的。李格非是银保客户经理，我希望我的同事更多地关注他的工作，而不是他的脸蛋！"

关享的理由如此冠冕堂皇，别说苏航，连言晓晓都被震慑到了，手一松，鸡翅掉在地上。

苏航轻咳一声，拍了拍关享的肩膀："离他的作品近一点，离他的私生活远一点，这个道理我们都懂。但是，你也要明白，现在是看脸的时代！以李格非的条件，没准就能成为传说中的'Top Sales'呢。"

关享嗤之以鼻。前些年，银保市场一片混乱。为了追求利益最大化，保险公司和某些银行网点把保险当成银行理财产品卖，埋下多少祸根。无数支行被客户投诉，导致如今多少人一听保险就谈虎色变。为了销售一单保险，理财经理能磨破嘴皮。就李格非这样的新手，还想当"Top Sales"，简直就是在做白日梦！

于是，在关享的白眼中，培训圆满结束。

11
Chapter

你猜我猜，
情窦初开？

关享认为，像李格非这种实力有一点，但更多的是要靠长相吃饭的家伙，"Top Sales"是指望不上了，不过混口饭吃应该没问题。可万万没想到，李格非上班一周竟然连一单都没有销售成功。要知道关享他们支行，无论是客户资源还是销售技巧都在分行名列前茅，从来没有哪家保险公司出现过这种情况。

晚饭时间，餐桌上，关享忍不住问李格非什么情况。李格非避而不答，苏航怕两人一言不合又吵起来，借口明天请大家吃海鲜，把话题岔开。

饭后，趁着关享打游戏入神，苏航来到李格非的房间。对着苏航，李格非倒也坦白了原因，原来同一批培训的客户经理，都自行制作了各种宣传单页，故意把保险模糊成银行理财产品，而李格非则老老实实拿着保险条款向客户销售。二者相比较，自然是前者更受欢迎。

苏航当然认为李格非是对的，但是如今这个环境，对的并不代表合时宜。

李格非垂下眼睛，脸上带着恰到好处的微笑："他们觉得我有点蠢……"

李格非微微摇了摇头："他们教我，不要告诉客户这是保险，就说这是银行的理财产品，时间特别短，收益特别高……”

李格非似乎看出苏航所想的事情，直直地看着苏航说道："我知道他们不对，但是这个行业就是这个样子，是我不合时宜……”

苏航淡淡一笑，眼神里带着探寻之色："那你……”

李格非想了想，又垂下眼睛，慢慢翻阅着手里的保险条款："我姐姐当年教过我，生意场上，诚信比什么都重要。我如今虽然不是李家的人了，所谓生意也就是卖保险，但这两个字，我不敢忘。我也不想让我姐姐失望。”

李格非修长的手指划过保险条款上的一排排小字："我想好了，试用期不通过，我就再去找家车行……”他抱歉地看着苏航，"对不起，浪费你一番苦心了……”

"我倒没什么，劳心劳力的一直是关享……”苏航叹了口气，"她这个人，就是嘴狠。你没开单，她比谁都急。她是真心盼着你好。”

李格非点头。他不愿意告诉关享这些，并不仅仅是怕关享跟他吵，更重要的原因是怕关享担心。这些天来，他欠关享的已经够多了，他不想再让关享因为他的事情烦恼。

苏航明白李格非的苦心，不过临走前，还是建议李格非好好和关享谈一谈："你俩的毛病一样，什么事都喜欢藏在心里不说。表面上看，是不让别人担心，可真想着你的人，能不担心吗？”

之后两周，李格非的销售业绩依然是零。在关享的追问下，李格非几次想开口，却不知道怎么组织语言。

试用期进行到一个半月，李格非依然保持零销售。周日下午，苏航和言晓晓去超市买生活用品，两人前脚出门，关享后脚蹿进书房。

关享此行的目的，李格非用膝盖也能想到，当即冷下脸："我很努力地学习，我很努力地和理财经理沟通，我很努力地向客户宣传，为什么没有业绩，我也很想知道！”

"你……"

"我知道我让你失望了，对不起，我尽力了！"

"你能不能先听我把话说完？"关享热脸贴人家冷屁股，没想到人家还嫌硌得慌。她忍无可忍，一脚踢在书桌上，震得桌上电脑一颤，"你知道我想说什么吗？"

关享竭力控制住情绪，瞪着李格非说："我一点儿都不失望！你表现得比我想的强多了。我以为你早就放弃了，没想到你能坚持到现在……"

关享想起这些日子早出晚归的李格非，心头微微一颤："我是想告诉你，你要是真不喜欢卖保险，我再想办法给你找别的工作！"

一丝暖意涌上李格非的心头，整个人瞬间被一种温暖而柔软的情绪包围着，鼻子甚至有点发酸。他深深地看着关享，原来这些天关享的絮叨不是想指责他工作不好。苏航说得其实不对，关享不是嘴硬心软，她是心软得一塌糊涂。

"你喜欢你现在的工作吗？"李格非问。

明明是同住一个屋檐下的朋友，可是这一次，关享总觉得李格非眼神里多了一点东西。正是因为那点她看不明白的东西，关享的脸开始发烫。于是，为了掩饰那份不自在她故意摆出一副满不在乎的神情："什么喜欢不喜欢，不都是为了混口饭吃！"

"那我也是为了混口饭吃，"李格非别开脸，故意不去看她。不知为什么，他那颗心跳得厉害，"所以开心要干，不开心也要干。除非公司不要我，否则我一定坚持到底！"

眼见气氛莫名尴尬，关享借口朋友还等着她组团打游戏，跑回卧室。盯着手机屏幕，关享在心里暗暗说服自己，就李格非这种狗咬吕洞宾的家伙，她绝对没有任何想法。她就是为了将来把本钱收回来，才去多管闲事。

至于李格非为什么没业绩，这个问题很快有了答案。周一上班没多久，关享正在茶水间冲咖啡，理财经理安鑫怒气冲冲地推门而入，一边泡菊花茶一边念念有词："老娘信了你的邪！"

关享以为安鑫感情出现了问题，劝她想开点："老安，记住一句话，男人都是浮云，只有人民币是真实的！"

安鑫和关享都是以嫁富二代为己任的姑娘。所以，她和关享有着许多的共同语言，便立刻痛心疾首地说："现在这个男人就是在伤害我的钱！"

关享惊得低呼一声："你不会是找了个凤凰男吧？他拿你的钱补贴他家？你要死啊？"

"怎么可能！老娘是那种瞎了眼的人吗？"安鑫倒退几步，在门口张望一番，确定茶水间内就她和关享，立刻痛诉道，"保险公司和我们对接的那个李格非，就是脑子有问题！"

关享自认绝不是护短，只是本着打狗也要看主人的精神，不由得两眼一瞪："你说什么？"

安鑫把关享的怒气误会成同仇敌忾，一张嘴像是机关枪扫射般说道："其他支行的银保客户经理都是和客户介绍产品怎么个好法，你猜他怎么说的？"

安鑫眉毛一挑，白眼一翻："噢，您年龄太大，不适合投保。噢，您追求的是高收益，我们主要提供的是保险保障功能。好不容易遇到个样样条件都合适的，人家问万一急用钱怎么办？你猜他怎么说？"

安鑫一张小脸气得雪白，越发显得一双大眼黑白分明："正常人都是和客户说保单能质押，他非要帮客户算一遍质押要付多少利息。这还不算完，他连客户退保损失多少钱都要跟客户宣传。你听听，有这么卖保险的吗？"

关享被堵得哑口无言，下意识地摸了摸鼻子。她觉得从客户经理的角度来看，李格非这事做得的确有点……

安鑫定了定心神，鼻子一酸，声音里带着哭腔："关姐，你是知道的，今年我们理财线任务有多重！老罗天天给我们上课，我就快去上吊了。遇到这么一个主，我天天拉八十个客户也搞不定啊！我可怎么办啊？"

"你没和他……"关享表情讪讪，"沟通一下……"

"怎么没沟通啊？"安鑫气得出了一头汗，挥着手掌扇风，"从他第一次干这事，我就暗示他，保险不能这么卖。暗示不行我就明示，明示不行我就提醒。如今我都快指着鼻子骂了，啥用都没有。人家说了，我们是专业人士，所以我们不能单纯地追求业绩，要把保险卖给最合适的人！"

关享为难地看着安鑫，不知如何安慰。

安鑫捂着胸口，防止自己气晕过去："我宁愿他不专业！我宁愿他眼里只有业绩！你说我怎么就这么倒霉，遇上这么一个死脑筋！"

关享搜肠刮肚，勉强拼凑出几句干巴巴的心灵鸡汤，暂时压抑住安鑫的破口大骂。

关享回到办公室，向苏航打听现在信用卡套现的手续费是多少。苏航刚刚经过茶水间，隐约听见安鑫咆哮，眉头一皱，立刻猜到关享想干什么。于是，她便对关享说："第一，信用卡套现违法；第二，我知道你想把钱套出来买保险，帮李格非开张。可是……"

苏航缓缓摇头："你帮得了一时，帮得了一世吗？"

关享也知道自己这个念头实在荒唐，还是忍不住低声道："这是他的第一份工作，就算要走，我也不想他走得那么难看……"

当晚，李格非从苏航口中得知关享的打算，约了关享来书房。

"别担心我。"李格非的语气笃定而从容，"我没事。"

关享难得没反驳李格非："这是你的第一份工作，搞成这样，我怕你有心理阴影……"

"心理阴影没有，好的回忆倒是有点。"李格非笑得温柔极了，"我听你的话，请同事吃饭，虽然吃的不是什么好东西，就是公司楼下的肯德基，可是他们笑得好开心。我原来经常请那些所谓的朋友，吃几万块钱的东西，却没有一个笑得像他们那么开心。"

李格非自顾自地说下去，连眉眼都温柔起来："每天中午，同事会带我去快餐店吃盒饭。吃饭的时候，他们聊喜欢的女生，聊怎么买房，聊怎么照顾父母，聊怎么攒钱。"

以关享对李格非的了解，他能听得下去这些，简直匪夷所思！李格非说到这里，自己也意识到这个问题，有些不好意思地说："我原来最讨厌这些婆婆妈妈的事，没想到……"

李格非自嘲一笑，眼神却温柔极了："我有个同事，很爱他女朋友。可他总担心给不了女朋友最好的生活，所以他特别努力，每天都加班，盒饭永远吃最便宜的。

"还有个同事，父母生他生得晚，他现在刚工作，父母年纪已经很大了。他每天都在想怎么多赚点钱，让父母出次国。他说他父母还没坐过飞机，今年一定要让他爸爸妈妈坐一次。

"我原来一直以为生活的全部就是吃喝玩乐，现在我才知道，生活不光是为了自己，还是为了身边的人……"

李格非大大地松了口气："这两个月，我过得超级开心，我一点都不难过。"

李格非对着关享做了个鬼脸："我去招聘网站上看了，你有空教我做简历，我去海投，总能找到工作。"

虽然已做好离职准备，李格非工作依然没有马虎，只不过这份认真努力并没有换来任何成果。离三个月试用期只有最后一个星期了，李格非的业绩依然是零。保险公司的渠道经理找到苏航，愿意帮李格非延长三个月的试用期。苏航谢绝，表示让一切顺其自然。

保险卖不出去，急的不光是理财经理，罗行长眼看没业绩，急得直上火，到处托关系，终于找到一个想买银保的大客户。

客户是名四十多岁的男性，据说是本市排名前几十的富豪。罗行长求爷爷告奶奶，就差跪下了，总算把客户请到行里，恭恭敬敬地送进理财室。

罗行长原本想全程陪同，被客户婉言谢绝。罗行长只好一步三回头地回办公室等待，关门前还不忘用视线提醒安鑫，一定要搞定。

安鑫读出罗行长眼神中的威胁，战战兢兢地向客户介绍产品。客户是实在人，开头就明确表示想买。可安鑫讲了足足两个小时，客户依然拿着宣传折页慢慢翻阅。

安鑫已经说到词穷，借口上厕所出来和罗行长通气，听得罗行长直跳脚。

关享刚好在行长室汇报工作，眼看罗行长又要吞速效救心丸，灵机一动和罗行长商量，不如把李格非叫过来和客户聊聊？不提还好，提起李格非，安鑫气不打一处来。要不是因为李格非无能，她能被逼到背水一战？现在让李格非来，是嫌情况不够糟吗？

罗行长被两个女下属吵得头大，亲自去会了会客户。果然如安鑫所说，客户购买意愿十分强烈，可就是不愿意签单。罗行长在关享的唠叨下，勉强同意她的建议，让李格非来试试。安鑫还想争辩，被同事悄悄拦住，暗骂她是不是傻："现在销售不出去是你的责任，李格非来了销售不出去，全是李格非的责任！有人帮你背锅你还不要？"

安鑫心领神会，立刻同意了关享的建议。

李格非接到电话，火速赶来，刚进理财室，就被客户一眼认出："李少？"

李格非也认出了客户，当年风光时见过几次，算是旧相识：

"吴总？"

吴总不是个八卦的人，不过之前李家的事情闹得实在太大，多多少少也算是知道些前因后果。如今见到李格非，瞬间对他的兴趣大过手上的宣传折页："怎么沦落到这个地步？"

安鑫表情一僵，原来江湖传闻是真的，这位李经理还真是当年的李少。可据江湖传闻，这位李少心高气傲、性格乖张，绝不是个能容人的主。这些天，她明损暗损了无数次，这位少爷都是笑嘻嘻的，难不成是暗暗记在心里，等着日后算账？

安鑫下意识地看了李格非一眼，担心他被吴总的话刺激得当场翻脸，搞黄这笔业务。

李格非的反应让安鑫松了口气，只见他不卑不亢、淡定从容地说："挺好的，凭本事吃饭！"

"你懂这个？"吴总晃了晃手上的宣传折页。李格非接过，随手扔在桌上，从包里掏出一式两份的保险条款，递给吴总一份，"我大学念的金融，现在干这个还算专业对口。您手里拿的，是我们公司最新款的银保产品，我给您介绍一下。"

安鑫的脸色随着李格非的讲解越来越难看。等李格非讲完退保要损失多少本金，安鑫已经做好吴总拎包走人的准备。没想到吴总竟然坐着没动，借着话头和李格非聊起天来。安鑫的心脏经不起这么大的刺激，借故去茶水间喝杯菊花茶降降火。

刚好苏航、关享、言晓晓也在，看见安鑫，立刻问起里面的情况。

"看不懂！"安鑫一杯热茶下肚，勉强吐出三个字。

关享一颗心提到嗓子眼："李格非说错话了？"

"话倒没有说错，只是这话说得吧……"安鑫欲哭无泪，"他刚刚给吴总介绍完退保要损失多少钱……"

关享深呼吸："吴总他……没走吧……"

"没走。"安鑫又端起茶杯，"聊得热火朝天呢！"

"聊……聊……聊什么？"

"潜水……"

"潜水？"关享表情一僵。难不成李格非想给吴总介绍意外身故险？不是说东西不好，可也太触霉头了吧。还好听安鑫说李格非只是从潜水开始，一路聊到豪华游艇、私人码头、飞机驾照，听得关享一愣一愣的："让他来，是让他介绍产品，他扯这些干什么？"

安鑫比关享还想不通："你问我，我问谁？我完全搭不上话。就他们说的那些东西，我这辈子想要拥有估计是没戏了，希望下辈子有点希望。"

苏航情绪倒是十分稳定，递给安鑫一杯咖啡："恭喜你，十有八九，全行通报表扬少不了。"

安鑫苦笑："苏姐，我都快神经衰弱了，你还和我开这种玩笑？"

苏航手指在咖啡杯杯口慢慢滑动，淡淡一笑："现在是下午四点，如果能再聊半个小时，你就准备好签单吧。"

安鑫半信半疑地回到理财室，言晓晓、关享齐齐地看着苏航，不明白她葫芦里卖的什么药。

苏航慢慢啜了口咖啡："如今银行理财产品同质化严重，同样，各家保险公司的银保同质化也严重。客户能有亿万家身，什么不清楚？说白了，无非是在哪家银行买，在哪个理财经理手上买，或者说得再直接一点，同样的东西，哪家的服务最能让他满意……"

苏航笑眯眯地帮关享和言晓晓把杯中咖啡加满："这个时候，李格非的优势就出来了。面对高端客户，除了他，还有哪个银保经理能聊天聊到客户开心？聊到客户满意？聊到不用客户开口，就明白客户的需求，给客户定出最合理的方案？"

言晓晓惊讶地看着关享："原来你叫李格非来是因为这个？关享，你好厉害！"

"不是……"关享在自己人面前，说话向来直接，"我其实就是想看看李格非这只瞎猫能不能碰见一只死耗子……我……"

苏航的指甲轻轻划过桌面："我有一种预感，这应该是李格非成功的开始。"

正如苏航所说，下午五点，安鑫来到罗行长办公室汇报情况。

罗行长得知终于促成第一单新款保险销售，内心十分喜悦，夸奖安鑫干得漂亮："不错不错，一单五百万，绝对全分行排名第一！"

安鑫微微摇头，罗行长哈哈一笑："没五百万啊？没关系没关系，只要开单就好。有三百万吗？"

安鑫还是摇头。罗行长有些急了："不会连一百万都没有吧？"

安鑫一字一顿地说："领导，是两千万！"

罗行长深深地凝视着安鑫，确定下属不是在开玩笑后，捂着胸口倒在椅子上。老天开眼，他姓罗的春天终于来了！

罗行长发自肺腑地表扬完安鑫后，立刻拨通了分行私人银行部的电话，自谦道："刚刚促成了一单银保销售，想问问这个金额能排到全行第几。金额也不大啦，也就两千万啦！"

听着行长室传来的夸张笑声，关享知道大功告成，想给李格非道声"恭喜"，却找不到人。据安鑫所说，吴总邀请李格非共进晚餐。

关享有些不满，苏航劝关享想开点："和你吃饭，只能聊八卦，和吴总吃饭，除了聊八卦，还能介绍客户。请问如果你是李格非，你是选择和吴总走，还是留在这里听你废话？"

关享怔了怔，苏航说的于理十分正确，于情却没考虑她的感受，当下冷笑一声："要不是我，他能见到吴总？"

"那你继续……"苏航淡淡一笑，留下关享一人在办公室生闷气，带着言晓晓去行长室向罗行长道贺。罗行长听完分行的夸奖，又得到下属的马屁，整个人神清气爽，一下子年轻了好几岁。

安鑫的喜报第二天送到支行，李格非则是当天就引起部门轰动。他虽然初入职场，但是情商绝对够用。第二天晨会先是感谢了领导的培养和同事的帮助，接着承包了整个部门一个星期的下午茶，立刻博得全体同事的喜爱，盛赞李少会做人。

这件事又被苏航拿出来当例子，批评关享工作多年，毫无长进。关享极为不屑，她不是不会，只是懒得搞这些虚情假意。

关享的不满，终于在李格非连续两周没回家吃晚饭后，彻底爆发："他哪来这么多交际？"

苏航恍若未闻，掩着鼻子问言晓晓："你有没有闻到好大一股酸味？"

关享又恨又恼："我对李格非没想法，要不要我把这句话录下来，每天循环在你耳边放上一万遍？"

"那你就别用一副女朋友的腔调在这儿抱怨，"苏航挑了挑眉毛，"人家应酬要向你汇报？"

"我是他室友，他每天凌晨两三点回来影响我休息，我抱怨一下不行啊？"

"你的卧室和书房之间隔了一个客厅，咱们卧室这门又隔音一流。我就不明白了，怎么就你知道李格非几点回来的？"苏航似笑非笑，"还是说，你担心李格非担心得睡不着，每天晚上等着他回来？"

"你想多了吧！就算我睡不着，那也是我关心朋友！没有你说的那些乱七八糟的事！"

苏航满脸疑惑："我说什么了吗？关经理，你挺会脑补的啊？请问你说的乱七八糟的事是什么事？我很好奇啊！"

关享气得怔住了，又说不过苏航，拿了几袋零食，冲回卧室。

　　眼见关享摔门而去，言晓晓犹犹豫豫地开了口："我觉得……我觉得关享……对李格非……"

　　苏航似笑非笑，竖起食指抵在唇上，示意言晓晓噤声："这事关老板不承认，我们只能当不知道了……"

　　当晚，黑眼圈就快拖到下巴的关享第一百零一次提醒自己早点睡，可哈欠打得眼泪都下来了，还是舍不得闭眼。关享为自己辩解，她这是日行一善，关心朋友。李格非刚刚参加工作，接触的这些客户，没一个好东西，天天带着他花天酒地，万一沾染上不良习气，那是要造成极为恶劣的后果的。

　　凌晨三点，关享听见动静，立刻从卧室蹿到客厅。

　　李格非正弯腰换鞋，关享双手叉腰，立到他面前，开展批评教育："现在几点了？你还知道回来啊？"

　　李格非微微抬起头，似乎想要辩解，胃里酒精一阵翻滚。他强行打起精神，却没抵抗住本能，一阵头晕目眩，人直直地往前栽去。

　　关享眼疾手快地扶住他，瞬间被他身上的酒味熏得直皱眉："你这是喝了多少？不要命啦？"

　　李格非在关享搀扶下回到书房躺下。关享倒了杯热水递给他，李格非却连接的力气都没有了。关享只好一手扶起他，一手把杯子递到他嘴边，慢慢喂下一杯热水。

　　李格非酒后出了一身热汗，衬衫湿透黏在身上。关享怕他感冒，不顾李格非反对，硬是从李格非身上把衬衫长裤扒下来。李格非头痛欲裂，神志勉强保持着一丝清醒，带着无奈的笑容说道："这辈子扒我衣服的女人，两只手都数不过来，就你技术最差！"

　　关享恶狠狠地拿起热毛巾，把李格非从头到腰擦了一遍，换上干净睡衣："就你话多！你说你没事喝这么多干什么？当初你不学好的时候，我也没见你这么喝啊？如今长本事了啊？我问你一句话，你老老实实回答我，是不是工作上遇到烦心事了，你借酒消愁？我告诉你，喝酒解决不了任何问题！"

李格非眯着眼睛，摇了摇头。

关享心中一动，似乎有一丝酸涩涌上舌尖："那就是感情问题？是不是夏约找你了？能看得出来，她还是喜欢你的。如果她真找你复合，你可以考虑一下。不过别怪我多嘴，你现在这个情况，和她的条件差太远了。我觉得很难有好结果……"

李格非被关享丰富的想象力逗笑，食指戳在关享的脸上："什么乱七八糟……"

关享拍开李格非的爪子，帮他把睡衣扣好，被子盖好："就单纯为了找乐子喝成这样？你原来最荒唐的时候，我也没看你这么喝啊？"

"我陪老吴见他的朋友，那几个人想灌他，我帮他挡了一下。"

"他朋友灌他，要你充好汉？"

"你觉得老吴带我去图什么？你觉得老吴为什么要给我介绍朋友？人家给我这个面子，我能不接受吗？"

"那也不至于喝成这样啊？你到底喝了多少？"

"先是白酒和红酒，第二场的时候又喝了瓶洋酒……"

"李格非！你不要命啦！"

"你声音小点，别把苏航和言晓晓吵醒了……"李格非用手盖住眼睛，露出一个疲惫的笑容，"人家暗示了，我喝多少，他们买多少保险，你说我能怎么办……"

关享被李格非说出的真相刺得浑身一颤，眼中闪过一丝厉色："他们这不是拿人寻开心吗？"

李格非轻轻一笑，从指缝里露出一只眼睛看着关享："你教过我，只有我自己觉得是羞辱，那才是羞辱，只要我觉得不是，那就是个玩笑。再说了，就算是羞辱又怎么样？这段日子，我受得还少吗？从杨兴到夏约，哪一个不是？可我已经不是李少了，我是李格非。李格非如果想要活下去，就只能受着。刚开始的时候我确实特别难过，直到那天夏约的事情发生后，你吼我，我才彻底想明白，我不用装坚强了。我是真看开了，我得彻底和过去做个了断，开开心心地往下活。"

李格非拉住关享的手，掌心温暖而潮湿。不适的黏腻感并没有让她把手甩开，她反而握得更紧。

书房没有开灯，李格非眼睛里映着月光："对不起，以前那么对你。还有，谢谢你。"

"以前，什么以前？以前没什么啊？"关享正要给李格非回顾过去，发现李格非已进入梦乡。她气恼地扔下毛巾，走到门口，却又因为李格非的一句梦话驻足，"好了，好了，不要委屈了。我知道你去楼盘驻点辛苦，等我拿到奖金，马上给你买个包包……"

关享恨恨地折回，把滑落的被子重新给他盖好："谁要你的破包包！"

李格非似乎听见了这句抱怨，又是一个翻身，牢牢搂住关享的胳膊。关享怕用力挣脱弄醒李格非，索性倚在李格非旁边等他松手，这一倚便倚到了第二天上午。

睡到自然醒的李格非本想神清气爽地伸个懒腰，却发现胳膊被压住。扭头一看，关享竟然和他枕在同一个枕头上，两人脸对脸，距离不到十厘米……

苏航和言晓晓听见惨叫声，分别从卧室、厨房冲进书房，她们看见李格非抱着被子缩在床角，手指颤颤地指着前方。而被指着的关享似乎还没有睡醒，揉着眼睛打着哈欠坐在那里。

"姓关的，你对我做了什么？"

李格非的怒吼如同一盆冰水，迎头把关享浇醒："我对你做了什么？这句话应该我问你才对！"

"我昨晚喝酒喝断片了，怎么回来的我都不知道，我能对你做什么？"

"你也知道你断片啦？"关享扯掉李格非身上的被子，指着他身上干净的睡衣，"要不是我，你现在还躺在客厅地上呢！狗咬吕洞宾，不识好人心！"

李格非低头看着身上的睡衣，关注点再次跑偏："你竟然脱我衣服？我的清白啊！"

关享被气得脸色发青，想要和李格非争辩，被苏航拖走："咱们不和他一般见识。"

李格非却没打算见好就收，指着枕头上的一小块水渍："你不但非礼我，你还在我枕头上流口水！"

这次苏航再也拉不住，关享如同脱缰的野马一般冲向李格非，两人瞬间打成一团。还是言晓晓急中生智，喊出声来："中午有螃蟹，谁再打不给谁吃！"

这才制止住一场战斗，关享被苏航拖回卧室，李格非倒下继续补觉。

关享气得发怔，苏航含笑开解："你别生气啦，他和你开玩笑呢。"

关享脸上全是气恼："我等他等到半夜，帮他换衣服，陪他到天亮，他就这么对我？"

"不然呢？"苏航打断关享，"你觉得他应该怎么处理，深情款款地看着你，感谢你为他做的一切，发誓将来一定要好好报答你？"

关享想象着苏航描述的画面，打了个冷战，默默地摇了摇头。苏航冲书房方向扬了扬下巴："格非不傻，你做的这些事情他能不知道？他这个人和你一样，嘴硬心软，让他说点好听话，比杀了他还难受。再说了，就算他说，你能听得进去吗？只能这么处理！"

苏航拍了拍关享的手："下个星期你生日，前两天他找我，拿了一张包包的图片给我，让我帮他找代购。他说一发奖金，就去买这个包，你说他心里记不记得你的好？"

"不就是个包吗？谁知道他是买给谁的！"关享咬着嘴唇低声嘟囔。苏航也不再劝："反正你生日就在下个星期，到时候看呗。不过说真的，我觉得李格非这小子不错。"

关享迅速跳下苏航的床，赤着脚往自己房间跑："懒得和你说话，没说两句就开始阴阳怪气！他这么好，想处对象你自己上啊，天天和我念叨算哪门子事？"

苏航在后面连声感叹："我是觉得他人好，适合当好朋友。你怎么一天到晚就想着搞对象啊？"

关享头也不回，直接送上中指问候。

午饭吃螃蟹时，言晓晓声称最近李格非辛苦，直接把最大的给了他。关享又开始生气："就他辛苦，我就不苦吗？你就不苦吗？苏航就不苦吗？"

言晓晓正要解释李格非是第一次工作，需要多多鼓励，李格非已经把螃蟹放到关享盘中："行啦！给你！你最苦！你说你苦成这样了，怎么一点都没见瘦啊？你看你那腰，坐下来就是三道圈。我说你都胖成这样了，你就别穿这么紧身的衣服啊。幸亏我不是你男朋友，不然光看你这游泳圈，就得和你分手！"

关享一脚踢在李格非小腿上，满意地听着他嗷嗷直叫，开心地啃起了螃蟹。

饭后，李格非回书房午睡。关享趁苏航、言晓晓不注意，又溜进书房，吓了李格非一跳。关享急忙摆手，让他不要怕，她不是来寻仇的，她是有正经事要谈。

"你能不能不要再喝那么多酒？"关享目光从他身上飘过，摆出一副别扭的、满不在乎的表情，"你知不知道你每天这么晚回来，很影响别人休息的……"

"我是销售。销售只有上班时间，没有下班时间，你不清楚啊？"

"我也是销售，可我也没有每天晚上喝得烂醉啊？"

"那是因为你工作不努力！"

关享觉得一番好心再次被当成驴肝肺，气得直跺脚："行行行，随便你！下次你就算醉死在门口，我也懒得管你！"

李格非当然明白她的心意，叫住即将甩门而去的关享："你生日是下个星期五对吧？"

关享稍有迟疑，扭头看着李格非。这次换李格非避开她的视线："这样吧，既然你这么低声下气地请求我，那我就勉强答应你，下次不喝这么多酒了，算是送你的生日礼物！"

关享冷笑："那我还真是谢谢你啊！"

李格非一句"不客气"没来得及脱口，已被关享的关门声打断。李格非鼓起腮帮子，吹走盖住眼睛的刘海，心里想：关享这丫头，真是一点都不可爱，一句软话都不会说。这么不会讨男人欢心，难怪嫁不出去，也就他能勉强接受关享这种性格。

李格非想到这里，猛地一惊。何时起，他竟然拿关享和他过去的女朋友相比，这可不是什么好现象。他对关享只有友谊，也只能有友谊。李格非慌忙打开手机，查看日程安排，一定要把关享生日那天空出来，然后当着苏航和言晓晓的面，砸她一脸蛋糕以示关切。

时间过得飞快，转眼便到关享生日当天。李格非早晨出门时，苏航特意叮嘱："今天尽可能别安排应酬，晚上早点回来，我们一起吃个饭。"

李格非表示早就安排好了。可惜人算不如天算，老吴的一个朋友要买保险，金额巨大到能影响整个团队的业绩排名。李格非再三思考后，拨通苏航的电话。苏航叹了口气，鼓励他好好工作，不过也别忘了关享，毕竟一年才一次。

当晚的生日家宴上，关享强颜欢笑，杀气腾腾地把盘子里的澳龙大卸八块，看得言晓晓浑身一颤。

苏航强行为李格非辩解："男人嘛，当然是以事业为重，吃完饭，我们去看电影啊。我买哈根达斯给你吃，你想吃多少吃多少。"

言晓晓去房间拿来生日礼物，一整盒 YSL 最新款唇膏，每一支上面都刻着关享的名字："我和苏航送你的生日礼物。"

这是关享心心念念了几个月的礼物，可是想到李格非又放她鸽子，她一点都开心不起来，勉强撑起一个喜悦的笑脸。至于电影，关享更没兴趣，吃完饭后，她一个人跑回卧室，躺在床上打游戏。

李格非提前结束应酬，一路紧赶慢赶，掐着点敲响关享卧室的门："睡没？"

关享先是从床上跳起来，随即又躺回去，恨恨道："睡着了！"

李格非稍一迟疑，推门而入，吓得关享一声尖叫："你怎么随便进女生房间？"

李格非四下打量了一番："就你这猪窝一样的地方，你也好意思说是女生房间？"

"你懂什么？我这叫乱中有序！"关享扯着被子和李格非互瞪，"出去！"

李格非轻咳一声："我带你去吃消夜！"

"不吃！"关享翻了个白眼，"我看见你就饱了！"

"这么大的羊肉串！一烤直冒油，撒上孜然、胡椒面，那叫一个香！"李格非两手比画，"还有羊脆骨、羊筋、羊排！你真的不想吃？"

关享咽了咽口水，做出艰难的决定："我减肥！我不吃！"

李格非失笑："这不是你的生日吗？生日时吃一次，不影响你减肥！"

生日两个字直击关享的痛点，她拿起枕头砸向李格非，声音却委屈巴巴的："你还知道是我生日啊？你这人说话一点都不算数，说好回来吃饭看电影的！这都几点了？我的生日都过了！"

"这不是忙工作嘛……"李格非自知理亏，"我跟你道歉还不行吗？走啦，咱们去吃烧烤喝啤酒，算我给你赔罪！"

"出去！"关享指着门口，"立刻！马上！"

"关享，别太过分啊，我这都道歉了，你还想怎么样？"

"出门要换衣服吧？你是不是想站在这里看我换衣服？"关享作势要脱睡衣，吓得李格非连滚带爬地冲出卧室。关享想起几个月前李格非也是用这招恐吓她，心头顿时涌出一股大仇得报的快感，一时间，心情好了许多。

只是李格非那张嘴，自从开始卖保险，更加无法挽救，隔着门给她添堵："你动作快一点，差不多就行了，大半夜有谁看你啊？再说了，你的问题，不是长相，是气质，化妆拯救不了你，只能重新投胎！"

关享猛地拉开房门，和李格非面对面、眼对眼，恨恨地说："我郑重地警告你，如果你再对我进行人身攻击，我就去你单位，对着你所有同事哭诉，说你半夜冲进我的房间，还逼我脱衣服。你看我能不能干得出来？"

李格非立刻举手投降，换上谄媚的笑容："你慢慢来，我一点都不急！"

关享花了一个小时，这才"简单"收拾好。

电梯里，看着艳光四射的关享，等候多时的李格非忍不住夸奖道："古人说得好，清水出芙蓉，天然去雕饰。我过去有一个女朋友……"

"你过去有个女朋友每天清水洗脸，不抹护肤品，皮肤就像剥了壳的鸡蛋一样；不用化妆，五官依旧美得像范冰冰一样。对吧？"关享冷笑，"既然这么好，你还不打电话约人家出来？我们一起去吃烧烤呀！"

李格非表情瞬间垮塌："关享，有道是打人不打脸……"

"是我先提的？"关享翻了个大大的白眼，"你也知道人家不搭理你啊？我是长得丑，气质也差，可是我心灵美啊。我交朋友从来不是因为对方的物质条件啊。不然此时此刻，我能陪您站在这儿？"

李格非抱拳："关爷，我错了，再提我是小狗。"

楼下，停车场内。

看着眼前的豪车，关享的心情一下子好了许多："GTR！"

李格非微微一笑，非常绅士地帮关享拉开副驾驶车门："我跟老吴说，今天是我好朋友的生日，我想带她兜风，就把这辆车借来了……"

李格非拿起副驾驶位上的包装礼盒递到关享手中："拿车的时候，刚好他太太新买了一个包，不太喜欢，我就一起拿回来了。你不是缺个包吗？算是我送你的生日礼物！"

关享三下五除二拆了包装，发现真是"巧"，所谓老吴太太不喜欢的那个包，正是她心心念念想要的那个。关享不由得想起苏航几个小时前和她的聊天内容："你和李格非啊，真不是一般地像。你都准备用信用卡套现给他充业绩，但当着他的面不是打就是骂。他呢，花一个月的奖金给你买个包，还不让我告诉你，说是人家不要了才给他的，他转送给你。你们俩别是失散多年的兄妹吧？"

关享没打算戳穿李格非的谎言，小心翼翼地把包包抱在怀里，事实证明，李格非勉强还算是有点良心的。

李格非见关享的表情多云转晴，暗暗松了一口气，发动车子，来到本市著名的烧烤一条街。

到了烧烤摊，李格非去点单，关享坐在位置上抱着包包左看右看。

旁边一桌的情侣，你喂我一口，我喂你一口，秀恩爱秀得不亦乐乎。

关享作为单身狗，忍不住多看了几眼。就看女方白白净净、娇娇小小，五官精致、气质乖巧，小鸟依人般地靠在男方身上，不停地拿小拳头捶男方的胸口，并且伴随着"嘤嘤嘤"的撒娇声。

看男方一身暴发户的打扮，关享的内心开始悲鸣，为什么富二代都喜欢这种类型？为什么就没有一个富二代发现她的心灵和外表一样美？

李格非点菜归来，表情怪异，背对恩爱情侣，小声和关享商量："过会儿东西好了，咱们打包换个地方吃好不好？"

以关享打破沙锅问到底的性格，当然要求李格非把话说明白。李格非为求脱困，只好老实交代，原来恩爱情侣双方都是他的熟人。当年他除了夏约这个正牌女友外，还有其他女朋友四到五人。恩爱情侣中的女孩是其中之一，号称爱他爱到可以为他去死；男方则是他兄弟团成员之一，号称为了兄弟可以上刀山下火海。

只是理想是美好的，现实是残酷的。当李格非被赶出李家的那一刻，两人双双选择忘记誓言，拉黑李格非的所有联系方式不说，还在拉黑前向李格非送上了诚挚的祝福：去死吧，傻瓜！

"没想到他俩在一起了，还真挺配的。"李格非想起当年的是是非非，恍如隔世，"我当年对他俩挺好的啊，为什么这么讨厌我呢？我又没打算和他们借钱……"

"你确定是他们俩？"关享指着隔壁桌，"他俩让你去死，还骂你是傻瓜？"

得到李格非肯定后，关享一拍桌子，拉起李格非来到隔壁桌。不等李格非开口，一巴掌已经甩到他脸上。

别说李格非，连隔壁桌的两人都愣在当场，此时正是消夜高峰期，店内人山人海。关享的女高音响彻全店，几乎吸引了所有人的注意力："我告诉过你多少遍，什么钱都能欠，就是不能欠皮肉钱。人家小姑娘家里要是没个七灾八难，能出来做这行？你欠这个钱，你缺德不缺德啊？"

关享从钱包里掏出五百元拍在"白莲花"面前："这钱我替我男朋友付了，你好好收着，不用找了！哦，对了，姑娘，听我一句劝，老实人没刨你家的祖坟，以后千万别找老实人接盘！"

暴发户率先反应过来，指着关享，却不知该如何辩驳。关享如同见鬼，捂着胸口，连退三步，满脸惊恐地说："我认识你！我是皮肤病研究所的护士。你昨天去我们那里看病，你是梅毒三期，病毒已经转移到你的脑子了！"

关享拉起李格非往门外跑，一边跑一边喊："老板，饭我们不吃了。这人用过的桌子、椅子、餐具记得好好消毒，免得传染啊！"

李格非跑之前也不忘带上老板打包好的烧烤，这都是钱买的，不能浪费。

闹成这个样子，烧烤一条街是不能待了，李格非直接把车开到了附近的公园。

深夜的公园，空气中弥漫着草木清香，路灯照射出的昏黄的光穿过层层树叶，留下一地斑驳的影子。

关享的怒气值依然爆满："打狗还要看主人，除了我，谁都不能骂你是傻瓜！"

李格非干笑："那我还真是谢谢你啊！"

关享冷笑："你自己看看，你身边都是什么人？除了夏约，哪个不是忘恩负义，见高踩低？这就是你找的兄弟，你找的女朋友？你眼睛没问题吧？"

"那会儿以为自己是世界的中心，以为有钱就有一切，就算知道他们是冲着钱来的，也不会有什么想法……"李格非神色一滞，回忆当年并非是一件愉快的事情，"那时候是真的不相信世界上还有真心这种东西，以为人人都一样，心里只有名和利。直到遇见你和老王，我才懂什么叫患难见真情。原来这个世界上，有的人眼里不光只有钱……"

关享早已习惯李格非和她针锋相对。这样推心置腹的谈话，她实在不知道应该如何应对，只好拿起一串羊肉，借着大口吃东西化解尴尬："哟，难得今天没喝酒啊。"

"我答应过你了，不喝醉的。"

"言出必行，奖励你一根肉串，"关享一番翻找，选出一串递给李格非，"你如今没时间运动，更要控制热量摄入，吃这串吧，肥的少！"

"过会儿吧，我晚上陪老吴在雪茄吧见朋友，抽多了，现在有点犯恶心。"

关享这才意识到，李格非身上的烟草味不是来自于香水："你不是不抽烟的吗？"

"人家要给我介绍客户，我能不陪陪吗？"李格非"扑哧"一笑，"关老板，我再说一遍，我不辛苦，也不委屈。我现在特别好，麻烦你把你那一脸同情的表情收一收，我不需要。"

"谁同情你了？"关享猛地把肉串扦子戳进包装盒，"这老吴什么情况啊，不是让你喝酒喝到人事不省，就是让你抽烟抽到恶心得吃不下饭。我说他就不能教你点好的，带你开展点积极健康的社交活动？"

"比如呢？读书看报？购物八卦？美妆护肤？"李格非凝视关享，"我知道你关心我，可你也知道现在这种应酬再正常不过……"

"你们还可以去打高尔夫！"关享从牙缝里一个字一个字地往外挤，"我不关心你，我是看不惯你现在的……"

"看不惯我现在的奴颜婢膝、低三下四？"李格非拿了一串烤馒头，配着可乐慢慢吃着，"我能怎么办？我也很绝望啊。我特想像电影里那样，来个富贵不能淫、威武不能屈。然后被一个世界级的富豪发现，打开金手指，从此走上人生巅峰。可是可能吗？我首先要考虑的问题不是尊严，而是生活。还有，我想说的是，我没有出卖我的尊严，我在用我的专业知识以及技能换取报酬。如果一定要和个人挂上关系，那就只能是感谢我过去的生活阅历给我增加的技能点，能够让我快速地与客户打成一片。"

关享当然希望李格非能想得开，并且越开越好，最好能心怀天下。但是这么一番话从李格非嘴里说出来，她心里酸得像一口气吃了十八颗山楂，连腮帮子都酸起来了。

"于我而言，最困难的日子已经过去了……"李格非望着窗外夜景，谈笑自若，"不怕你笑话，我当时真想过自杀。那个时候可真绝望啊，一夜之间，所有东西都没了，身边的人也走得干干净净。天地之间仿佛只有我孤身一人，独自面对整个世界……"

已经是过去很久的事情，但是回忆起来，李格非的一颗心依然如坠冰窟。

"那种感觉糟糕透了。我站在天桥上，考虑要不要跳下去的时候，老王出现了，他说你跟我回家吧……"

李格非自嘲地笑了笑："后面几天，我勉强想通了。所有人都觉得我是一个废物，离开李家，只有死路一条。别人可以这么看我，可我不能这么看自己。我是个男人，就算死也得死得像一个人，而不是一条丧家之犬。我不断给自己打气，就连我都相信自己够坚强的时候，夏约出现了。那个时候幸亏有你在，不然我给自己建的壳也许就那么碎了，我就真的一下子倒下去了……"

李格非慢慢啜着可乐："你其实是担心我喝酒太多伤身体，对吧？我懂的，你是真心对我好。上一个这么对我好的，是我姐姐。你放心，我不会辜负你的期望，我会一直这么努力。我永远忘不了那天我去面试，你站在楼下大堂，看着我进电梯时的表情。那种表情是除了我姐姐，我从来没在任何一个女人身上看到过的。她们只会为了礼物欢喜或者沮丧，而你的情绪却是因为我这个人……"

李格非深深地看着关享，说道："谢谢你的不离不弃，谢谢你陪我走到今天。如果可以的话，我希望……"

关享胸腔里的一颗心狂跳不止。李格非身上的烟草味，迎面向她扑来，几乎渗透进每一个毛孔，让她头晕目眩。理智告诉她，有危险的事情即将发生，可是身体却不受控制，不仅没有避开，仿佛还带着一丝期待。

关享慌乱地移开视线，跑车方向盘的标志如冰凌般狠狠刺进她的眼睛，整个人瞬间清醒起来。从小到大，她的理想是钱，她的梦想是钱，她唯一追求的也是钱。而现在发生的一切完全脱离了她为自己设定的人生轨迹，简直是在拿自己的未来开玩笑。

关享用力推开慢慢靠近的李格非。李格非的气息，落在关享脸上，像是有一只小手轻轻戳着关享的心。关享带着极度不自然的随意语气说道："你希望什么？我先说清楚，无论你有什么理由，我都没钱借给你！"

李格非在被推开的那一瞬间，全身都僵硬起来。他别过脸看着窗外，掩饰眼神中的失落。

关享勉强撑着笑容说："我说，你别是喜欢上我了吧？千万别啊！我帮你是日行一善，就算你帅过明星，我对你也一点兴趣都没有。我喜欢钱，你没有钱！"

李格非慢慢转过头，浓密的睫毛在脸上留下一圈阴影，掩盖住他眼睛里所有的情绪："你发神经了吧……"

猛然抬起头的李格非笑容夸张："关老板，知道什么叫自知之明吗？刚刚咱们遇到的那个，是我最丑的女朋友。你自己对比一下，人家比你强多少倍？"

"你还有脸说？你这刚倒霉，她就找一个接盘侠。就这种货色，你好意思拿她和我比？对了，她和你在一起的时候，是不是也这样？你们互相喂饭，她一天到晚"嘤嘤嘤"，哎呀不行了，一想到你噘着嘴说吃饭饭，我就起鸡皮疙瘩！"

关享配合李格非表演，斗嘴说笑，气氛一片祥和，仿佛方才的一幕只是幻觉。李格非笑得更是"开怀"，他十四岁谈朋友，交过的女朋友能从 A 排到 Z。他情场向来得意，从未失手，没想到唯一一次真心相对，竟然会是这种结果。实在是太好笑了！可惜这个笑话却不能和他人分享，只有他自己用时间慢慢消化。

到家之后，李格非回房，关享则溜进隔壁卧室，摇醒苏航。

苏航的清梦被扰，眉头皱起："李格非对你有想法？"

关享没有正面回答："他没有钱……"

"你对李格非有想法？"

关享又摇了摇头："他没有钱……"

"那不就得了？"苏航冷笑，"你关老板的真爱永远都是人民币，何苦来演这种偶像剧？"

"我……"

"别你啊我啊的了……"苏航翻了个身，背对关享，"既然知道自己最想要什么，就一门心思奔着那个目标去，别想着两全其美，你没那个命！"

　　关享灰心丧气地回自己的房间，手落在门把上，身后又传来苏航的声音："记住了，你想嫁的是富二代，不是灵魂伴侣。别去招惹不应该招惹的人，对你好，对别人也好。"

　　送走关享，苏航闭着眼睛，却怎么也睡不着。自打送来那个一米八的玩具熊之后，沈铎突然忙了起来，忙到每周只有一到两条微信，而且内容还是分享各种优惠券。

　　苏航很想将其理解为忙工作，但是理智告诉他，沈总极有可能是恋爱了。想到这里，苏航悄无声息地叹了口气，像是吃了颗青梅，心里又酸又涩。

　　苏航将这一点点的失落隐藏得极好，瞒过了言晓晓，瞒过了关享，却没有逃过李格非的眼睛。

　　周日下午，趁着关享和言晓晓去超市采购生活物资，李格非备好果汁点心，邀请苏航来书房聊一聊。

　　苏航以为有李格非有感情问题要找她商量，没想到只猜对一半，的确是感情问题，不过主角却是她。

　　"你是不是恋爱了？"李格非端着果汁，凝视苏航片刻，"男人的直觉告诉我，你一定有情况，不介意的话，说来听听。作为一个十四岁就开始谈恋爱的男人，我可以为你提供专业指导意见。"

　　李格非的话，让苏航瞬间想起沈铎，一颗心如同被春雨浸润的农田，柔软得一塌糊涂。苏航笑了笑，下意识地握紧杯子。原本清凉的液体已被她的体温焐得微微发热，带着难耐的暑气。

　　李格非的声音明朗清亮，一如他给人的感觉，虽年少气盛，却自有一股让人心生安稳的魔力："你是一个聪明人，如果能让你困惑，想必是真麻烦。当然，你要是不方便说……"

　　苏航叹了口气，含着略带一丝无奈的笑容，摇了摇头："是我自己都没弄清楚……"

关于沈铎，李格非早已从关享、言晓晓那儿了解到十之八九，加上苏航今天的介绍，他心里顿时如同明镜一般。

"你喜欢他。"

短短四个字，听在苏航耳中，仿佛一道闪电，穿过云雾，照亮黑暗，将她内心的曲折映得通透至极。原来那些暧昧不明的情绪，都是因为……

"我和他的确有缘，但真正让我们走近的，是他妈妈的事。我和他一样，都是原生家庭有严重的问题，导致自身的性格多多少少有点缺陷。看到他，就像是看到我自己。我帮他改善母子关系，某种程度上，就像是在帮我自己。我没想到，我这辈子一直想尝试却没有机会尝试的事情，他帮我完成了。我心里缺失的东西，似乎找到了归宿，这种天然的亲近感，我没有办法抗拒……"

苏航坦然地看着李格非："谢谢你的提醒，原来这份好感已经发展到这个地步。他不光无意间帮我修正了性格缺陷，甚至治好了我的情感缺失。我开始像正常女性一样情绪波动、患得患失。"

苏航说得郑重至极，李格非不由得笑道："老苏，别把自己说得好像不正常一样。"

苏航与李格非相视一笑，表情却不像是开玩笑："我长这么大，第一次对异性产生眷恋。你说得没错，我喜欢他。"

这个答案，李格非并不意外，苏航不经意间乱掉的方寸早已经告诉他答案。但他还是对苏航说："沈铎这个人，的确非常优秀。但是作为一个男人，我不认为他是一个适合结婚的对象，甚至……"

李格非稍有迟疑："都不是一个合适的恋爱对象。他适合一辈子被人追逐，想让他为了一个女人停下来，不太现实。老苏，虽然本质上，你们都不是会把感情摆在第一位的人，但是如果你们贸然开始，我相信受伤的人一定会是你。因为你比他有心……"

苏航静静地看着手中的果汁，眼中没有一丝波动。李格非的话，句句在理，她一直是讲究安全第一的人。任何决定，只要有百分之一的风险，她都要再三考虑。而喜欢沈铎这件事，风险明显大于收益，她却不忍放弃。仅从这一点来看，还没开始就已经放不下的人，未来一定会输不起。

"我不知道……"苏航摇头，"对于这件事，所有打算全然无效，除了顺其自然，我好像没有别的选择……"

李格非一时语塞，很快又露出微笑："也许是我想多了……"

苏航和李格非碰杯："希望我们都想多了……"

似乎是感应到了苏航的思念，临下班前，苏航接到沈铎的电话，约她一起吃晚饭。

指定时间，苏航来到指定地点，看着酒店的排场，她的直觉告诉她这应该是商务应酬而不是朋友聚会，十有八九，沈铎没有和她说实话。走还是不走，这是一个问题。苏航脑海里浮现出沈铎的笑脸，第八十八次叹气后，她推开包间的门。

果然，十二人的大圆桌，沈铎坐在主位。见到苏航，他如同见到亲人一般，狼奔豕突而来，甚至亲热地拉起苏航的手，牵着她坐到自己身边。

苏航活到二十多岁，除了上体育课以外，还是第一次这样被异性牵着。虽然脸上波澜不惊，心里却已经沸腾，烧得脑子一片空白，全然没有注意到身边坐着的那位，就是酷爱风水的徐总。

徐总把苏航的面无表情理解为胜利者的炫耀，他皮笑肉不笑地说："真没想到啊，小沈你还真是办公室恋情啊！小苏，听说你为了小沈，辞职了呀？这是打算做全职太太？挺好的，女人嘛，婚姻才是最重要的。"

徐总一番话，如同冰水淋头，浇得苏航瞬间清醒过来。桌下一脚不轻不重地踢在沈铎腿上，她示意沈铎给她一个解释。沈铎正扭头同旁边一位中年秃顶男人讨论股票，好像没有工夫搭理苏航，右手却在桌子下屈起食指和中指给苏航磕头赔罪。

　　苏航明白，她恐怕又中了沈铎的奸计。想她聪明一世，怎么老掉进沈铎的陷阱呢？莫非沈铎是她的克星？

　　徐总了挥了挥手，立刻有下属帮苏航倒上红酒。徐总端起酒杯对苏航说："小苏，之前小沈一直单身，我不知道你们已经在一起了，才会把我老朋友的女儿介绍给小沈，你千万不要生气。我老朋友的企业年产值上百亿，就这么一个女儿，父女两个人见过小沈一面，都看中了他。这么好的条件，小沈都拒绝了，就为了和你在一起。小沈是真心喜欢你啊！"

　　苏航又一脚踹在沈铎腿上，脸上却露出一个饱含深情的微笑，甚至眼中还有泪光闪过。

　　徐总和苏航碰杯："我老朋友的女儿在家又哭又闹，他就跑来和我闹。我头都大了，你陪我喝几杯吧！"

　　苏航明白，今天这酒她要不喝，徐总这气恐怕消不下去。她举杯，一饮而尽，徐总的下属立刻满上。

　　沈铎回过头想要劝阻，被徐总赶到一边。苏航推起一脸假笑："没关系，徐总心情不好，我陪徐总喝几杯。"

　　沈铎再次用手指叩首致歉。苏航借着倒酒的空当和沈铎低语："这事我和你没完！"

　　苏航是在喝完第四瓶红酒时倒下的。徐总打着酒嗝点评："你这个女朋友不错，酒品见人品，虽然酒量不怎么样，但是够爽快，难怪你喜欢！算了，之前的事情也不是什么大事情啦，怪你们没缘分！"

　　借口送苏航回家，沈铎先行告退。

　　沈铎半搂半抱地把苏航弄上出租车。车上，沈铎看着她昏睡的侧脸，陷入沉思：面对醒过来的苏航，他要怎么交代？一跑了之好像不合适，但是不跑的话，他恐怕会被她打死。

　　正踌躇间，苏航突然睁眼，直直地看着沈铎。沈铎吓得身体一缩，做好等她爆发的准备。没想到她只是坐直，先是从包里掏出粉饼补妆，然后似笑非笑地看着他。

　　沈铎被看得浑身发毛，再者这件事的确是他犯下了极为严重的错误，开口便是"对不起"。没想到苏航根本没接这茬，露出一个谜一般的微笑后，缓缓地背起了社会主义核心价值观……

　　司机师傅根据车内酒气，判断出苏航的状态。等红灯的时候，他回过头，同情地看着沈铎："小伙子，我见过这么多喝醉的，你女朋友是最特别的一个……"

　　为了配合司机师傅的点评，苏航又开始背起八荣八耻，然后不顾沈铎让她休息一会儿的建议，和沈铎讨论起阿富汗地区对国际政治局势的影响。

　　中间数次，沈铎怀疑苏航是不是借酒装疯，对他进行打击报复。最终从她的眼神中，他意识到，如果她是装的，那奥斯卡影后就可以下岗了。

　　到达苏航家楼下之前，沈铎费尽口舌，从她那里要来关享的电话号码。车刚刚停稳，关享和言晓晓已经在等候。

　　看见关享，苏航问道："这位女同志，你对反腐怎么看？"

　　关享一愣，随即把苏航交给言晓晓，她揪起沈铎胸前衣物，目露凶光道："你逼她喝酒了？还把她灌醉了？"

　　沈铎心里发虚，但还是忍不住为自己辩解："喝酒的确和我有关系，但我真没……她有拒绝的机会和权利……"

　　关享冷笑："你骗谁？她喝醉什么样你也看到了？就是因为这

个，连我们行长都不敢让她喝酒。你现在告诉我，是她自己把自己喝成这样的？"

沈铎苦着一张脸："我可以发誓……"

"誓言要是有用，还要法律干什么？"关享正要开骂，突然想到什么，转过头去检查苏航的衣服，尤其是贴身衣服。等她确定苏航没出现任何可疑情况后，才继续找沈铎的麻烦，"沈总，今天你不把事情说清楚，我立刻打110，我们到派出所去说！别以为送了一盒一万五的唇膏就能为所欲为，我告诉你，痴心妄想！你拿苏航当什么人，有这么拿人开玩笑的吗？"

幸亏时间不早，关享注意影响声音控制得当，不然他们四人早就成了围观对象。饶是如此，依然有人注意到他们，不时地往这边看。

言晓晓怕影响苏航名声，拉了拉关享，提醒她赶紧走。关享听劝，扶着苏航回家，临走前还不忘恶狠狠地瞪了沈铎一眼："这事没完，等苏航醒了再找你算账！"

苏航第二天在床上醒来，头痛欲裂已经不是最严重的问题了，最严重的问题是断片。喝完第四瓶酒之后发生的所有事情，她完全没有印象了。

从关享处得知，她拉着关享谈了三个小时的反腐问题，导致关享几乎崩溃后，苏航的一张脸都是黑的。

当关享得知苏航喝醉的原因时，关享的一张脸是绿的："他找人装他女朋友，找谁不行非要找你，他当你是什么人？"

苏航把这个问题原封不动地扔给打电话来道歉的沈铎。沈铎犹豫片刻，轻叹一声，如三月微风，吹得人酥酥麻麻："找人不难，难的是找个自己喜欢的。"

苏航的一颗心因为这句话跳得厉害。她微微皱眉、眼波扭转，用慵懒的语气掩饰心中的悸动："沈总真会开玩笑，也就是欺负我这种老实人。"

沈铎试探性挥出的一拳如同击在棉花上，虽然有些遗憾，却也不愿深究。于是，他当下便转移话题，约苏航吃饭赔罪。苏航不客气地在用餐名单上加了关享和言晓晓。

餐厅是关享选的，五星级酒店的西班牙餐厅。一顿饭吃了沈铎五千元，关享依然余怒未消。她将刀叉落在盘中的大明虾上，动作神态像是在切沈铎的肉。

虽然未来和苏航的关系依然成谜，但是和苏航闺密的关系还是要缓和一下，沈铎当下和关享商量，这件事能否用红包解决？

关享柳眉倒竖、杏眼圆睁："红包上限就二百块，我是二百块就能打发的人吗？"

沈铎点头："是我错了，应该是转账。"

拿到沈铎转来的两千元，关享心情好了许多，却依然没有放过沈铎，她指着言晓晓："她的呢？"

沈铎一拍额头："我又错了，言姑娘你的支付宝账号是多少？"

而作为受害人的苏航，当然不是能用钱来弥补的。除了道歉，沈铎又送上古奇最新款包包表达他浓浓的愧疚之情。至此，一顿饭吃得宾主尽欢。

饭后，不顾言晓晓想回家的提议，关享要求去酒吧进行第二场活动。沈铎吸取经验，绝不和关享对着干，果断带着三位姑娘来到酒吧。

酒吧内，音乐震天，衣香鬓影。

言晓晓初次来到这种场合，脸红心跳，抱着果汁，蜷缩在卡座内，低头不语。

关享毫不客气地叫来服务员，又加上一堆小食。

沈铎问苏航："您看我这道歉的态度端正不？道歉的姿势标准不？"

苏航拿起一块西瓜慢慢吃着，淡淡地说了句什么，被嘈杂的音乐声盖过。沈铎下意识地搂过苏航，耳朵几乎贴到她的脸上："你说什么？"

苏航的一颗心又开始跳，脸上更是出现可疑的红晕。还好灯光昏暗，音乐轰鸣，让人无法察觉到她的异常。她拿出手机敲打出一行字：上次听你说，你上大学的时候，拿过校园歌手大奖，我想听你唱歌。

沈铎哈哈一笑，贴近苏航的耳朵，气息吹过，激起苏航一身鸡皮疙瘩，说道："好的。"

半个小时后，十二点整。沈铎站在舞池中央的高台上，唱着周杰伦的《星晴》。

今天是工作日，沈铎还穿着正装，上台的时候，脱了外套，拿掉了领带。只见他，白色衬衫搭配深色长裤，衬衫领口微敞，袖子卷到手肘，去掉眼镜修饰，一张脸纯良如大男孩。尤其是他笑起来的时候，将成年男性的俊朗与少年的稚气完美地结合在一起，几乎令在场的每一个女性都移不开眼。

关享默默地转过头，凝视着苏航："我不得不承认，虽然他性格问题比较严重，但他的确有点帅……"

稍有些犹豫，关享直直地盯着苏航，紧紧地靠了过去："我觉得他在向你表白……"

片刻沉默之后，苏航低头玩着手指，声音轻不可闻："是吗？"

一曲结束，全场沸腾。沈铎回到卡座问苏航是否满意，见她点头，他轻笑："那我以后经常唱给你听。"

如石子投入水中，激起圈圈涟漪。苏航甚至不愿意抬头，怕他看见她微微湿润的眼睛："好了，我原谅你了，别用这种表白一样的腔调道歉了。"

沈铎静静地注视着苏航，表情安定从容看不出一丝情绪："你觉得我在开玩笑？"

此时，关享陪着言晓晓去了洗手间，卡座内就他们两个人。苏航反问："难道不是吗？"

沈铎没有给苏航期待的答案，他笑着拿起一块西瓜塞入口中："那天晚上吃饭，徐总的下属跟我说了一个惊天大八卦，你要不要听？"

苏航很失落，却强撑起一副好奇的表情问沈铎详情。数分钟前的暧昧气息，仿佛只是错觉。

第二天一大早，沈铎搭最早一班的飞机回北京总部开会。

至于苏航，不知道是失眠造成的免疫力下降，还是思考沈铎的问题导致积劳成疾，当天夜里就发起高烧。等关享她们早晨发现的时候，人已经烧糊涂了。

言晓晓一急就知道哭，关享嘴上大呼小叫，心里却有了主意。她和言晓晓一起帮苏航把衣服穿好，叫李格非背着苏航下楼。她则去车库开车，一番忙乱之后，把苏航送到了医院。

所幸经医生诊断，苏航只是发热，并无大碍，众人这才松了口气。关享让李格非和言晓晓去上班，她请假照顾苏航。

挂完水，两人回到家中，服侍好苏航在卧室躺下，关享去厨房给她煮粥。米刚洗好，客户一个电话打过来，说是下午要来行里还房贷。关享和客户商量能不能改成明天，客户不同意，无论如何非要今天。她在电话里和客户争执起来，闹得客户要投诉。苏航半梦半醒间听见电话内容，让关享赶紧回单位，言晓晓还没学会这个业务。

关享不肯："你都这样了，我怎么能把你一个人扔家里？"

苏航闭着眼睛摆手："老罗最近好不容易心情好点，别再弄个投诉给他添堵。"

关享拧不过苏航，打开外卖软件，帮苏航订了份粥。

关享一走，苏航再也支撑不住，昏昏沉沉间，接到外卖的电话。

外卖小哥说是车子出了点状况，粥被打翻了。苏航想给自己再订一份，无奈头晕眼花，拿起手机怎么也没办法集中精神，索性不吃了，闭上眼睛休息。

没过一会儿，电话又响了，苏航以为是外卖补送，谁知电话那头传来的却是沈铎的声音。

听出苏航的声音不对，沈铎的语气明显一顿："你怎么了？"

人生病的时候，总有那么点脆弱，幸亏苏航声音吵哑，听不出情绪："昨晚高烧，现在已经退了。"

沈铎沉默片刻："多喝热水。"

苏航勉强笑了笑，扯开了干裂的嘴唇，嘴里有着一股血腥味儿，无奈地说："万能的热水……"

沈铎听出苏航话里有话，礼貌地结束通话："好好休息。"

苏航应了一声，挂上电话。以她和沈铎现在的关系，不过就是普通朋友，她没有任何资格要求沈铎的态度。只是，向来懂得控制情绪的苏航，想起那句"多喝热水"，还是忍不住鼻子一酸。

苏航再次被电话吵醒时，天色已经暗了，电话还是沈铎打来的，苏航苦笑道："谢谢沈总关心，我喝过热水了。"

沈铎气喘吁吁："我在你家门口，开门。"

苏航怀疑自己是不是因为高烧幻听，如果她没有记错的话，上次吃饭，沈铎说他即将回总部准备新项目，而总部离这里有六百千米。

"苏经理，我只有一个小时，请你立刻把门打开。"

苏航觉得沈铎的语气不像是开玩笑，挣扎着从床上爬起来。面对空荡荡的楼道，苏航冷着脸问电话那头的沈铎："很好笑吗？"

沈铎再也控制不住，笑出声来："苏经理，我离你六百多千米，你让我插上翅膀飞过去啊？"

苏航挂断电话，人还没走回卧室，沈铎的电话第三次打来："不和你闹了，我还真是飞过来的。一楼门禁坏了没有声音，你赶紧给我开下门。"

苏航半信半疑地按下门禁，没想到沈铎没骗人，只见他一头热汗外加手里的两大包食材，似乎和金融精英的人设有点不符。

沈铎不给苏航开口的机会，直接把她撵回卧室休息，他则拎着东西一头扎进厨房。

听着厨房传来的声音，苏航忍不住又从床上爬起来偷看，只见围着围裙、正在大卸八块一只鸡的沈总，依然风度翩翩。

沈铎看苏航状态不错，用手背试了试苏航的额头："不错，退烧了。"

苏航皱眉道："我饿了。"

沈铎将苏航的抱怨归结为撒娇，嘴角不由得泛起温柔的笑意。几分钟后，白粥和几碟小菜出现在苏航面前："这粥是买的现成的，你先吃点，我煲点汤，一会儿就好。"

苏航没和沈铎客气，一边喝粥一边看他忙碌："你会做饭？"

"我高中起就住校，上大学的时候没钱，想吃什么只有自己偷偷在宿舍做了……"沈铎把鸡块和补药放进砂锅内煲汤，随后把水果去皮切块，蒙上保鲜膜放进冰箱的冷藏室，"记得多吃水果，补充维生素。"

沈铎洗干净手，从另一个袋子里掏出十来瓶保健品摆在桌子上："全是维C，知道你忙容易忘，我就多买了几瓶，你家里、车里、办公室里各摆一瓶，每天记得吃，不容易感冒。"

沈铎做这些事，估计不是想让她说谢谢。苏航笑着点了点头，沈铎又倒了一杯热水，看着她把药吃下去："你这个人啊，有一点特别不可爱，什么事情都喜欢硬扛，偶尔示弱一下，生活会开心很多……"

苏航听话地吞下药片，慢慢地举起一根手指晃了晃："世界这么乱，脆弱给谁看……"

沈铎的眉眼间有淡然笑意涌出："现在这个社会，节奏太快不说，甚至希望所有人都能独当一面。男人必须坚强，才叫男人。女人，尤其是像你这样的，如果被打上职业女性的标签，也被一个劲儿地要求坚强。似乎只有永远无坚不摧，才能代表新时代女性的独立自主、自强不息。苏航，其实你不用这样。我们是人，是人就会有脆弱的时候，面对伤心、痛苦、绝望，一个人默默地舔舐着伤口，并不是最好的选择。"

苏航眼中闪过一丝了然的笑意，嘴上却依然逞强："说得好像你示过弱一样，你不一直……"

"我一直争勇斗狠，生怕别人觉得我有软弱的一面。可我知道，示弱并不代表软弱，示弱给你信任的人看，代表着你向她倾诉，倾诉你很难过，想从她那里获得安慰和支持……"

沈铎的笑容如同春日阳光，温暖却不灼人："我这辈子，只向一个人示过弱。因为我妈妈的事，谢谢你，苏航。谢谢你愿意接受我的脆弱，抚慰我的痛苦。"

苏航苍白的脸色，被沈铎的笑容映上一抹红润。过了一会儿，她才低声开口："你希望我向你示弱？"

沈铎懂得苏航的敏感，一如看到当初的自己，一瞬间的情感冲动，让他脱口而出："如果有可能，我希望你既能够和我分享你的喜悦，也能向我倾诉你的悲伤。在我这里，你的示弱，并不掉价。相反，这代表你愿意脱下铠甲，露出软肋，毫无顾忌地释放你所有不开心的情绪。谁也不是超人，任何一份感情里，需要和被需要，从来都不是单独存在的。"

沈铎话音未落，苏航像是被烫到一样，猛然抬头，定定地看着沈铎。她怀疑自己是不是听错了。

沈铎何尝不是猛然意识到自己突然往前跨了一步，这一步并不在他的计划之内，几乎让他游走到承诺的边缘。沈铎的潜意识向他发出危险警报，他急忙装作看手表："时间差不多了。我先走了。"

苏航看着手里的杯子，极力不让情绪流露出来。她从来不是感悟大过天的女人，她必须保持得体的交往。她深深地吸了一口气，将情绪恢复到最佳状态，貌似不经意地问道："真飞过来的？"

短时间的慌乱之后，沈铎又是那副不正经的玩笑表情："我什么时候骗过你？给你打完电话，我就直奔机场，往返一千二百千米，就为了给你做顿饭。你还怀疑我？"

苏航欲言又止，被沈铎赶回房间："好好休息，早日康复，我有空来看你。"

关享被客户缠了一个下午直到晚上才放人，李格非因为业绩突出，被领导叫去开座谈会，更巧的是，言晓晓被安排去参加分行的培训。

三个人差不多同时结束，一通气才发现没人照顾苏航，心急如火地赶回家。门一开，关享立刻被鸡汤的味道吸引，用力嗅了嗅之后问道："老言，这外卖不错啊，你点的？"

言晓晓摇头，疑惑地看着李格非，李格非双手一摊："我今天一下午，连手机都没碰过。"

三人来到苏航卧室，苏航睡够了，正半躺在床上看书。得知沈铎打飞的过来给苏航煲汤，关享表情夸张得如同诗朗诵一般："啊！我又相信爱情啦！"

苏航点头，指着门口："请你从外面，帮我把门关上好吗？"

关享挥手："别来这套，想让我滚就直说，我还不想待了呢。"

关享说到做到，拖着李格非，麻利地滚到客厅布置餐桌。言晓晓怕影响苏航休息，也准备走人，走前忍不住和她念叨："沈铎对你真好。"

苏航笑了笑，未置可否，脑海里全是沈铎上飞机前发来的最后一条微信："忘了告诉你，我又找到了一家超好吃的店，有空一起去吧！"

12
Chapter

三个妈妈

一台戏

在关享的带动下，李格非最近也玩起了"王者荣耀"，偶尔和关享一起组团开黑。只是双方互相瞧不上，指责对方技术垃圾。

两人一边吃晚饭，一边争论前几天那局会败到底是谁的责任。"哐啷"一声，言晓晓那部古董手机掉在汤碗里，溅了关享一脸汤汁。

关享正要发作，就看言晓晓那个葛朗台，竟然没忙着抢救手机，而是呆呆地坐在那里，脸色涨红，呼吸急促，像是心脏病要发作。

关享眉头一皱，隐约想起她和李格非聊天时，言晓晓的手机似乎频频响起。她立刻想到一个人，急眉赤眼道："是不是张博？是不是他想找你复合？"

言晓晓好半天才回过神来，勉强撑起脑袋，声音带着哭腔："是我妈……"

关享顿时松了一口气，拿起纸巾擦拭脸上的油渍："你妈找你你紧张什么啊？"

"我妈说这个星期天要过来……"言晓晓又急又怕，眼泪再也收不住，滴滴落下，"我还没告诉我父母我和张博分手了……"

"你一个妈宝，这么大的事，你能没告诉你妈？"关享一声惊呼，把苏航从卧室惊动到客厅。原来言晓晓她妈这次过来，看女儿只是顺便，主要目的是作为未来的丈母娘，想和未来的女婿聊聊结婚的事。

苏航心念一转，顿时有了主意："晓晓，你妈最想要的是你结婚。至于和谁结婚不重要，只要对方是个男的而且是活的，对吧？"

关享轻哂，她妈又何尝不是这调调？口口声声地说人好最重要，仿佛只要人好，靠光合作用就能活下去。

"既然如此……"苏航冲着李格非抬了抬下巴，"咱们这儿不是有现成的吗？"

李格非吓了一跳，连连摆手。

苏航看了关享一眼，她心领神会地说道："又不是真让你和晓晓结婚，就是让你装一下她男朋友，把她妈糊弄过去！"

关享冷冷一笑："晓晓平时是怎么对你的？你忍心见死不救？"

一句话，直击李格非的命门。不说别的，就冲之前言晓晓拿自己嫁妆给他铺盖，他也没脸拒绝。

演员到位，接下来就是编写剧本。关于李格非的人物设定，关享张嘴就来："老言，别看你妈是人民教师，我妈是国企工人，在看男人方面，完全没有区别。"

关享冷笑："她们认为有钱的男人没有一个好东西，只有穷男人才能陪你走到世界末日。所以，李格非的人设应该是这样的……"

关享跷起兰花指，拿腔捏调地说："外地人，大学考到本地，毕业后进了保险公司。目前虽然买不起房子，但是办婚礼的钱还是有的。至于父母嘛……"

关享眉眼飞起："国企双职工。怎么样？是不是为你妈量身打造的完美女婿人设？"

关享嫣然一笑，忍不住为自己喝彩："老言，你放一百二十个心，别说你妈，只要按我的剧本来，我妈都得唱《征服》。"

关享越说越得意。苏航心头一凛，急忙让她住嘴："flag 这种东西是随便立的吗？"

关享吓得捂住嘴巴："我就随便一说，应该没那么巧吧？再说我妈都几个月没搭理我了……"

话虽如此，关享自知天生乌鸦嘴属性，不敢怠慢，半夜对着招财龟许愿，只求她妈把她忘了。

只是招财龟连只股票都搞不定，又怎么能镇得住关享她妈？第二天一大早，关享刚进办公室，大堂经理就敲门进来："关姐，你妈来了。"

以关享对她妈的了解，假如她现在跑了，她妈能冲进行长室，吵到老罗心绞痛。

为了老罗，关享只好深吸一口气，来到贵宾室。

只见五十三岁的钱阿姨，身材高挑，膀大腰圆，身着大红运动服，脚蹬白色运动鞋，大马金刀地盘踞在沙发上。

关享再次确认，她是充话费送的。否则以她妈这种完全不修边幅的性格，怎么生出她这么一个死要漂亮的女儿？

钱阿姨一见关享，立刻从沙发上弹起来，咋咋呼呼地冲过来就揪她耳朵："你可以啊，翅膀硬了啊？学人家离家出走！"

关享不耐烦地甩开钱阿姨的手："我这上班呢！没看见有监控啊！"

"你几个月不回家，连个信息都不发！"

"要不是你们逼我和那些阿猫阿狗相亲，我能在家待不住？"

"我和你爸能害你啊？"

"已婚、有孩、妈瘫痪，让我和这种男的相亲，还是为我好啊？"

"除了那个，其他的哪个不是正经人家的小孩？"

"包括那个，哪个不是穷得叮当响？"关享扬了扬眉毛，"我说多少遍了，我只想嫁给有钱人！"

"你掉钱眼儿里去了，一天到晚就知道钱钱钱！"钱阿姨一指头戳在关享脑门上，戳得关享脑袋一晃，"你又不是和钱过一辈子，关键是……"

"关键是人好……"关享疾言厉色，"人好有啥用！人好能买房吗？人好能买车吗？人好能养孩子吗？"

"男人有钱就变坏！你看外头那些包小三、找二奶的，哪个不是有钱的男人？"

"那外面那些五十块一次的洗头房是给谁准备的？"关享冷笑，"别以为穷男人就冰清玉洁，有钱男人坏起来最多伤人心，没钱男人坏起来可是要人命的！"

钱阿姨气得发抖："你懂什么？找个穷的，你又能赚钱，家里经济大权就握在你手上，这辈子他都得听你的！"

"那我不如养条狗，给点吃的就能摇尾巴！"

钱阿姨巴掌高高扬起，想到这是在单位，不得不恨恨地落下："你爸前两天住院了！"

关享一惊："我爸怎么了？"

钱阿姨恨得咬牙："我和你爸说过多少遍，让他不要参加那些同学会，他非要去！他一个老同学，不知道哪根筋搭错了，问你爸，你嫁不出去是不是因为身体残疾。你爸差点儿没和他打起来，一回来就气病了！"

钱阿姨也顾不上还在女儿的单位，拍着巴掌，训斥道："你要不想把你爸活活气死，赶紧去相亲！"

常言说得好，自古忠孝不能两全，可忠于自己内心的同时，也不能把父母气出个三长两短。关享心一横："我是有男朋友的人，我相什么亲？”

钱阿姨两眼瞬间绽放出夺目的光芒：“你有男朋友了？”

事实果然如关享所料，为言晓晓她妈编的剧本，关享她妈也十分喜欢，听得连连点头，整个人仿佛都在发光。

“你个死丫头，也不带回来给我们看看！你们打算什么时候结婚啊？”

“他还在攒首付……”

“结婚是和人结，又不是和房子结！没房子还不能结婚啦？”钱阿姨忙不迭地打断关享，“你赶紧告诉小李，我们家不要彩礼！只要人好，房子的问题我们家解决！”

关享哪还顾得上争论这些细节，只想让她妈尽快走人，再三保证一有机会就带李格非见家长，钱阿姨这才满意而归。

当晚，餐桌上，李格非听完关享的计划誓死不从。

关享冷笑道：“你吃我的、穿我的、用我的，给我办点事，废话还这么多？”

李格非神色楚楚：“你可以欺压我的肉体，但你不能污蔑我的灵魂！我就不干！”

苏航大病初愈，将一勺粥送入口中，慢慢咽下：“关老板，你把李格非介绍给你妈，信不信你妈明天就逼你们去领结婚证。”

“所以啊，对策我都想好了！”关享嫣然一笑，颇有几分得意，“就说李格非反悔了，一定要找个有钱的！”

“你以为我是你？”李格非轻哂。

“我怎么了？我人美三观正，德智体美劳全面发展！”

吵闹声中，四人定出行动方案，下个周末，李格非陪关享回家见家长，之后李格非“嫌贫爱富”甩掉关享。至此关享便有充分的论据向她妈表明，穷男人没一个好东西，还是找个有钱的比较靠谱。

从理论上来说，苏航觉得目前这个计划无懈可击，但是计划永远跟不上变化，再加上关享她妈本身就是个变化，谁知道后面会发生什么。如此比较下来，似乎自己的母亲还是有优点的。

苏航思绪万千，不由得黯然一笑。

只是苏航万万没想到，昨晚她提醒关享不要乱立 flag 的这句话也应到她自己身上。临睡前，苏航接到母亲的电话。

母女间的对话礼貌到冷淡，简单问候后，气氛陷入尴尬的沉默。苏航母亲听似温柔的声音里，带着不容亲近的冷淡："我和你父亲年纪大了，我们希望你回到我们身边工作。"

苏航明白母亲这个电话并不是和她商量，而是通知她。至于让她回去的目的，她相信母亲需要的不是女儿的陪伴，而是能够给外人展现一个人生赢家的范本：事业成功，婚姻幸福，子女孝顺。

苏航浅浅一笑，无限的委屈绕上心头。过了好一会儿，她才轻声回答："我暂时不方便回去。"

"因为事业？我不认为你的工作能称为事业，你完全可以在回来以后重新开始。"

"我恋爱了，"苏航声音温柔而坚定，"他是本地人，年底准备结婚。"

气氛再次陷入尴尬的沉默。又过了许久，母亲平静的声音下隐藏着呼之欲出的不满："我好像从来没有听你说过这件事。"

苏航漠然一笑："一直没找到合适的机会，抱歉。"

母亲似乎接受了她的道歉，礼貌话别。苏航闭上眼睛，让自己不要多想。这么多年下来，她早就应该习惯，可还是忍不住和关享妈妈对比，嘴角慢慢露出一丝酸涩的笑意。

第二天一大早，听说还要成为苏航的未婚夫，李格非表情痛苦得泫然欲泣，最终在关享的武力镇压下，只能含泪同意。

当天下午，修改多次最终定稿的人物设定资料和照片，通过微信传到三位母亲的手中。对于这样一个勤劳、勇敢、朴实、善良的女婿，言晓晓她妈和关享她妈十分满意。苏航的母亲略微扫了两眼后，把手机交给苏航的父亲。

苏航的父亲仔细看完，有些犹豫："小李长得是不错，就是条件有点……"

苏航的母亲对着电脑屏幕翻阅最新一期的学术论文："她作为一个成年人，应该有自己的判断，我们要尊重她的选择。"

苏航的父亲深爱太太，就连当初妻子要打掉女儿，他都没提过反对意见。只是如今年纪大了，隐约觉得似乎有那么一点对不起女儿，难得多说了一句话："毕竟是咱们的女儿，还是得帮着参考参考。"

苏航母亲的全部注意力都在论文上，隔了很久才应了一声，也不知道是同意丈夫的说法，还是坚持之前的意见。

时间转眼到了周日。根据行程安排，今天将迎来第一轮大考，言晓晓她妈将在中午大驾光临。为了给未来"丈母娘"留下一个好印象，李格非一大早就陪着言晓晓在厨房里忙碌起来。

十点不到，言晓晓她妈就提前到访，李格非十分懂事地让言晓晓陪她妈坐坐，他在厨房干活。杨阿姨此次的目的就是来看未来女婿，怎么可能同意这种安排，立刻让言晓晓回厨房待着，让李格非陪她聊聊。

几天前，杨阿姨接到女儿电话，说是和张博分手了，差点儿没把她吓出心脏病。张博那孩子，虽然没本事没工作，可是人老实，像言晓晓这种脑子不灵光的，除了嫁给张博还能嫁给谁？要不是言晓晓紧接着汇报说有了新男友，杨阿姨当天就能杀过来，拎着言晓晓去张家道歉，乞求张家人再给言晓晓一个嫁入张家的机会。

一见面，杨阿姨就暗暗地比较起张博和李格非，不说别的，就说这长相，也太好看了点，配自家女儿……杨阿姨下意识地往厨房看去。

李格非本来就是聪明人，如今又干上销售，以他的情商，立刻读懂杨阿姨眼里的担心。于是，他就一字一句地按关享、苏航编写的剧本演起来，哄得杨阿姨喜上眉梢。原来这个世界上勤劳、朴实、勇敢、善良的男人竟然不止张博一个，第二个也被言晓晓遇到了。

苏航听到客厅里的动静，拖起关享一同打了个招呼。她们见杨阿姨聊得兴起，两人也不便陪同，就来到苏航卧室等开饭。

关享看情况有些担心："瞧老言她妈那样子，这后面老言要是没找到合适的，她妈能拿刀架在李格非脖子上，让他和老言去领证！"

说曹操曹操就到，苏航正要接话，李格非推门而入，脸色隐隐有些发绿："关享，你妈来了。"

原来钱阿姨瞧着李格非的照片越看越喜欢，无论如何也等不到关享带他回家，直接上门来看女婿。

关享急出一身冷汗："你就不会说我不在家？"

"她说她是来看我的，我接门禁电话的时候，言晓晓她妈就坐在我身后，你让我怎么说？"

苏航心里也是一惊，脸上却镇定自若，急急指挥李格非和关享补救："格非，你赶紧过去开门，无论关享她妈说什么，你先应付过去。关享，你妈来了以后，赶紧把她带到你房间，千万别让她和晓晓妈碰头，不然肯定露馅！"

自打看见李格非第一眼，钱阿姨心里就像灌满了蜜，真人比照片还好看，如果将来和关享生个宝宝，得漂亮成什么样？

和杨阿姨的内敛相比，钱阿姨奔放多了，激动之下，伸手就想拉李格非。

关享急忙握住她妈的手，拖向卧室："妈，我刚给你买了一件大衣，你来试试合适不合适！"

钱阿姨一脸莫名其妙，扭过头招呼李格非："小李……"

关享又立刻打断："格非，泡杯茶进来。"

钱阿姨自己对老公也是呼来喝去，可那是在家里，如今有外人在，怎么着也要给男人面子。钱阿姨看见沙发上的杨阿姨，知道那是言晓晓她妈，立刻帮女儿辩解："我女儿特别孝顺，没事就喜欢给我买东西，就是脾气比较急……"

一进卧室，钱阿姨立刻甩开女儿的手："你怎么回事啊？哪有当着外人面指挥男人干活的啊？倒水你自己不会去啊？"

关享难得一次没和她妈顶嘴，拉开衣柜，随手拿出一件深色大衣往她妈身上比画："给你买的，你试试。"

钱阿姨完全不为所动，眼睛盯着衣橱，一件件翻过："这件我没见过，这件我也没见过，你又买这么多衣服？你将来过日子这么花钱，是要被老公骂的！连我们都要被骂没教育好你！"

钱阿姨被气得怒发冲冠，卷起袖子就要给关享上思想政治课。刚好李格非进来送水，钱阿姨瞬间换上一脸慈祥的笑容："小李，有什么事让关享去干，你别看她这个样子，她在家很会做家务的！"

关享干笑，她妈这谎撒得恐怕她妈自己都不相信。

钱阿姨推了一把关享："你赶紧去忙，让小李陪我聊会儿。"

"我陪你不行啊？人杨阿姨一个人在外面坐着，让格非去陪阿姨……"

"哪有让自己男朋友陪人家妈的？"钱阿姨一拍巴掌，"你去陪，你要不愿意，你就把言晓晓从厨房换下来，让她去陪！"

关享苦着一张脸走进厨房，言晓晓一直在忙，完全没有注意外面的情况，她拿过言晓晓手里的菜刀放下，说道："你妈来了，在客厅。"

言晓晓在围裙上擦了擦手："我知道啊。"

"我妈也来了，在我卧室。"

"阿姨也来了呀？"言晓晓露出一脸好巧的表情，"你放心，菜够吃，等会儿我多煮点饭。"

"她们都是来看李格非的……"言晓晓这才反应过来，身体微微一颤，惊恐地看着关享。关享叹了口气："李格非现在被我妈缠住了，你赶紧出去陪着你妈！"

言晓晓神色慌乱，张了张嘴，却一个字都说不出来。关享完全理解她的心情："别问我怎么办，我也不知道怎么办！"

客厅里，自打李格非被叫进卧室，杨阿姨就不开心。她看见言晓晓从厨房出来，怒气值直接到达顶点："也不知道你脑子里一天到晚在想什么？自己男朋友也不知道好好看着，还不赶紧把小李叫出来？"

杨阿姨因自己人民教师的身份，不好直接和钱阿姨开战，便跟女儿抱怨道："就算聊天，什么地方不好聊？非要在卧室？这么大年纪了，一点道理都不懂！"

苏航透着门缝观察，知道下面轮到她救场了。

苏航满脸堆笑，来到客厅，坐到杨阿姨身旁："阿姨，刚好有个员工家访，作为晓晓的团队负责人，我想和您了解一下晓晓的思想动态还有您对她工作的看法。"

杨阿姨对言晓晓的工作向来只有一个要求，有工作就行。至于未来规划，当然是以家庭为重，相夫教子，安稳地度过美满的一生。所以，对苏航的话题，杨阿姨没有一丝兴趣。不过，出于礼貌，杨阿姨也不方便直接回绝，和苏航商量道："那我叫小李过来，他是晓晓的男朋友，更有发言权！"

"阿姨，家访要直系亲属，男朋友不算。"苏航笑着让言晓晓去卧室拿员工家访问卷。言晓晓没找到，苏航一拍脑门，进了卧室和她一起找。

卧室里，苏航和言晓晓商量："过会儿我让格非出去买菜，他找个借口走人。你带着你妈在家吃饭，关享带着她妈出去吃，千万别让你妈和她妈碰面。"

言晓晓拼命点头，苏航装模作样地和杨阿姨聊了半个小时，又去给钱阿姨做员工家访，把李格非换出来陪杨阿姨聊天。

可杨阿姨还没和李格非说满十句话，李格非看了一眼手机，说是要出去买菜。

杨阿姨当时便沉下脸说："晓晓，你怎么安排的？早干什么去了？"

言晓晓低着头挨训，李格非急忙解释："这事和晓晓没关系，是我想买螃蟹招待您。可这螃蟹吧，我怕过夜会死，所以昨天没买，今天买回来现做现吃。"

听说李格非专门为她买螃蟹，杨阿姨一张泛着冰碴子的脸，立刻化了冻，笑起来更是如春风抚面般温柔："哎呀，买什么螃蟹啊！现在的螃蟹可不便宜！"

"您是贵客，别说不便宜，就算是特别贵，那也得买。"李格非一句话，哄得杨阿姨整个人飘飘然，叮嘱李格非早去早回，如果太贵就不要买了，吃什么不是吃。

李格非又对着钱阿姨念了一遍台词，同样把钱阿姨美得找不着北。

眼见一场危机就要化于无形，门禁电话响起。言晓晓拿起听筒，就听见一个中年女性徐徐说道："你好，我是苏航的妈妈。"

苏航用尽全身力气，才让自己看上去镇定自若。她相信母亲的来意和关享、言晓晓的妈妈应该有异曲同工之妙，当下唯一的解决方案就是绝对不让她们碰面。

苏航将突然袭击的母亲迎进门后，领着她往自己卧室走去。

无巧不成书，李格非刚好在这时候从书房出来，和周阿姨迎面遇上。

周阿姨的微笑和她的语气一样，带着疏离的客气："你就是李格非吧？方便的话，我想和你谈一谈。"

杨阿姨惊讶得合不拢嘴，苏航妈想干什么？凭什么让她未来女婿陪聊？

杨阿姨干笑一声："小李不方便，小李要去菜场给我买螃蟹！"

周阿姨有些不解杨阿姨的语气，却懒得和她深究："李先生，我想了解一下你的个人情况。"

杨阿姨再也压不住火，叫来言晓晓："愣着干什么？还不赶紧陪你男朋友去菜场！

此言一出，满座皆惊。苏航别过脸，知道事情已经到了无法挽回的地步。周阿姨不愧是科研人员，经历过无数次实验失败的考验，面对这么大的刺激，依然喜怒不形于色。她看着苏航说："我需要你的解释。"

钱阿姨听到外面动静，从卧室出来。杨阿姨虽然也不喜欢钱阿姨对李格非的态度，但这个时候明显需要群众支持，立刻拉着钱阿姨诉苦："小李是我女儿的男朋友，她非要找小李单独聊一聊，你说这叫什么事？"

关享见情况不对，拔腿想跑，被她妈一把扯住："你听见没有？她说小李是谁男朋友？"

杨阿姨以为来了战友，声泪俱下："小李和我家晓晓，年底就要结婚。苏航她妈妈，非要找他了解个人情况，你说她什么意思？"

钱阿姨不等关享解释，冲着杨阿姨怒吼："我还想问你什么意思？小李是我家关享的男朋友，什么时候变成你女儿的男朋友了？"

杨阿姨和钱阿姨吵成一团。而引发这场战争的周阿姨，微笑像是刻在脸上一样，冲着苏航扬了扬下巴："换个地方谈谈吧。"

李格非见情况不对，火速蹿回书房，"砰"的一声关起房门，死活不肯出来。

关享和苏航或主动或被动地把长辈拉进卧室，客厅则留给了言晓晓和她妈。

杨阿姨气急败坏地说："你今天不给我说清楚，我就当没你这个女儿！"

言晓晓低头看着脚尖，不愿言语。

杨阿姨气得直跺脚："你看看你这样子，难怪张博不要你，长相不行人又笨，原来勉强还有个优点——老实，现在又学会撒谎了。我看哪个男人会要你，你就当一辈子的老姑娘吧！"

杨阿姨的每一句话，都像一把刀子，狠狠地戳在言晓晓的心上。从小到大，在父母眼里，她就是个废物。她也真觉得自己是个废物，直到转岗当了客户经理。她觉得自己还是有点用处的，有好几个客户说她工作认真又负责，甚至就连罗行长都说，她再锻炼一下，就是能独当一面的客户经理了。

她不是废物。她才不是没人要。

"我和你爸已经在亲戚面前说了，你今年年底结婚，你不能让我们丢脸！"

"我……我……我……"言晓晓语气依然软弱，声音中却带着从未出现过的坚定，"我没有对象，结不了……"

"张博为什么要和你分手？肯定是你的问题！你应该好好反省你自己，犯了什么错！向张博道歉，让他原谅你。"

　　"不是我的问题……"言晓晓想起那天在房产局的每一个细节。她虽然笨，但是记性不差，她看得很清楚，看清了那个她交往多年的男人，"他骗我的钱，他不是好人！"

　　"什么叫骗你的钱啊？你们将来是要结婚的，你的钱不就是他的钱吗？"杨阿姨不愧是人民教师，硬的不行，马上开始语重心长，"晓晓，你是个女人。女人这辈子注定是要依靠男人、围着男人转的！你现在这个样子是跟谁学的？"

　　杨阿姨口中的生活方式，曾经就是言晓晓的行为模式。直到苏航和关享把她从那个错误的世界中拖出来，言晓晓才觉得原来认认真真地干完一项工作被客户夸奖是那么棒的一件事，原来通过自己的努力获得同事和领导的认可是那么开心的一件事。言晓晓不想回到过去，不想像一个废物一样活着。

　　"我不想围着男人转，我想工作。"

　　"你那工作有什么好干的，每次回家不是抱怨被领导批评了，就是被客户骂了。"

　　"我现在在当客户经理。你可以问苏航和关享，连领导都说我干得挺好的。"

　　"她们哄你玩的，你还当真啊？"

　　"她们没骗我，她们说的是真的。"

　　言晓晓抬起头，脸上全是泪痕："我这辈子第一次觉得我能把一件事干好。从小到大，你和我爸都觉得我长得不好看，人又笨，让我当乖孩子别讨人厌，结果所有人都欺负我。张博根本不喜欢我，对我一点都不好，你还说是我的错。你从来都没考虑过我的心情，我现在过得很开心，我就想像现在这样过！"

　　记忆中的女儿，从来没反驳过她的意见。杨阿姨瞪大了眼睛，心想：这段日子，在女儿身上到底发生了什么？

"我没你这个女儿！"杨阿姨作势要走。过去的二十多年，她用这种方式"说服"了言晓晓上她指定的学校，学她指定的专业，买她指定的房子，交她认可的男朋友。她相信这一次，她也一定会听的。

言晓晓茫然地看着妈妈，她知道妈妈是为她好，可是妈妈从来没有考虑过她过得开心不开心。她缓缓地摇了摇头，含着泪的眼睛里有着没有回旋余地的坚定："我不要和张博结婚。"

苏航卧室内，周阿姨坐在梳妆台前，背挺得笔直，长发在脑后绾成一个发髻，碎发用发胶整理得一丝不苟，端庄而高贵。

"希望你能给我一个合理的解释。"周阿姨下巴微微抬起，语气中不带一丝情绪。

苏航侧耳倾听客厅和隔壁传来的争吵声，笑容虚弱而无力："我其实挺希望您骂我一顿的……就像她们一样……"

"争吵解决不了任何问题，"周阿姨唇边的微笑没有丝毫动摇，"从小我就教过你，不要做任何没有意义的事情。"

"但是争吵可以交流感情……"苏航垂下眼睛，"您总是特别理智，特别会用最小的付出获得最大的收益，但是……"

苏航慢慢地呼出一口气："亲情这种东西，我觉得不需要精密计算……"

"你想说什么就直接说，不要浪费时间。"

"我希望您能像别人的妈妈一样……"

周阿姨不耐烦地打断了女儿的话："每个母亲都有自己的沟通方式，我希望你能够懂得什么叫理性。我现在只想知道，你骗我的动机是什么？想要达到什么样的目的？"

有些话，苏航很久以前就想说，但是说了之后，和母亲的关系恐怕只会更加糟糕。

"从小到大，您就没管过我。"

"我再说一遍，每个人有每个人的教育方式。我认为我的教育方式十分正确，至少现在的你，就是一个成功的作品。"周阿姨的口吻带着不容置疑的强硬，"当然，如果你能解释清楚今天发生的事情。"

"教育？"苏航轻笑，"我为了不让您觉得我多余，我为了能让您满意，我一直按您心目中理想的样子活着，小时候好好学习、天天向上，长大了好好工作、努力奋斗。这不是您的教育，这是我为了博得您的欢心，长成您喜欢的样子。"

"您听到了吗？"苏航指着门外，"言晓晓妈妈担心言晓晓笨，让她找个老实人。关享妈妈担心关享脾气太坏，一般人受不了，让她找个条件差的……"

苏航吃力地站起来，看着母亲，眼睛里的泪水和嘴角稀薄的笑意一同凝结住："她们生气，是因为她们觉得女儿拿自己的人生开玩笑，您呢……"

苏航缓缓地摇头，说道："因为我欺骗您……"

周阿姨没有反驳，她静静地等着苏航说完。

"我没什么动机，更没什么目的，我只是……"苏航闭上眼睛，眼泪从眼角滑落，"已经厌烦当完美女儿了……"

"那你想怎么样？"对于"我是为你好"这种类型的话，周阿姨从来没有兴趣。她一直认为，每个人的人生只有自己能够负责，就算是父母也没有资格安排子女的人生。她从来不对苏航有任何要求，一直让苏航自由成长，没有想到苏航反而用一种不成熟、不理性的态度来处理母女关系以及自己的生活，简直令她失望透顶。

"我不想回家，我不想随便结婚、生子。"

"我和你父亲从来没有……"

"您和父亲从来没有强迫过我做任何事，你们从来都是无视我的存在。只有在别人夸奖你们是优秀父母的时候，才需要我的出现。我为了能让你们多看我一眼付出了二十多年的努力，我烦透了。"

周阿姨看着苏航，眼前的女儿似乎更加陌生。从小到大，这个孩子和她之间总有隔阂，她并没觉得有什么问题，毕竟就连夫妻之间都应该保持距离，何况是子女。可她万万没想到女儿会对她生疏到这个地步。

不过，周阿姨并不打算和女儿解释她的苦心。她姿态优雅地和苏航告辞。客厅内，言晓晓的妈妈已经先一步离开，言晓晓正在厨房看着一锅汤发呆。

苏航躺在床上，努力回忆，很想在记忆里找一点能够让她感受到家庭温暖的东西。她想了很久，最终不得不放弃。苏航翻了个身，把脸埋在枕头里，立刻有一小块地方变得湿乎乎的。

至于关享那边，争吵还没有结束。

钱阿姨指责关享的不学好已经突破下限，如果人人都像她这样欺骗父母、不想结婚，整个社会体系都要完蛋。

趁钱阿姨喝水的工夫，关享虚心地向钱阿姨请教："作为一个普通人，我从来不知道，我不结婚还能搞垮整个社会体系？"

钱阿姨气急败坏，一巴掌打在关享的后脑勺上："和你谈正经事，你还贫嘴？"

关享摸着后脑勺，一脸无所谓地说："我挺认真的啊！"

"认真你干这事？"

关享倒在床上："还不是为了让你和我爸开心？"

"你骗我们，还说是为了让我们开心？"钱阿姨想把关享从床上拉起来，无奈关享打定主意装死，死活不肯动，"我们也是为你好，你就不能老老实实地找个好人家啊？"

"我对好人家没兴趣，我就想嫁有钱人！"关享举起手机，打开淘宝，精华快用完了，得赶紧再买一瓶。

"你能不能不要一天到晚就知道钱钱钱？"钱阿姨在女儿身边坐下，拍着被子，"结婚就是为了钱吗？"

"钱不是万能的，但没有钱是万万不能的，"关享举起手机，"一瓶精华一千八，没钱这日子怎么过？"

"你一定要用这么贵的？宝宝霜就不能擦？"

"不能！"关享从床上坐起来，"如果结婚代表着要降低生活质量，我干吗要结婚？"

"婚姻不是你一个人的事情，是两个家庭的事情。为了融合，总要有人做出点牺牲！"

"我什么都能牺牲，就是不能牺牲物质！"

钱阿姨气得发抖："我和你爸老老实实一辈子，怎么教育出你这么个眼里只有钱的女儿？"

"问你们自己啊？"

"和我们有什么关系？我们教过你一切向钱看吗？"

"你们是没教过……"关享冷笑，"你和我爸，从小穷养我，从小学到高中，我穿的都是全班最差的。小学、初中我是全班男生嘲笑的对象。上高中了，我还穿着我爸的旧衣服，你的旧鞋子，人家小姑娘每天穿得漂漂亮亮的，我连头都抬不起来。我的感受，你们知道吗？"

钱阿姨回想过去，也知道自己的教育方式似乎是有那么点问题，但是现在这种情况，扯那个有什么用？眼下是结婚生子的问题。

"你们不会知道我在学校里被多少人看不起。大学四年，你们每个月给我三百块钱的生活费，连饭都吃不饱，我拿什么打扮？为了给自己买件衣服，我周末、寒假、暑假没休息过一天。别的小姑娘都在谈恋爱，我天天在打工，你们知道我什么感受吗？"

"多多，我们……"

"你们作为工薪阶层，没让我饿死，衣服干干净净又不破，还让我读大学，你们已经尽力了。我知道，我没有责怪你们！"关享嗤笑，"大三那年暑假，我做兼职，给超市送赠品。有一次赠品是洗衣粉，我舍不得花钱打车，一个人顶着八月的大太阳扛着一麻袋洗衣粉走了一站路。那个时候，我就发誓一定不要再过这样的日子！"

"你现在结婚怎么可能过这种日子？"

"就冲你们找的那些结婚对象？"关享心中一酸，"是啊，是不用我扛洗衣粉了，但是需要我赚钱养家，供房供车！"

关享竭力定下神，控制住回忆给她带来的愤怒以及难堪，坚定地说："你和我爸的观点，我接受不了。我就一个想法，请你和我爸不要再管我了，我是不可能按照你们的想法结婚嫁人的！"

钱阿姨甩门走人后，关享闻着烟味来到厨房，就看见言晓晓正对着一锅汤发呆。

关享冲过去关上火，言晓晓这才回过神来，手忙脚乱地把汤端到灶台上，慌乱中忘记拿抹布，烫得直跳脚。关享赶紧把言晓晓的手拉到水龙头下用冷水冲洗："刚才我听见你怎么和你妈说话了，客户经理没白当啊，说得一套一套的。"

言晓晓看着自己的手指，刚止住的眼泪又掉了下来："我没错。"

"当然没错，简直……"关享揽着言晓晓的肩膀使劲摇了两下，"干得漂亮！"

言晓晓含着眼泪，露出一个大大的笑容："我炒菜，你去叫苏航和格非，咱们准备开饭。"

听见关享敲门，苏航快速调整好状态，从床上坐起，只是一眼扫过关享，吓了一跳："你脸怎么了？"

关享对着梳妆台的镜子照了照，这才发现左脸上多了一个鲜明的巴掌印。

"气狠了呗，临走前给了我一巴掌……"关享下意识地用手去摸，谁知一碰便痛得龇牙咧嘴，"国企工作了一辈子，清清白白的两口子，路边捡到一元钱都要交给警察叔叔，结果生一个女儿掉钱眼儿里了，整天就知道钱钱钱，能不着急上火吗？"

"你倒挺了解你妈的啊！"

"我是从她肚子里爬出来的，她那点小想法，我能不知道？"关享撇了撇嘴，"你妈那儿怎么样了？"

苏航两手做了个掰断的动作，关享皱眉："一拍两散？老苏，您不像是会干这种事的人啊？"

"我不想回老家，不想换工作，不想找个最合适的男人，结一场最合适的婚。最后成为长辈口中别人家的孩子，度过我的一生。"

"大姐，你说的这种，多少人都羡慕不来！"

"可太扯淡了！"

苏航优雅地骂着脏话，和关享一起，在言晓晓的呼唤声中来到客厅，在餐桌旁坐下。

李格非也从书房出来，挨着关享坐下。刚刚坐定，关享一巴掌拍在桌子上："临阵脱逃！你没有义气！"

李格非不服："我同时装你们仨的男朋友，我还没义气？"

"那你跑什么？"

"你懂不懂心理学？我在现场，只会刺激到你妈，让她更愤怒，和你吵得更凶。你懂不懂？"

一顿饭在关享和李格非的争论中吃完，虽然实际操作和原先的计划出入比较大，但目的总算达到了。短时间之内，三人应该不会再有被逼婚的烦恼，可谓皆大欢喜。

13

没有丑女人，

只有懒女人

周一一上班，苏航就出门拜访客户，关享刚要出门，言晓晓就接到分行的评审电话，说吴楚一的贷款资料里缺单身声明。挂上电话，言晓晓低头向关享承认错误，说是她太粗心了。

关享哭笑不得："我这个老客户经理带你这个新人，资料是我教你收的，合同是我教你签的，出了错，应该是我的责任好不好？"

看言晓晓依然一脸自责，关享不忍，拉过她的手，放慢语速："晓晓，我认认真真地跟你说个事，从现在开始，作为一名客户经理，是你的错你要认，不是你的错，坚决不能认！这个单身声明，肯定是我当时忙着和吴楚一聊天，你一紧张，忘记签了，我帮你审核的时候也漏掉了。如果说错，你肯定有，但主要责任肯定在我这儿。你不要给自己太大压力，下次别忘记就好啦。"

言晓晓心头的巨石这才落下，问她怎么办。

关享有些苦恼：如果让吴楚一现在来单位重签，恐怕他没时间；如果自己现在去找吴楚一重签，自己恐怕没时间。关享定定地看着言晓晓，试探性地问道："要不，你去找他重签一下？"

言晓晓下意识地想拒绝，脑子里突然浮现出前天她和她妈见面的场景。她妈说的那些话，一个字一个字地敲打在她的心头，她已经没有退路。言晓晓抿了抿嘴，用力点了点头。

言晓晓拨通了吴楚一的电话，说明来意后，吴楚一爽快地答应了。

挂上电话，关享顾不上取笑言晓晓打个电话都能吓得发抖，再次强调客户经理的行为准则："你怎么告诉他实话？我之前不是教过你，遇到这种情况，你要说因为我行政策调整，根据新政策，他需要补签一份材料！"

"这不是行里的新政策，这就是工作失误……"言晓晓低头收拾材料，"吴楚一还让我不要急，说他在家等我。我不能骗他……"

关享眼睛一转，从鼻子里哼出一句话："等你哪天被投诉了，就知道我说得多有道理！"

吴楚一住在本市最高档的公寓，虽然地处市中心，却是闹中取静。经过门卫核实，穿过一片人造景区，言晓晓来到吴楚一家门口。过了好一会儿，他才过来开门。

言晓晓实在不好意思和吴楚一对视，低着头把纸和笔递到他面前："麻烦您签个字。"

吴楚一接过纸和笔，却没急着签："进来坐吧。"

言晓晓拼命摇头。吴楚一问："你有急事？"

言晓晓点点头，又急忙摇了摇头。吴楚一笑容放大，露出雪白的牙齿："那就进来喝杯茶，你看你跑得一头汗。"

言晓晓扭着手指往里走，随后又停在玄关处。吴楚一抬了抬下巴："没事，不用换鞋。"

言晓晓声音低得像蚊子哼："地……地板会弄坏的……"

看言晓晓不肯再往前半步，吴楚一只好打开鞋柜，指着一排排摆放整齐的家居鞋，让她自己挑一双。

跟在吴楚一身后，言晓晓来到客厅。让她惊讶的不是装修的奢华，而是乱。整个家像是刚遭遇过小偷，没有一样东西在原位：花瓶横躺在桌子下面，桌布摊在沙发上，墙上的装饰画扭成一个奇异的角度，书、衣服、配饰、彩妆、护肤品扔得到处都是。甚至连过道，都被各类证件和杂物铺满。

吴楚一从冰箱里拿出一瓶矿泉水放在言晓晓面前："家里没热水，我又不喝饮料，委屈你了，凑合一下。"

吴楚一顺手把桌子上的东西推到一边，腾出个空地方签字。

言晓晓看吴楚一差点儿被窗帘绊倒，忍不住问道："你家这是……"

吴楚一把签好的单身声明递给言晓晓："阿姨家里有急事，所以她请假了，我……"

正说着，卧室里突然传来一阵巨响。只见两只猫你追我打地冲出房间，直奔着言晓晓而来。吴楚一没拦住，急忙提醒言晓晓："小心。"

万万没想到，吴楚一的担心纯属多余。两只猫咪气势汹汹而来，却把言晓晓当成了人形猫爬架，一个爬到肩头，一个蹲在膝上，瞪着圆溜溜的大眼睛，好奇地观察言晓晓，不时用爪子扒拉一下她的头发，试探她的反应。

言晓晓心里喜欢极了，可也知道这种猫名贵，不敢随便动手摸。她只是小心翼翼地摸了摸猫的尾巴，手又立刻缩了回去。

吴楚一看言晓晓眼睛一直盯在猫身上，突然想起一个人。他摇了摇头，把某种涌动的情绪甩出脑袋，淡淡一笑："蹲你肩上的叫招财，坐你腿上的叫进宝。"

言晓晓忍不住又摸了摸："我知道，关享给我看过你的微博，你的微博上写过，它们是加菲猫。"

"那你养猫吗？"

言晓晓的眼神一黯，她想起小时候从大雨中捡回的流浪猫，任凭她哭得撕心裂肺，那只流浪猫还是被妈妈扔出了家门。想起工作后，她从高架桥上救回的流浪猫，被张博逼着留在宠物医院，不允许她花一分钱救助。言晓晓咬了咬嘴唇，把这些回忆通通扫进垃圾箱。她忍不住抱起进宝亲了亲，轻声回答："现在没有，以后一定会养的。"

根据关享的安排，言晓晓今天的工作分成两部分，上午签单身声明，下午学习文件，而那个文件，言晓晓上周就学完了。言晓晓把头发从招财的爪子里拿回来，眼睛落在被吴楚一踢到的窗帘上，说道："家里乱成这样也不是个事，你要是不嫌弃，我帮你收拾一下。"

吴楚一轻轻地揉着额头，也不跟她客气："我明天要出国，前天阿姨走的时候，帮我把护照取出来放在餐桌上了。可早晨我收拾行李，怎么也找不到，打电话给阿姨，阿姨说肯定放桌子上了。"

言晓晓点了点头，卷起袖子开始收拾。吴楚一原本准备帮忙，一分钟后，自觉地带着招财和进宝去了化妆间，免得给她添乱。

很快，言晓晓在沙发下发现失踪的护照，如果没猜错的话，应该是招财和进宝干的。吴楚一拿着护照去找两个小祖宗谈心，言晓晓收拾完客厅又把卧室和书房整理好，顺手把卫生间也打理了。最后她将吴楚一换下的脏衣服和用过的浴巾、毛巾，分门别类放好，方便阿姨回来清洗。

言晓晓收拾完，和吴楚一道别。招财和进宝一个抱左腿一个抱右腿，赖着不让她走。吴楚一难得一天没有工作安排，准备换完衣服出门请她吃饭。

言晓晓正推辞间，门铃响了。吴楚一开门，三四个打扮时尚靓丽的男男女女一拥而入。

见吴楚一一脸疑惑，领头的姑娘有些发急："你约我们今天晚上到你家吃饭，你不会忘了吧？"

言晓晓看这个女孩子有些眼熟，依稀想起应该是在关享买的时尚杂志上看过，不愧是模特，真人比杂志上还漂亮。

对此，吴楚一并不十分上心："我还真忘了。阿姨今天不在，没人做饭，咱们出去吃吧！"

"我们就是想吃家常菜，谁稀罕外面的地沟油啊！"几个人异口同声地开始抱怨。吴楚一双手一摊，一副我也没有办法的样子，搞得大家情绪更加沮丧。

言晓晓看吴楚一皱眉，怕他为难，踌躇片刻，小声地同他商量："我会做饭，我来吧。"

不等吴楚一回答，几个朋友已经连声说好，一哄而上拥着吴楚一往化妆间走，说要瞧瞧他新买的一套极品化妆刷。

吴楚一指着书房让言晓晓去他包里拿钱，言晓晓连连摆手，让他好好陪朋友，不用管她。

吴楚一家楼下就有一个大型超市，买完晚餐需要的东西，言晓晓想起冰箱空了，又按着他的口味买了吃的、喝的，把冰箱填满，免得他半夜起来没东西吃。

吴楚一陪了一会儿朋友，扔下刷子，去厨房看言晓晓，就看见她穿着围裙，正在洗菜。一小络头发掉下来，悬在鼻尖上，弄得鼻尖有些痒痒，她时不时地抬起袖子蹭一下。

言晓晓似乎心情不错，嘴角含着一丝微笑，轻轻哼着歌，原本平凡至极的五官，也因为这份温柔而明媚起来。吴楚一心头一动，一个念头划过脑海，他没打扰她，又蹑手蹑脚地回到化妆间。

傍晚时分，饭菜上桌，在朋友的大呼小叫声中，言晓晓和吴楚一告别。

吴楚一让言晓晓留下一起吃饭。她看了看桌子上的那几位，又看了看装饰镜中的自己，微微摇了摇头。吴楚一也不勉强，把早就准备好的一包东西交到她手中："让上次和你在一起的那个女孩教你怎么用。"

自打上次海蓝之谜事件后，言晓晓在关享的教育下，很快认识了几个品牌。她扫了一眼包里的东西，立刻往回退："我不能要，太贵重了……"

"贵重？"吴楚一觉得有些好笑，"品牌方给的赠品，有什么贵重的？你赶紧拿着，我快饿死了，急着回去吃饭呢。"

送走言晓晓，吴楚一坐到桌边。他的几个朋友素来八卦，一边吃饭一边点评言晓晓："饭做得真不错，就是丑了点。"

吴楚一脸色微微一沉，道："她是我的朋友，管好你们那张嘴。"

之前被言晓晓认出的那位模特凌越，不由得笑出声来："逗谁呢？你是什么人？她是什么人？就她那样的，配和你做朋友？"

"如果她不配，你就更不配。"吴楚一的笑容意味深长，完全不介意凌越脸上能不能挂得住，"她是我的客户经理，负责打理我的财务状况，你是什么？"

凌越向来被男性恭维惯了，听了这话脸唰的一下白了起来，推开碗筷，起身就走。众人都知道她喜欢吴楚一，急忙拦住，两边说和。

"越越不过是开个玩笑，你何必这么认真？"

吴楚一似笑非笑，夹起一筷红烧肉慢慢吃着："是不是开玩笑，她心里清楚。至于你们心里怎么想，我管不着，但是别让我听见，不然……"吴楚一对着门口扬了扬下巴，"从今往后，别进我家的门，也别说认识我。"

众人从来没见过吴楚一如此维护一个人，虽然不解，还是频频点头，算是答应。凌越又气又恨又妒，别过脸去，冷哼了一声。吴楚一懒得同她计较，一门心思地吃起面前那盘红烧肉，不得不说，这是近十年来，他吃过的最好吃的红烧肉。

言晓晓带着吴楚一的礼物回到家中，顿时引来关享的阵阵尖叫。她激动地掏出一瓶面膜，在言晓晓面前挥舞："这款面膜我'长草'三个月了，一直没舍得买。老言你能不能让我用一回，求求你了！"

言晓晓正要点头，闻讯而来的苏航，劈手将面膜夺下，放回包中："那是吴楚一给言晓晓的，你试什么。"

"吴楚一让我教言晓晓用，我先试一下不行啊？"

"不用你教，明天见面的时候，请吴楚一亲自教。"苏航拿起言晓晓带回来的单身声明，扔到关享身上，"客户签字，必须两名客户经理双人核签，你一个老客户经理这点常识都不知道？居然让晓晓一个人去签字。"

"我当时不是忙嘛，"关享自知理亏，吐了吐舌头，赔笑道，"再说了，又不是什么重要文件，他又是老罗的远房亲戚，总不至于骗咱们……"

"我跟你说了多少遍，每一条规则背后都是血泪教训，尤其是签字。"苏航冷笑，"让你带晓晓，你好的不教，就教这个？我告诉你，这个单身声明必须重签！"

言晓晓怕两人为她吵起来，急忙把事情往自己身上揽，结果又被苏航教育了一顿，让她不要乱承认错误，这事完全怪关享。

当晚，言晓晓给吴楚一打电话。听完事情经过，吴楚一主动提出解决方案，他明天下午的飞机，去机场前，他到支行来签字。

苏航借机又敲打了关享一番，幸亏这是吴楚一，换个客户，一张单身声明签两次，早就投诉了。关享被她说得无地自容，丧眉耷眼地回卧室睡觉。

第二天一大早，言晓晓早早地来到单位，准备好单身声明，等吴楚一来签字。苏航再三叮嘱关享陪着言晓晓做好双人核签后，和罗行长一起去分行开会。

关享椅子还没坐热，接到客户电话，通知她去拿贷款资料。关享和言晓晓打了个招呼，也出了单位。

言晓晓一个人在办公室看最新授信政策，只是还没看完一页，

大堂经理敲门进来，一脸难色地说："言姐，有人找你。"

言晓晓以为是客户上门咨询："他要办什么业务？"

大堂经理摇了摇头，吞吞吐吐地说："她说她是你前男友的妈妈……"

言晓晓死死地咬着舌尖，用疼痛提醒自己，不能慌乱。大堂经理看她脸色惨白，一拍脑门，说道："我怎么这么笨呢！言姐，你在办公室别出来，我就说你不在！"

言晓晓垂下眼睛，看着桌子上的书本，密密麻麻的每个字都映在她的眼睛里，思绪却不知道跑到了哪里。大堂经理好像在和她说话，她却一个字都听不见。

从小到大，遇到事情，她都会这样，整个人除了慌乱，好像什么都不会。也许这一次，她应该试试去面对。

言晓晓缓一缓神，脸上那种由慌乱而带来的脆弱渐渐隐去，眼神因为意志而坚定起来。她叫住已经走出办公室的大堂经理："你请客户稍等，我马上过来。"

张博妈此行前来，只有一个目的，那就是报仇雪恨。之前苏航、关享在他们家大闹，给他们全家造成了极为恶劣的影响，更是直接导致她从小区霸主的神坛上跌落。

虽然事是苏航和关享干的，但是本着欺软怕硬的"优良"传统，张博全家，尤其是张博妈毫不犹豫地把这笔账算在了言晓晓身上。如今张博即将结婚，而言晓晓依然单身，张博妈怎么能放过这个好机会，一定要给言晓晓一点颜色看看。

不过就算是给言晓晓添堵，张博妈也不敢挑苏航和关享在的时候。她一大早就来到银行门口，躲在不远处，亲眼看见苏航和关享出门后，这才走进大堂，让人叫言晓晓出来。

按照张博妈的思路，言晓晓肯定不敢见她。到时候她就把请柬甩给大堂经理，让言晓晓所有的同事都知道，言晓晓有多丢人。可她万万没想到，言晓晓竟然出来了。

张博妈算了一下时间，苏航和关享刚走没多久，这个时候应该不会回来，顿时有了底气，她从包里掏出请柬，一把戳到言晓晓脸上："睁大眼睛看清楚，以后不要再缠着我家张博了！"

理财经理安鑫和言晓晓同年进的支行，关于言晓晓和张博的那点破事，早听关享八卦了个底朝天。自打张博妈进门，她就意识到大事不妙，目不转睛地盯着，一看张博妈竟然拿东西往言晓晓脸上戳，立刻从理财经理的工位上过来："您是刘阿姨吧？您刚说的那些话是什么意思？我怎么听不懂啊？您儿子结婚，关我同事什么事啊？"

"她不要脸，缠了我儿子八年！"刘阿姨故意提高音量，确保大堂内的每一个人都能听清楚。看着窃窃私语的人群，她露出满意的笑容，心想言晓晓的名声算是毁了一半了！

"您这么大年纪了，说话要讲证据！"安鑫和关享一样，都是眼里容不得沙子的主。虽然和言晓晓只是普通的同事关系，但也见不得她这么被人糟蹋。

"你是哪根葱啊？这儿有你说话的份儿吗？"见安鑫身材娇小，张博妈越发地肆无忌惮，"我告诉你，客户是上帝。你这么和上帝说话，上帝现在就要投诉你！"

大堂经理见情况不对，赶紧挤过来打圆场："您好，请问您要办什么业务？"

张博妈冷下脸，狠狠地剜了大堂经理一眼："你这话是什么意思？不办业务就不能站在这里吗？你想赶我走？你工号多少？我也要投诉你！"

言晓晓担心连累同事，默默接过请柬。

张博妈旗开得胜，斗志更加昂扬："要点脸吧，你看看你那样子，配和我儿子搞对象吗？"

安鑫再也按捺不住，想和张博妈理论，却被言晓晓拦住。她垂眼看着地面，语气虽然平和，却如磐石一般坚定："我没有纠缠张博……"

在张博妈的嗤笑声中，言晓晓抬起头，定定地看着她："是张博追我，我们才确定恋爱关系的。他欺骗我的感情，你们家骗我的钱。"

言晓晓的表情如声音一般平和而坚定："我没有做过你说的事情，你在撒谎。"

言晓晓的反应让张博妈一时有些茫然。安鑫虽然也在惊讶言晓晓像是换了个人，但还是先反应过来，指着张博妈冷笑道："听到没有？你算哪门子客户？你就是过来闹事的！"

此时，大堂内的客户，已将她们三人团团围住。安鑫站在人群中央给大家科普："我同事，一个外地小姑娘在这儿工作，跟这个阿姨的儿子谈恋爱。这家人欺负我同事老实，先是骗我同事的钱，后又骗我同事的房子，现在还跑来造谣，败坏我同事的名声！人不能无耻到这个地步！"

别的不说，就冲面相和谈吐，群众纷纷向张博妈投去置疑的目光，气得她直跺脚："姓言的，我现在就投诉你们！"

言晓晓难过极了。不是因为眼前的局面，而是替过去的自己不值。她为了讨这样一个人的欢心，足足委屈了自己八年。

"你这是恶意投诉，分行不会受理的，"言晓晓用力撑起一个笑容作为反击，"我不怕你。"

拿了八年的软柿子竟然不让捏了，张博妈怒火中烧，越发地口无遮拦起来："瞧把你能的，你这么能，怎么让我儿子白睡了八年？我看以后哪个男的愿意要你这种二手货！"

这话说得实在恶毒，场面一下子安静起来，安鑫指着刘阿姨，气得发抖。言晓晓满心苦闷直逼舌尖，眼泪终于还是落下，顺着脸颊流进嘴里，又苦又咸。

正混乱间，只听见一声清朗的男音徐徐传来：胡说什么呢？！"

言晓晓泪眼蒙眬间看到吴楚一穿过人群，疾步走到她身旁，一颗心没来由地安定了下来，仿佛落水的人找到浮木，顿时有了依靠。

吴楚一的眼中仿佛只有言晓晓，至于刚刚被他骂完的张博妈，则被彻彻底底地无视。

言晓晓知道吴楚一下一站是机场，怕耽误时间，想领着他去后台签字。

张博妈正闹得兴起，怎能允许主角退场，伸手要抓言晓晓。吴楚一一把挡住她，眉头微微皱起："你想干什么？"

不等张博妈开口，吴楚一扭头问保安："这是你们行的客户？"

保安急忙摇头，吴楚一眼角的余光落在张博妈身上，漫不经心地说："那还不赶紧把她弄走？我是你们行的私人银行客户，她影响到我的心情了。"

刘阿姨生平第一恨自己不是有钱人，第二恨遍天下有钱人。光看吴楚一那身打扮，就气到半死，再听吴楚一说话，简直是恨到牙痒："有钱就了不起啊？"

"有钱不一定了不起……"吴楚一口气淡淡的，像是在说一件无关紧要的小事，"但是可以让你这样的人闭嘴。"

群众爱极了这种戏码，看得津津有味。保安终于有了出手的理由，前后左右直接将张博妈夹在中间。可惜身处服务业，讲究的是打不还手，骂不还口，就算明知对方耍无赖，他们也只能好言相劝，希望她尽快离开。

张博妈一计不成，又生一计，扑到保安身上，推搡几下后，一屁股坐在地上，拍着自己的大腿干号道："没王法啦！银行打人啦！"

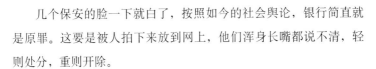

几个保安的脸一下就白了，按照如今的社会舆论，银行简直就是原罪。这要是被人拍下来放到网上，他们浑身长嘴都说不清，轻则处分，重则开除。

张博妈作为资深的闹事者，当然早就熟悉这个套路，立刻掏出手机："我要找媒体，我要找记者，我要曝光你们！"

吴楚一上下打量着张博妈，嘴角含起一丝笑意，眼中却全是蔑视之色。他突然从后面揪起刘阿姨的衣领，一路拖行，扔出大堂："有什么事，请和我的律师联系。"

刘阿姨坐在台阶上，好一会儿才回过神，连滚带爬地站起来，惊恐地指着吴楚一："你打女人……"

"你可以还手。"

"你不是男人！"

"你可以报警。"

刘阿姨冲着吴楚一挥掌，没想到因为身高差距，没打着吴楚一，反而将吴楚一手中的手机打飞，手腕也撞在玻璃门上，腕上手表因为碰撞发出清脆的响声。

吴楚一怜悯地看着刘阿姨："手机不贵，六千多；手表贵了点，八十万。"

保安们终于能够动手，义正词严地拉着刘阿姨不让她走："也不麻烦您报警了，我们报警。您把我们私人银行客户的贵重物品弄坏了，人证物证都有，您得赔。"

"关我什么事？是他自己撞的！"刘阿姨作势要咬人，吓得两个保安赶紧松手。只见脱离控制的刘阿姨转身就跑，一眨眼的工夫，蹿出去老远。

保安想追，被吴楚一叫住："我不和这种无赖一般见识，她要再敢来，你们通知我。"

言晓晓的情绪虽然坏到了极点，但是更担心吴楚一的手表，眼巴巴地瞧着他。吴楚一对身外之物向来淡漠，微微一笑，问起签字的事情。

在客户经理的办公室里，根据双人核签的规定，吴楚一和言晓晓一起等关享回来。

吴楚一接过言晓晓递来的茶水，凝视着她："那个女的是怎么回事？"

言晓晓双手紧握，别过头想让自己看上去不那么狼狈，可是眼泪还是滑落在白色衬衣上，洇出一片潮湿的阴影。

听完张博的故事，吴楚一的视线落在桌子上那张皱巴巴的请帖上，问道："你要去吗？"

言晓晓抓起请帖扔进废纸篓："我不去，我答应过苏航和关享，这辈子都不会和张博这个人有联系。"

吴楚一沉默片刻，捡回那张废纸，对言晓晓说："你要去，你要证明给他看，放弃你，是他这辈子最大的损失……"吴楚一不顾言晓晓目光闪烁，直直地盯着她，"分手讲究个仪式感，你没把这口气出掉，这件事这辈子你都会耿耿于怀。"

"当然，你现在这个样子去，肯定不行……"那天在厨房外看见言晓晓而浮现出的一个念头，在吴楚一的脑海中形成了一个详细的计划。他拿出手机看了一眼日程表："这周末你就别出去了，把你家的地址给我，我上门帮你收拾。"

言晓晓惊诧地看着吴楚一，不知是该答应还是该拒绝。办公室的门被人撞开，关享风一样地冲进来："晓晓，你没事吧？"

关享接到安鑫的电话，刚听到开头，就扔下资料，以最快的速度赶回单位。她没想到吴楚一也在，并且因为吴楚一的存在，言晓晓的情绪似乎十分稳定。

弄清楚来龙去脉后，关享完全同意吴楚一的观点："没错！一定要去！你要以'天空一声巨响，老娘闪亮登场'的姿态闪瞎他们的眼！"

见言晓晓还在犹豫，吴楚一微笑着，温暖而沉着地说："我相信你的潜力，也请你相信我的能力。"

关享连连点头，一面替言晓晓开心，一面忍不住活动起小心思，她蹭到吴楚一身旁说："您要是方便的话，能不能也顺便指导我一下……"

吴楚一瞟了关享一眼，会心一笑："你这样的，就安心走网红风吧，我拯救不了。"

关享被说得干瞪眼，却又无法反驳，签好单身声明，捏着鼻子恭送吴楚一起驾。

而吴楚一的想法，则来源于目前他正在做的一个彩妆项目，他一直没有思路，直到看到言晓晓，才突然来了灵感。"让每一个平凡的女人绽放出不平凡的美"，这个主题应该非常有卖点。

至于言晓晓，完全没有意识到吴楚一私人改造课程的价值，一个劲儿地纠结，是不是太麻烦人家了？

关享用手点着言晓晓的脑门，一脸怒其不争、哀其不幸："麻烦？你知不知道找吴楚一做一个造型得多少钱？他亲自上门给你做造型值多少钱？我怎么认识你这种笨蛋！"

下午苏航回行，了解完事情的经过，拖着关享来到茶水间。

"江湖传闻，这吴楚一可不是什么善男信女……"

"人够美，嘴够毒！你说我招他惹他了？好歹我还是他的客户经理呢，不指教就算了，还……"

"所以，他这么对晓晓……"

"难不成是看上……"

关享说了一半，和苏航对视了一眼，双方都觉得这个可能性基本等同于让罗行长认为关享是个好员工。

"我觉得吧……"关享摸着下巴，"也许是日行一善呢？"

苏航虽不是八卦的人，但是对于八卦，身为女性还是有一种天然的爱好。她悄悄地跟关享说："听说吴楚一好像喜欢男的……"

"这个……"关享咂了咂嘴，"还真难说，不过好像也没听说他和男的有绯闻啊。也许他是无性恋？"

苏航和关享两人八卦一番后，回到办公室，一致说服言晓晓接受吴楚一的好意。当然，两人也有点小心思，关享准备全程学习吴楚一如何化妆。至于苏航，经常有人说她长了一张性冷淡的脸。虽然她并不在意这个说法，但是如果能通过化妆捯饬出一张可爱的脸蛋，她还是很有兴趣了解一二的。

周五晚上，为了恭迎吴楚一的大驾光临，关享拖着李格非打扫卫生。李格非白天跑了一天，累得半死，心中十分不情愿，连番抱怨：吴楚一到底是何方神圣，明天见他是不是还要集体沐浴更衣？

关享表示李格非还真说对了，揪着李格非的耳朵，把他拎到浴室，要求他把马桶再刷一遍。

至于言晓晓，早早就被苏航和关享赶上床睡美容觉，保证第二天皮肤状态良好。

第二天，吴楚一来得比预料中的时间要早。上午十点刚到，就见他拖着两个半人高的化妆箱走进集体宿舍的大门。

关享今天为了跟吴楚一学习，特意素颜。面对前来迎接的关享，吴楚一认真点评道："你以后见人还是化妆吧，你这样子，我以为是在过万圣节。"

李格非刚刚起床，正在洗漱，听见开门声，从卫生间出来打算见识这位传说中的美妆达人，刚好撞见这一幕，嘴里叼着牙刷，开怀大笑。

吴楚一脸上立刻浮现出看见脏东西的表情："可以请你离开我的视线吗？"

李格非指着自己的鼻子，一脸懵懂："我？"

"不然呢？我对着空气说话？"吴楚一皱眉。

"我……离开……"李格非拿着牙刷左右指了指，"你的视线？"

"你丑到我了，"吴楚一用手挡在眼前，"多看你一秒，都影响我的心情。"

关享大仇得报，捧腹大笑："吴老师，你好幽默！"

吴楚一摇头："我从来不开玩笑，也请你离我远一点，我一向认为网红脸是缺乏审美的一种表现。"

苏航觉得吴楚一能活到现在，没被人打死，简直是奇迹。李格非懒得和吴楚一一般见识，拿着早餐回自己的房间。关享心平气和地告诉自己，大神都是有点脾气的，为了免费的化妆课，被嘲笑几句又有什么关系？

言晓晓六点钟就从床上爬起来，把自己收拾好，安静地等待吴楚一的到来。

今天的言晓晓上身穿了一件绿色卫衣，下面搭配阔腿牛仔裤，头发紧紧地绑了个马尾，没有刘海修饰的脸蛋，又大又圆，整个人看上去不伦不类。

言晓晓看见吴楚一，再对比镜中的自己，自觉将会是吴楚一职业生涯中最大的麻烦，便又开始紧张起来。吴楚一对着言晓晓上上下下地打量一番，看得言晓晓脸红如血，这才指挥站在门口的苏航和关享："你们俩带她去把脸重新洗一下，做个保湿面膜再来。"

关享、苏航一左一右地架着言晓晓走进卫生间。吴楚一打开化妆箱，把装备往外取，头也不抬地继续指挥着说："你们俩也顺便把脸洗一下，我就当日行一善，免得你们俩今后丑到我。"

卫生间里，三位姑娘敷着面膜讨论外面那位大神。言晓晓帮吴楚一解释："他不是坏人，他……他……他……"

言晓晓自己都想不通，为什么吴楚一画风突变。关享不在意地挥了挥手："没事，有能力的人都是有点小脾气的。古往今来，哪个天才是傻白甜？放心，我一点都没放在心上。"

苏航对着镜子，研究脸上的面膜："晓晓，你有没有觉得，吴楚一对你比较特别啊？"

言晓晓目光呆滞，苏航拍了拍她的肩膀，放弃这个高难度话题。关享看着手机时间，大呼小叫："可以洗啦！"

三人洗掉面膜，完成护肤步骤。再回到卧室时，吴楚一已把装备架好，简直像是化妆品专柜。

吴楚一让言晓晓坐好，对着镜子，开始捯饬她。至于苏航和关享，他交代："你们俩有基础，旁边看着，不懂就问。"

吴楚一先拿出修眉刀给言晓晓修眉，一边修一边问："修个眉毛抖成这样，我要是拉你去打个肉毒，你是不是要被吓死？"

刚好关享最近也在研究医美，立刻指着眉心问道："吴老师，你帮我看看我这川字纹，能不能打肉毒……"

吴楚一瞥了她一眼，有一句没一句地答道："你的问题，肉毒解决不了。"

关享一惊："这么严重？那怎么办？"

"换头。"

关享深呼吸，再次告诉自己，她一点都不介意。不就是被男神调侃几句？一般人还没有这个机会呢！做人，要有幽默感！

吴楚一不愧是大师级人物，一会儿工夫，镜子里的言晓晓，判若两人。关享和苏航按照吴楚一的手法在自己的脸上试验，果然同样一瓶粉底液，手法不同，上妆效果完全不一样。

　　吴楚一告诉言晓晓："我今天教你的，是基础中的基础，你每天就照着这个练。"

　　吴楚一把练习要用到的东西给言晓晓留下。关享数了数，光唇膏就有八十多支。

　　言晓晓虽然认不全牌子，可也知道价格不菲，赶紧推辞。吴楚一谈到他的专业，有着不容置疑的强势："不同的衣服搭配不同的唇膏，我希望你能记住这个基础知识点。"

　　说到服装，吴楚一后退几步，上下打量了言晓晓几眼后，指着不远处的衣橱："你的？"

　　言晓晓点头。吴楚一走过去，拉开柜门，面对眼前的一番景象，嘴角抽动了几下后，指挥关享和苏航："把你们家最大号的垃圾袋拿来！"

　　言晓晓不明所以，关享、苏航心领神会，这是她们一直想做却没有机会做的事情，没想到今天由吴楚一完成了。

　　吴楚一的手指从衣柜东头划到西头："全部扔掉！"

　　关享得令，抓起一件就往垃圾袋里塞。言晓晓心疼，急忙上前阻止："不要扔啊！那件是前年买的，才穿过三回！"

　　苏航拦住言晓晓，轻声哄道："听吴老师的话，吴老师是……国际上都有一定知名度的造型师……"

　　吴楚一口气淡淡的，听不出是开心还是不开心："别给我贴金，在国内我勉强算是一线造型师，在国际上连菜鸟都不算。"

　　苏航丝毫没有因为马屁拍到马腿上而感到难堪，继续劝晓晓："你的衣服的确该换了，你看你这件外套，穿多少年了，太旧了。"

　　"又没破……"

　　"可是影响生活质量，"考虑到言晓晓的情绪，苏航交代关享，"别扔啊，过会儿咱们去网上找个地址，捐给贫困山区的人，也算做好人好事。"

看着空荡荡的衣橱，关享神清气爽。吴楚一下巴一抬，她立刻打开了衣柜下面的大抽屉，只是打开后，马上又关上，因为那是言晓晓放内衣的抽屉。

吴楚一挑眉："关上干吗？打开！"

"吴老师……你一个男的……不太好吧……"

"你可以不当我是男人，"吴楚一云淡风轻，"后台模特光着身子走来走去，我见多了，还没见过这几件内衣？"

苏航怕言晓晓难堪，揽着她的肩往外走："咱们去书房看电影，格非买了会员，今天有大片上！"

言晓晓不肯走，定定地站在那里，脸红得像要滴出血来。吴楚一冷冷地看着她，目光中并无半分温情："你现在知道不好意思了？当初姓刘的侮辱你，你怎么不啐到她的脸上去？你看看你自己这身打扮，是一个二十六岁的姑娘该有的打扮吗？"

吴楚一语气虽然平淡，但话里的冷冽之意，却像是刀锋一样，刮过言晓晓的脸，痛得她低下头，紧紧地抓着衣角。

吴楚一眼睛像锥子一样钉在她身上："知道要怎么去参加婚礼吗？你要让他们全家都知道，没娶到你是他家祖上十八代没积德！"

苏航怕吴楚一的话说得太重，想要再劝言晓晓，却见她已走到衣橱前，拿起一件旧文胸，放进垃圾袋："你放心，我不会让他们一辈子都看不起我的！"

之后，言晓晓的包、鞋子，甚至就连袜子都无一幸免，全部被装进垃圾袋。

一番忙碌后，到了午饭时间，李格非把昨晚言晓晓准备好的饭菜热好，加上刚刚买的熟食一起端上餐桌，通知几个人出来吃饭。

吴楚一坐在言晓晓旁边，一手接过她递来的汤，一手指着言晓晓面前的碗："这是最后一顿你可以随便吃的饭。从今天晚上开始，请你按照我给你的食谱吃。"

吴楚一指了指言晓晓的腰侧，示意她坐直："时间比较紧，你必须在一个半月内调整你的体形，所以强度稍微有点大。首先，吃的方面必须严格控制，至于运动……"

吴楚一看着李格非："你这个身材，应该是健身房泡出来的吧！"

李格非捧着饭碗感慨，虽然吴楚一的嘴巴臭了一点，眼光还是相当不错的，他可是上过一两千节私教课的男人。当年他的身材比教练还好，如今因为时间和人民币的关系，暂时没去健身房，但是每天坚持锻炼，八块腹肌依然健在。

"从今天晚上起，你监督她运动，"吴楚一又指了指言晓晓，"胳膊、腰、大腿这几个地方，要重点针对性地训练一下。"

李格非当下表示服从安排，吴楚一出于好意，顺便给关享和苏航一点建议。

"你腿不错，又长又直……"关享正准备接受吴楚一的赞美，他接着说，"可是腰太粗，不仅没曲线，简直就是个桶。"

关享用筷子使劲地戳一块排骨。苏航知道下面就要轮到她了，果然吴楚一瞟了一眼苏航："你倒是有腰，可惜没胸！"

饭后，吴楚一让言晓晓跟他出去买衣服，关享和苏航主动请缨陪同。至于李格非，原本想在家打游戏，却被关享强行拖走："你负责给我们拎包！"

众人来到购物中心，第一站是本市最贵的发型设计中心。李格非原先是这家的常客，一进店就被人认出。可李少不愧是李少，经过保险公司的培训，张嘴就是一本正经地胡说八道："谁是李格非？李格非是谁？"

关享贴着苏航，声音从牙缝里往外挤："剪个头发一千八……"

苏航面无表情地翻着价目表："一千八是普通发型师，店长亲自剪是五千八……"

吴楚一找到熟悉的发型师，交代几句后，把言晓晓托付给他。

关享趁机瞥了一眼吴楚一挑选的产品，差点儿没从椅子上摔下来。她借口上厕所，拖着苏航去了卫生间："产品一万五，加上发型师，估计得两万！"

苏航脸上的微笑再也挂不住，化为失声尖叫："多少？"

关享急切地说："你知道的，为了李格非，我的信用卡早爆了，别说两万，我现在浑身上下连两千都没有，你那儿有钱吗？"

苏航和关享想尽办法，终于凑够言晓晓的发型钱，一脸生无可恋地走出了卫生间，迎面撞上等候多时的李格非。

李少冰雪聪明，仅凭表情就了解到两位合租人的内心世界，给她们带来了一个好消息："吴老师说，这里的卫生间不隔音，让你们俩不要在里面废话。这家店的老板是他的朋友，今天晓晓所有消费全部免单，包括我们的。"

关享一点儿都不介意吴楚一说她废话，捂着胸口靠在墙上："那就好，那就好！"

苏航率先反应过来："什么叫包括我们的？"

李格非虽然讨厌吴楚一的嘴脸，但是时隔半年，能够重回旧地，感受一把三千八的剪发待遇，他决定勉强原谅吴楚一："就是我们三个，也免单！"

关享拖着苏航兴奋地冲了出去。李格非走进洗手间，对着镜子前前后后、左左右右地照了一圈，终于又找到了当年的感觉，过一会儿再去做个颜色，他就又是那个万人迷的李少了。

做完头发，天已经黑了。关享和苏航对着镜子照来照去，言晓晓呆呆地对着镜子，似乎认不出镜子里的那个人是谁。

吴楚一扬了扬脸，问道："不好看？"

　　言晓晓急忙摇头："不……不是……"

　　"那你为什么不高兴？"

　　"我……我……我没有……我就是……"

　　关享欣赏完自己的美貌，终于有精力顾上言晓晓了，先是一阵狼嚎，然后揽着言晓晓让她继续看镜子："老言，要不是你穿着这身衣服，我都没认出来啊，太漂亮了！"

　　苏航看着镜子里的言晓晓，完全同意关享的意见："真美！"

　　李格非怕言晓晓不相信，帮腔道："你不相信她们俩，总得相信我吧，好看极了！"

　　吴楚一等烦了，问他们聊完没有，下面还有一堆事。关享问要不要先吃晚饭。吴楚一白了她一眼："中午说什么你忘了？从现在开始，言晓晓要控制饮食。作为她的朋友，我希望你陪她一起控制，给她营造一个良好环境，别一天到晚就知道吃吃吃。"

　　关享冲着吴楚一的背影扮鬼脸，吴楚一仿佛身后也长了眼："就你那腰，你还有脸吃？"

　　苏航一句话也没说，没想到吴楚一照样把火烧到她身上："苏经理，你倒是可以多吃一点，补补你那胸，都快纯平了！"

　　冲着价值几千元的发型，众人决定不跟吴楚一计较，跟着吴楚一来到内衣柜台。

　　李格非第一次来这种地方，一脸尴尬。吴楚一环顾四周后，打了个响指，直奔某品牌而去。

　　吴楚一拿起几件内衣，塞到言晓晓怀里，指着试衣间："去试。"

　　言晓晓的第一反应是看价格，当她发现一件内衣的价格竟然将近三千，像被烫到一样把内衣还给吴楚一："太贵了！"

　　吴楚一没和她争辩，直接把内衣扔给关享，又指指苏航："你俩陪她进去。"

更衣室内，关享像是发现了新大陆："老言，你胸这么大，你平时内衣穿那么小你不难受啊？"

"女生胸大不好……"

"胡说八道！"关享下意识地瞄了瞄苏航的胸口，立刻被苏航瞪回来，"只要腰细，胸大穿衣服性感死了！"

光"性感"两个字就把言晓晓一张脸臊得通红，她勉强试过吴楚一拿来的几件，真不愧是妇女之友选的，尺寸完全合适。

苏航帮言晓晓换衣服，关享出来向吴楚一汇报。听说大小合适，吴楚一让柜员全部包起来。关享正在思考这个品牌是不是也和吴楚一有点关系，吴楚一已经掏出信用卡，指挥李格非去付账。

从更衣室里走出来的言晓晓来不及阻止，小心翼翼地和吴楚一商量："多少钱？我给你钱！"

"就你那点收入？"

"可我不能白拿啊……"

"谁让你白拿了，"吴楚一挑眉，"我就和你直说吧，我有个彩妆项目，主题是'蜕变'，我就指望着从你身上找灵感了。你按着我的要求来，所有费用品牌方出。"

关享心头一动，眼睛落在不远处的另一个专柜，那里有一件内衣，不用试，她就知道一定适合她。关享向吴楚一建议道："吴老师，模特可能一个不够吧……"

吴楚一轻笑道："对着网红脸，我没有灵感。"

关享吹了一声口哨。苏航说得对，看在头发的分儿上，她何必跟吴楚一一般见识。

随后，女装柜台，吴楚一马当先。他开始还让言晓晓试一下，后面不知道是吴楚一烦了还是对言晓晓的风格已经有了十足的把握，一路走过去，指挥着柜姐："这件，这件，还有这件，全部包起来。"

鞋柜旁，言晓晓看到吴楚一挑的几双高跟鞋差点儿没哭出来，别说十厘米的跟，她连跟高超过五厘米的鞋都没有穿过。吴楚一逼着言晓晓歪歪扭扭地走了几步后，眼光再次落在苏航和关享身上。苏航不等他交代，立刻领会精神："吴老师，您放心，包在我们身上，保证您下周再来指导工作时，言晓晓能学会走路。"

买完鞋子，言晓晓心算了一下总价，就算不是吴楚一花钱，她的心理承受能力也已经到达了极限，死活不肯跟吴楚一进奢侈品专柜。

苏航明白言晓晓的心思，和吴楚一商量，包包什么的，可以先用她和关享。吴楚一也累了，所以勉强同意。

此时早就过了晚餐时间，为了感谢吴楚一今天的帮助，言晓晓无论如何要请吴楚一吃饭。这次吴楚一没有反对。关享放下手中的大包小包，用大众点评找到一家有名的西餐厅，问吴楚一的意见，被吴楚一断然拒绝。

随后，在吴楚一的带领下，一行五人来到一家意大利餐厅。面对眼前一人一份的蔬菜沙拉和蔬菜汤，李格非第一个提问："我当了一下午的苦力，就给我吃这个？"

吴楚一用眼神成功迫使关享放下手里的沙拉酱："最多加点油醋汁，最好什么都不要加。"

吴楚一看着默默往嘴里填东西的言晓晓："从今天开始，你每晚只能吃这个，至于你们……"

吴楚一眼神划过对面的三人："我也不认为你们的体型已经好到可以大吃大喝的地步。"

关享一边往嘴里塞东西，一边在四人群里发表意见："我想打他。"

李格非秒回："+1。"

苏航回道："顶楼上！"

图书在版编目（CIP）数据

　　了不起的女朋友们 / 历知幸著 . —北京：北京燕
山出版社，2018.6
　　ISBN 978-7-5402-5176-5

　　Ⅰ . ①了… Ⅱ . ①历… Ⅲ . ①长篇小说－中国－当代
Ⅳ . ① I247.5

　　中国版本图书馆 CIP 数据核字（2018）第 135988 号

了不起的女朋友们

著　　　者：历知幸
责任编辑：李瑞芳　　刘朝霞
封面设计：Topic Studio
出版发行：北京燕山出版社有限公司
社　　　址：北京市丰台区东铁匠营苇子坑 138 号
邮　　　编：100079
电话传真：86-10-65240430（总编室）
印　　　刷：北京嘉业印刷厂
开　　　本：880×1230　1/32
字　　　数：283 千字
印　　　张：11.75
版　　　次：2019 年 2 月北京第 1 版
印　　　次：2019 年 2 月北京第 1 次印刷
Ｉ Ｓ Ｂ Ｎ：978-7-5402-5176-5
定　　　价：45.00 元

如发现图书质量问题，可联系调换。质量投诉电话：010-82069336